LE SEIGNEUR DU LOTUS BLANC

LE DALAÏ-LAMA

*Claude B. Levenson est née à Paris et vit à Lausanne. Slavisante et orientaliste, traductrice d'Eliade, de Mandelstam et d'Amaury de Riencourt, elle est journaliste (*Le Monde, Tribune de Genève, Radio Suisse Romande *et diverses revues suisses et françaises). Elle a fait de nombreux voyages, en Asie (Inde, Asie du Sud-Est, pays himalayens) et en Amérique latine. Elle est l'auteur de plusieurs ouvrages :* Cinéma hongrois, Le Guatemala et ses populations *(en collaboration avec Jean-Claude Buhrer),* Le Chemin de Lhassa.

Le Seigneur du Lotus blanc, le Joyau-qui-exauce-tous-les-désirs, Océan de Sagesse, le Précieux Victorieux, l'Incomparable Maître – ou simplement, la Présence : ce sont là quelques-uns des titres que les Tibétains donnent au plus illustre et au plus vénéré d'entre eux, le Dalaï-Lama, dieu-roi, un être d'exception, longtemps entouré de légendes et de mystère.
C'est à la recherche de cette présence que Claude B. Levenson est partie. Cette quête l'a menée d'un versant à l'autre de l'Himalaya, du Tibet de l'intérieur au Tibet de l'exil. De repères en rencontres, elle a suivi des sentiers qui, inexorablement, conduisent à Tenzin Gyatso : le Dalaï-Lama, à la fois guide spirituel et temporel d'un peuple qui reconnaît en lui son essence séculaire et le gage de sa pérennité. De longues heures d'entretiens avec ce dernier lui ont permis de restituer les multiples facettes d'une personnalité hors du commun, de retracer le roman prodigieux d'une vie – comment un bambin turbulent né dans une modeste famille paysanne fut reconnu quatorzième incarnation du Bouddha de la Compassion infinie. Mais aussi de dévoiler les fondements cardinaux d'une grande civilisation menacée d'anéantissement par l'invasion chinoise.
Sa Sainteté le Dalaï-Lama a reçu le Prix Nobel de la Paix 1989.

CLAUDE B. LEVENSON

Le Seigneur du Lotus blanc

Le Dalaï-Lama

LIEU COMMUN

Mes remerciements les plus vifs à tous ceux sans qui cet ouvrage n'eût été qu'utopie, mais surtout au Précieux Maître qui l'a rendu possible.

THE DALAI LAMA

THEKCHEN CHOELING
McLEOD GANJ 176219
KANGRA DISTRICT
HIMACHAL PRADESH

FOREWORD

I welcome LE SEIGNEUR DU LOTUS BLANC not because the book is about myself but because I am confident that the readers will be able to know my thinking a little better since the author, Mrs Claude B. Levenson, has met me and done several interviews for the book. The topics which the author covers in her book are accurate. The author also deals with Tibet and the Tibetans. This is particularly welcome since so little is known about Tibet in the French-speaking world.

March 23, 1987

AVANT-PROPOS

Je salue avec plaisir *Le Seigneur du Lotus blanc*, non parce que c'est un livre sur moi, mais parce que je suis convaincu que ses lecteurs pourront ainsi un peu mieux connaître ma pensée, étant donné que Mme Claude B. Levenson s'en est entretenue avec moi et a réalisé plusieurs interviews à cette fin. Les thèmes qu'elle aborde dans son ouvrage sont précis et justes. L'auteur parle également du Tibet et des Tibétains. C'est d'autant mieux venu que le public d'expression française sait peu de choses à propos du Tibet.

23 mars 1987.

« Si tu traverses la montagne,
tu verras le palais du Roi
du Pays des Lotus... »

Djroazanmo,
« mystère » populaire tibétain.

PREMIÈRE PARTIE

SI LE PAYS DE BOD M'ÉTAIT CONTÉ

I. Mönlam à Bodh Gaya

« Tout porte à croire qu'il existe un certain point de l'esprit où la vie et la mort, le réel et l'imaginaire, le passé et l'avenir, le communicable et l'incommunicable, le haut et le bas, cessent d'être perçus contradictoirement. »

André Breton

COULEUR de grenade couleur de safran, les toges monastiques rehaussent la blancheur opaque des pierres au pied de l'arbre de la Bodhi, qu déploie sa vaste frondaison jusqu'à concurrencer le vénérable *stūpa* élevé sur le lieu d'Eveil du Bouddha. Intensément vivante, jaillissant du tréfonds de l'être, l'invocation de milliers de moines tresse un bouclier sonore : l'espace du sacré s'érige, victorieux et intangible, infrangible, sur la terre des hommes.

C'était à Bodh Gaya, en décembre 1985, au fin fond de l'Inde, dans ce Bihar déshérité, comme oublié de l'histoire et des hommes, un hameau perdu vers lequel convergeaient par milliers, à pied, en autocar, en camion, en char à bœufs aussi, des pèlerins bouddhistes. Parfois, ils avaient passé des semaines sur les routes, franchi les impressionnants cols himalayens, avec ou sans autorisation, pour venir de l'autre bout du Tibet, au-delà des grandes étendues désertes et des hauts plateaux, juste pour écouter et voir leur guide spirituel, pour partager un moment d'intense communion. Bravant intempéries et interdits, les fidèles n'en finissaient pas d'arriver, de s'ajouter aux innombrables facettes d'une foule fervente et bigarrée, à la fois joyeuse et grave, indissolublement unie autour de l'immémoriale lignée incarnant une manière d'être, une sérénité ou une sagesse.

A en croire les anciens, gardiens de la tradition au visage parcheminé, au regard pétillant de jeunesse, il fallait remonter loin – très loin – dans le temps pour retrouver trace de pareil rassemblement. De mémoire de lama chenu, sans doute, des lustres auparavant, à Lhassa, les Grandes Prières annuelles pour le bien-être de tous les êtres, au lendemain des cérémonies du Nouvel An, quand durant une semaine entière la ville devenait un gigantesque monastère, prenaient un tel relief. A l'époque où Lhassa n'était encore qu'une ville fabuleuse et interdite, le lieu du divin.

En ce jour de décembre, ensoleillé pourtant, dans cette impalpable poussière scintillante levée par les millions de pas des milliers de fidèles, Lhassa se superpose à Bodh Gaya, et les temples des alentours se donnent des allures de collines, faute de montagne. Tout autour de l'Arbre de Vie, un fantastique *mandala* vivant s'ordonne, la marée lie-de-vin s'apaise par vagues ourlées d'orange entre ombre et soleil, des milliers de crânes rasés se tournent vers une petite estrade surélevée à quelques mètres à peine du tronc vigoureux – le Trône du Lotus Blanc – surmontée d'une grande ombrelle jaune, symbole de royauté.

Attente. Silence. Un coup de vent passe comme un frémissement, les bannières de prière tendues partout en guirlande enchevêtrées déploient un arc-en-ciel de couleurs, une clochette tinte discrètement, une trille d'oiseau lui fait écho, une trompette mugit gravement au loin. Attente. Silencieusement, quatre grands lamas, chefs des écoles du bouddhisme tibétain, se sont glissés sur leurs sièges flanquant le trône, à mi-hauteur entre le sol et le sofa du maître de cérémonie. Moinillons et jeunes réincarnations de sages vénérés écarquillent les yeux : jamais encore ils n'ont participé à semblable rencontre hors du temps.

Flûtes et tambours se rapprochent, la mélodie se précise, rythmée par le froissement de pas rapides glissant sur la pierre polie par des siècles de circumambulations rituelles. Familière, la silhouette du XIVe dalaï-lama apparaît au faîte de l'escalier, qu'il dévale précipitamment, précédé et suivi par une demi-douzaine de moines musiciens, le porteur d'ombrelle qui peine à le suivre, et quelques gardes du corps aux aguets. La démarche souple, la carrure athlétique sous la toge grenat, l'épaule droite toujours découverte, le bras musclé et la main puissante dégagent une impression d'harmonie : concentrée dans le regard, la force spirituelle s'exprime aussi dans l'aisance du corps physique et dans la perception charnelle d'un solide ancrage sur terre.

Incarnation du Bouddha de la Compassion infinie, dieu-roi, souverain du haut Pays des Neiges, moine bouddhiste, Océan de Sagesse, Tenzin Gyatso passe, le sourire lumineux. Les mains au front, il s'incline devant la statue du Grand Compatissant, lui coule un clin d'œil complice, bifurque, salue les privilégiés qu'il croise sur son chemin et se dirige vers le siège recouvert d'une lourde tenture de soie damassée chatoyante. D'abord, il se prosterne devant le trône, pour honorer l'enseignement du Bouddha, puis s'installe commodément en tailleur, lisse les plis de sa toge d'un geste rapide, répond à la bienveillance attentive de l'assistance par la douceur éclatante de son sourire, le regard déjà tourné vers l'intérieur.

Estompés frissons et froissements, le silence vibre.

Très basse, à peine audible, une note se lève et se faufile, chargée d'une formidable puissance. N'était-ce le moine debout, pilier jailli d'un auditoire assis et vigilant, cette voix qui se gonfle, s'enfle, monte et se déploie, riche de toutes les virtualités, peu à peu accompagnée en sourdine par le murmure croissant des milliers de bonzes et de bonzillons – on la croirait monter de la terre elle-même, de cette terre de Bodh Gaya consacrée par la ferveur ininterrompue de générations de fidèles. Aboli le temps : cette force maîtrisée qui invoque d'autres mondes, tous les mondes, recrée l'origine, l'éveil ou l'illumination, et dans le jeu subtil des liens invisibles mais perceptibles, il ne reste plus qu'une seule voix pour répondre, profonde et modulée, à l'appel de cette multitude innombrable dont les cœurs battent à l'unisson. Celle du Dalaï-Lama.

Des heures durant, la longue prière déroule son rituel et ses fastes, ses chants et leurs méandres entre feuillage et sanctuaire. Bref intermède pour une coupe de thé, beurré et salé à la mode tibétaine, que déversent de lourdes théières ventrues tenues par une nuée de moinillons rieurs, ravis de ce prétexte pour se dégourdir les jambes. Surprise encore, dans le magnifique rituel tibétain viennent s'insérer une mélodie zen nippone, un salut coréen, une offrande birmane. Au pied du trône du Lotus, les toges jaunes des bonzes théravadins, du Petit Véhicule, se singularisent dans l'onde de pourpre assombrie des adeptes du Grand Véhicule.

Le soleil finit par se lasser, et dans l'air qui poudroie, il darde ses derniers feux comme pour exalter la litanie tendue vers le ciel, embrasée par un feu intérieur. A la fois sourd et incroyablement sonore, un coup de gong jette une chape de silence. Des milliers de lumignons s'allument dans le crépuscule qui tombe, et soudain, la nuit est là. Les sculptures en beurre luisent dans la pénombre, le grand maître de cérémonie se fond un instant dans la marée froufroutante des robes monastiques, puis se glisse dans la foule pour saluer au passage Tara, celle qui, depuis l'aube des temps bouddhiques, protège le Tibet, avant de disparaître en souriant pour regagner le monastère.

Précédant exceptionnellement l'initiation de la Roue du Temps à Bodh Gaya, la Grande Prière pour le bonheur de tous les êtres est terminée. Du haut du promenoir extérieur du temple, il me reste la vision, au cœur d'une couronne faite de feuilles de l'arbre de la Bodhi, d'un moine à la sérénité contagieuse. Intemporalité, sentiment d'immuabilité, d'accomplissement de l'espace, de prodigieuse convergence entre hier et demain, en ce point focal de l'instant qui dure et acquiert soudain l'éclat de l'éternité.

Dans mon rêve, il y avait une barque, un batelier et un fleuve. Mais pas d'autre rive. Rien que l'horizon immobile sur la ligne d'infini – et comme le souvenir d'un chemin esquissé dans la mémoire, une vie qui passe, un mirage, un signe ou un songe. Une présence.

II. De mythe et d'histoire

« La vie n'est pas un problème à résoudre, c'est une réalité à expérimenter. »

Bouddha

A ELLE seule, l'institution du dalaï-lama résume l'attrait et l'audace, mais aussi la profondeur d'une civilisation singulière où le mythe et l'histoire se donnent la main, s'épaulent et s'imbriquent, inextricables, dans leurs avatars pour dépasser la légende et s'imposer comme réalité.

Une réalité déroutante – du moins, de prime abord, car elle contraint à prendre en compte des dimensions qui, d'ordinaire, sont abandonnées aux poètes, aux artistes, aux rêveurs et aux mystiques, parfois aux savants ou aux chercheurs de tous les impossibles. Il se trouve cependant que, sur Toit du Monde, les notions de temps, d'espace et d'infini, d'intemporalité et d'éternité, de réincarnation donc, s'inscrivent dans la chair d'un patrimoine spirituel et intellectuel communément revendiqué.

C'est dire d'emblée combien naturelle, justement, est perçue l'idée même de réincarnation – non pas simple transmigration, passage d'une âme d'un corps à l'autre, d'une vie à une autre de toute éternité et jusqu'à l'accomplissement des temps, mais choix délibéré de revenir, de reprendre corps, en vue d'aider l'incommensurable myriade des êtres.

Dans ses fondements essentiels, le bouddhisme

dit tibétain – il serait plus juste de parler de bouddhisme pratiqué au Tibet – s'enracine dans le droit fil de la grande tradition philosophique indienne. Seulement, comme tout principe vivant, il a suivi son propre développement, a évolué à son rythme particulier et s'est adapté à un cadre d'exception. Pour pénétrer ses arcanes sans être pris de vertige, il suffit de laisser de côté les idées préconçues et d'être sans crainte, disponible à toutes les aventures. Elles ne manquent pas d'arriver.

Sous tous les cieux du monde, des hommes ont depuis toujours cherché le secret de l'immortalité. Certains l'ont pressenti, d'autres l'ont frôlé, les Tibétains l'ont peut-être trouvé. La lignée des dalaï-lamas le laisse entrevoir, et certains regards happés au hasard de rencontres viennent de si loin, de si profond, d'un espace-temps si manifestement différent, que, dans un éclair, l'idée vrille l'esprit qu'il faut des vies pour ainsi les épurer. L'histoire, la vraie – celle rapportée par les annales – commence vraisemblablement dans la nuit des temps. Celle du sage, du grand sage, débute un peu plus tard, à l'aube des temps modernes, il y a six siècles.

Comme tous les peuples du monde, celui du Tibet vivait dans ses remparts naturels – les siens sont d'une formidable puissance – et dans les défenses qu'il s'est créées en gravissant les échelons de la durée. Si son aventure apparaît tellement insolite, c'est sans doute aussi qu'elle a été vécue dans l'isolement, à l'abri des regards des gens de la plaine qui, pourtant, n'en finissaient pas d'imaginer que, là-haut, vivaient des dieux. Et les dieux aimaient, parfois, à se mêler des affaires des hommes, n'hésitant pas à descendre parmi eux : ils empruntaient ainsi les formes les plus inattendues, tout en demeurant eux-mêmes. A l'image des dieux, les êtres aussi vont et viennent, dans une succession sans âge des mondes. Jusqu'à se libérer du mirage des illusions, jusqu'à s'accomplir en franchissant le seuil de la mort, de la connaissance ou de la sagesse.

Pays interdit, le Tibet a longtemps nourri l'imaginaire des hommes. Méconnu, mal connu, inconnu, il s'est posé en énigme à ceux qui en rêvaient. Partir à sa découverte équivalait à braver l'inaccessible, à défier le mystère. Pour en rapporter parfois des récits si fabuleux qu'ils s'apparentaient à la légende, avivant une curiosité teintée d'effroi à l'évocation de son envoûtante beauté, de sa solitude, et de sa redoutable majesté. Au cœur de ces approches tâtonnantes, un fil d'Ariane menait immanquablement au souverain spirituel et temporel, celui que l'on nommait dieu-roi ou bouddha vivant, le Joyau-qui-exauce-tous-les-désirs, le Précieux Maître qui symbolise tellement son pays et son peuple qu'ils sont devenus indissociables.

Aboutissement d'une longue évolution historique, faite de hauts et de bas, d'oppositions des contraires et d'équilibres passagers, l'institution elle-même s'est forgée en quelques générations, autour du XVIe siècle. Curieusement pourtant, l'impression prévaut que le dalaï-lama personnifie si absolument une manière d'être et un mode de vie, de concevoir le monde, qu'il a existé de tout temps dans le haut Pays des Neiges – ne serait-ce qu'au stade de virtualité, parvenue à éclosion au moment précis où cela s'avérait nécessaire. Dès lors, vue de l'esprit et histoire se rejoignent pour faire route commune.

Terre bouddhiste amenée à cette vision du monde à partir du VIIe siècle, sous le règne du trente-troisième grand souverain Songtsen Gampo, par la puissance et la gloire de maîtres comme Padma Sambhava ou Atisha, le Tibet a été façonné par la Bonne Loi autant que celle-ci s'est modelée au caractère de ses rudes habitants. Terre magique par excellence – le moyen d'y échapper à ces altitudes vertigineuses, hérissées d'un prodigieux enchaînement de pics, de sommets et d'aiguilles? – le pays de Bod a été auspicieux aux plus audacieuses aventures de l'esprit. Elles se sont concrétisées par la montée, puis la chute, de plusieurs écoles tour à tour complémentaires ou rivales, en lutte pour le pouvoir temporel et la domination politique selon l'époque.

Comme ailleurs, rois et roitelets ont guerroyé souvent, s'attirant la faveur ou l'ire des monastères-forteresses qui avaient essaimé un peu partout sur ces vastes étendues. Dans ces *gompas* tenant à la fois du château fort et du bourg profane, l'existence laïque se déroulait sous la protection immédiate des lamas, grands ou petits, lettrés ou non, expert parfois en magie – blanche ou noire, à l'ombre de divinités tutélaires dont mieux valait se concilier les bonnes grâces pour les grands moments de la vie plutôt que de s'en attirer les foudres. Toutefois, dans le silence des cellules ou des ermitages éloignés, des moines cherchaient sans trêve autre chose et transmettaient inlassablement, à voix basse – parfois, dit-on, par le seul pouvoir de la pensée – leurs découvertes stupéfiantes à leurs disciples. Mais il revenait à ces derniers d'avancer sur la voie.

Des lignées de transmission se sont ainsi formées, du passé le plus lointain jusqu'à la lumière rationnelle de nos jours : la connaissance emprunte des raccourcis qui ne laissent pas d'étonner. La réincarnation n'explique pas tout, mais elle est la pierre angulaire de la surprenante souveraineté des dalaï-lama au Tibet. Dans un monde gouverné par la loi de l'énergie et de ses transformations, elle apparaît comme une possibilité parmi d'autres et s'inscrit en toute logique dans un temps qui a dépassé les notions, communément admises en Occident, de vie ou de mort.

Au commencement du bouddhisme au Pays de Bod était Gourou Rimpoché, le Précieux maître Padma Sambhava venu de l'Inde pour propager la Bonne Loi. Il se montra si convaincant, si habile et si puissant que les habitants des hautes plaines délaissèrent le sabre du guerrier pour le moulin à prières. Dans le sillage de l'érection de Samyé, le premier monastère fondé par le grand Padma lui-même, d'autres couvents fleurirent et exercèrent un ascendant croissant sur la population.

Plusieurs écoles se différencièrent peu à peu, se répartissant en quatre branches essentielles – les Anciens, ou Nyingma, héritiers directs de Padma; les Kagyud, ceux de la « transmission murmurée », se réclamant de Marpa-le-Traducteur et de son célèbre disciple, le poète Milarépa; les Sakya – ainsi nommés d'après leur monastère d'origine – et enfin les Geloug, ou « ceux qui pratiquent la vertu », issus de la réforme de Tsong Khapa. Le dalaï-lama appartient à cette école, tout en étant le guide spirituel de tous les Tibétains.

Mieux vaut préciser qu'il n'y a point rivalité entre ces divers modes d'expression d'une même foi : les écoles se complètent et sont nées d'un même enseignement fondamental, celui de Sakya Mouni, le Bouddha historique. Outre le bonnet jaune qu'ils portent pour se distinguer extérieurement du rouge des Anciens, les Geloug-pa insistent strictement sur le célibat des moines et l'interdiction de l'alcool. Par sa réforme, au XVe siècle, Tsong Khapa renforça la discipline au sein de la communauté monastique et débarrassa la pratique religieuse de certains rites empruntés au bön, religion autochtone d'inspiration chamanique, qui avaient fini par gauchir le sens premier des préceptes bouddhistes.

Outre une érudition peu commune et une brillante intelligence reconnue loin à la ronde qui persistent dans la mémoire collective, Tsong Khapa a légué à ses disciples l'un des plus extraordinaires monastères de la vallée de Lhassa, Gaden – dont le nom signifie « terre de joie » – qu'il avait fondé en 1409. « Aussi loin que porte le regard – écrivait en 1949 Giuseppe Tucci, le tibétologue italien – on ne voit qu'un océan de pics. Sur cet arrière-plan grandiose, Gaden se détache dans la pimpante élégance des murs chaulés de frais, bordés de pourpre ardente, de ses temples et du flamboiement doré de ses toits. Les lourds bâtiments paraissent aériens, juste des silhouettes sur un ciel d'azur sans faille. Une vision hors du monde[1]. » Là-haut, sur la montagne, le ciel est toujours aussi bleu. Mais de Gaden – appelé ainsi d'après le paradis où Maitreya, le Bouddha des temps à venir, attend son heure – aujourd'hui, il ne reste plus guère que des ruines : les Gardes rouges chinois ont tout rasé sur leur passage. Et patiemment, humblement, les Tibétains reconstruisent.

A l'époque, au XVe siècle, la renommée de Tsong Khapa s'était répandue au loin, jusque dans les vallées les plus reculées du Toit du Monde. Sage, le réformateur l'était, et nombreux furent ses disciples. Parmi eux, le plus proche s'appelait Gedun Truppa. Issu d'une famille d'éleveurs transhumants des hauts plateaux du Tibet occidental, son premier contact avec le monde des hommes ne manque pas d'originalité. Selon les chroniques tibétaines, c'était l'une de ces nuits noires et froides de tempête et de vent, quand soudain une bande de brigands fit irruption dans le hameau. Terrorisés, les habitants s'égaillèrent dans la nature, et la jeune mère effrayée n'eut que le temps de dissimuler le nouveau-né derrière quelques pierres. Le danger une fois passé, en regagnant leur abri, les villageois devaient découvrir, non sans stupéfaction, le bébé tout sourire jouant sous la garde d'un corbeau. Ils en conclurent que l'enfant sortait de l'ordinaire...

Comme pour leur donner raison, Gedun Truppa manifeste très tôt un penchant très net et des aptitudes peu communes pour l'étude et la religion. A la mort de son père, il n'a que sept ans et entre dans un monastère, non loin de Chigatsé, comme serviteur d'un moine, avant de prendre lui-même la robe. Au grand étonnement de ses pairs, il se met sans tarder à rédiger des traités de philosophie et des textes religieux. A vingt ans, il rencontre Tsong Khapa et devient l'un de ses disciples les plus assidus. Il est également instruit dans les arcanes subtils des *tantras* par un autre fidèle collaborateur de Tsong Khapa, Shérab Sengé.

Tandis que Jamyang Chojay fonde, à la lisière de Lhassa, le fameux monastère de Drepung, Gedun Truppa fait construire à Chigatsé celui du Tashilumpo, dont il supervise lui-même tous les détails et qui, au fil du temps, devait devenir un facteur politique d'importance dans l'histoire tibétaine. Mais une vie d'homme, dût-elle durer quatre-vingt-deux ans comme celle de Gedun Truppa, suffit-elle quand on s'est engagé dans pareille entreprise? Tel n'était pas l'avis du disciple de Tsong Khapa, qui déclara sur son lit de mort qu'il reviendrait poursuivre sa tâche. Pour tout testament, il enjoignit à ses élèves de « se souvenir des enseignements du Seigneur Bouddha et de les méditer avec la plus grande ferveur religieuse ». Quand l'esprit quitta le corps, les scribes notèrent méticuleusement que la dépouille physique se mit à luire sans se décomposer et que sa couleur vira à celle de l'or.

Les exceptionnelles qualités et la volonté exemplaire de ce moine hors pair étayèrent l'idée qu'il avait bel et bien été une réincarnation du dieu tutélaire du haut pays, Chenrezig, le Seigneur de la Compassion infinie. Pour la première fois, du moins officiellement sous cette forme, le concept de *bodhisattva* apparaît sur la scène tibétaine : l'être d'illumination, celui qui instruit et qui aide. Par la réflexion, la discipline quotidienne, la méditation et l'effort sans relâche, il est donc possible à l'être humain d'atteindre à la délivrance, au nirvana – à la « bouddhéité » – en l'espace d'une seule vie. Mais au lieu d'entrer définitivement dans la glorieuse paix infinie, le bodhisattva choisit délibérément de reprendre forme humaine, de revenir sur terre afin de conforter et de guider tous les êtres souffrants dans la voie de l'accomplissement suprême.

Vue de l'esprit, élucubration de cerveau enfiévré, réalité si évidente qu'elle s'impose naturellement ? Toujours est-il que les bouddhistes tibétains n'en démordent pas : le bodhisattva fait partie de leur conception du monde, au même titre que le *karma* – loi de la cause et de ses effets – ou que les pouvoirs considérés sous d'autres latitudes comme surnaturels des grands sages. D'ailleurs, la notion de bodhisattva n'est que l'un des aboutissements logiques de la réincarnation, et l'histoire tibétaine a déjà connu, avant Tsong Khapa et les Geloug-pa, des ascètes d'exception dont les réalisations, voire les exploits, sont autant de pierres blanches sur le long chemin de la sagesse.

Si l'idée même de bodhisattva s'est rapidement imposée pour les grands maîtres de l'école des Bonnets jaunes, c'est que, contrairement aux Anciens, ses adeptes se plient au célibat et qu'il n'est plus question de transmettre le savoir de façon héréditaire. Dès lors, il importait d'instituer une autre voie de filiation, et elle ne pouvait être que spirituelle. Toutefois, ce genre de réincarnation n'est pas l'apanage du seul dalaï-lama, et nombre de maîtres, ascètes et sages continuent de revenir de génération en génération, pour le plus grand bien de leurs fidèles : c'est ce que l'on appelle des *tūlkous*. Ils ne sont pas rares, et divers voyageurs occidentaux en ont rencontré.

Le bon père Huc narre ainsi son premier contact avec un « bouddha vivant » revenant de Lhassa et se dirigeant vers son monastère dans le pays des Khalkas, non loin des frontières russes : « Son corps était de taille moyenne, et d'un bel embonpoint. Sa figure, fortement basanée, exprimait une bonhomie étonnante; mais ses yeux, quand on les considérait attentivement, avaient quelque chose de hagard, une expression étrange qui nous effrayait. » Il faut croire que cette impression le poursuivait, car il ajoute un peu plus loin : « Les paroles et les manières de ce grand lama étaient toujours pleines d'affabilité, mais nous ne pouvions nous faire à l'étrangeté de son regard : il nous semblait voir dans ses yeux quelque chose de diabolique et d'infernal[2]. »

Quoi qu'il en soit, quelques années après le départ de Gedun Truppa, les dignitaires supérieurs de Drepung proclamèrent qu'il était de retour au monastère sous le nom de Gedun Gyatso. Ainsi établie, la chaîne devait, une génération plus tard, devenir celle des dalaï-lamas et se prolonger jusqu'à nos jours avec son XIVe représentant. Durant les soixante-sept années de sa vie, Gedun Gyatso s'attacha à réaliser des projets inachevés lors de son passage antérieur sur terre : le monastère de Drepung en profita largement et se tailla une position particulière dans la vie du pays. Il ne devait pratiquement pas la perdre jusqu'à l'invasion chinoise de 1950, jouant peut-être plus souvent qu'à son tour un rôle prépondérant en politique et consolidant une réputation, d'ailleurs pas entièrement usurpée, de « forte tête » au sein de la communauté monastique. Il n'empêche que sa renommée philosophique et spirituelle ne demeurait pas en reste. Drepung étant – avec Sera et Gaden – l'un des « trois piliers du Tibet », constituant une partie fondamentale de l'armature même de la société.

Au crépuscule de sa vie, Gedun Gyatso, estimant sa tâche incomplète, aurait exprimé son désir de revenir la poursuivre : aussi ne faut-il pas s'étonner qu'en 1543, une année après son départ, un autre jeune moine, Sonam Gyatso, se vit à son tour proclamé réincarnation de Gedun Truppa. Avec lui commence officiellement dans les annales l'histoire des dalaï-lamas – ou du Dalaï-Lama, si l'on admet, avec les Tibétains, l'immuabilité de sa personnalité profonde, de son essence supérieure et de sa réalité spirituelle. Seul son corps physique change d'une génération l'autre : il est perçu comme la personnification temporaire – le temps d'une vie humaine – d'une émanation divine, et c'est toujours le même être qui revient sans désemparer siéger sur le trône des dieux pour indiquer à ceux qui souffrent la voie de l'Illumination.

Parallèle au cheminement religieux, une autre évolution, celle des hommes et du pouvoir, déroulait ses intrigues et ses querelles intestines sur le Toit du Monde. Entre les différentes écoles bouddhistes à avoir pris tout à coup l'ascendant l'une sur l'autre en fonction des protections laïques qu'elles surent peu à peu s'assurer, à l'intérieur comme à l'extérieur, les relations finirent par se stabiliser. Au demeurant, il s'est fondamentalement agi d'une lente harmonisation et d'une délimitation des domaines entre le clergé bouddhiste et la noblesse séculière. En dernier ressort, la religion a gagné la primauté, mais en s'adjoignant la puissance temporelle : malgré des hauts et des bas, les éclipses et les mauvaises surprises au fil des siècles, le dalaï-lama concentre entre ses mains la totalité des pouvoirs. Qu'il l'exerce avec des nuances, et peut-être quelques réserves, il reste pour les Tibétains le détenteur du pouvoir suprême. D'ailleurs, pourrait-il en aller autrement pour un dieu-roi ?

Cependant, le relatif isolement du Tibet, s'il lui a généralement assuré une indépendance de fait, ne l'a pas totalement mis à l'abri des convoitises de ses voisins. Exception faite de la grande époque de Songtsen Gampo, au cours de laquelle la puissance militaire de Lhassa était redoutée jusque par les Fils du Ciel, les liens avec l'extérieur ont souvent été conflictuels : avec la Chine notamment, mais aussi avec la Mongolie des khans conquérants.

A partir du tournant de l'an mil, le Moyen Age tibétain a vu le bouddhisme renaître de ses cendres, après la persécution du roi apostat Lang Darma, sous l'impulsion du grand sage indien Atisha. En ce temps-là, l'empire mongol brillait de tous ses feux, et les rivalités entre monastères tibétains furent habilement mises à profit par les souverains voisins. Au XIIIe siècle, Godan, fils d'Ogodaï et descendant du très célèbre Gengis Khan, nomma le chef des Sakya vice-régent du haut pays : pour la première fois, un hiérarque religieux devenait ainsi le plus haut dignitaire du Tibet. Une centaine d'années plus tard, la puissance des Sakya déclinait et s'inclinait devant la suprématie des Kagyu-pa. Mais en théorie, l'Eglise continuait de soutenir le pouvoir civil, incarné par le roi et devenu son principal protecteur. La réforme de Tsong Khapa fait basculer ces équilibres mouvants et entraîne l'irrésistible montée de la nouvelle école des Bonnets jaunes.

Avec Sonam Gyatso, l'expérience touche à son terme et se métamorphose en institution. Une fois encore, il s'agit d'une personnalité hors pair, conjuguant heureusement d'indéniables qualités d'érudit avec un don de persuasion peu commun. Invité par Altan Khan, qui régnait alors en Amdo près du lac Koukou Nor, il arrive dans la capitale royale, Khar Ngonpo, précédé d'une flatteuse réputation. Pour donner la mesure de ses talents, le long de la longue route, il n'aurait pas hésité à faire usage de ses pouvoirs surnaturels afin d'impressionner la gent mongole, qui s'empressa de crier au miracle. Néanmoins, à en croire les récits historiques, ce sont davantage la profondeur de ses connaissances, sa modestie et son immense piété qui firent tellement impression sur Altan Khan que ce dernier embrassa la conception du monde de son illustre hôte. Avec une science consommée, en exposant ses vues sur la réincarnation, Sonam Gyatso convainquit le souverain mongol qu'il avait été lui-même autrefois le grand Koublaï Khan en personne, tandis que lui, simple moine bouddhiste, avait été son maître spirituel...

Pour marquer avec éclat sa vénération et témoigner sans équivoque sa gratitude, Altan Khan honora le sage tibétain du titre de Talé-Lama – talé (ou « dalaï ») signifiant Océan et sous-entendant une sagesse sans limite. Un sceau exclusif qui fut également remis, portant la mention « Dorje Chang », ou « Maître de la Foudre ». Nombre de proches et de courtisans suivirent le royal exemple, si bien que le bouddhisme, réformé par Tsong Khapa devait dès lors s'implanter durablement en Mongolie. L'actuel dalaï-lama put en prendre personnellement la mesure lors de ses visites sur place en 1979 et en 1982, quand, très dignes, de hauts responsables du parti communiste s'en vinrent solliciter sa bénédiction... Du même coup, les liens entre les deux pays se trouvèrent resserrés, avec tout ce que cela implique, tant sur le plan spirituel que dans le domaine politique. Cela se passait en 1578.

Revêtu de sa nouvelle dignité et nanti d'un titre voué à devenir prestigieux, Sonam Gyatso parcourt ensuite le Tibet oriental où il fonde le monastère de Lithang, poursuivant sans relâche ses activités. Sur les instances pressantes du fils et successeur d'Altan Khan, il repart pour la Mongolie afin de poursuivre l'instruction des fidèles. Chemin faisant, non loin du Koukou Nor, il fait construire en 1582, sur le lieu même où Tsong Khapa avait vu le jour, le monastère de Koum Boum, soit des « Dix mille images ». Un arbre miraculeux, né de la chevelure du réformateur et portant sur ses feuilles des lettres tibétaines sacrées, est vénéré encore de nos jours.

S'apprêtant enfin à regagner le Tibet en 1588, Sonam Gyatso tomba malade et quitta sa dépouille mortelle dans les steppes d'Asie centrale. Ses cendres furent ramenées à Drepung. Pour tenir une promesse faite à l'article de la mort, affirment les chroniques, il choisit une famille mongole pour revenir parmi ses nouveaux disciples. Pas n'importe laquelle, il est vrai : tout simplement, celle d'Altan Khan, dont son petit-fils, Yonten Gyatso, devait être reconnu par les dignitaires bouddhistes comme quatrième incarnation de Gedun Truppa et porter brièvement le titre de IVe dalaï-lama, Sonam Gyatso ayant décidé, pour honorer ses deux prédécesseurs, de leur octroyer rétrospectivement le privilège qui l'auréolait.

Si le règne de Yonten Gyatso fut de courte durée – une quinzaine d'années à peine de son intronisation, à douze ans, à sa mort en 1617 – il fut néanmoins décisif en tant que charnière. D'une part, il renforça notablement les rapports entre le Tibet et la Mongolie, ce qui allait se révéler capital dès la génération suivante.

Incertaine et fluctuante, une période de troubles crée des circonstances propices à l'arrivée d'un homme à poigne, celui qui est considéré comme l'unificateur du Tibet. Son caractère, sa personnalité et l'empreinte qu'il a laissée sur son pays sont tels qu'ils lui valent d'être connu dans l'histoire sous le surnom de « Grand Cinquième ». Dalaï-lama, bien entendu. En tout cas, il fut le premier à s'imposer à la fois comme maître de sagesse aux indiscutables accomplissements et comme politicien de haute volée, doublé d'un administrateur avisé et d'un bâtisseur d'avenir : d'ailleurs, nombre de ses réformes ont perduré jusqu'à l'invasion chinoise de 1950, réajustées et adaptées au début du XXe siècle par le XIIIe dalaï-lama. Rude était l'époque et sanglants les antagonismes entre les Karma-pa en perte de vitesse et les Geloug-pa au vent en poupe. Sporadiquement, les Mongols jouaient les arbitres, tandis qu'entre le royaume de Tsang, autour de Chigatsé, et celui d'U, au centre du pays autour de Lhassa, les rivalités s'exaspéraient aussi bien des malentendus entre grands lamas que des intrigues tissées par leurs protecteurs respectifs.

Dûment reconnue et vérifiée par les plus hauts dignitaires de Geloug-pa, la renaissance du dalaï-lama, cinquième de la lignée, avait eu lieu en 1617 à Chongyas. Le nouveau-né s'appelait Ngawang Lobsang Gyatso. Mais en raison des incertitudes qui planaient sur le Pays des Neiges, l'annonce de sa découverte fut différée, et l'enfant fut soigneusement caché avant d'être ramené, en 1622, à Drepung pour recevoir une éducation conforme à son rang et à son destin. En 1625, le panchen-lama patronna son entrée solennelle dans le *sangha,* l'ordre monastique.

C'est au Ve dalaï-lama que le maître du Tashilumpo doit son titre de panchen-lama, qui signifie « Grand érudit » et que porteront ses réincarnations ultérieures. Etudiant à Drepung, Yonten Gyatso fut l'élève de Lozang Chosgyan, grand lama du monastère de Chigatsé, qu'il gratifia de cette appellation honorifique pour le remercier des précieux enseignements reçus. Là encore, cette initiative devait se révéler plus tard grosse de conséquences, pas toujours heureuses, pour le Tibet.

Dans le temps où le jeune Lobsang Gyatso s'initiait aux devoirs de sa charge et s'instruisait en religion, hors les murs des monastères les luttes faisaient rage entre zélateurs des Anciens et des Modernes. Si bien que, craignant pour la vie du Précieux Maître réincarné, quelques conseillers et hauts fonctionnaires de son entourage jugèrent plus prudent d'appeler les chefs mongols à la rescousse. La sanglante querelle entre Karma-pa et Geloug-pa, relayée par les seigneurs de Tsang et d'U, se vida finalement par Mongols interposés : le chef Gushri Khan, des Khoshot, sous la bannière du dalaï-lama défit en combat loyal le chef de Chogthu, dont le fils Arsalang, censé défendre la cause des Karma-pa, avait fait allégeance au dalaï-lama dans le vénérable sanctuaire de Ramotché. Ainsi sonna le glas de la puissance temporelle des Bonnets rouges, alors que montait irrésistiblement l'étoile des Bonnets jaunes.

De 1637 à 1642, escarmouches et batailles rangées se succèdent, jusqu'à tourner presque au drame quand Gushri Khan décide d'en finir une fois pour toutes avec l'arrogance du souverain de Tsang, estimant que ce dernier portait ombrage à l'autorité de Lhassa. Entraîné à contrecœur dans un engrenage qu'il désapprouvait en son for intérieur, le dalaï-lama s'interposa en médiateur pour éviter la poursuite du bain de sang. Ayant vaincu l'adversaire sans pourtant l'anéantir, le seigneur des steppes s'inclina devant la volonté du maître spirituel et, dans le grand hall du Tashi-lumpo conquis de haute lutte, après les offrandes d'usage, le khan mongol proclama solennellement le dalaï-lama autorité suprême sur tout le Tibet, de Tsatsienlou au levant jusqu'aux confins du Ladakh au couchant. Pour la première fois, le dalaï-lama devenait ainsi officiellement le chef spirituel et temporel du Pays des Neiges. Parallèlement, son intendant et proche collaborateur se voyait octroyer le titre de *desi* ou régent, étant désormais chargé de l'administration politique du pays. Mais en dernier ressort, c'est au dalaï-lama qu'il revient de prendre les grandes décisions, et c'est aussi lui qui nomme, à sa convenance, le desi qu'il choisit. De retour dans sa ville après les cérémonies de Chigatsé, le dalaï-lama décide de faire de Lhassa la capitale du Tibet et de s'y faire bâtir un palais sur les vestiges de celui construit, au VIIe siècle, par Songtsen Gampo : de la sorte, le Potala renaît de ses ruines, pour devenir au fil des ans l'un des symboles les plus frappants de la théocratie tibétaine. Le Potala, ou siège des dieux.

Rien ne fut cependant vraiment facile au Ve dalaï-lama, et s'il parvint à ses fins, sa détermination d'airain et sa clairvoyance politique y furent pour beaucoup. Des foyers de troubles s'allumaient par intermittence, aux frontières ladakhi ou bhoutanaise, sikkimaise aussi, mais ils furent rapidement éteints. Répondant à une invitation du souverain mandchou installé sur le trône du Royaume du Milieu, le dalaï-lama fut reçu en grande pompe et avec des honneurs sans précédent à Pékin, où le

Palais jaune de la Cité interdite avait été bâti à son intention.

L'unificateur du Tibet avait également su s'entourer de fonctionnaires et d'administrateurs compétents et dévoués, expressément formés à leurs tâches. Par leur entremise, il établit le premier recensement jamais réalisé sur le Toit du Monde. Il mit aussi sur pied un système d'impôts équitablement répartis et soigneusement collectés, inscrits dans les registres séculiers. D'une grande courtoisie envers ses interlocuteurs ou ses sujets, il savait rendre justice sans faillir et se montrer intraitable en cas de rébellion. Toutes ces qualités ont contribué à faire de lui l'une des plus grandes figures de l'histoire tibétaine.

D'autres vertus cependant ajoutent encore à l'envergure de ce monarque éclairé hors du commun. Profondément porté sur l'étude et la spéculation philosophique, Lobsang Gyatso fit preuve, sa vie durant, d'une rare ouverture d'esprit et d'une remarquable tolérance à l'égard de ceux qui ne pensaient pas forcément comme lui. Il s'intéressa vivement aux enseignements des écoles différentes de la sienne et n'hésita pas à s'adjoindre comme conseillers des lamas lettrés d'autres obédiences. Pendant son règne, les échanges culturels s'intensifièrent, notamment avec l'Inde : de nombreux bacheliers, érudits et savants firent le voyage de Lhassa, tandis que les traductions de livres bouddhiques allaient bon train.

Pour ses fonctionnaires ecclésiastiques et laïcs, le Ve dalaï-lama créa deux académies où l'on enseignait, outre les traditionnelles disciplines administratives et religieuses, le mongol, le sanskrit, l'astrologie, la poésie, le tir à l'arc et l'équitation. Ses activités religieuses ne furent pas moins abondantes, et il rédigea lui-même plusieurs ouvrages, allant de commentaires spirituels à des préceptes temporels et jusqu'à un traité de poésie. C'est le Ve dalaï-lama qui confirma officiellement qu'il était la réincarnation de Chenrezig, le Seigneur de la Compassion infinie et patron du Tibet, appelé ailleurs Avalokiteshvara. Il ajouta que ses prédécesseurs de la lignée étaient eux aussi des incarnations du même bodhisattva.

Après la mort successive de deux régents et la démission du troisième, le dalaï-lama choisit sur le tard son propre disciple spirituel, un jeune homme de vingt-sept ans, Sangye Gyatso, neveu de l'un de ses intendants les plus proches, comme régent, à qui il confie les affaires séculaires du pays. Hasard ou prémonition, toujours est-il que ce jeune régent irréprochable et choyé aura un rôle tout à fait particulier à jouer dans les années suivantes. En 1682, ou en l'an 2226 à compter de l'entrée du Bouddha en nirvana, ou encore au vingt-cinquième jour du deuxième mois de l'année du Chien d'Eau selon le calendrier tibétain, le Grand Cinquième quitte son enveloppe physique, usé par soixante-huit ans d'existence fertile en péripéties et travaux incessants. Une chape de silence s'abat sur le Potala : quinze ans durant (d'autres disent treize, et d'autres encore neuf seulement), Sangye Gyatso parvient à cacher au monde la mort du dieu-roi.

Surprenant, le fait l'est à maints égards : si l'on écarte d'emblée – car tel ne semble pas avoir été le cas – l'appétit de pouvoir personnel, plusieurs hypothèses restent en lice pour expliquer l'étonnante décision du régent. La crainte de voir dégénérer l'instabilité ambiante en est une; la méfiance devant une éventuelle intervention étrangère, toujours possible durant l'interrègne, en est une autre. Le désir de mener à bien la tâche proprement gigantesque de reconstruction du Potala, si ardemment voulue par le Ve dalaï-lama, en est une troisième. Officiellement, c'est d'ailleurs l'argument avancé par Sangye Gyatso lui-même. Mais peut-on imaginer les trésors d'inventivité qu'il a dû déployer pour faire passer sans guère broncher la supercherie ?

Il est vrai que le dalaï-lama a toujours vécu à l'abri des regards indiscrets, entouré d'un cérémonial et d'un protocole d'une extrême rigueur. Annoncer qu'il avait décidé d'entreprendre une période de méditation d'une durée indéterminée ne sortait pas de l'ordinaire – moines et ascètes tibétains se retirent volontiers du monde des mois, voire des années durant, afin d'expérimenter par eux-mêmes certaines pratiques exigeant la solitude la plus absolue. En soi, cette prétendue retraite du dalaï-lama n'avait rien d'exceptionnel. Une chose cependant est de le faire savoir publiquement, mais c'en est une autre de garder si longtemps pareil secret, dès lors qu'il s'agit d'un personnage malgré tout public.

Pour soutenir cette gageure, Sangye Gyatso se dépensa sans compter, menant de front ses propres activités administratives et assumant les tâches supposées être celles du dalaï-lama. Présent partout à la fois, habile metteur en scène lors des cérémonies officielles, s'intéressant sans désemparer à tous les aspects du quotidien, il réussit à donner le change. Certes, des rumeurs coururent parfois dans Lhassa, lorsque des envoyés mongols ou des émissaires étrangers désiraient s'entretenir avec le souverain, ou encore quand de jeunes lamas devaient recevoir sa bénédiction ou certaines instructions particulières. Convenablement déguisé et dûment chapitré pour tenir le rôle selon les circonstances, le sosie désigné profitait de la pénombre des salles d'audience pour mieux dissimuler son jeu, quand il n'écourtait pas ces entrevues. Seules trois personnes étaient dans le secret des dieux...

Cette manière de complot n'empêcha pas le régent de faire rechercher, en catimini, la nouvelle incarnation du défunt. S'entourant de toutes les précautions d'usage, il trouva en 1685 un enfant d'à peine trois ans, dans la région du Monyul, répondant aux exigences d'une si haute destinée. Sangye Gyatso préféra cependant garder par-devers lui son lourd secret, et l'enfant fut emmené en cachette, en 1688, à Nankartsé où son instruction débuta sous l'œil vigilant du desi.

Là encore, il n'est pas aisé de démêler les fils de la légende, profondément insérés dans le tissu moiré d'une réalité mouvante. Aujourd'hui, le Monyul demeure toujours l'une des régions les plus secrètes de l'Inde, aux confins mal définis du Tibet et du Bhoutan, dans des marches inaccessibles et fermées à la curiosité étrangère. Pourtant, les Mon-pa, habitants de la vallée de Tawang, gardent précieusement le souvenir de l'énigmatique bambin né en 1682 dans une famille de lamas de tradition Kargyu, dont l'ascendance remontait loin dans la lignée bouddhiste pour se rattacher directement au célèbre « découvreur de trésors » Pemalingapa.

L'ancestrale maison familiale serait encore visible à Urgelling, à une vingtaine de kilomètres de Tawang, non loin d'un monastère qui se distingue par la présence d'un arbre plusieurs fois centenaire à la couronne majestueuse. A en croire la tradition locale, l'enfant alors secrètement reconnu comme réincarnation du Grand Cinquième aurait manifesté quelque réticence à quitter le hameau natal. Avant le départ, tandis que la caravane s'apprêtait à se mettre en branle, le garçonnet se serait arrêté devant un frêle arbrisseau et aurait prononcé d'étranges paroles : « Quand les trois branches de cet arbre seront de hauteur égale, je reviendrai... »

Il ne revint pas dans son village, du moins pas dans cette vie-là, l'enfant prodige et poète, l'amoureux romantique dont les subtils quatrains vibrent entre l'élan mystique et le double sens d'une autre nostalgie, plus charnelle celle-là. Mais, curieusement, d'aucuns se sont soudain remémoré cette histoire si ancienne qu'elle s'embrumait d'oubli : c'était un jour d'avril 1959, les trois branches de l'arbre avaient atteint une même hauteur, et le XIVe Dalaï-Lama, sous la solide escorte des fidèles guerriers khampas, passait la frontière à Chuthangmo, pour parvenir ensuite à Tawang, dans le Monyul, au début d'un nouvel exil indien...

Quoi qu'il en soit, plus tard, quand fut achevé le Potala et publiquement annoncée la mort du Grand Cinquième, le panchen-lama se rendit en personne à Nankartsé pour recevoir les vœux préliminaires de l'adolescent. Il lui conféra le nom de Tsangyang Gyatso, et en 1697, le VIe dalaï-lama fut installé selon les rites sur le trône de ses prédécesseurs. C'est à partir de là que les choses commencèrent à se gâter et à prendre une tournure imprévue.

A la surprise de ses sujets et au grand dam de son entourage, le nouveau souverain du Toit du Monde a des manières en apparence peu compatibles avec son statut et ses devoirs : manifestement peu intéressé par la quête spirituelle, il adore en revanche le tir à l'arc et prend volontiers part aux compétitions d'archers, toujours très en vogue parmi les Tibétains. Pis, il quitte nuitamment le palais rouge pour aller faire la noce au hameau voisin et conter fleurette aux demoiselles. La stupéfaction populaire s'accroît encore quand la rumeur affirme qu'il s'est fait construire des appartements privés, au décor aussi raffiné que profane, pour ses rendez-vous galants. Ni prudes ni puritains, les Tibétains s'en étonnent peut-être, mais leur foi en lui demeure totale. Et tout le monde s'accorde à reconnaître ses dons de poète et son talent sans égal pour trousser des lais d'amour restés célèbres dans le haut pays.

Personnage controversé et assez inattendu, le VIe dalaï-lama n'en est pas moins, aux yeux des Tibétains, la réincarnation authentique du Grand Cinquième et le seul habilité à occuper le trône sacré. En tout cas, c'est aussi un caractère : quand il décide de ne pas prononcer ses vœux complets de moine et de renoncer même à ceux, partiels, qu'il avait déjà endossés, rien n'y fait. Le régent, le maître du Tashi-lumpo, les supérieurs des trois grands monastères, les seigneurs de Mongolie ont beau tenter de le raisonner, Tsangyang Gyatso va trouver, en 1702, le panchen-lama au Tashi-lumpo pour lui rendre ses robes monastiques et être délié de ses vœux. Vêtu comme un laïc, il regagne le Potala et, au désespoir de Sangye Gyatso, continue de chanter des chansons à boire et de courir le guilledou en compagnie d'un officier de sa garde.

Seulement, pareille situation ne saurait durer longtemps quand la Chine veille et cherche le moyen de prendre pied au Tibet, d'autant qu'une nouvelle fois la menace se lève du côté des Mongols de Dzoungarie. La dynastie des Ming a cédé devant la montée des Ch'ing, c'est-à-dire des Mandchous, tandis qu'en Mongolie les querelles intertribales s'amplifient. Prenant prétexte de ces rivalités et de la supercherie enfin avouée à Lhassa, l'empereur Kang Hsi s'empresse de se mêler des affaires tibétaines. Dès 1703, le régent avait démissionné, tout en gardant dans les coulisses la haute main sur l'administration du pays. Depuis un certain temps déjà, les discussions tournaient à l'aigre entre Tibétains et Mongols à propos de la conduite, ou de l'inconduite, du dalaï-lama. Vers 1705, Lhazang Khan lève des troupes, attaque Lhassa, prend le contrôle de la ville et du gouvernement, fait tuer Sangye Gyatso et décide de s'emparer du dalaï-lama.

Capturé par traîtrise, Tsangyang Gyatso est conduit sous escorte au camp mongol, sévèrement sermonné par le khan qui lui fait grief de tous ses manquements et lui annonce sa destitution, en plein accord avec l'empereur mandchou, ainsi que son prochain départ pour l'exil. Le dalaï-lama réussit néanmoins à envoyer un message à l'une de ses amies, dont la signification véritable n'apparaîtra qu'un peu plus tard :

Grue blanche, bel oiseau,
Prête-moi tes ailes.
Je n'irai pas loin
Je reviendrai de Lithang[3].

Les Tibétains sont outrés, car pour eux, malgré son incompréhensible conduite, Tsangyang Gyatso est en toute légitimité l'incarnation de Chenrezig, et nul n'a rien à y redire. Après une velléité de rébellion des moines de Sera et de Drepung, apaisée par le dalaï-lama, le dieu-roi déchu est emmené vers l'est – la Chine ou la Mongolie, selon les diverses versions de cet épisode historique, mais n'arrive nulle part : au sud du Koukou Nor, près du petit lac de Kunga Nor, le dalaï-lama meurt. En tout cas, c'est ce qu'affirme la chronique officielle. Assassinat ou maladie, personne ne sait. A moins qu'il n'ait disparu, emporté par un tourbillon – d'aucuns affirment qu'il aurait assidûment pratiqué par la suite la méditation, des années durant, dans les steppes d'Asie centrale. Certains assurent même qu'il aurait en personne rencontré son successeur, le VIIe dalaï-lama, en Mongolie, où il aurait eu de nombreux disciples. Car, selon la tradition, le dalaï-lama étant en fait un Bouddha, il peut revêtir autant de formes physiques qu'il le souhaite en fonction des nécessités du moment... Sa dépouille mortelle n'a jamais été retrouvée, ce qui explique l'absence de son tombeau au Potala, alors que dans l'aile occidentale du palais se trouvent les cénotaphes de ses prédécesseurs et successeurs.

De l'avis de Tenzin Gyatso, l'actuel dalaï-lama, il est hors de doute que le fin lettré amateur de jolies filles a été l'authentique sixième réincarnation du protecteur du Tibet. Les oracles d'Etat ont été formels sur ce point, et aucune raison ne permet de mettre en question la validité de leurs prédictions. Sa Sainteté rappelle à l'occasion que la manière d'être d'un maître spirituel, pour étrange qu'elle soit, ne saurait être jugée à l'aune commune, et que ses pouvoirs l'autorisaient sans doute à adopter pareil comportement. Et s'il l'avait fait pour éprouver la foi des fidèles ? Les ascètes tantriques sont réputés, en Inde comme au Tibet, pour accomplir des actions qualifiées ailleurs de miracles, et la tradition populaire tibétaine n'est pas avare de ces hauts faits où le merveilleux le plus échevelé le dispute au réalisme le plus cru. Alors, pourquoi pas le VIe dalaï-lama ? Quant à sa décision de jeter aux orties la toge monastique, peut-être qu'en ce temps-là la nécessité perçait-elle sourdement d'un monarque puissant pour sauvegarder l'unité et la souveraineté du Pays des Neiges : Tsangyang Gyatso aurait pu songer à prendre femme et instaurer de la sorte une véritable monarchie héréditaire. Les circonstances et les hommes en ont cependant décidé autrement.

Après le bref intermède d'une dizaine d'années d'un usurpateur, Yeshé Gyatso, proclamé VIIe dalaï-lama par Lhazang Khan, un autre chef mongol s'empare de Lhassa, met à mort son rival et dépose son protégé. D'ailleurs, ce dernier n'a jamais été accepté par les Tibétains, qui appellent leur souverain « Tchamchad Khenpo », l'Omniscient, au lieu que Yeshé Gyatso eut tout juste droit au titre de « Koushab », Monsieur. Félonies et règlements de comptes se poursuivent entre tribus mongoles jusqu'en 1720, avec de spectaculaires renversements d'alliances et des retournements inattendus. Minée de l'intérieur, l'influence mongole ne cesse de décliner, supplantée par celle des Mandchous, qui envoient pour la première fois un *amban*, ou représentant, à Lhassa.

Déjà la septième réincarnation s'était manifestée : Kelsang Gyatso, un jeune lama né en 1708 près de Lithang, avait attiré l'attention en témoignant de qualités particulières, reconnues comme autant de signes qui ne trompent pas. A toutes fins utiles et pour préserver l'avenir, il est conduit d'abord à Dergé, puis au monastère de Koum Boum, où il reçoit ses premiers enseignements. A l'annonce de sa découverte, les Tibétains s'avisent que de la sorte l'énigmatique promesse de Tsangyang Gyatso – « Je reviendrai de Lithang » – se trouve ainsi réalisée.

Ces années tourmentées voient aussi débarquer d'étranges pèlerins dans la Cité des dieux. Une poignée de capucins, menés par Giuseppe d'Ascoli et François de Tours, arrive, prend ses quartiers et jette les bases d'une mission qui s'achèvera en 1745, faute de fonds, mais surtout en raison des réticences de plus en plus vives des lamas. Un jésuite fameux, Ippolito Desideri, de la trempe de Matteo Ricci en Chine ou de Roberto de Nobili en Inde, gagne péniblement Lhassa à son tour, en 1716. Il se lance à corps perdu dans l'étude de la langue, des coutumes et des mœurs du haut pays, mais se voit contraint de vider les lieux au bout de cinq ans, sous la pression conjuguée des capucins, bien décidés à rester sur place seuls maîtres de la propagation de la foi, et des moines des grands monastères. Il aura tout de même eu le temps de rédiger, en tibétain, une ébauche de réfutation circonstanciée de la doctrine bouddhiste. Son audacieuse tentative aura été saluée avec une bienveillante curiosité, sans naturellement modifier d'un iota les convictions de ceux à qui elle était en principe destinée...

Comme pour effacer les souvenirs mitigés du VIe dalaï-lama, le VIIe se révèle un incontestable érudit, à la fois subtil et profond, mais au pouvoir politique limité, en particulier au début de son règne. Installé sur le trône en 1720, il doit, sept ans plus tard, affronter une grave rébellion : celle-ci envenime notablement les relations entre Tibétains et Mandchous. Les intrigues se succèdent dans l'entourage du dieu-roi, et une guerre civile éclate, dont le Fils du Ciel prend naturellement prétexte pour essayer de rétablir son propre ordre au cœur des montagnes. Peu désireux cependant de provoquer l'ire de la population, il invite le dalaï-lama à se rendre à Pékin, comptant ainsi avoir les coudées franches pour mener sa politique à sa guise. Comme à l'époque le désir impérial équivalait à un ordre, Kelsang Gyatso se met en route. Il n'ira finalement pas plus loin que Garthar, près de Lithang, dans le Kham, où, très cérémonieusement, il est placé en résidence surveillée sept ans durant, sous bonne garde armée. Après quoi, il sera autorisé à regagner Lhassa, à condition toutefois de ne pas se mêler de politique.

Pendant cette éclipse du pouvoir temporel du dalaï-lama, les querelles se poursuivent entre seigneurs et roitelets rivaux, une nouvelle révolte éclate, aussitôt noyée dans le sang, tandis que des dissensions mettent le feu aux poudres entre les ministres du cabinet laïc – cette fois, Mandchous et Mongols vident leurs propres conflits par Tibétains interposés. Un homme ambitieux, mais capable s'impose alors sur l'avant-scène politique : Pholhanas, qui avait commencé sa carrière de jeune fonctionnaire gouvernemental en se rangeant aux côtés de Lhazang Khan. Originaire du Tsang, il se montre un chaud partisan du rapprochement avec les Mandchous, n'hésitant pas, à l'occasion, à changer d'alliance selon les intérêts du moment et à se lancer lui-même dans la bataille, armes à la main, pour faire pencher la balance à sa convenance.

Son habileté manœuvrière et son impitoyable détermination lui valent le surnom de Miwang, Pholha-le-Puissant. Il s'opposa sans désemparer à tout retour d'influence en politique du dalaï-lama et se montra un administrateur des affaires du pays aussi sourcilleux qu'honnête et efficace. Si les Tibétains lui reconnaissent ces qualités, ils lui reprochent aussi d'avoir été la cheville ouvrière de la pénétration chinoise sur le Toit du Monde. Certes, il a assuré à son pays une période de dix-huit ans de tranquillité, marquée d'améliorations dans la vie sociale – car les rivalités acharnées se limitaient aux quelques familles nobles directement intéressées par le pouvoir. A sa mort, en 1747, son fils cadet lui succède, tandis que le dalaï-lama regagne, par une présence intelligente sans être trop voyante, une petite partie de son pouvoir temporel.

De son côté, le dieu-roi savait fort bien que Pholhanas ne souffrait pas le moindre ombrage à son pouvoir personnel : aussi consacrait-il l'essentiel de son temps à l'étude et à la méditation, intervenant parfois comme médiateur pour calmer les ardeurs belliqueuses des adversaires politiques. Il encouragea la mise sur pied d'un cabinet de ministres, ou *kashag,* pour remplacer la fonction de desi, de crainte d'une trop grande concentration de pouvoirs entre les mains d'un seul homme. Il fit bâtir un palais d'été près des sources thermales où, par tradition, au début de l'automne, avait lieu un grand pique-nique pour tous les fonctionnaires laïcs et ecclésiastiques : le Norbulingka, au Parc-aux-Joyaux, est ainsi créé et devient la résidence estivale du souverain du Pays des dieux. De santé assez fragile, l'érudit dalaï-lama quitte cette fois la scène terrestre en mars 1757, à l'âge de cinquante ans. Trois mois plus tard, loin de là, dans les plaines moites du Bengale, la bataille de Plassey donne l'avantage décisif à Robert Clive au détriment des ambitions françaises, assurant de la sorte, pour quelques décennies, la mainmise britannique sur l'Inde. Mais à l'époque, le Tibet n'avait guère à s'en préoccuper.

Avec Jampal Gyatso, la prééminence du dalaï-lama s'estompe pour près d'un siècle devant les compétences accrues du régent, épaulé par le kashag, tandis que le panchen-lama voit augmenter son pouvoir à mesure que se resserrent les liens du Tashi-lumpo avec Pékin. Dès cette époque, les maîtres successifs de la Cité interdite se sont attachés, souvent avec bonheur, à jouer les deux grands lamas l'un contre l'autre, en exploitant sans avoir l'air d'y toucher des rivalités latentes dans leurs proches entourages. Leurs visées étaient d'autant facilitées que l'harmonie était loin de régner entre les royaumes de Tsang et d'U, fiefs féodaux dont les seigneurs n'hésitaient pas à appeler les voisins en renfort s'ils s'estimaient menacés.

Tel fut le cas durant la minorité du VIIe dalaï-lama. A la mort du VIIe, un grand lama de Drepung, Jampal Delek, fut nommé à la régence. Aussitôt, il entreprit les recherches d'usage pour trouver la nouvelle incarnation de Chenrezig : l'enfant fut découvert dans le Tsang, à Thopgyal, et ramené en 1762, à l'âge de quatre ans, à Lhassa. Palden Yeshé, alors troisième panchen-lama sur le trône abbatial du Tashi-lumpo, lui donna le nom de Jampal Gyatso. En ce temps, le Tibet vivait des jours agités, en raison, entre autres, de heurts sporadiques au Bhoutan avec des soldats britanniques. Warren Hastings, gouverneur du Bengale, s'en préoccupait et saisit l'occasion d'une médiation offerte par le panchen-lama pour nouer un contact avec Chigatsé. Deux émissaires de Sa Gracieuse Majesté furent reçus fort civilement au Tashi-lumpo, mais la mésentente avec Lhassa les obligea à rebrousser chemin au bout de quelques semaines, sans avoir obtenu l'autorisation de gagner la Cité des dieux.

A la mort du régent, en 1777, le VIIIe dalaï-lama décline l'offre du kashag d'assumer les responsabilités gouvernementales, faute d'avoir achevé ses études. Un autre régent prend la barre. Sur ces entrefaites, l'empereur invite le panchen-lama à Pékin, où ses qualités sont hautement appréciées. Dans un premier temps, le dalaï-lama et ses conseillers songent à refuser, d'autant que le maître du Tashi-lumpo n'a pas très envie d'effectuer ce déplacement et que des nouvelles concernant une épidémie de variole en Chine sont parvenues jusqu'au Toit du Monde. Finalement, la raison religieuse l'emporte, le panchen-lama part pour Pékin, où il mourra, victime de la petite vérole.

Une sombre histoire d'héritage entre ses deux jeunes frères, dont le cadet réside au Népal, vire au drame. Alors que les escarmouches se multiplient sous les prétextes les plus futiles, que les différends commerciaux s'alimentent de vétilles et que de vieilles querelles rebondissent, qu'éclatent çà et là des séditions féodales contre l'autorité de Lhassa et que s'affaiblit peu à peu le pouvoir mandchou en Chine, les règlements de comptes guerriers n'en finissent pas avec le Népal : les Gourkhas entrent au Tibet. Pour récupérer ses provinces soumises à l'envahisseur, le Tibet est contraint de payer tribut à son voisin devenu pour l'heure tout-puissant.

Pour tenter de contenir, sinon d'apaiser, ces courants contraires, le dalaï-lama accepte, en 1781, de prendre les rênes du pouvoir temporel. Cela n'empêche nullement la dégradation de la situation environnante de se poursuivre; Chinois et Britanniques scrutent avec attention ce qui se passe, mais évitent encore d'intervenir. Dans ce tourbillon d'événements qui ne l'intéressent que médiocrement, le VIIIe dalaï-lama meurt en 1804 – il ne s'était guère préoccupé des affaires du monde, préférant à l'évidence l'existence contemplative qu'il a menée à l'ombre des murs protecteurs du Potala.

Les années suivantes, un régent continue de gouverner, le IVe panchen-lama est trouvé, de hauts fonctionnaires et de petits rois se disputent des zones d'influences, une altercation s'enflamme entre deux familles – l'une du Kham et l'autre de l'Amdo – au sujet de la reconnaissance du nouveau dalaï-lama. Né en 1806, l'enfant du Kham l'emporte, mais ne vivra que jusqu'en 1815 : un coup de froid durant les cérémonies du Nouvel An aura raison de sa constitution délicate. Devant la multiplication des tensions et des menaces de l'extérieur, le Tibet commence à se fermer aux voyageurs étrangers, encouragé d'ailleurs par les ambans chinois qui avaient leurs propres raisons de favoriser l'isolement du haut pays.

Le Xe dalaï-lama est désigné parmi trois candidats, tous originaires du Kham. Les ambans poussent les dignitaires bouddhistes à utiliser une urne d'or, spécialement envoyée de la Cour impériale à cette fin, pour départager les prétendants, mais les lamas ont déjà fait leur choix et se bornent à un simulacre afin de ne pas mécontenter ouvertement les émissaires chinois. Tsultrim Gyatso ne dépassera cependant pas l'âge de vingt ans. Malgré une santé peu brillante, il semble avoir été très au fait de la vie de ses sujets : à en croire certaines sources tibétaines, les remontrances qu'il aurait adressées sans ménagement à ceux qui gouvernaient en son nom n'auraient pas été étrangères à sa mort prématurée. Khedrup Gyatso, le XIe, né en 1838, et Trinley Gyatso, le XIIe, né en 1856, n'auront guère plus de chance. Les intrigues de cour et les machinations de monastères au Tibet même, ainsi que les incessants conflits frontaliers auraient-ils incité des membres influents de l'entourage du dalaï-lama à éviter par n'importe quel moyen qu'il ne s'impose sur la scène politique? Nombre d'historiens le supposent, avançant pour indices de convoitises à peine déguisées ou d'habiles manœuvres de dignitaires laïcs ou religieux, plus politiciens que chercheurs d'absolu.

Les Tibétains, eux, acceptent mal de voir leur guide spirituel jouer à cache-cache dans des conditions tout de même insolites, tandis que régents et officiers se disputent le pouvoir. Une légende veut que certains lamas soient particulièrement doués pour jeter des sorts, que d'aucuns soient très habiles à concocter de redoutables poisons, que d'autres enfin aient pu céder aux tentations profanes de la richesse facile. Mais une autre croyance populaire affirme encore que l'une de ces quatre réincarnations au destin funeste aurait malencontreusement offensé Palden Lhamo, déesse protectrice exclusive des dalaï-lamas qui réside au lac sacré de Lhamo Latso. Sinon, comment expliquer ces départs successifs si précipités d'un être tellement au-dessus du commun des mortels?

Cette longue période d'incertitudes, d'expédients, de conspirations, de rivalités et de guerres, désastreuse pour le pays, n'avait que trop duré : l'heure semblait venue de sortir du chaos et de restaurer une nécessaire unité pour rendre au Tibet une partie au moins de son lustre d'antan. Mais qui relèverait pareil défi, sinon un dalaï-lama de poids et d'envergure, échappant au mauvais sort qui paraissait s'acharner sur la lignée? Les circonstances devaient enfin tourner et donner sa chance à la XIIIe réincarnation du Seigneur de la Compassion infinie.

Il existe à Chokhorgyal, à quelque cent cinquante kilomètres au sud-est de Lhassa, un lac particulièrement sacré entre tous les lacs du haut Pays des Neiges – le Lhamo Latso. Sans doute faudrait-il remonter loin dans les temps passés pour trouver l'origine de la vénération qui l'entoure, car il est dit que, interrogé dans les règles par des émissaires dûment préparés, il consent à dévoiler l'avenir sur le miroir de ses eaux transparentes. Quoi qu'il en soit, à l'heure des grandes décisions, hiérarques bouddhistes et hauts fonctionnaires gouvernementaux ne manquaient jamais de le consulter. C'est ainsi qu'après la mort du XIIe dalaï-lama, un membre de l'expédition de recherche de la nouvelle incarnation fit connaître qu'il convenait de se diriger vers la région du sud-est du pays, vers un lieu-dit Thakpo Langdun. En effet, des éclaireurs devaient y découvrir un bambin né en mai 1876. Cependant, âgé de dix mois à peine, l'enfant ne pouvait, de toute évidence, être sur-le-champ soumis aux tests d'usage.

Une année plus tard, revenus sur les lieux, les dignes émissaires ne tardèrent pas à se forger une opinion définitive : sans se tromper, l'enfant avait choisi des objets personnels lui ayant appartenu dans sa vie antérieure. Il portait sur le corps diverses marques jugées décisives à des endroits déterminés, et certains points d'ordre purement religieux confirmaient les premiers indices. Sans plus temporiser, l'annonce est faite du retour du dalaï-lama, et l'enfant est conduit près de Lhassa. En 1888, le panchen-lama lui confère le nom de Thoubten Gyatso, et, l'année d'après, le nouveau souverain du Tibet est solennellement installé sur son trône au Potala.

Jusqu'à sa majorité, les rênes du pouvoir devaient demeurer aux mains du régent – Demo Trinley Rabgyas, aidé par les ministres du kashag et les conseils de quelques lamas. Durant ces années, l'enfant-roi avait tout le temps de se rafraîchir la mémoire, de parfaire son éducation et d'approfondir ses études religieuses. Ses maîtres y veillaient, même s'il leur arrivait parfois d'être surpris par les connaissances et la maturité de leur élève.

Des événements d'importance étaient en gestation en cette fin de siècle, qui allaient déboucher sur des bouleversements aussi fondamentaux en Asie qu'en Europe. Mais comme les détails annonciateurs s'ébauchaient à la périphérie des grands empires, dans les coulisses des chancelleries ou des salons feutrés, seuls quelques rares observateurs locaux les relevaient, et c'est beaucoup plus tard, avec le recul, souvent trop tard, que les principaux intéressés en prenaient véritablement la mesure. Les Tibétains sont bien placés pour le savoir aujourd'hui, eux qui se trouvaient en quelque sorte, sans le vouloir et presque sans le savoir, à l'intersection géopolitique de deux avidités : l'une de la couronne britannique, l'autre de l'empire tsariste.

Avec méthode, la Grande-Bretagne consolidait sa présence dans le sous-continent indien par des alliances, des traités et des accords avec les rajahs, maharajahs et autres nababs locaux, s'assurant ainsi à bon compte des alliés certes pas toujours d'une fidélité exemplaire, mais souvent fort utiles. Par grignotage, tantôt par la menace et tantôt par la flatterie, par des coups de mains aussi quand d'autres méthodes s'avéraient inopérantes, les bons et loyaux serviteurs de Sa Gracieuse Majesté finirent par arriver au pied de l'Himalaya.

Avec une habileté consommée et un remarquable pragmatisme, on prenait à l'un pour contenter l'autre, quitte ensuite à mécontenter un troisième pour apaiser le premier, ou le quatrième. Ainsi, les petits Etats montagneux de Tehri, aux confins de Ladakh, devenaient protectorats britanniques, tandis que les splendides vallées de Spiti et du Lahoul étaient incorporées au Kangra, gracieusement offert à un Cachemire taillé sur mesure à l'intention de Gulab Singh. Le district de Darjeeling – et ses futures plantations de thé – passe sous l'aile de l'Inde britannique, comme un peu plus tard celui de Kalimpong, à la suite « d'arrangements » avec le Sikkim et le Bhoutan. De même, du côté de l'Assam encore plus inaccessible, les Britanniques consolident leurs arrières par des ententes avec les chefs des tribus montagnardes. Le Tibet, lui, s'obstine à demeurer fermé, en dépit de l'intérêt croissant manifesté par les missionnaires, les commerçants et les fonctionnaires, parfois déguisés en pèlerins ou en émissaires de bonne volonté.

La Russie, pour sa part, poursuivait tranquillement sa marche sur le continent asiatique. Cette poussée s'accentua sensiblement vers le milieu du XIXe siècle : première guerre d'Afghanistan, occupation progressive des territoires de la Caspienne au Turkestan, en passant par Tachkent, Samarcande, Boukhara, Khiva, le Turkmenistan et jusqu'au Pamir. Le tsar de toutes les Russies, que les Mongols appellent parfois Tsagan Khan – le

« chef de la Horde Blanche » – implante de la sorte solidement ses pions jusque sur les rives de l'Amour, où les Mandchous de Chine continuent cependant de faire bonne garde.

Par l'intermédiaire de ces populations transhumantes, rétives aux tentatives d'assimilation, les Russes parviennent à maintenir des liens plus ou moins lâches, plus ou moins sporadiques, avec le haut Pays des Neiges, où marchands kalmouks et bouriates se rendent régulièrement de loin en loin. Alors que des émissaires britanniques peinent lamentablement à obtenir une autorisation afin de franchir les cols pour découvrir le haut plateau, dès 1880, Aguang Dorji accomplit son premier pèlerinage à Lhassa. Ce lama bouriate, que les Tibétains appellent Ngawang Lozang ou encore Tsenyi Khenpo, devait jouer un rôle de premier plan quelques années plus tard, sous le nom occidentalisé de Dorjiev...

Durant ces années, l'influence des ambans ne cesse de s'amenuiser dans la cité sainte du lamaïsme, parallèlement à l'affaiblissement du pouvoir mandchou à Pékin. La guerre sino-japonaise de 1894-1895 y contribue sensiblement, portant un coup moral sans précédent à l'arrogance des Fils du Ciel. Entre Tibétains et Britanniques, le ton monte en raison d'accrochages au Sikkim. L'incompréhension grandit à mesure que s'accumulent les malentendus : la méconnaissance mutuelle entraîne des fautes d'interprétation, qui deviennent des erreurs de jugement, d'autant que, de part et d'autre, avec son quant-à-soi, on reste à cheval sur des principes pour l'essentiel inconnus de l'interlocuteur...

Lorsque lord Curzon devient vice-roi des Indes en 1899, le XIIIe dalaï-lama est intronisé depuis quatre ans déjà. Thoubten Gyatso n'a pas dix-neuf ans au moment où il est investi de tous les pouvoirs, spirituel et temporel, sur son pays. Mais ce jeune moine brillant, au caractère bouillant qu'il sait néanmoins dompter, à l'esprit d'une rare vivacité et doué d'une intuition politique peu commune, n'a pas que des amis, même parmi les siens.

Tandis que, dans son entourage, l'heure est à l'intrigue, sinon au complot, l'oracle de Netchung avertit par deux fois que la vie du divin réincarné est en danger. Or, à Lhassa, on n'avait pas pour habitude de badiner avec les propos de l'oracle de Netchung, porte-parole de Dorje Drakden, l'Esprit tutélaire du haut pays, dont chacun redoutait l'effroyable puissance. Mandé au Potala, le médium en transe dévoile qu'un mauvais sort a été lancé contre le dalaï-lama par l'ancien régent, dépité d'avoir perdu ses privilèges, par l'entremise d'un lama du nom de Sodgyal. Sommé de s'expliquer, ce dernier admet sans difficulté avoir reçu en don de Demo Trinley Rabgyas une paire de souliers, qu'un serviteur file sur-le-champ quérir. Apparemment, c'était une paire de chaussures tout à fait commune, mais en l'examinant sous toutes ses coutures, un domestique finit par découvrir, bien caché dans un talon, un charme magique portant le nom du dalaï-lama et sa date de naissance. Le lama rapporta alors qu'à deux reprises il avait voulu chausser ses nouveaux brodequins, mais qu'il avait été rapidement contraint de les ôter, car par deux fois, il s'était mis aussitôt à saigner du nez. Convoqué, l'ex-régent admit sa félonie et paya de la prison à vie sa témérité. Dans les annales tibétaines, cette conjuration porte le joli nom de « l'affaire des souliers ensorcelés ».

Rapidement cependant, le jeune dalaï-lama se trouve confronté à des influences autrement plus alarmantes et à des pressions autrement plus contraignantes : sur l'échiquier politique du début du siècle, les expansionnismes britannique, russe et chinois s'affrontent de plus en plus ouvertement, et le Tibet est au cœur de leur ligne de mire. Les suspicions mutuelles alimentent d'autant la méfiance que Londres, Saint-Pétersbourg et Pékin chassent sur le même terrain.

Agacé par les regards de plus en plus insistants portés par des sujets britanniques sur le haut plateau et vivement encouragé dans cette initiative par Dorjiev, le dalaï-lama envoie en 1901 une première mission officielle à la cour de Russie. Le lama bouriate, qui avait été choisi comme l'un des répétiteurs religieux du souverain du Toit du Monde, avait déjà effectué, trois ans plus tôt, un voyage en Russie pour collecter des fonds à l'intention de Drepung, monastère auquel il était attaché, sans être toutefois ouvertement investi d'une quelconque mission. Il va de soi que, largement commentée, la visite de 1901 sonne dans les Indes britanniques comme un signal d'alarme.

Des rumeurs persistantes se font alors l'écho d'un traité secret entre la Russie et le Tibet. Si nul ne songeait vraiment à une menace réelle du haut Pays des Neiges, les observateurs britanniques craignaient néanmoins qu'un éventuel rapprochement entre Lhassa et Saint-Pétersbourg ne finît par provoquer des frictions le long de la frontière himalayenne. Pour mettre le holà aux velléités d'indépendance qu'il croit discerner, lord Curzon, qui ne veut pas non plus provoquer les Mandchous dont il sent poindre le déclin, envoie le colonel Francis Younghusband prendre sur place la mesure exacte des périls.

Alors que l'avance des soldats britanniques tourne à l'expédition punitive et qu'ils parviennent à Lhassa en août 1904, les responsables tibétains jugent plus prudent de mettre à l'abri leur Précieux Maître : avec une suite impressionnante de quelques centaines de personnes, le dalaï-lama va chercher un refuge temporaire à Ourga, capitale de la Mongolie, où il est reçu à bras ouverts avec un faste digne de son rang. Il bénéficie d'un hommage sans précédent de la population, qui entasse sans se lasser richesses et présents au pied de son trône. Si bien que Jetsun Damba Houtouktou, le supérieur des lamas de Mongolie, finit par prendre ombrage de la présence du dieu-roi, son cadet de cinq ans, à qui ses propres fidèles ne cessent de faire les yeux doux. Afin d'éviter un heurt frontal entre ces deux personnalités d'exception, Khanda Dorji, le prince régnant, préfère sagement inviter le dalaï-lama à prendre ses quartiers un peu en dehors de la ville, dans sa propre résidence officielle.

Au bout d'une année, l'hôte illustre songe à repartir. Il se rend notamment à Koum Boum, visite plusieurs autres monastères et reçoit, sur ces entrefaites, une invitation à se rendre à la Cour impériale. Il accepte, va jusqu'à Pékin, mais refuse d'assister à une audience de l'empereur, car – lui dit-on – le protocole exige qu'il plie le genou devant le Fils du Ciel. A l'évidence, le dieu incarné s'y refuse. Une entrevue est néanmoins ménagée avec l'impératrice douairière. Sur le chemin de Pékin, le dalaï-lama reçoit la visite de William Rockwill, représentant américain en Chine, probablement le premier citoyen des Etats-Unis à avoir jamais rencontré un si haut dignitaire du Toit du Monde. Le temps d'enterrer l'empereur et sa mère, puis d'assister en 1908 à l'intronisation du dernier souverain mandchou, et le dalaï-lama reprend la route de ses hautes terres himalayennes.

Sur place, à Lhassa, le corps expéditionnaire britannique s'est retiré aussitôt signée en 1904 une Convention anglo-tibétaine. Le colonel Younghusband avait reçu des instructions précises à ce propos et obtenu l'essentiel : un arrangement concernant la frontière du Sikkim; l'ouverture de comptoirs et l'installation d'agents britanniques à Gyantsé, Gartok et Yatung; des promesses pour le renouvellement d'accords commerciaux, une indemnité d'environ un demi-million de livres sterling, mais surtout une clause excluant toute autre influence étrangère dans la politique du Tibet. Le trait le plus remarquable de cet arrangement, c'est qu'il avait été négocié, conclu et signé sans la moindre participation ou ingérence d'un quelconque représentant chinois.

Il est vrai qu'à l'époque la présence mandchoue à Lhassa n'est déjà plus que fiction, les ambans en étant réduits à jouer les figurants, tandis qu'à Pékin même la décadence ronge de l'intérieur un empire en pleine déliquescence. Il va sans dire que les Britanniques jouent leur propre jeu, non dépourvu d'ambiguïté pragmatique, si bien que les conventions de 1906 avec la Chine, puis avec la Russie en 1907, peuvent laisser supposer que la Couronne admet, peu ou prou, une manière de suzeraineté implicite chinoise sur le Toit du Monde. Ce que, pour leur part, les Tibétains ont toujours radicalement contesté. Mais en 1907 pas plus qu'en 1906, les Britanniques n'avaient jugé bon de consulter ces derniers, ni même de les mettre au courant de leurs négociations avec Pékin et Saint-Pétersbourg. Fort mécontent des libertés prises par le Raj, dans un ultime sursaut de dignité outragée, le gouvernement impérial dépêche ses soldats de rétablir l'ordre sur ce qu'il s'entête à considérer comme une lointaine province vassale. Le dalaï-lama a beau en appeler « à la Grande-Bretagne et aux puissances étrangères », l'armée chinoise se comporte comme en territoire conquis, déboule à Lhassa en pleine cérémonie marquant le

Nouvel An et se taille une réputation qu'elle ne perdra désormais plus jamais dans le cœur des Tibétains.

Avec deux mille soudards, le général Chung Ying fait irruption dans la capitale, s'empare du pouvoir, mais pas du dalaï-lama qui a juste le temps de gagner d'abord Kalimpong, puis Darjeeling, où il restera deux ans dans un nouvel exil, cette fois sous la protection de l'Inde britannique. Durant cette période, il noue contact avec Charles Bell, alors en poste comme résident politique au Sikkim. Pour la connaissance du Tibet et, dans une moindre mesure, pour son évolution politique, l'amitié ébauchée en ce temps-là entre les deux hommes sera irremplaçable.

Le gouvernement impérial proclame officiellement la destitution du XIIIe dalaï-lama et ordonne, en toute ingénuité, de choisir une nouvelle incarnation pour le remplacer. Le Raj proteste pour la forme, sans aller plus loin puisque les conventions passées avec Pékin ne sont pas formellement dénoncées. Au Tibet, cependant, personne ne veut coopérer avec l'occupant, la résistance passive s'étend : pressenti pour prendre provisoirement en charge l'administration du pays, le panchen-lama refuse d'entrer dans ce jeu, et, pour la première fois, les Chinois réalisent que, sans le dalaï-lama, le Pays des Neiges est ingouvernable.

A la cour impériale, les événements se succèdent, la puissance mandchoue n'est plus que l'ombre d'elle-même, la révolution éclate en 1911, bientôt suivie par la proclamation de la République. Durant tout ce temps, des commandos de francs-tireurs tibétains harcèlent les soldats chinois, dont certains finissent par se mutiner, le dalaï-lama rentre au pays, mais regagne la capitale en 1913 seulement, quand il n'y reste plus un seul troupier han. Entre-temps, un traité est signé à

Ourga avec la Mongolie, affirmant la pleine souveraineté des deux pays et leur totale liberté par rapport à la Chine. En outre, le dalaï-lama proclame officiellement l'indépendance de son pays, dans une déclaration solennelle rédigée et publiée à Lhassa, le huitième jour du premier mois de l'année du Buffle d'Eau (1913).

Il n'est guère surprenant que, dans ces conditions, le XIIIe dalaï-lama ait dû faire ses preuves d'abord dans le domaine strictement temporel des affaires politiques. Son séjour forcé en Inde l'ayant mis en contact plus direct avec le monde moderne, il eut aussi l'occasion d'en mesurer le cynisme et d'observer les méthodes de gouvernement, sans doute peu conformes aux règles officiellement respectées dans une société théocratique. Il apprit également la vanité des promesses et la fragilité des signatures au bas des traités. Sa clairvoyancc personnelle s'en trouva d'autant affûtée, et le regard qu'il posa sur le monde porta une compréhension du mode de fonctionnement de la société rarement manifestée jusque-là par les souverains du haut pays. Les participants à la conférence de Simla, en 1913-1914, ont témoigné de la sagacité de ses directives et de l'opiniâtreté de ses opinions.

Pour un temps, le calme semble revenu au cœur de la Haute Asie, d'autant que les affrontements, et bientôt la guerre, couvent déjà en attendant d'embraser l'Europe. A l'évidence, des incidents nombreux ont jalonné ces années, les liens se sont un peu resserrés avec l'extérieur, en particulier avec la Grande-Bretagne grâce à la mission de Charles Bell en 1920 à Lhassa, tandis qu'ils se distendaient avec Pékin. Une timide modernisation est entreprise sur le haut plateau, sous les auspices du dalaï-lama : les billets de banque font leur apparition, une modeste armée s'ébauche, une ligne télégraphique est construite pour relier la capitale à Gyantsé, une étude géologique des ressources naturelles est menée à bien, une petite usine hydroélectrique est bâtie à Lhassa, un officier sikkimais organise la police, et en 1924, une petite école anglaise s'ouvre à Gyantsé.

Une autre source d'ennuis futurs rejaillit à l'occasion d'un malentendu avec le panchen-lama, qui prend le chemin de l'exil vers la Chine, où il est royalement reçu, à la suite d'un différend au sujet des frais d'entretien de la jeune armée tibétaine. Pour sa part, le dalaï-lama doit aussi tenir compte, dans ses velléités modernisatrices, du réflexe conservateur du puissant clergé bouddhiste. Les moines des grands monastères, notamment dans la vallée de Lhassa, ont toujours joué de leur influence dans la société tibétaine, et comme le XIIIe dalaï-lama se montrait intraitable sur le respect strict des règles monastiques, des rancunes tenaces sous-tendaient parfois l'impérieux respect dû au dieu-roi. Pour bon nombre de lamas, la politique devait se résumer à garantir la religion, donc leurs privilèges, et il était impensable pour d'aucuns de songer à d'autres préoccupations sociales. Thoubten Gyatso paraît néanmoins avoir eu conscience de l'évolution du monde extérieur, de l'impossibilité pour le Tibet de poursuivre indéfiniment une existence à peu près paisible en vase clos et de l'impérieuse nécessité de certains changements fondamentaux.

En tout cas, à en juger par plusieurs de ses écrits et en particulier par ce qu'il est convenu d'appeler son testament, il ne fait aucun doute que ce moine au regard perçant voyait loin, peut-être même très loin dans l'avenir. Jusqu'à la fin de sa vie, en 1933, il a fermement gardé en main les rênes de son pays, s'efforçant de maintenir un équilibre aussi stable que possible entre la Grande-Bretagne et la Chine, exigeant des autres ce qu'il exigeait de lui-même, sans craindre de rappeler à l'ordre des lamas parfois tentés d'abuser de leur position dans des conflits fonciers avec les gens du peuple. Sous son influence, les portes du Tibet se sont, non sans précaution, rouvertes aux voyageurs étrangers, en dépit des réticences souvent vives des moines et des intrigues des diverses familles nobles soucieuses de leurs prérogatives. Ce qui frappe peut-être le plus aujourd'hui, c'est en quelque sorte le côté prophétique de certaines de ses analyses.

Un an avant de passer le seuil du grand départ, le XIIIe dalaï-lama écrivait : « En ce qui me concerne, arrivé à mon âge, il vaudrait mieux renoncer au pouvoir ecclésiastique et temporel, pour consacrer le bref temps qui m'est encore imparti dans cette vie à la dévotion religieuse. Nombreuses sont mes vies futures, et j'aimerais pouvoir me vouer entièrement aux affaires spirituelles. Néanmoins, en raison des Divinités gardiennes qui reposent en moi et en vertu de mon Lama-Racine*, les gens viennent me demander des enseignements ou d'arbitrer leurs différends, et ils espèrent profondément que je ne renonce pas à l'administration séculière. Jusqu'ici, j'ai accompli ma tâche au mieux de mes capacités, mais j'aurai bientôt cinquante-huit ans, il me sera alors plus difficile de continuer à mener de front mes activités religieuses et profanes. Qui ne le comprendrait ?

« Le gouvernement de l'Inde nous est proche et il dispose d'une grande armée. Le gouvernement de la Chine a lui aussi une grande armée. Par conséquent, nous devons maintenir fermement l'amitié avec les deux pays, ils sont tous deux puissants. (...)

* Lama-Racine : maître auquel le disciple est attaché par un lien tout à fait particulier, en l'occurrence le Seigneur de la Compassion infinie.

« En outre, les temps sont aujourd'hui aux cinq sortes de dégénérescence dans tous les pays. La plus grave, c'est la manière de faire parmi les rouges. Ils ne permettent pas de mener les recherches pour trouver la nouvelle incarnation du Grand Lama d'Ourga. Ils se sont saisi et emparé de tous les objets sacrés des monastères. Ils ont obligé les moines à devenir soldats. Ils ont brisé la religion, de façon que jusqu'à son nom soit effacé. Avez-vous entendu toutes ces choses qui se sont passées à Ourga ? Et elles continuent. Il se peut qu'un jour, ici, au cœur du Tibet, la religion et l'administration séculière soient attaquées simultanément de l'intérieur et de l'extérieur. A moins de sauvegarder nous-mêmes notre pays, il arrivera que les dalaï-lamas et panchen-lamas, le père et le fils, les dépositaires de la Foi, les glorieuses Réincarnations, soient jetés à terre et leurs noms voués à l'oubli. Les communautés monastiques et le clergé verront leurs propriétés détruites. Les us administratifs des Trois Grands Rois religieux seront affaiblis. Les fonctionnaires religieux et laïcs verront leurs domaines saisis et leurs autres biens confisqués. Ils seront eux-mêmes réduits en servitude par l'ennemi ou contraints d'errer comme des vagabonds. Tous les êtres vivants sombreront dans la misère et la terreur, et la nuit tombera lentement sur la souffrance du monde.

« Ne soyez pas traîtres à la Foi ni à l'Etat en travaillant pour un autre pays que le vôtre. Aujourd'hui, le Tibet est heureux et connaît un certain bien-être. Le reste repose entre vos mains. Tout doit être organisé en connaissance de cause. Œuvrez en harmonie l'un avec l'autre, ne prétendez pas faire ce que vous ne pouvez pas.

« Considérez ce qu'il convient de faire et de ne pas faire et accomplissez votre tâche sans douter, à la manière voulue par le Maître Omniscient, comme si toute chose se déroulait sous son regard. Agissez dans cet esprit, et tout ira bien. (...) Ceux qui se détourneront de la loi et de la tradition pour emprunter une voie mauvaise, ceux qui ne se préoccupent que de leurs propres intérêts, en aidant uniquement ceux qui leur plaisent et pas les autres, ceux qui sont indignes de confiance aujourd'hui et ne s'astreignent pas au bien, ceux-là n'atteindront pas leurs buts et seront châtiés par les Protecteurs. (...) Réfléchissez sérieusement à ce que j'ai écrit, rejetez irrévocablement le mal et conformez-vous au bien [4]. »

Quelques mois encore, le Grand XIIIe s'employa à affermir l'œuvre entreprise. Au soir du treizième jour du dixième mois de l'année de l'Oiseau d'Eau, c'est-à-dire le 17 décembre 1933, ce fut la fin de cette incarnation. Si l'histoire retient de lui essentiellement son envergure politique et son habileté à garder son pays hors de l'orbite envahissante de la Chine en le déclarant souverain et indépendant, ceux qui l'ont fréquenté mettent en valeur ses qualités d'ouverture, d'intelligence et d'amitié, tandis que d'autres ont conservé le souvenir d'un hiérarque religieux accompli. Sur un plan plus profane, son sentiment de la justice était unanimement loué. Il abolit la peine de mort, sauf pour félonie, ainsi que les châtiments dégradants. Timides certes, ses réformes laissaient cependant entrevoir une réelle volonté de modernisation, tout en prenant soin de ne rien brusquer.

Survenue à une époque particulièrement délicate dans un contexte international explosif, sa mort laissa le champ libre à tous les appétits et aux règlements de comptes entre clans familiaux et politiques, qui rongeaient leur frein en sa présence. Ses avertissements avisés ne sont guère entendus, et il faudra encore des années aux Tibétains pour prendre la mesure réelle de ce que d'aucuns n'hésitent pas à considérer comme une vision prophétique.

Bouté hors du haut pays depuis 1912, aucun représentant officiel chinois n'a remis depuis lors les pieds à Lhassa. Pékin prend prétexte de la disparition du XIIIe dalaï-lama pour solliciter l'autorisation d'envoyer une mission de condoléances. Difficile à décliner, l'offre est acceptée, et une délégation conduite par le général Huang Mu-sung arrive à Lhassa en avril 1934. C'est l'occasion pour elle de renouer le contact, mais les Tibétains demeurent intraitables et refusent toute concession sur leur indépendance, qu'ils réaffirment haut et clair. Déjà en cours, la lutte entre communistes et nationalistes s'intensifie en Chine, où la « longue marche » a déjà commencé. Une centaine de milliers de soldats de Mao, dépenaillés et mal équipés, poussés par les troupes de Tchang Kaïchek, traversent alors les régions tibétaines de Horkhog, Lithang, Nyarong et Dergé, mais sont immédiatement reconduits en territoire han par l'armée tibétaine.

En dépit d'escarmouches sporadiques, d'accrochages localisés ou de brefs affrontements, jusqu'en 1950, le Toit du Monde continuera de vivre plus ou moins en marge de l'évolution mondiale, mais non sans connaître ses propres convulsions et ses querelles intestines souvent acharnées. La rivalité s'étant exaspérée entre le Tashi-lumpo et le Potala, la mésentente entre le panchen-lama et le dalaï-lama est adroitement utilisée par les agents des puissances extérieures pour tenter de dévaloriser les deux grands maîtres aux yeux des fidèles et, par ricochet, de les manipuler.

Pour l'instant cependant, dans la pénombre des sanctuaires et le secret des grimoires, l'heure est aux préparatifs traditionnels d'un événement fondamental pour l'avenir du Pays des Neiges : les minutieuses recherches de la XIVe incarnation, le nouvel avatar de Chenrezig sur la scène des dieux et des hommes.

DEUXIÈME PARTIE

PORTRAIT D'UN MOINE TIBÉTAIN EN DALAÏ-LAMA

I. Une vie, des vies

« La liberté de l'homme ne consiste jamais à se voir épargner les difficultés, mais à leur faire face pour son propre bien, à en faire un élément de joie. »

Rabindranath Tagore

A PEINE le rideau de l'histoire a-t-il le temps de retomber sur le Grand XIIIe que, déjà, un pan se soulève comme pour lever d'éventuelles incertitudes et indiquer clairement l'orientation à suivre pour partir à la découverte de la réincarnation suivante. Du moins, c'est ainsi que sont interprétés plusieurs signes insolites qui se manifestent avec une curieuse récurrence en ce mois de décembre 1933.

D'abord, ce sont de bien étranges nuages, affectant des allures d'éléphant ou de dragon, nimbés d'arcs-en-ciel, qui s'obstinent à planer sur le flanc nord-est de la bonne ville de Lhassa – si étranges que moines et laïcs habitués à scruter les signes ne manquent pas de s'interroger. Autre fait peu banal, dans la chapelle ardente où repose la dépouille du défunt, une espèce de champignon géant apparaît bien en évidence, en l'espace d'une nuit, sur un pilier de soutènement taillé dans un tronc mort. Le plus étonnant, c'est que le cryptogame ressemble à s'y méprendre à une étoile et qu'il s'est fixé – mais est-ce vraiment pur hasard? – sur le pilier nord-est de la pièce. Pour ne pas demeurer en reste, feu le dalaï-lama se permet lui-même une fantaisie révélatrice. Comme le requiert la coutume, il attend sa sépulture, assis en tailleur, au Norbulingka, le visage tourné vers le sud, direction traditionnellement faste, les fidèles venant lui présenter un dernier hommage. Quelle n'est pas la stupéfaction des moines, serviteurs et dignitaires de découvrir un beau matin que, d'un mouvement imperceptible, la tête a tourné et que le visage regarde désormais vers le nord-est !

Pour déroutants qu'ils puissent paraître à des esprits rassis, ces signes étaient encourageants pour les Tibétains, préoccupés par l'urgence de retrouver le Précieux Maître et, surtout, de le ramener sain et sauf dans la Cité des dieux : les menaces s'amoncelaient aux frontières du haut pays, et si le régent accomplissait parfaitement son devoir, il fallait que, sans tarder, le Trône du Lion, symbole du pouvoir spirituel et temporel suprême, revînt à son légitime occupant. Dans l'interrègne, les Chinois intriguent, une nouvelle mission britannique, conduite par Sir Basil Gould, se rend à Lhassa et, une fois encore, la discussion tourne autour de la situation du panchen-lama. Son rôle religieux n'est pas mis en cause, mais ses accointances politiques ont de quoi éveiller quelques inquiétudes chez les Tibétains.

Moins directement affectée par les remous purement politiques, la lignée du panchen-lama, deuxième dignitaire du bouddhisme tibétain, est moins étoffée que celle du dalaï-lama : depuis l'institution du titre, il est à ce jour la septième incarnation, revenue en 1938, qui occupe, en théorie du moins, le trône du Tashi-lumpo. En fait, Choekyi Gyaltsen Tinley Lhundup, que les Chinois appellent Pechen Erdeni, réside le plus clair de son temps à Pékin, où il est censé, sous étroite surveillance, s'occuper des affaires bouddhiques de l'ensemble de la République.

Mais avant d'en arriver à la situation présente, il importe de rappeler que les relations entre les deux grands lamas ont souvent pâti de conditions extérieures adverses. Ainsi, en 1728 déjà, les Mandchous espéraient les jouer l'un contre l'autre et avaient offert la pleine souveraineté sur tout le territoire du Tibet au panchen-lama, qui la déclina. L'histoire qui – dit-on – ne se répète pas, mais n'en continue pas moins de bégayer, se caricature presque elle-même dans les générations suivantes, puisqu'une offre analogue est faite en 1910 au VIe panchen-lama, Thoupten Choegyi Nyima et qu'à peu de choses près le même jeu est aujourd'hui déployé par les Han face au VIIe panchen-lama... Toujours est-il que le prédécesseur immédiat de ce dernier a lui aussi été pris dans un engrenage qui le dépassait, qu'il s'est exilé plus ou moins de plein gré en Chine en 1923 à la suite d'un différend avec le Grand XIIIe, nourri sans doute par les machinations de leurs entourages. Il se rapprocha du haut pays après le décès de Thoubten Gyatso, mais, du côté tibétain, on n'apprécia guère de trouver dans les bagages qui le précédaient bon nombre de grenades, pas plus que l'escorte militaire chinoise qui prétendait l'accompagner jusqu'à son monastère.

Parfois, le panchen-lama se voit accorder une prétendue supériorité spirituelle, la tradition voulant qu'il soit toujours un maître d'envergure, un fin lettré. Elle s'explique par le fait que le sage du Tashi-lumpo est censé être une réincarnation du Dhyani Bouddha Amithaba, Bouddha originel de la sphère de méditation, dont la projection dans le monde des formes n'est autre que le bodhisattva Avalokiteshvara, qui s'incarne – faut-il le rappeler? – en la personne du dalaï-lama. S'il est vrai que les maîtres de Chigatsé se sont souvent distingués par leur penchant marqué pour l'étude et la religion, ils n'ont jamais joué de rôle primordial en politique, en dépit de manœuvres chinoises répétées. Et jamais, non plus, la suprématie à la fois spirituelle et temporelle du dalaï-lama sur l'ensemble du Tibet et des Tibétains n'a été remise en cause, quelles qu'aient été les vicissitudes de ses règnes successifs. Aujourd'hui pas plus qu'hier, il n'est question pour les habitants du pays de Bod de modifier leurs us et coutumes selon le bon vouloir des dirigeants régnant à Pékin.

Comme au fil des siècles et des tribulations historiques les deux grands lamas tibétains se sont plus ou moins emboîté le pas dans leur succession respective, ils ont été l'un pour l'autre et à tour de rôle le maître et le disciple l'un de l'autre. Avant de quitter la scène terrestre, le VIe panchem-lama a été consulté pour les recherches du XIVe dalaï-lama. Ses qualités et ses connaissances spirituelles ne furent pas de trop pour aider les hiérarques laïcs et religieux à mener à bien cette tâche difficile entre toutes et à opérer le bon choix : il ne fallait surtout pas se tromper, et parvenir à ne pas réveiller les soupçons des encombrants voisins chinois, toujours à l'affût du moindre prétexte pour s'immiscer dans les affaires tibétaines. A l'époque des recherches, le panchen-lama résidait à Jyekundo, à la frontière tibétaine, et le gouverneur chinois de la province était un général musulman du nom de Ma Pu-feng.

Pour un œil non averti, les péripéties de la découverte ne manquent pas de pittoresque. S'ils paraissent singuliers, les détails n'en tissent pas moins une trame qui chatoie des mille feux d'un merveilleux d'autant plus émouvant qu'il est véridique et s'inscrit dans la réalité, ou la magie, quotidienne du haut Pays des Neiges. En accord avec la tradition et ses attributions, Réting Rimpoché, le régent, donne les instructions nécessaires pour entreprendre la quête. Tandis que, dans tous le pays, cérémonies et prières se succèdent pour assurer le prompt retour du Grand Protecteur, les principaux oracles sont consultés, en particulier à Netchung, Gadong et Samyé, et leurs prédictions consignées avec soin sous le sceau du secret. Rêves annonciateurs et présages sont dûment examinés sans publicité, des signes particuliers sont interprétés, et le régent lui-même, en compagnie de quelques grands lamas et de membres du kashag, s'en va interroger, au début de 1935, le lac sacré de Lhamo Latso. A proximité, au monastère de Chokhogyal fondé par le IIe dalaï-lama, la petite troupe fait halte et établit ses quartiers provisoires afin de se purifier, de méditer dans le plus profond silence et de se préparer à la confrontation avec les puissances supérieures.

A en croire l'historien tibétain W.D. Shakabpa, qui faisait office pour l'occasion de secrétaire de cette mission très spéciale, en dépit de ses efforts, lui-même ne distingua rien sur le miroir bleu du lac. En revanche, le régent a une vision d'une remarquable netteté, dont se dégagent trois lettres de l'alphabet tibétain – *A, Ka* et *Ma* – alors que d'autres dignitaires voient se profiler sans ambiguïté les toits d'or et de jade d'un monastère, un petit hameau blotti dans une vallée reculée et une ferme modeste aux tuiles turquoise. Un chien tacheté de blanc et de brun folâtre dans la cour.

Toutes ces indications sont notées avec scrupule et scellées à leur tour, avant d'être communiquées à qui de droit. Quelques jours plus tard, Réting Rimpoché rêve une nouvelle fois de la ferme à la toiture turquoise. Mais il s'en fallait encore de beaucoup pour que le sort fût noué. Après une nouvelle consultation des oracles, dans la plus grande discrétion, trois missions sont mandées dans trois directions : Purchok Rimpoché part pour le Dagpo et le Kongpo vers le sud-est; Khangser Rimpoché est chargé d'enquêter dans le Kham et le Jang à l'est, tandis que Ke-Tsang Rimpoché se dirige le plus loin, vers l'Amdo et l'Arig, au nord-est. A posteriori, de menus détails se révèlent plus significatifs que de prime abord : ainsi l'oracle de Netchung intime-t-il de remettre à la troisième mission un certain miroir, symbole de sagesse ou d'omniscience. Cadeaux et lettres d'introduction officielles sont confiés à ces pèlerins peu communs pour tous les dignitaires susceptibles de favoriser leurs recherches – notamment le gouverneur chinois de Sining, l'abbé de Koum Boum et le panchem-lama.

La petite troupe de Ke-Tsang Rimpoché s'apprête à quitter Lhassa en septembre 1936, sous une neige précoce et inattendue : au moment du départ, le ciel soudain se dégage et le soleil fait briller de mille feux la Cité des dieux. Le signe est de bon augure. Et quand, trois mois plus tard, la caravane arrive en vue du monastère de Koum Boum, la vision du lac sacré se trouve confirmée – les toits d'or et de jade étaient bel et bien ceux de la fameuse lamaserie orientale. Comme pour les conforter dans leurs intuitions, un somptueux arc-en-ciel déploie ses fastes glorieux au-dessus du couvent en guise de cérémonie d'accueil.

La plus grande prudence demeure cependant de mise, les émissaires s'enquièrent de confirmations, écoutent les conseils des abbés et du panchen-lama, prennent connaissance d'indices nouveaux. Des conciliabules à propos des présages se dégage bientôt l'esquisse d'un chemin à emprunter, qui mène à Taktser, dans la région du Koukou Nor en Amdo. Des moines y conduisent les chercheurs déguisés pour la circonstance en marchands : il importe qu'ils puissent se forger leur propre opinion sans interférence aucune. Pour mieux cacher son jeu, Ke-Tsang Rimpoché prend la place d'un serviteur, tandis que les autres membres de la mission se font passer pour les maîtres de la caravane.

Comme d'ordinaire au Tibet, les voyageurs sont reçus avec aménité et autorisés à préparer leur thé dans la cuisine. Alors que les amphitryons échangent des propos avec les visiteurs, le lama prend tout son temps pour examiner les alentours : il repère quelques détails qui le font frémir d'aise, mais il n'en laisse rien percer. Satisfait de son exploration, il se dirige vers la cuisine quand un gamin d'environ deux ans s'accroche à ses basques. A peine Ke-Tsang Rimpoché est-il installé que le bambin grimpe sans façon sur ses genoux et se montre aussitôt intéressé par un rosaire que le moine porte au cou. Le chapelet avait appartenu au Grand XIIIe. « Je te le donne si tu me dis qui je suis », propose le lama. Péremptoire, la réponse jaillit : « Vous êtes un lama de Sera », dit l'enfant, qui ajoute dans un même souffle le nom correct de deux autres membres de la mission. Plus étonnant encore, Lhamo Dondup – c'était son nom – s'exprime dans l'élégant dialecte de Lhassa, que fort peu de gens pratiquent dans l'Amdo.

Jugeant ce premier contact sinon concluant, du moins tout à fait intéressant, mais sans rien en laisser transparaître, les dignitaires décident de repartir à l'aube afin de porter à la connaissance du gouvernement les résultats préliminaires de leur quête. Leur étonnement est grand en s'apercevant que le bambin les attend déjà de pied ferme, les suppliant d'accepter qu'il les accompagne à Lhassa. Ce n'est pas une mince affaire que de lui faire entendre que le temps n'est pas encore venu, et seule la promesse d'un prompt retour calme l'impatience enfantine.

Quelques mois plus tard, les émissaires reviennent. A la croisée des chemins du hameau, un jeune Chinois les encourage vivement à prendre le sentier du bas, un peu plus long. Ils obtempèrent, pour s'apercevoir bientôt qu'ils débouchent tout droit sur le portail principal de la ferme aux tuiles turquoise, alors que l'autre chemin, plus court, mène à une porte dérobée à l'arrière du bâtiment. Là encore, question de présage : mieux vaut franchir le seuil de devant plutôt que celui de service...

Entre-temps, les découvertes des trois missions avaient été comparées avec minutie, seuls deux candidats restaient en lice, avec, à n'en pas douter, un préjugé favorable pour l'étonnant petit bonhomme de Taktser. La nouvelle visite est décisive : une série de tests est imposée au bambin, qui les subit avec brio. En se jouant, il passe les épreuves de mémoire antérieure – en reconnaissant notamment certains objets précis à repérer parmi des faux souvent plus beaux et admirablement contrefaits – et ses rares hésitations se révèlent plus probantes que négatives. Ainsi, hésitant entre deux cannes, il se décide pour l'une – à l'émoi des experts – avant de se raviser et d'arrêter son choix sur l'autre. Soulagement, mais la quasi-méprise ne tarde pas à s'expliquer : si la seconde canne avait accompagné le XIIIe dalaï-lama jusqu'à la fin de ses jours, la première était restée un temps en sa possession, avant qu'il ne l'offrît à un vénérable lama. S'emparant ensuite d'un *damarū*, petit tambour rituel à boules fouettantes, il le fait tinter à un rythme et d'un ton si justes que les enquêteurs s'en étonnent. Un examen physique met en évidence les huit marques majeures distinctives qui sont l'apanage de l'incarnation de Chenrezig. Une fois assises les convictions intimes des dignes émissaires de Lhassa et levés les derniers doutes, commencent des difficultés d'un autre ordre.

En effet, malgré toutes les précautions, il était de notoriété publique que plusieurs missions recherchaient le futur souverain du Tibet et que des enquêtes étaient en cours, pour déterminer lequel des candidats allait en fin de compte s'imposer. D'un commun accord, responsables religieux et laïcs étaient convenus de ne pas proclamer leur choix trop hâtivement, afin que l'enfant pût être amené à Lhassa sans encombre. Ce qui n'était pas le plus facile dans le cas précis de l'enfant de Taktser : la province d'Amdo était certes partie intégrante du Tibet, mais l'administration chinoise s'y était arrogée un droit de regard, et le gouverneur Ma Pu-feng avait déjà manifesté son intention de dire son mot dans le choix des hiérarques.

Les représentants de Koum Boum et Ma Pu-feng exigent des preuves que le garçonnet de Takster est bien le dieu réincarné. Ils s'entendent répondre que seuls les ultimes examens à accomplir à Lhassa permettront de le déterminer sans équivoque. Les premiers s'en satisfont, et l'enfant – il n'avait pas encore quatre ans – fait son entrée dans la communauté monastique à Koum Boum : il y trouve ses premiers maîtres et commence le rude apprentissage de la discipline.

Le gouverneur, cependant, ne s'en laisse pas conter et exige un « droit de départ » de cent mille dollars chinois de l'époque. A peine la rançon lui est-elle versée qu'il en demande trois fois plus... Réunir rapidement une telle somme – l'équivalent de quatre-vingt-douze mille dollars américains – relève de la prestidigitation, et, pourtant, l'affaire s'arrange : une caravane de marchands mahométans en partance pour La Mecque accepte d'avancer le montant jusqu'à Lhassa, où ils seront payés rubis sur l'ongle. Les lamas respirent, et veillant sans relâche sur l'enfant dont ils sont persuadés en leur for intérieur qu'il est le XIVe dalaï-lama, la mission rebrousse chemin pour regagner la Cité des dieux. En juillet 1939, l'assemblée se réunit pour prendre connaissance des détails des investigations et des résultats des tests, tandis que plusieurs lamas accomplis et l'oracle de Netchung confirment le retour du représentant de Chenrezig parmi les Tibétains. Dès lors, on s'affaire à réaliser les préparatifs d'usage en vue de l'intronisation. Des messagers sont mandés au gouvernement britannique de l'Inde, à Pékin, au roi du Népal ainsi qu'aux rajahs du Sikkim et du Bhoutan pour annoncer la grande nouvelle et les convier aux cérémonies.

De cette époque, Tenzin Gyatso dit aujourd'hui avec un sourire en coin qu'il ne se souvient pas de tous les détails des tests subis pour établir le pont avec sa vie antérieure. Car, explique-t-il, « les nouveaux souvenirs liés à ce corps sont plus forts. Les faits du passé se sont amoindris et sont devenus plus flous. Je ne me souviens pas si je fus capable ou non de ces rappels lorsque j'étais petit enfant. La meilleure période pour se rappeler ce genre de choses, ces mémoires antérieures, se situe entre trois et quatre ans, quand on commence à parler, c'est le moment le plus propice à la mémoire du passé. Après, cette capacité diminue à mesure que se consolide la nouvelle structure physique. Cela dépend de l'acuité de l'esprit, du développement mental de l'individu – certains se souviennent d'une vie, de deux, de trois, de centaines, ou même d'une infinité de vies antérieures[5] ».

Le XIVe dalaï-lama admet néanmoins que, depuis toujours, il avait manifesté sa volonté d'aller à Lhassa et qu'il attendait qu'on vînt le chercher. Juché sur un morceau de bois, il s'imaginait caracolant sur la longue route poussiéreuse et répétait sans cesse à sa mère qu'il devait partir. Aussi ne fut-il guère surpris quand les émissaires de Sera arrivèrent dans la cour paternelle : c'était dans la logique des choses. Il se rappelle également qu'un couple de corbeaux se posait régulièrement sur une corniche de la maison. Or il est admis au Tibet qu'il existe une relation particulière entre le dalaï-lama et les corbeaux – ainsi le veut la tradition : c'est un corbeau qui protégea Gedun Truppa de l'intrusion nocturne de brigands dans la tente où il venait de naître, et, plus tard, ses pratiques spirituelles devaient lui permettre d'entrer en contact direct avec la redoutable divinité Mahakala (« Le Noir Seigneur de la Sagesse transcendante », mais aussi le Temps). Le dieu lui avait donné confirmation de sa protection privilégiée, et, depuis lors, des anecdotes de la même veine ont marqué l'existence des VIIe, VIIIe et XIIe dalaï-lamas. Nulle surprise donc de retrouver le corbeau associé au XIVe dalaï-lama. Ce qui n'empêche pas ce dernier d'avouer sur un ton de confiance qu'il n'aime pas vraiment ces oiseaux-là, car « ils sont trop cruels envers les plus petits ».

D'autres ont gardé des souvenirs très précis de ces temps-là. La mère de Tenzin Gyatso, décédée en 1981, se rappelait une grossesse pénible. Son mari, mort quand l'enfant-roi avait douze ans, avait dû alors s'aliter et personne ne parvenait à percer l'origine de sa maladie. Mais dès la délivrance, il se releva frais et dispos, à peine affaibli et prêt à vaquer sans tarder à ses multiples occupations de modeste fermier. La veille de la naissance, elle avait eu un drôle de rêve : deux dragons bleus venaient la saluer de manière fort cérémonieuse.

Au village, d'aucuns n'avaient pas oublié qu'au retour d'un pèlerinage à un petit ermitage des environs, tenu en haute vénération, le Grand XIIIe avait fait halte dans un pré voisin. Il avait même laissé sur place une paire de bottes usagées, ce qui – à en croire la sagesse populaire du haut plateau – signifiait tout bonnement qu'il reviendrait. Certes, les villageois étaient flattés que l'incarnation de Chenrezig eût choisi leur hameau pour ce retour, mais ils savaient maintenant aussi pourquoi, au cours des dernières années, le sort s'était acharné sur eux : sans raison météorologique apparente et en dépit des cérémonies propitiatoires, grêle et sécheresse avaient anéanti plusieurs récoltes. La tradition n'affirme-t-elle pas que pareils événements annoncent sans nul doute l'arrivée d'êtres d'exception ?

Il est malaisé d'imaginer la réception et l'accueil réservés – c'était pourtant il y a moins d'un demi-siècle ! – au jeune souverain, désormais soumis à des règles de vie très strictes et à une discipline contraignante. Des membres du gouvernement viennent à sa rencontre en grande pompe, suivis bientôt par les hiérarques des grands monastères et même les rares représentants étrangers résidant à Lhassa. C'est grâce à leurs récits qu'il est possible de se faire une vague idée de la splendeur et de la majesté des cérémonies. Après des haltes à Nagchukha, au monastère de Réting et à l'ermitage de Rekya, la procession traverse Lhassa le vingt-cinquième jour du huitième mois de l'année du Lièvre-de-Terre (8 octobre 1939). Avant de gagner le palais d'été du Norbulingka, elle s'arrête, le temps d'une cérémonie, au Jokhang, le sanctuaire des sanctuaires du bouddhisme tibétain.

Ce qui frappe tous les participants et les observateurs – et les témoignages s'accordent à le relever – c'est la stupéfiante aisance du bambin, sa vitalité contrôlée, sa science innée de l'attitude et des gestes rituels. Déjà, le regard qu'il pose sur le monde surprend par une profondeur étoilée de malice, et l'attention qu'il porte aux autres transparaît dans une curiosité bienveillante, ouverte à toutes les sollicitations. En dépit d'un protocole d'une extrême rigueur, le moinillon charme et séduit, manifestant dans le même temps une patience à toute épreuve : un vrai caractère, bien ancré, que des années d'adversité tremperont encore davantage tout en adoucissant les angles. Mais, farouche, la détermination est déjà là, en graine, qui sera cultivée et se fortifiera jusqu'à devenir exemplaire au fil du temps.

Quelques semaines plus tard, Réting Rimpoché, le régent, conduit personnellement, devant la statue du Bouddha au Jokhang, la cérémonie rituelle du rasage du crâne de l'enfant. Désormais, ce dernier portera le nom de Tenzin Gyatso. Une fois consultés oracles et astrologues, l'intronisation est fixée au quatorzième jour du premier mois de l'année du Dragon-de-Fer, soit le 22 février 1940. Toute la magie de l'Orient déploie ses inépuisables ressources pour ce sacre dont les fastes restent à jamais gravés dans la mémoire de ceux qui y ont participé. Là encore, ce qui marque, c'est la noblesse naturelle et le comportement irréprochable de l'enfant-roi durant le long cérémonial.

Les années qui suivent sont studieuses, austères aussi sans doute pour un bambin débordant d'énergie et astreint au fastidieux apprentissage des devoirs de sa charge. « Jamais je ne me suis senti mal à l'aise dans mon rôle », se borne à dire aujourd'hui le XIVe dalaï-lama. Au demeurant, il reste très discret sur cette période, car en bon moine bouddhiste, il estime n'avoir rien de particulier à rapporter à ce sujet : la règle veut que jamais l'on ne fasse étalage de ses connaissances ou de ses réalisations personnelles. C'est la manière d'être et le rapport quotidien aux autres qui témoignent du chemin parcouru sur la Voie. Le sage authentique n'a nul besoin de s'afficher : *il est*, simplement, et la religion telle que l'entendent les vrais maîtres est un domaine très privé, presque secret, sur lequel il n'est nul besoin de se répandre en explications.

S'il consent à parler parfois de sa propre expérience, le dalaï-lama le fait en termes très généraux, et encore – pour clarifier une idée dont il veut faire saisir l'essence à l'interlocuteur : « J'ai étudié le bouddhisme dans ma propre langue et, très jeune, je suis devenu moine. C'est dire que l'environnement m'était propice. En termes de développement personnel, vers quinze, seize ans, j'ai commencé à manifester un enthousiasme réel pour la pratique. Je n'ai cessé de pratiquer depuis lors – j'ai maintenant la cinquantaine (...) Le développement intérieur se réalise pas à pas. C'est pourquoi la volonté de pratiquer sans relâcher l'effort est très importante. Le progrès découle de la constance de l'effort quotidien. »

Le XIVe dalaï-lama, s'il a été plus tard aguerri par les turbulences de son existence, a aussi été façonné par ses divers maîtres et surtout par ses deux tuteurs – deux personnages d'exception, dont toute la communauté tibétaine a vivement ressenti la disparition... temporaire. Issu du monastère de Gaden, Kyabje Yongdsin Trijang Rimpoché, le tuteur cadet, avait la réputation d'être le lama le plus éminent de l'école Geloug-pa de l'époque. Né en 1900, c'était un moine de la plus pure tradition érudite, dont les réalisations personnelles étaient appréciées de tous. Il s'en est allé en 1981, et sa nouvelle incarnation est apparue parmi les réfugiés tibétains en Inde.

A l'origine rattaché à Drepung, Kyabje Yongdsin Ling Rimpoché, tuteur aîné de Sa Sainteté, avait exercé depuis 1965 les fonctions de Gaden Tripa, c'est-à-dire abbé de Gaden. A ce titre, il était le quatre-vingt-dix-septième successeur de Tsong Khapa le réformateur et considéré comme le chef de la tradition Gelou-pa. Maître accompli, rompu aux disciplines monastiques et versé dans les rites, il a transmis toutes les initiations dont il était détenteur au XIVe dalaï-lama, qu'il a servi avec fidélité depuis 1937, d'abord comme tuteur adjoint, puis comme tuteur cadet, et enfin comme tuteur aîné à partir de 1949. C'est lui qui a reçu, en 1954, les vœux de Tenzin Gyatso et l'a ordonné moine complet à l'occasion des célébrations annuelles de la Grande Prière – le Mönlam Chenmo.

Avec Kyabje Trijang Rimpoché, Kyabje Ling Rimpoché formait un couple à la fois de guides sûrs, d'amis et de protecteurs du souverain du Pays des Neiges : si ce dernier est précisément ce qu'il est devenu, il reconnaît qu'il le doit en grande partie à la sollicitude de ces deux maîtres d'une envergure peu commune. D'ailleurs, les Tibétains disent que tous deux cheminaient côte à côte depuis plusieurs vies déjà et que, dans leurs existences antérieures, ils avaient longtemps œuvré ensemble à la transmission des enseignements bouddhistes. Le prédécesseur direct de Ling Rimpoché avait aussi été tuteur du XIIIe dalaï-lama. Des témoins oculaires affirment qu'au moment de quitter ce monde, le 25 décembre 1983 à Dharamsala, Ling Rimpoché avait adressé un sourire paisible à ses disciples éplorés avant d'entrer dans « la claire lumière », c'est-à-dire en méditation profonde au seuil de l'autre monde, où il s'est maintenu jusqu'au 7 janvier. Divers signes révélateurs se sont manifestés au vu et au su de tous durant cette période où le corps mortel du maître n'a subi aucune des dégradations coutumières.

Dès qu'il est confié à ses tuteurs, le XIVe dalaï-lama s'attelle à l'apprentissage et à la mémorisation de textes aussi nombreux qu'ardus. Comme tous les moinillons, il commence par les disciplines les plus faciles – l'alphabet et la calligraphie, la lecture et la récitation des textes sacrés les plus courants. Au début, la sévérité de son premier maître, Ling Rimpoché, l'impressionne quelque peu : une simple réprimande de sa part lui paraît être le châtiment suprême. C'est néanmoins cet érudit hors pair, doublé d'un fin connaisseur du monde des hommes, qui allait devenir et rester jusqu'en 1983 l'un de ses conseillers et compagnons les plus proches.

Pour franchir les multiples étapes de ces études qui durent, en fait, toute une vie, Tenzin Gyatso apprend par cœur des dizaines de traités des cinq branches majeures de la connaissance bouddhiste – sanskrit, dialectique, logique, philosophie religieuse et métaphysique, fondamentales pour l'obtention du titre de *geshé lhampara*, c'est-à-dire docteur en loi bouddhiste. Ces ouvrages sont, pour l'essentiel, dus à des sages indiens, et au fil des siècles, maîtres et érudits tibétains y ont apporté des milliers de pages de commentaires, d'explications et de développements. Les cinq branches mineures comprennent le théâtre, la danse et la musique, l'astrologie, la poésie et la composition. Il va de soi que toutes les activités artistiques demeurent étroitement liées à la connaissance spirituelle.

Ces subtilités ne s'arrêtent bien sûr pas là : la philosophie religieuse, par exemple, se ramifie en Sagesse transcendante (Prajna Paramita), Voie du Milieu (Madhyamika), Canon de la discipline monastique (Vinaya), Métaphysique (Abidharma) et Logique et Dialectique (Pramana). A la différence des anciens maîtres de l'Inde, les sages tibétains accordent une attention aiguë à la logique et à la dialectique, dont les bases sont solidement ancrées dans le raisonnement par les débats acharnés, de plusieurs heures, entre maîtres et disciples, en tête à tête, ou en présence parfois de centaines de moines quand les assauts oratoires se déploient entre étudiants de force plus ou moins égale sous l'œil attentif des enseignants. La mémoire y gagne en profondeur et en acuité, tandis que la souplesse et la vivacité de la réflexion sont sans cesse mises à contribution.

Cette préparation de tous les jours, entrecoupée d'heures de méditation poussée, obligatoires pour la compréhension et l'assimilation des textes, ménage quand même quelques moments de loisir. Le protocole rigoureux qui entoure le dalaï-lama ne permet pas qu'il fraye à sa guise avec d'autres enfants de son âge, et seuls ses frères et sœurs sont autorisés à partager ses jeux – surtout Lobsang Samten, de deux ans son aîné. S'il a parfois ressenti cette quasi-exclusion du monde des hommes et des choses, le dalaï-lama se souvient quand même d'excellents moments passés avec de vieux lamas, qui retrouvaient un peu leur âme enfantine pour partager les fantaisies de l'illustre bambin.

De ces années-là, marquées au sceau rigide de l'austérité, émerge parfois une bribe d'enfance, qui s'auréole aujourd'hui d'un éclat de rire, d'une manière de nostalgie, un souvenir heureux. Ainsi, la geste héroïque de Guésar de Ling, cette chronique de hauts faits et d'exploits légendaires qui fonde la mémoire populaire, évoque-t-elle pour le dalaï-lama un vieux barde qui, des heures durant, déroulait devant l'enfant-roi les épisodes flamboyants du mythe :

« Guésar pourrait-il revenir un jour, comme l'affirment certains et comme d'autres le croient ? Il est vrai qu'il l'a promis, d'aucuns le pensent et disent qu'il pourrait jouer un rôle éminent sur la scène tibétaine. Alexandra David-Neel n'est pas la seule à avoir rapporté cette version qui circule depuis longtemps sur les hauts plateaux. D'ailleurs, ne dit-on pas que Guésar est une incarnation d'Avalokiteshvara, le Bouddha de la Compassion infinie ? C'est donc aussi un maître, et les maîtres ont beaucoup de pouvoir... Je ne sais pas au juste, car je n'ai pas étudié sérieusement l'histoire du roi de Ling, je n'en connais guère plus à ce propos que n'importe quel Tibétain moyen.

« Tout ce que je peux vous dire, c'est qu'autrefois, au Potola, un merveilleux conteur venait parfois me raconter ces histoires fabuleuses. J'adorais l'écouter. Il m'impressionnait beaucoup, et savez-vous pourquoi ? Non seulement il connaissait une multitude de détails et de variantes, même s'il en rajoutait peut-être de son cru, mais encore il avait un immense bol à thé, énorme ! Il le remplissait sans désemparer de prodigieuses quantités de breuvage, qu'il ingurgitait avec une étonnante facilité. C'était son salaire et, à n'en pas douter, surtout son plaisir : boire du thé des cuisines du dalaï-lama ! Je n'en sais guère plus, encore que... » Et la phrase inachevée, lourde de sous-entendus, de se perdre une fois encore dans la malicieuse sonorité d'un éclat de rire.

Au grand désespoir des trois moines chargés de veiller à l'intendance – le Zimpon Khenpo pour les vêtements, le Supon Khenpo pour la nourriture et le Choepon Khenpo pour les objets du rituel – qui suivaient le moinillon comme leur ombre, celui-ci se révèle rapidement du vif-argent. Son énergie débordante l'incite à inventer mille frasques et le pousse à aller fourrer son auguste nez dans les coins les plus reculés des palais d'été ou d'hiver. Ainsi, il avait coutume, avec son frère, de hisser un petit poney, dont ils disposaient pour leurs jeux, sur le toit de l'une des demeures du Norbulingka, juste pour le plaisir de contempler la vallée environnante. A eux deux, ils aimaient emprunter une petite barque pour voguer sur le bassin intérieur du Parc aux joyaux – alors que les braves moines serviteurs restaient cloués au bord, faute de place dans la frêle embarcation, priant le ciel et les dieux que rien n'arrive à leurs turbulents jeunes maîtres.

Autre trait de caractère du jeune souverain : sa véritable passion pour la mécanique. Tout ce qui lui tombait sous la main et pouvait être démonté l'était prestement, que ce soit un vieux coucou ou une précieuse boîte à musique, don du tsar à son prédécesseur gardé dans une chambre aux trésors, ou même l'une des trois respectables automobiles amenées en pièces détachées à dos de mule à Lhassa pour l'usage exclusif du Grand XIIIe. Parfois, il remontait l'objet avec une remarquable dextérité, comme s'il n'avait fait que cela toute sa vie.

D'autres fois, les mésaventures se révélaient plus cuisantes : la première fois que l'adolescent s'assoit au volant de l'un des véhicules rafistolés par ses soin et, bien sûr, en l'absence du préposé à la surveillance, il se tire honorablement d'affaire... sauf qu'un heurt imprévu brise net le verre fumé d'un phare avant. Sans se démonter le moins du monde, le dieu-roi bricole de ses propres mains un quelconque bout de verre, qu'il barbouille d'un sirop de canne avec une brosse et un cure-dent. L'innocente supercherie parvient, semble-t-il, à faire illusion. Aujourd'hui encore, le XIVe dalaï-lama fait preuve d'un intérêt toujours aussi vif pour les réalisations techniques les plus avancées, et si la locomotive ou l'avion ne l'étonnent plus, il se penche avec une curiosité jamais démentie sur des machines comme le scanner ou le cyclotron.

Pour satisfaire quelque peu sa soif de connaître, le jeune dalaï-lama profite de la présence d'un Européen au passé ambigu, Heinrich Harrer, dans la capitale tibétaine. Evadé d'un camp où il avait été interné par les Britanniques à Dehra Dun, cet Autrichien qui se faisait passer pour un simple amoureux des cimes avait réussi à s'introduire dans l'entourage du souverain, à moitié reclus et lui avait raconté quantité de détails sur les pays qu'il avait traversés. Ces noms inconnus faisaient rêver Tenzin Gyatso, quand il regardait les vieux atlas dénichés sur les rayons de quelque vieille bibliothèque du Potala. C'est avec l'Autrichien qu'il apprit les premiers rudiments d'anglais et s'est initié à ce qui se passait au-delà de l'Himalaya. Intéressé au plus haut point par la photographie et le cinéma, malgré les réticences des fonctionnaires et des moines, le dieu-roi autorisa le visiteur à tourner des films, devenus aujourd'hui des témoignages inestimables sur la vie à Lhassa avant l'invasion chinoise.

Cependant, tandis que le jeune moine poursuit consciencieusement sa préparation aux devoirs de sa charge, au-delà des murs du Potala et du Norbulingka, d'autres événements, dont l'importance n'était pas toujours perçue dans la Cité des dieux, changent la face du monde et préparent les bouleversements ultérieurs. Il s'en fallait de beaucoup pour que ces maîtres des signes et des pouvoirs sussent comprendre les mœurs barbares qui avaient cours dans les terres basses, et surtout, pour qu'ils y décelassent les dangers très réels dont les échos ne parvenaient qu'atténués jusque sur le Toit du Monde. Pourtant, des signaux avaient été envoyés et dûment consignés dans les grands registres de l'administration locale.

Durant la Seconde Guerre mondiale et la minorité du dalaï-lama, le Tibet parvient, avec une relative aisance, à se maintenir en marge de la tourmente : son isolement naturel et traditionnel le préserve des conséquences directes des batailles en cours, mais sans vraiment le savoir, il devient à plus long terme un enjeu pour les puissances belligérantes. Sans doute convient-il aussi de mentionner qu'à l'extérieur peu nombreux sont ceux qui se rendent compte de l'importance stratégique, pourtant bien réelle, du Toit du Monde : l'avion en donne la mesure et, plus tard, les satellites, espions ou non. De là-haut, on domine non seulement les plaines chinoises ou indiennes, mais encore les républiques soviétiques d'Orient, sans oublier l'échappée vers l'Afghanistan. Et c'est dans ce formidable château d'eau que naissent les plus grands fleuves d'Asie.

Pour l'heure, à Lhassa même, Britanniques et Chinois intriguent dans les coulisses, et le petit monde fermé des milieux politiques locaux observe les échanges, l'œil mi-clos. Certes, les Tibétains s'étaient inquiétés lorsque les colonnes dépenaillées des partisans de Mao avaient pénétré pendant quelque temps sur leur territoire, mais ils s'imaginaient que les règlements de compte entre nationalistes et communistes chinois ne les concernaient pas : que les Han s'entre-tuent, c'était autant de paix gagnée pour les gens de Bod ! La guerre sino-japonaise avait aussi éveillé quelque alarme, car, à Lhassa, on craignait peut-être encore davantage une menace nippone – mais, là encore, l'effervescence ne dura guère. La démission du régent en 1941 – les oracles avaient prédit qu'il n'avait plus longtemps à vivre s'il ne se consacrait pas dorénavant à la méditation et au perfectionnement spirituel – dérangea au plus haut point Pékin, qui semblait avoir trouvé en lui une oreille complaisante. D'aucuns prétendent que de menus cadeaux n'étaient pas étrangers à ce penchant. Taktra Rimpoché, qui passait pour conservateur, le remplaça. Ses capacités de discernement et de gouvernement devaient bien vite être mises à l'épreuve.

Vers la fin de 1941, le jeu politique et les luttes d'influences se resserrent autour du Toit du Monde. D'abord, le renversement d'alliances entre la Grande-Bretagne et la Chine, à la suite de l'entrée en guerre du Japon, surprend à Lhassa. Circonspect et trop éloigné du théâtre des faits pour en distinguer l'enjeu, le gouvernement tibétain se cantonne dans l'expectative, à la différence du Grand XIIIe, qui avait manifesté sa sympathie aux alliés lors du premier conflit mondial.

Depuis quelques mois, le kashag tenait tête aux pressions de Tchang Kaï-chek, menacé par les incertitudes qui s'étendaient au pied de la barrière montagneuse et désireux de construire de nouvelles routes sur le haut plateau afin d'assurer son approvisionnement terrestre : la route birmane étant coupée par l'avance japonaise, il était impérieux de trouver d'autres voies d'acheminement. De promesses en menaces, de compromis en raids, de provocations en chantage, le Tibet finit par accepter le transit de marchandises sur son territoire entre l'Inde et la Chine, à l'exclusion toutefois de fournitures militaires.

Entre-temps, une délégation officielle des Etats-Unis s'était rendue à Lhassa. Composée du capitaine Ilia Tolstoï et du lieutenant Brooke Dolan, elle était porteuse d'une missive personnelle de Franklin Roosevelt au dalaï-lama et venait s'enquérir des conditions des routes pour approvisionner la Chine nationaliste. Reçus avec tous les égards et le décorum possibles, les deux officiers américains repartent au bout d'un mois, après une entrevue avec le jeune souverain, escortés par des soldats tibétains jusqu'à Sining, à la frontière chinoise, et tout à fait persuadés que le Tibet est un pays indépendant, viable et fort bien administré, et fier de l'être.

Dans les bagages, les émissaires américains emportaient des présents précieux pour leur président et une réponse du dalaï-lama, adressée à « l'Honorable Franklin D. Roosevelt, Président des Etats-Unis d'Amérique – A la Maison Blanche,

Washington D.C. – U.S.A. ». Après les remerciements et les congratulations d'usage, le texte dit : « Nous sommes heureux d'apprendre que vous-même et le peuple des Etats-Unis d'Amérique s'intéressent à notre pays. Il est particulièrement significatif que le peuple américain, avec vingt-sept autres pays, soit actuellement engagé dans une guerre pour préserver la liberté, guerre qui lui a été imposée par des nations portées sur la conquête dans le but de détruire partout la liberté de pensée, de religion et d'action.

« Le Tibet lui aussi apprécie hautement la liberté et l'indépendance qui sont siennes depuis des temps immémoriaux, et placé au cœur de la religion bouddhiste, je m'efforce, en dépit de mon jeune âge, de soutenir et de promouvoir nos préceptes religieux, poursuivant ainsi le pieux labeur de mes prédécesseurs. J'espère et prie sincèrement pour la fin rapide des hostilités, afin que les nations du monde puissent jouir d'une paix durable et juste, fondée sur les principes de la liberté et de la bonne volonté. (...)

« En date du dix-neuvième jour du premier mois tibétain de l'an de la Chèvre-d'Eau, soit le 24 février 1943. Sceau du Dalaï-Lama du Tibet. » Peut-être ce très officiel message n'est-il pas entièrement du cru d'un enfant de huit ans : il indique néanmoins à l'envi que son signataire prenait déjà son rôle très au sérieux, et que la XIVe incarnation de Chenrezig occuperait une place à part sur la scène du Pays des Neiges, et peut-être même au-delà.

Un autre Américain, le lieutenant R.E. Crozier, se retrouva l'année suivante sur le Toit du Monde. Seulement, lui ne l'avait pas fait exprès – il était littéralement tombé du ciel : son avion-cargo reliant l'Inde à la Chine ayant fait fausse route, à court de carburant, s'était écrasé non loin du grand monastère de Samyé. Le pilote et l'équipage furent recueillis, réconfortés, dorlotés et reconduits en grande pompe à la frontière de l'Inde. Les Etats-Unis s'engagèrent dès lors à ce qu'aucun avion américain ne survole le territoire tibétain.

Conséquence inattendue de ces incidents, le gouvernement tibétain s'aperçoit qu'il serait peut-être bon de prévoir l'avenir et décide aussitôt d'ouvrir une école anglaise à Lhassa, pour des élèves triés sur le volet et au service des autorités. Les très vives protestations des moines imposent sa fermeture dans les mois qui suivent, et des boursiers tibétains sont alors envoyés en Inde, afin d'apprendre l'anglais et de s'initier au monde extérieur. L'école de Gyantsé, établie en 1923, avait tenu, elle, trois ans, avant de connaître le même sort pour les mêmes raisons : les lamas craignaient que l'influence étrangère ne portât atteinte aux croyances religieuses. Peut-être n'avaient-ils pas tout à fait tort, mais ce réflexe conservateur devait, en dernier ressort, se révéler funeste au Pays des Neiges.

D'ailleurs, la fin des hostilités mondiales entraîne le Tibet dans un engrenage qui le dépasse et qu'il ne maîtrise pas. Précautionneux certes, mais non sans persévérance, le pays entend s'affirmer aux yeux du monde. Cependant, un geste conçu comme amical se retournera en fin de compte contre lui : l'envoi d'une mission officielle en Inde et en Chine pour porter un message de félicitations et de bons vœux aux vainqueurs de la Seconde Guerre mondiale. Trop honnêtes ou trop candides, trop confiants aussi ou trop ignorants des roueries de la haute politique internationale, les émissaires de Lhassa finissent par tomber dans le traquenard chinois.

Car ces velléités d'affirmation ne sont, bien sûr, pas du goût de Pékin. Sur ce point, nationalistes et communistes sont d'accord de ne rien accepter qui puisse ressembler à la reconnaissance de l'indépendance du pays de Bod. En Inde, la mission tibétaine se déroule fort bien, les représentants de Lhassa sont reçus par le vice-roi, lord Wawell. Des fonctionnaires chinois tentent bien de les chaperonner et de les suivre comme leurs ombres, mais se font vertement remettre en place.

C'est en Chine même que les choses tournent mal. Alors que Hughes Richardson, à l'époque résident britannique à Lhassa, s'était efforcé de mettre le kashag en garde contre une éventuelle participation à l'Assemblée nationale chinoise, les envoyés tibétains sont retenus à Pékin pour y assister. Certes, ils ne signent ni ne paraphent le moindre document, mais le mal est fait : en dépit de leurs protestations de bonne foi, les Chinois en profitent pour déclarer à qui veut les entendre que les Tibétains sont des Chinois... Un peu inquiètes et très mécontentes de ces proclamations, les autorités de Lhassa ne s'en soucient néanmoins pas outre mesure : elles estiment, dans leur ingénuité, qu'étant mensongères, personne n'y ajouterait foi ni ne les prendrait au sérieux.

En 1947, le Tibet libre et souverain envoie des délégués à la Conférence asiatique organisée par le Parti du Congrès en Inde. Ils s'entretiennent avec le Mahatma Gandhi et Jawaharlal Nehru. Mais que représente, aux yeux de ces derniers, l'avenir du Tibet alors que se préparent, dans la fièvre, l'éclatement de l'Empire des Indes, la partition et l'avènement de l'Union indienne?

Pendant ce temps, à Lhassa, l'effervescence monte et débouche sur une ébauche de coup d'Etat, à tout le moins de putsch. A l'origine, une affaire d'intérêts impayés et d'arriérés d'impôts à deux collèges monastiques de Sera alimente la grogne des moines, laquelle dégénère en rixe et s'achève par la suspension des abbés, remplacés d'autorité par le pouvoir civil. Quelques mois plus tard, des rumeurs commencent à circuler sur une prochaine démission du régent, qui céderait ses fonctions à son prédécesseur, Réting Rimpoché. Or, celui-ci n'avait pas laissé que de bons souvenirs.

D'obscures rivalités entre les deux hommes remontent à la surface, de mystérieuses embuscades sont tendues, des colis piégés sont envoyés, des rencontres annulées au dernier moment, des télégrammes suspects échangés – bref, une intrigue à rebondissements et à tiroirs se joue dans la Cité des dieux, tandis que la lutte souterraine pour le pouvoir politique se fait plus âpre. Réting Rimpoché est arrêté, ses complices avouent, le complot est éventé. Les moines des deux collèges de Sera n'apprécient guère et entrent en rébellion ouverte contre le gouvernement. Ils se battent même avec les soldats, puis, voyant leur cause perdue, regagnent leurs cellules pour faire pénitence et prier. Sur ces entrefaites, l'ancien régent quitte soudainement la scène en prenant congé de cette existence. Au bout de trois semaines de crise aiguë, l'épisode est clos, il n'y aura pas de guerre civile autour du Potala.

Au demeurant, ces péripéties sont mineures au regard de la tourmente qui s'approche. Peu à peu, les autorités tibétaines en saisissent l'ampleur et s'efforcent de parer au plus pressé – ainsi en envoyant une délégation commerciale en Inde, en Grande-Bretagne, aux Etats-Unis et en Chine, en octobre 1947, deux mois à peine après l'indépendance de l'Inde. Ses quatre membres voyagent avec des passeports tibétains et sont reçus à la Nouvelle-Delhi comme des diplomates d'un pays souverain. En passant par Pékin, les représentants de Lhassa y rencontrent Tchang Kaï-chek et déclinent une nouvelle offre de participer aux sessions de l'Assemblée nationale. La menace communiste est en train de se préciser contre le pouvoir nationaliste et l'effondrement de ce dernier est désormais proche.

A peu près dans le même temps, en 1948, comme si quelque force étrange s'acharne à tirer des sonnettes d'alarme, de sombres présages se multiplient à Lhassa ou, en tout cas, des signes insolites interprétés comme tels, qui accroissent d'autant le malaise latent. Au beau milieu de la saison sèche, alors que pas la moindre goutte de pluie ne consent à sourdre d'un azur uniformément profond, une gargouille dorée du toit du Jokhang, le saint des saints de la Cité des dieux, s'obstine en un goutte-à-goutte vite exaspérant. Plusieurs semaines durant, la nuit, une espèce de comète étincelle dans le ciel. Les vieux Lhasséens se souviennent, avec effroi, qu'en 1910, à la veille de l'invasion chinoise, un phénomène analogue avait déjà été enregistré. On signale la naissance de monstres, et, phénomène inexplicable, une nuit, le chapiteau d'une antique colonne de pierre, datant de l'an 763, s'abat au pied du Potala. Des cérémonies extraordinaires et d'anciens rites majeurs sont aussitôt accomplis pour tenter de conjurer le sort.

En juillet 1949, de plus en plus méfiant, le gouvernement tibétain enjoint à la mission chinoise à Lhassa de fermer ses portes et de plier bagages, estimant que les manigances de ses fonctionnaires ne font qu'alimenter les dissensions locales : la conspiration avortée de Réting Rimpoché en avait témoigné, et ses sympathies prochinoises étaient encore dans toutes les mémoires. Mais un autre souci transparaît aussi dans ce geste – l'inquiétude à peine voilée devant le comportement de Pékin par rapport au panchen-lama.

Une dizaine de candidats potentiels à la succession du hiérarque disparu avaient été identifiés à partir de 1942. Cependant, le choix final, qui incombe au dalaï-lama ou, à défaut, au régent et à l'Assemblée nationale, n'avait pas encore été arrêté, faute d'avoir pu mener à bien les examens et les tests coutumiers. Cela n'empêche pas, bien au contraire, les nationalistes chinois de choyer de manière ostensible un garçonnet né au Shinghaï, dans les marches tibétaines, et de le faire proclamer par l'un des membres de la suite de son défunt prédécesseur, nouvelle réincarnation du maître du Tashi-lumpo.

Les Tibétains apprécient d'autant moins cette ingérence que ledit personnage, compagnon d'exil du VIe panchem-lama, est membre du Comité central exécutif chinois et que pareil procédé n'a rien à voir, à l'évidence, avec la tradition. Aussi refusent-ils, en 1947, peu avant que n'éclate l'affaire du régent, de recevoir l'enfant sous escorte chinoise. Les nationalistes ne semblent guère s'en formaliser et attendent jusqu'en 1949 pour reconnaître leur candidat panchen-lama. C'est à la veille de la prise du pouvoir par Mao et les siens, et aux yeux de Pékin, Choekyi Gyaltsen Tinley Lhundup, septième de la lignée, est un instrument tout désigné pour mener à bien ses visées sur le Toit du Monde. S'il n'a pas toujours répondu à l'attente de ses protecteurs et si son existence actuelle ressemble davantage à celle d'un otage, voire d'une marionnette, qu'à celle d'un homme libre et responsable de ses actes, le deuxième dignitaire du bouddhisme tibétain symbolise lui aussi, à sa manière très particulière, le sort du Tibet, contraint de jouer un rôle que lui imposent des maîtres étrangers.

Dès que les communistes contrôlent l'ensemble de la Chine continentale, en octobre 1949, Radio Pékin proclame que le Tibet fait partie de la Chine et annonce que l'armée populaire de libération a reçu l'ordre de « libérer le Tibet de l'impérialisme étranger ». La réaction de rejet de Lhassa a beau être immédiate et sans équivoque, personne ne veut l'entendre ni n'en a cure. En janvier 1950, l'Inde reconnaît le pouvoir communiste han, se justifiant après coup en prétendant avoir espéré réussir à infléchir son attitude envers le Toit du Monde.

Quoi qu'il en soit, en fait d'« impérialistes étrangers », contrairement à ce qu'affirmait une propagande aussi bruyante que mensongère pour justifier l'injustifiable, il se trouve à l'époque à Lhassa une poignée de ressortissants britanniques : Hughes Richardson à la tête de la mission indienne, deux employés du gouvernement tibétain chargés des télécommunications, et un visiteur de passage pour étudier les plans d'une éventuelle station hydroélectrique. Trois Américains ont également séjourné dans la Cité des dieux – un journaliste, Lowell Thomas, et son fils, ainsi qu'un étudiant en linguistique, basé au Sinkiang, qui avait fui devant l'avance communiste.

Quelques semaines plus tard, les illusions tibétaines s'estompent, tandis que se confirment les craintes, quand le foudre de guerre Ma Pu-feng, ce même général-gouverneur qui avait exigé une rançon pour laisser partir le présumé nouveau dalaï-lama, prend ses jambes à son cou devant le péril rouge et va jusqu'à mendier un droit de passage pour ses troupes en déroute. A Lhassa, on distribue de vieilles armes – mousquets et autres escopettes – aux fonctionnaires et même aux moines, les soldats s'entraînent, le gouvernement envoie des messagers en Inde, au Népal, en Angleterre et aux Etats-Unis pour demander de l'aide, une mission part en Chine dans l'espoir de parvenir à un arrangement.

Comme pour ajouter à l'angoisse montante, un très violent tremblement de terre, le 15 août 1950, fait de nombreuses victimes et d'importants dégâts au Tibet oriental, à proximité de la frontière chinoise. Un peu plus tard, on devait apprendre que des centaines de hameaux n'existaient plus, que des vallées et des montagnes s'étaient déplacées, et que le Brahmapoutre lui-même avait modifié son cours. Des heures durant, le ciel avait flamboyé – couleur de sang, dans de lourds effluves de soufre. Robert Ford, un technicien radio britannique alors en poste à Chamdo pour le compte du gouvernement tibétain, note : « Ce n'était pas un tremblement de terre ordinaire. On aurait dit la fin du monde. » L'onde de choc fut ressentie jusqu'à Lhassa. Inutile de préciser que le séisme est interprété comme un très mauvais présage.

Pressée par les Tibétains, l'Inde proteste pour la forme à Pékin contre les proclamations belliqueuses des nouveaux maîtres de la Chine, mais se rassure quand on l'assure, fin août, que l'utilisation de la force est hors de question. Les pourparlers se poursuivent encore à la Nouvelle-Delhi entre l'ambassadeur communiste chinois et les représentants du gouvernement tibétain quand, le 7 octobre 1950, les troupes de Mao se lancent à l'assaut du Toit du Monde.

Le Tibet tout entier se retourne alors vers celui qui l'incarne, vers le Précieux Protecteur – le Dalaï-Lama. Sur le conseil des oracles et avec le soutien des grands lamas, le kashag prie le Seigneur du Lotus de bien vouloir prendre en main les rênes du pays, même s'il n'a pas encore atteint la majorité légale. L'adolescent studieux, qui, à ses moments perdus, suivait à la longue-vue d'un recoin du Potala les activités routinières d'un monde profane à lui interdit, allait tout à coup se retrouver projeté au cœur même d'une réalité inconnue.

« Cette requête me remplit d'anxiété – reconnaît-il lui-même. Je n'avais que seize ans et j'étais loin d'avoir achevé ma formation religieuse. J'ignorais tout du monde extérieur et ne possédais aucune expérience politique. Pourtant, j'étais assez mûr pour me rendre compte de mon ignorance et de tout ce qui me restait à apprendre. (...) En ma qualité de Dalaï-Lama, j'étais la seule personne que tout le monde dans le pays serait prêt à suivre sans discussion.

« J'hésitais pourtant. Mais l'Assemblée nationale se réunit à son tour et appuya la requête du cabinet. Alors, comprenant la gravité de notre situation, je ne pus refuser plus longtemps de prendre mes responsabilités. Je devais les assumer, sortir de mon adolescence et me préparer sans délai à diriger le pays du mieux que je pouvais, face à l'énorme puissance de la Chine communiste. Non sans une certaine appréhension, j'acceptai donc. Et lors d'une cérémonie traditionnelle, on me conféra les pleins pouvoirs. »

Mais il est parfois bien difficile de réaliser des miracles, même dans la Cité des dieux. Pourtant, en ce onzième jour du dixième mois de l'année du Tigre-de-Feu (17 novembre 1950), extraordinaires furent les réjouissances et fastueuses les cérémonies. Comme si cette date devait à jamais rester gravée dans les cœurs, avec tout le symbolisme qu'elle implique pour un peuple dont l'essence la plus profonde est désormais personnifiée par un jeune souverain, à la fois guide spirituel et temporel. Une amnistie générale est promulguée, pendant quelques jours la menace environnante s'évanouit, le dieu incarné est revenu parmi les siens. Le monde des hommes cependant est régi par d'autres lois, les Tibétains si près – trop près – du ciel ne devaient pas tarder à en faire l'amère expérience.

Début novembre, des lettres officielles sont envoyées aux Nations Unies et à plusieurs gouvernements afin d'attirer l'attention sur l'agression chinoise. En vain. Des velléités de résistance s'organisent, brouillonnes et sporadiques, dans les territoires touchés de l'Amdo et du Kham. Mais le Tibet, trop longtemps isolé, voire isolationniste, se retrouve seul. Pour protéger la vie du nouveau chef de l'Etat, les autorités civiles décident de l'envoyer à Yatung, dans la vallée de la Chumbi, à un jet de pierre de la frontière indienne, dans l'espoir que d'hypothétiques négociations avec Pékin pourraient encore permettre de sauver quelque chose. Le dalaï-lama, lui, sait pourtant déjà ce que signifie l'expansionnisme chinois : son propre frère aîné, lama réincarné de Koum Boum, Thoubten Jigme Norbu, avait été contraint, par les responsables provinciaux chinois, de lui remettre personnellement un message l'enjoignant d'accepter la mainmise de Pékin sur le Tibet. Thoubten Norbu avait eu l'occasion de constater par lui-même les exactions et l'arbitraire brutal des envahisseurs, qui avaient eu, en outre, le front de lui promettre une bonne récompense s'il parvenait à convaincre son frère...

Avant de quitter Lhassa, le dalaï-lama nomme deux premiers ministres, un moine et un laïc comme le veut la coutume, investis de pouvoirs plénipotentiaires pour négocier avec la Chine. Une longue caravane s'ébranle – des centaines d'animaux de bât, pour mener le souverain et ses proches vers une retraite provisoire mais sûre. Une quarantaine de jeunes nobles l'escorte, de même que sa garde personnelle, forte de deux cents soldats à la bravoure à toute épreuve, mais pourvus d'un armement hétéroclite. Craignant, à juste titre d'ailleurs, le pire encore à venir, Tenzin Gyatso met cette semi-fuite à profit pour expédier en lieu sûr, au Sikkim, une petite partie des trésors accumulés au fil des siècles au Potala, dans l'idée qu'un jour cette poussière d'or et ces joyaux pourraient bien être utiles à la cause tibétaine. La suite des événements devait montrer la pertinence de ces intuitions.

Pour l'heure, l'adolescent réfléchit, prie et envisage les divers scénarios possibles pour l'avenir. De par sa nature, il est enclin à rechercher jusqu'à l'extrême limite une solution non violente : bouddhiste convaincu, il ne saurait en conscience prêcher la violence, même s'il la comprend et l'admet parfois, non sans réticence, quand tous les autres moyens sont épuisés.

« Tant que le chemin parcouru est facile, tout va bien – concédera-t-il plus tard [6]. Mais le jour où vous devez faire face à de quelconques problèmes, vous vous sentez déprimé. Et pourtant, c'est en majeure partie à travers les difficultés que l'on apprend. L'expérience permet d'acquérir une force intérieure, du courage, de la détermination. Votre ennemi vous en offre l'occasion. Cela ne signifie nullement que vous devez lui obéir ni vous abaisser devant lui. Il peut même arriver, selon son attitude, que vous ayez à entreprendre une action violente. Cela peut être nécessaire, mais en votre for intérieur, vous ne vous départirez ni du calme ni de la compassion. »

Faire un choix, le choix juste, dans ces conditions, ne relève pas de la facilité. Pressé de franchir la frontière pour s'exiler un temps, le temps – disent certains – de parvenir à un accord à l'amiable avec les Chinois, le dalaï-lama refuse et préfère rester sur place : au moins, il aura tout tenté pour apaiser les esprits, et dans sa solitude – celle du pouvoir autant que celle du moine – il sera en accord avec sa conscience et sa perception du monde. En cela aussi, il se profile déjà comme un vrai maître.

Virtuellement otage des autorités communistes chinoises, la délégation tibétaine ne peut rien faire, sinon signer contre son gré, en mai 1951, le fameux « Accord en dix-sept points ». Divers témoins affirment, aujourd'hui encore, que les sceaux utilisés pour l'occasion avaient été contrefaits à Pékin même. A Yatung, le dalaï-lama suit l'évolution de la situation au plus près, et prend connaissance des messages de soutien du panchen-lama aux armées d'intervention. D'ores et déjà, Pékin avait annoncé que ses troupes avaient atteint Lhassa – or, les faits historiques, un peu mieux connus aujourd'hui, reportent d'une année cette entrée « triomphale » dans la capitale tibétaine. Mais en dehors des protestations platoniques et des remontrances offusquées de l'Inde, suivies de déclarations emberlificotées de la Grande-Bretagne, le monde entier laisse tomber le Pays des Neiges sous la botte chinoise.

Il fallait être le dalaï-lama pour conserver, envers et contre tout, l'espoir le plus ténu d'arrêter le cours de l'histoire – même si, avec le recul, il dit parfois d'un air songeur que tel était le karma collectif de son peuple. Cela ne l'empêche pas de lutter pied à pied contre les empiétements et les grignotages, successifs et systématiques, de son pouvoir. A la demande du nouveau gouverneur chinois du Tibet, déclaré « province autonome rattachée à la Chine », le général Chang Ching-wu, venu tout exprès l'en prier à Yatung, le dalaï-lama quitte sa retraite le 24 juillet 1951 et regagne Lhassa le 17 août. Trois semaines plus tard, quelque vingt-cinq mille soldats chinois prennent leurs quartiers dans la capitale tibétaine, qui compte alors à peine cinquante mille habitants. Avec leur arrivée massive, l'histoire prend un tour plus dur, le délicat équilibre de la société tibétaine se rompt, provoquant à moyen terme l'inévitable explosion.

Très vite, les frictions s'exacerbent. D'abord, comme tout occupant, les Chinois exigent d'être nourris et logés sur le dos de l'habitant. L'économie en subit aussitôt le contrecoup, d'autant que l'aridité du haut plateau ne permet guère de supporter sans dommage pareil afflux de bouches à nourrir. Pour la première fois dans l'histoire du Tibet, la famine fait son apparition et menace la population. Les deux premiers ministres, Lukhangwa et Lozang Tashi, font front, dénoncent la mainmise chinoise et s'opposent aux décisions arbitraires : ils sont contraints à la démission, et le dalaï-lama préfère donner son aval à leur départ plutôt que de les laisser tomber en mains chinoises.

Dans leur atavique besoin de « sauver la face », les responsables han tentent bien de sauvegarder les apparences et de respecter un minimum de convenances. Ainsi s'efforcent-ils, dans un premier temps, de préserver la façade des structures administratives traditionnelles, mais en adjoignant leurs hommes de confiance aux fonctionnaires tibétains. Il va de soi que ce sont les premiers qui prennent les décisions et il leur revient aussi de les faire appliquer.

Pour contrer l'influence cardinale et incontestée du dalaï-lama, les Chinois essaient de monter en épingle celle du panchen-lama, dont ils ont imposé la reconnaissance au moment de la signature de l'« Accord en dix-sept points » à Pékin. Symboliquement – mais l'effet avait-il été voulu ? – le panchen-lama revient au Tibet après la suspension des deux premiers ministres du kashag, escorté d'un nombre impressionnant de troufions chinois, traverse Lhassa en trombe en prenant tout juste le temps d'envoyer un bref message au Potala, et regagne sur-le-champ son fief du Tashi-lumpo. Afin de se ménager des collaborations sûres, des bourses sont généreusement distribuées, et c'est par centaines que des jeunes gens triés sur le volet sont expédiés pour faire leurs classes dans les fameux « instituts des minorités » pour deux ou trois ans.

Plutôt mal que bien, une cohabitation précaire s'ébauche, chaque communauté vivant pour soi, avec un désavantage numérique menaçant pour les Tibétains. Afin de hâter la réalisation de ses desseins, Pékin achemine sur le haut plateau par milliers, sinon par millions, prisonniers et détenus astreints au travail forcé pour construire des routes, des aéroports et des voies de communication, dans le but de relier convenablement le pays de Bod aux plaines continentales. Les Tibétains sont réquisitionnés d'autorité pour faire l'appoint. Les nouvelles routes – l'une vient du Sichouan par le Kham et l'autre de Lanchow par Sining – sont aussitôt utilisées par les militaires. Inutile de dire à quel point les Tibétains apprécient peu cette intrusion, présentée à l'étranger, pour les besoins de la cause, sous couleur de libération...

Pour leurs réformes hautement claironnées – elles ont servi de prétexte à l'agression – les Chinois sont pris de court. D'abord par le dalaï-lama, qui depuis longtemps déjà avait réfléchi à la question et avance des propositions concrètes dès son retour de Yatung. Avec un embarras manifeste, les Han font la grimace, avant de les écarter d'un geste hautain. Paradoxe : les propriétaires fonciers tibétains volent à leur secours, peu rassurés par les options « révolutionnaires » de leur dieu-roi. Cela n'empêche guère celui-ci de persévérer et de mettre sur pied son propre bureau de service social. Il supprime, entre autres, la corvée du transport gratuit des fonctionnaires et annule les dettes paysannes, pousse à la roue de la modernisation en soutenant la diffusion de la médecine occidentale et l'ouverture d'écoles plus nombreuses. Il salue aussi les améliorations dans l'agriculture et explique à ses compatriotes la nécessité d'un développement certes adapté aux réalités locales, mais urgent pour ne pas demeurer à la traîne. Bref, en toute franchise, il s'attache à jouer le jeu avec une remarquable souplesse, sans rien céder sur l'essentiel et pour éviter une rupture brutale. De surcroît, les paysans, plutôt méfiants de nature, ne s'en laissent pas conter par les beaux discours officiels des Han et prêtent plutôt l'oreille aux réformes proposées par le dalaï-lama.

Le fossé continue de s'élargir, et les Tibétains sont de moins en moins dupes; dès que les Chinois commencent à harceler les monastères et à s'en prendre aux moines, tout se gâte. Très vite. Car si les gens du pays de Bod sont curieux de nature et toujours ouverts à la nouveauté, s'ils apprécient de juger sur pièces des résultats des expériences tentées, ils aiment avant tout choisir eux-mêmes sans que personne ne vienne leur dicter l'attitude à suivre. Et pour eux, toucher aux institutions ancestrales équivaut à les soumettre à des lois qui ne sont pas les leurs.

En puisant sans vergogne dans les réserves alimentaires et en se servant sans retenue, sous prétexte d'emprunt, des ressources en or et en argent, les Chinois dressent le commun des Tibétains contre eux. De plus, les moines ont tôt fait de s'apercevoir qu'entre les garanties assurées dans le projet de Constitution et les réalités concrètes, se creuse un fossé si large qu'il devient vite infranchissable. Faut-il dès lors s'étonner que la révolte gronde sourdement, que le testament du Grand XIIIe circule un peu partout sous le manteau, et que les Tibétains, sans avoir l'air d'y toucher, s'engagent dans une manière de résistance passive, en boudant ostensiblement les assemblées et autres réunions d'endoctrinement qu'affectionnent tellement les responsables politiques chinois?

Ainsi enclenché, l'engrenage est malaisé à freiner. En 1954, on en prend la mesure lorsque le dalaï-lama et le panchen-lama sont invités par Pékin à prendre part aux travaux de l'Assemblée nationale de la Chine populaire. A Lhassa, c'est l'alarme, car, même si nul ne se hasarde à le formuler ouvertement, chacun craint que les Han n'empêchent le souverain de regagner le haut pays. En d'autres mots, la confiance est loin de régner, et le 11 juillet, jour du départ, toute la ville est là pour lui souhaiter la protection des dieux et un prompt retour.

Accueilli avec tous les égards, le dalaï-lama voit même Mao en personne arriver à une réception organisée pour le Nouvel An tibétain et feindre de s'intéresser aux problèmes du Pays des Neiges. A l'occasion d'une réception pour la fête nationale chinoise, le dalaï-lama rencontre brièvement Chou Teh et Chou En-laï, Nikita Krouchtchev et Nikolaï Boulganine, Jawarhalal Nehru aussi. Curieusement, une sorte de malaise préside au contact entre le dieu-roi et le premier ministre de l'Inde indépendante : comme si le courant avait des ratés entre le guide spirituel et le leader occidentalisé d'une civilisation plurimillénaire. Ou peut-être Nehru s'interrogeait-il en son for intérieur sur la valeur des engagements signés par Pékin en avril 1954 dans l'Accord dit de Panch Sila, soit des cinq principes de coexistence pacifique entre les deux géants de l'Asie?

En tout cas, à mesure que se prolonge ce séjour, l'anxiété croît à Lhassa, d'autant que le jeune chef religieux est promené dans des régions purement chinoises avant d'aller dans sa province natale et que, sous prétexte de manque de temps, il ne peut se rendre là où il l'entend – en particulier dans plusieurs monastères, comme Lithang ou Chating dans le Kham, Dergé ou encore dans le district de Nyarong, où il est attendu et doit se faire représenter par des lamas de haut rang. Néanmoins, les Tibétains se tiennent cois, de crainte qu'une flambée de mécontentement ne serve de prétexte aux Chinois pour garder le dalaï-lama en otage. En revanche, ils ne se privent pas d'écrire, et c'est par milliers que les lettres affluent à Pékin pour prier le souverain de rentrer au plus vite chez lui. Quand il s'apprête à quitter Pékin en mars 1955 – le déplacement aura duré près d'un an –, il est informé que le gouvernement chinois propose la création d'un « comité préparatoire pour la Région autonome du Tibet ».

A Lhassa, le retour du dalaï-lama détend quelque peu l'atmosphère et apaise les esprits. Ce répit, cependant, est de courte durée, car des nouvelles de plus en plus inquiétantes arrivent du Tibet oriental, où, dans un premier temps, les Chinois avaient su habilement tirer parti de la traditionnelle animosité des gens du Kham et de l'Amdo envers la capitale. Cette époque-là est vite révolue, surtout quand les Han se mettent à critiquer ouvertement les croyances religieuses. Passe encore la critique, mais les attaques physiques et l'humiliation publique, puis les exécutions sommaires de lamas hautement vénérés ne passent pas. Pas plus que les viols de femmes ou les vols de biens. La réquisition des armes non plus, en particulier chez les Khampas, réputés pour leur bravoure et leur fierté de brigands-gentilshommes : ils se métamorphosent aussitôt en francs-tireurs et partisans pour mener la vie dure à l'occupant.

En guise de représailles, les lamaseries de Chating, Lithang et Batang, que les Chinois tiennent pour des foyers de résistance, sont bombardées à la roquette ou par avion. Les villageois sont brutalement expulsés de leurs hameaux et remplacés par des colons chinois – bref, les Han se comportent comme n'importe quel envahisseur. A cela près qu'ils dissimulent leurs exactions grâce à un contrôle total de l'information et de la presse et agissent sous couvert de « libérer les serfs ». Quelques bonnes âmes s'y laissent prendre...

En dépit de ces multiples préoccupations et du temps qu'il est contraint de consacrer à arrondir les angles pour retarder, sinon éviter, des heurts plus violents, le dalaï-lama poursuit ses études religieuses et sa formation personnelle : il prépare les débats philosophiques qu'il aura à soutenir avec les plus grands érudits de tous les monastères, docteurs de la loi bouddhique et lamas accomplis, experts en métaphysique. Ses précepteurs et maîtres s'accordent tous à relever ses exceptionnelles qualités d'intelligence, de réflexion et d'assiduité.

Sur ces entrefaites, fin 1955, le dalaï-lama reçoit une invitation à se rendre en Inde, pour participer aux cérémonies devant marquer le 2500e anniversaire de la naissance de Bouddha. Pékin dit non. Au printemps suivant, le maharajah du Sikkim fait en personne le voyage de Lhassa pour réitérer l'invitation et porter au souverain un message personnel de la Mahabodhi Society, organisatrice de ces festivités. Le dalaï-lama accepte, mais Pékin prétend qu'il vaut mieux pour lui rester au Tibet. Etait-ce admettre que la situation n'était pas aussi calme sur le haut plateau que les responsables chinois voulaient bien le dire ou espéraient-ils ainsi signifier à l'Inde et au monde que l'affaire tibétaine était désormais classée ? Toujours est-il qu'en juillet 1956 une délégation spécialement mandatée par le dalaï-lama, formée d'un ministre agréé par les

Chinois et d'un grand lama originaire du Kham, tente d'apaiser les troubles au Tibet oriental. En vain : la rébellion continue de couver aux marches de la Chine.

Pékin s'entête à ne pas vouloir laisser partir le chef spirituel des Tibétains. Ces derniers se fâchent et ne le cachent pas : dans les grands monastères et dans les environs de Lhassa, la colère gronde, car tout le monde estime que le dalaï-lama se doit de participer à ces cérémonies exceptionnelles. Même Nehru se joint aux « suggestions » de l'étranger, si bien que, sentant le vent et de fort mauvaise grâce, les autorités chinoises font marche arrière. Mais leur protégé, le panchen-lama, sera lui aussi du voyage, de même que les deux tuteurs du dieu-roi et trois ministres. Et de donner des instructions précises au dalaï-lama sur ce qu'il doit ou ne doit pas dire, poussant la naïveté jusqu'à lui remettre les discours qu'il est censé lire. Une voiture bringuebalante pour aller jusqu'à la frontière, une journée à cheval pour traverser le col de Nathu-la, une voiture jusqu'à Siliguri, puis un avion spécial de Bagdogra jusqu'à la Nouvelle-Delhi : le 25 novembre 1956, le dalaï-lama atterrit dans la capitale indienne. Ce voyage intervient à point nommé, car devant la montée des tensions, il admet plus tard s'être senti acculé dans ses derniers retranchements.

« Cette fonction de dalaï-lama, qui depuis des siècles avait régi avec bonheur le Tibet, devenait presque insupportable. En ma double qualité de chef spirituel et temporel, je tenais à m'opposer à toute violence de la part de la population. Je savais que les Chinois essaieraient d'affaiblir mon autorité politique. En même temps que je refusais le réflexe de violence de nos gens, j'aidais les Chinois à détruire la confiance que le peuple avait en moi. Pourtant, s'ils ne croyaient plus en leur chef politique, ils ne devaient pas perdre foi en leur guide spirituel, ce qui était bien plus important. Je pouvais déléguer mon pouvoir politique, voire abdiquer. Mais jamais le dalaï-lama ne pourrait abandonner son autorité spirituelle; et je n'y ai jamais songé.

« Je commençais ainsi à croire qu'il serait de l'intérêt du pays que je me retire des activités politiques, de manière à garder intacte mon autorité religieuse. Toutefois, tant que je résidais au Tibet, je ne pouvais pas échapper à la politique. Pour me retirer, j'allais devoir quitter mon pays, si cruelle et désespérée que m'apparaisse cette idée. C'est juste à ce moment de profond désespoir que me parvint une invitation à me rendre en Inde. »

Le caractère religieux de ce déplacement est primordial pour le dalaï-lama, qui visite les lieux les plus sacrés du bouddhisme. Le souvenir qu'il en garde l'aidera puissamment dans les épreuves à venir. Mais la politique – encore elle! – l'empêche de se limiter à un pèlerinage rêvé depuis l'enfance solitaire au Potala, et il s'en ouvre à Nehru. Il rencontre aussi Chou En-laï à diverses reprises, lui faisant part en toute franchise des griefs de son peuple et de ses requêtes – quatre en tout : le départ des troupes chinoises; la restauration du statut du Tibet tel qu'à la mort du Grand XIIIe; la réhabilitation des premiers ministres démis sur ordre chinois et l'abandon du programme communiste de réformes.

A l'évidence, Chou En-laï ne s'engage pas sur le fond, mais réitère solennellement les garanties de respect scrupuleux de l'« Accord en dix-sept points », et en particulier que rien ne sera entrepris par la force... Nanti de ces assurances et conforté par les conseils, peut-être pas très avisés, de Nehru, le dalaï-lama décide de rentrer au Tibet en dépit de l'avis contraire de plusieurs personnalités, qui auraient préféré le voir s'installer pour un temps en Inde. Mais durant son absence, la situation ne fait que se dégrader, les officiels chinois le pressent de regagner Lhassa sans tarder. Lui choisit de passer par Kalimpong, où il est invité, et où des fonctionnaires tibétains venus à sa rencontre le mettent au courant de l'évolution incertaine, sinon menaçante, sur le haut plateau.

« J'avais pris la décision de donner aux Chinois une chance supplémentaire de tenir les promesses de leur gouvernement et d'accomplir un geste de plus, dans l'espoir de recouvrer notre liberté par des moyens pacifiques.

« J'étais las de toute cette politique. Ces nombreuses réunions et discussions avaient occupé la majeure partie de mon temps à Delhi, et j'avais dû abréger mon pèlerinage. J'en étais arrivé à détester ces palabres. Au point que j'aurais envisagé de me retirer de toutes les affaires publiques s'il n'y avait eu mon devoir à l'égard du peuple tibétain. Je fus donc heureux de constater que, autant à Kalimpong qu'à Gangtok, j'avais pourtant réussi à trouver assez de temps pour méditer et donner des enseignements religieux aux gens venus là pour m'écouter. »

Le reste se joue en deux ans à peine. En février 1957, Mao lui-même admet en public que le Tibet n'est pas prêt à accepter les réformes chinoises et décide d'un délai de grâce de six ans. Des « cadres politiques » sont rappelés du haut plateau, et dans leur sillage, des troupes quittent la capitale. C'était répondre en apparence au vœu des Tibétains. Mais les habitants de l'Est ne s'y laissent pas prendre, car ils subissent, eux, de plein fouet, l'oppression han : résistants, réfugiés et moines du Kham et de l'Amdo affluent vers Lhassa, et l'atmosphère s'alourdit de leurs récits d'horreur et de violence. Les difficultés locales d'approvisionnement s'accroissent d'autant, nourrissant un ressentiment populaire de plus en plus palpable envers l'occupant. Les coups de main des maquisards irritent davantage les Chinois, qui haussent le ton. Bref, le pire se prépare, et le dalaï-lama essaie, une fois encore, de dévier, sinon de renverser, le courant. Nehru devait en principe se rendre à Lhassa à cette époque, mais Pékin juge la situation trop explosive pour permettre ce voyage. Les Han tentent de changer de tactique et veulent contraindre le gouvernement tibétain à prendre des mesures pour réprimer les révoltes sporadiques. Il s'y refuse : déjà des missions de conciliation ne sont pas revenues, les émissaires de paix ayant préféré se joindre aux résistants.

L'année 1958 est entièrement marquée au sceau de flambées de violence et d'une répression immédiate, qui ne laisse rien présager de bon. Les communications sont rendues encore plus difficiles avec Lhassa en raison des attaques réitérées des francs-tireurs postés sur les routes, et que les soldats chinois se gardent bien de poursuivre dans leurs repaires montagneux. A la frontière orientale du Tibet, une sorte de cordon sanitaire est mis en place du côté chinois, à coups de renforts importants en troupes et en armement. La fièvre monte sur le haut plateau, en même temps que la colère et le mécontentement. A mesure que s'intensifient les pressions sur le dalaï-lama et l'administration tibétaine, on commence aussi à s'inquiéter de la sécurité du jeune souverain. Une invitation à se rendre à Pékin début 1959 pour une conférence panchinoise aggrave les préoccupations, mais comme le dieu-roi doit passer certains examens religieux en janvier, l'offre est poliment déclinée sous un prétexte plausible.

Cependant, Pékin revient à la charge aussitôt

terminées ces premières épreuves et insiste avec véhémence sur l'urgence de ce déplacement : ce harcèlement ne fait qu'ajouter à l'irritation des Tibétains. Ils soupçonnent les Chinois de vouloir mettre la main sur le dalaï-lama et le garder en otage, maintenant qu'ils ont peut-être commencé à comprendre qu'il est le fondement même de la singularité du haut pays. Malgré les avertissements répétés des quelques résidents étrangers à Lhassa, à Gyantsé et dans les villes proches, comme Darjeeling ou Kalimpong, la Nouvelle-Delhi se refuse à prêter l'oreille aux inquiétantes rumeurs que charrient les vents et les rares messagers d'au-delà de l'Himalaya. Début mars, tout est en place pour le lever de rideau du nouvel acte du drame. Il va se dérouler en quelques jours, dix-huit exactement, jusqu'au départ au cœur de la nuit vers l'exil.

En ce 1er mars 1959, le Jokhang, le sanctuaire des sanctuaires, bruisse de la présence de milliers de moines, de milliers de pèlerins; c'est non seulement la célébration annuelle du Mönlam Chenmo, la Grande Prière pour le bien-être de tous les êtres, qui met un point final aux fêtes du Nouvel An, mais c'est aussi un moment crucial pour le dalaï-lama. Devant ce vaste parterre de lamas et de moines, il doit soutenir un long débat didactique avec des interlocuteurs de première force pour obtenir son titre, le plus haut du bouddhisme Mahāyana, de docteur en métaphysique – un titre que les plus habiles et les plus érudits des lamas arrachent au bout d'une vingtaine d'années d'études assidues. Toutes son attention, ses forces et sa réflexion sont tendues vers ce but, capital autant pour lui que pour l'avenir du haut pays : ce sont ses galons de guide spirituel incontesté qui sont en jeu. Et au beau milieu de ces préparatifs surviennent, intempestifs, deux officiers chinois subalternes qui veulent parler sans retard au dalaï-lama ! Fort civilement, celui-ci écoute leur requête – fixer sur-le-champ une date précise pour aller assister à une représentation théâtrale organisée par le général chef de garnison dans le camp chinois – et les éconduit avec aménité, expliquant que, pour l'heure, il avait vraiment d'autres préoccupations, qu'il indiquerait une date dans une dizaine de jours, une fois les cérémonies achevées. Mécontents mais impuissants, les deux officiers se retirent et vont présenter leur rapport à leur chef.

L'étrangeté du procédé, qui confine à la provocation, met la puce à l'oreille des fonctionnaires tibétains et éveille leur méfiance. Le 5 mars, lors de la traditionnelle procession du Potala au Norbulingka, du palais d'hiver au palais d'été, les Chinois brillent par leur absence, alors que, les années précédentes, ils avaient toujours tenu à assister à ce joyeux déplacement, à la fois solennel et coloré.

Deux jours plus tard, un appel de l'interprète chinois à l'abbé représentant le dalaï-lama au kashag et chargé d'organiser ses apparitions publiques permet de convenir de la date du 10 mars pour cette fameuse invitation – qui semble de plus en plus suspecte à l'entourage du souverain. Nul, cependant, ne pipe mot. D'ordinaire, les usages prévoient davantage de protocole pour pareille occasion. Les soupçons se renforcent encore lorsque, la veille même de la visite, le commandant de la garde personnelle du dalaï-lama est convoqué par le chef de la garnison chinoise, pour s'entendre signifier que Sa Sainteté doit se rendre seul et sans son escorte habituelle à l'invitation du général chinois. A la rigueur, deux ou trois gardes du corps seraient tolérés, à la condition expresse qu'ils soient sans armes.

Il n'est guère surprenant que personne n'ait

apprécié ces exigences, rendues d'autant plus alarmantes que la visite du dalaï-lama devait en principe demeurer secrète. Faute d'entrevoir une meilleure solution et toujours dans l'espoir d'une entente de plus en plus chimérique, le dieu-roi se dit qu'après tout, mieux vaut ne pas faire d'esclandre et tenter de faire face. C'est sans compter avec les Tibétains : les milliers de pèlerins venus assister aux festivités du Nouvel An ne sont pas encore repartis, et les réfugiés des provinces orientales n'ont plus où aller. Si bien que Lhassa abrite à ce moment-là quelque cent mille âmes, chiffre sans précédent pour la Cité des dieux.

Afin de ne pas éveiller de craintes inutiles, les policiers tibétains font savoir que, le 10 mars, certaines restrictions de circulation seront imposées au-delà du Pont-de-pierre, marquant la frontière tacite entre les quartiers tibétains et le camp chinois. Il n'en faut pas davantage pour précipiter la rumeur et accroître la tension de plusieurs degrés : chacun sait que l'Assemblée populaire doit se réunir à Pékin et que les responsables chinois pressent le dalaï-lama de s'y rendre. De là à imaginer que l'occupant veuille enlever le dieu-roi, il n'y a qu'un pas, très vite franchi. Aussi, dès l'aube du 9 mars, les rues de Lhassa bourdonnent de la présence de tout un peuple sur le point d'exploser, rongeant son frein, et résolu à défendre celui qu'il considère comme son bien le plus précieux. Autrement dit, un peuple bien décidé à empêcher, à n'importe quel prix, le dalaï-lama de se rendre au camp chinois.

Pour ajouter au malaise, ce n'est que très tard, dans la nuit du 9 au 10 mars, que deux militaires apportent au Norbulingka quelques invitations officielles, pour une poignée de hauts fonctionnaires tibétains, et réclament que ceux-ci ne se fassent accompagner chacun que d'un seul serviteur. Toutes ces exigences sont parfaitement contraires aux usages, que les Chinois avaient jusqu'ici plus ou moins respectés. Jamais auparavant le dalaï-lama n'avait été privé des égards élémentaires dus à son rang et ne s'était déplacé sans son entourage. De quoi nourrir encore les conciliabules et les suppositions tard dans la nuit, jusqu'au petit matin du 10 mars, quand le dalaï-lama est censé se rendre seul, à midi, dans l'enceinte du camp militaire chinois.

« En me réveillant ce matin-là, je n'avais pas la moindre idée de ce qu'allait m'apporter cette journée – écrira-t-il plus tard. Je dormis mal à cause de toutes ces préoccupations. A cinq heures, je me levai et gagnai comme d'habitude la chambre de prières. Tout était parfaitement harmonieux, parfaitement paisible et familier : devant les autels, les lampes à beurre brûlaient, les petits bols d'or et d'argent avaient été remplis d'eau parfumée au safran, tel un liquide d'or, et le parfum de l'encens flottait dans l'air. J'offris des prières et je méditai, puis je descendis et sortis dans le jardin où j'aimais à me promener aux premières heures de l'aube.

« D'abord absorbé par mes soucis, j'oubliai bien vite ceux-ci devant la beauté de ce matin de printemps. Le ciel était immaculé et les rayons du soleil éclairaient juste le sommet de la montagne, au-delà du lointain monastère de Drepung, brillant bientôt sur le palais et les chapelles du Parc aux joyaux. Avec le printemps, tout était frais et joyeux : les touffes d'herbe nouvelle, les fragiles bourgeons sur les peupliers et les saules. Dans le lac, les feuilles de lotus se frayaient un chemin vers la surface pour s'épanouir au soleil (...)

« Mais là s'interrompit l'ultime moment de paix que je devais connaître : des cris retentirent soudain de l'autre côté du mur du parc... (...) Mes collaborateurs m'apprirent que les habitants de

Lhassa semblaient quitter la ville et marcher sur le Norbulingka, en criant qu'ils venaient pour me protéger et empêcher les Chinois de m'emmener au camp. »

De va-et-vient en incident, de courrier en messager, d'aller en retour entre la garnison chinoise et le palais d'été, la matinée devient explosive. Et vers midi, sous la pression croissante de la rue, le dalaï-lama fait savoir qu'il renonce à se rendre à l'invitation chinoise :

« La tension des esprits avait atteint en cette matinée un degré que je n'avais pas connu pendant la courte durée de ma direction des affaires tibétaines. J'avais l'impression de me trouver entre deux volcans prêts à exploser à tout instant. D'un côté, mon peuple unanime protestait sans équivoque et avec véhémence contre le régime chinois. De l'autre côté, se trouvait l'armée d'une force d'occupation puissante et agressive. En cas de choc, entre les deux, le résultat était connu d'avance : les habitants de Lhassa seraient massacrés par milliers; puis le reste du pays connaîtrait une loi martiale généralisée, avec tout ce que cela impliquait de persécutions et de tyrannie.

« La cause première de cette situation explosive tournait autour de la question de savoir si je devais ou non me rendre au campement des Chinois. Mais, en même temps, j'étais le seul médiateur possible, et je savais que, pour le bien de mon propre peuple, je devais à tout prix tenter de calmer la colère populaire et d'apaiser les Chinois, dont l'humeur devait se faire sans aucun doute plus noire encore. »

L'après-midi se passe en tractations, tandis que l'effervescence devient agitation dans les rues de Lhassa, puis tourne en révolte ouverte. Maladresse ou volonté délibérée, l'attitude des responsables han ne fait qu'envenimer la situation au cours des jours qui suivent, par des messages de plus en plus grossiers et comminatoires. Le rôle, ambigu depuis plusieurs mois déjà, de Ngawang Jigme Ngabo, un noble tibétain pratiquement passé aux ordres des Chinois, ne fait plus aucun doute quand, le 16 mars, il écrit au dalaï-lama : « Si Votre Sainteté, en compagnie de quelques fidèles officiers de la garde, peut tenir une position dans l'enceinte intérieure et le faire savoir avec précision au général, les Chinois feront tout, sans aucun doute, pour que ce bâtiment ne soit pas endommagé. » C'est implicitement indiquer aussi que l'occupant est bel et bien décidé à réduire la rébellion montante dans le sang.

De fait, d'importants renforts chinois arrivent à Lhassa : canons de montagne, mitrailleuses lourdes, des camions par dizaines chargés à ras bord de soldats et d'armes. Ostensiblement, des préparatifs sont en cours, comme pour intimider en montrant que la première cible visée ne peut être que le Norbulingka, entouré par une foule tibétaine mal armée certes, mais déterminée à ne pas laisser passer l'ennemi. Un fébrile échange de lettres se poursuit de plus en plus malaisément entre le palais d'été et le camp chinois, par l'intermédiaire de Ngabo, qui louvoie. Dans l'après-midi du 17 mars, deux obus de mortiers tombent dans un étang, à l'intérieur de l'enceinte, près de la porte septentrionale du Norbulingka. Le doute n'est plus de mise, l'avertissement est clair, pour le dalaï-lama, c'est l'heure de vérité.

« A l'intérieur du palais, chacun sentit venir sa fin et estima qu'il fallait agir sans délai, sans que personne ne pût pourtant décider quoi faire. C'était à moi de trouver la réponse, puis de prendre une décision. Mais vu mon inexpérience des affaires du monde, ce n'était pas chose facile.

« Je n'ai pas peur de la mort. Je ne craignais pas

d'être une des victimes de l'attaque chinoise. Je crois sincèrement que ma formation religieuse très poussée m'a pourvu d'assez de force pour affronter l'idée de quitter mon corps actuel sans aucune appréhension. Je sentais alors, comme aujourd'hui encore, que je ne suis qu'un être mortel et l'instrument de l'esprit immortel de mon Maître; que la fin d'une enveloppe mortelle n'a pas grande conséquence. D'autre part, je savais que mon peuple et les fonctionnaires de mon gouvernement ne pouvaient pas partager ces sentiments. Car à leurs yeux, la personne du dalaï-lama demeurait ce qu'il y a de plus précieux. Ils considéraient que le dalaï-lama représente le Tibet et son mode de vie; quelque chose de plus cher à leur cœur que tout autre. Si mon corps venait à périr entre les mains des Chinois, la vie du Tibet aussi toucherait à sa fin. (...)

« Tout était du domaine de l'incertain, sauf la sollicitude de tout un peuple à me faire partir avant que ne débute l'orgie destructrice des Chinois. Et c'était là la seule indication positive en ma possession pour me décider. En restant, j'augmenterais encore la détresse de mon peuple et de mes plus proches amis. Je pris donc la décision de partir. Inutile de dire que j'ai prié pour recevoir l'inspiration. Et que je l'ai reçue. »

En quelques heures, un plan de fuite est échafaudé, mis en place dans le plus grand secret et magistralement exécuté. Rendez-vous est pris pour le départ à 22 heures.

« Quand tout fut prêt, je gagnai la chapelle de Mahakala, comme le veut la coutume avant d'entreprendre un long voyage. Des moines s'y trouvaient en prières ininterrompues, ignorant tout de ce qui était en train de se passer. Devant l'autel, je déposai une écharpe en guise d'adieu. (...)

« Un uniforme de soldat et un bonnet de fourrure avaient été préparés à mon intention. Vers 21 h 30, je quittai mes habits religieux pour m'en revêtir. Puis, dans cet accoutrement inhabituel, je gagnai pour la dernière fois ma chambre de prières. Je pris place sur mon trône et j'ouvris le livre des enseignements du Bouddha qui était posé devant moi. Je le lus jusqu'à rencontrer un passage où le Bouddha recommande à ses disciples de se montrer courageux. Alors, je refermai le livre, je bénis la chambre et j'éteignis les lumières. En sortant, mon esprit était libéré de toute émotion; j'étais conscient du bruit de mes pas sur le sol de terre battue et du tic-tac de l'horloge dans le silence. Un seul garde m'attendait à la porte intérieure de ma résidence, puis un autre à la porte extérieure. L'un d'eux me remit un fusil que je passai à l'épaule, parachevant ainsi mon déguisement. (...)

« Je n'avais franchi les portes du Norbulingka sans cérémonie qu'une seule fois de ma vie, lorsque, neuf ans auparavant, on m'avait emmené à Yarung. Dans l'obscurité, je distinguai vaguement des groupes de Tibétains qui surveillaient toujours les issues, sans que quiconque ne remarque un simple soldat et ne s'interpose à son passage. Alors, je m'engageai vers la route obscure. »

Une longue marche forcée, harassante, de nuit souvent et dans des conditions particulièrement dures, commence alors sous la vigilante escorte des résistants Khampas. Malgré les craintes d'une éventuelle poursuite et les mauvaises nouvelles captées par une petite radio de campagne, puis confirmées par estafette, du bombardement de Lhassa ainsi que du massacre de la population, malgré quelques alertes et l'implacable rigueur du climat, la caravane parvient le 30 mars en terre indienne, par Chuthangmo, sur la frontière assamaise. L'exode de milliers de Tibétains débute peu après.

Dès ce moment, deux Tibets coexistent dans l'espace et communiquent entre eux par un système de capillarité si subtil qu'il échappe parfois au regard. Le Tibet physique, dans son grandiose cadre géographique à l'envoûtante beauté, se referme sur lui-même et ses profondes blessures, s'installant dans une attente à la mesure de l'infini du temps. L'autre Tibet, celui des réfugiés et des exilés, plus petit et si tragiquement démuni, s'accroche d'abord pour survivre, puis pour revivre. Il serre les coudes autour de sa foi indéracinable, s'agglutine autour de ses maîtres, s'adapte à une existence rude dans des circonstances souvent adverses et se retrouve dans le miroir du moine bouddhiste Tenzin Gyatso, garantie suprême de la pérennité du pays de Bod. Au moment de quitter au cœur de la nuit le Norbulingka, déguisé – comble de l'ironie! – en soldat, le Précieux Protecteur dans sa nouvelle incarnation n'avait que vingt-quatre ans.

II. L'an prochain à Lhassa

« Le plus beau sentiment du monde,
c'est le sens du mystère.
Celui qui n'a jamais connu
cette émotion,
ses yeux sont fermés. »

Einstein

La route file vers Lhassa. Le col de Sheg-la offre une nouvelle fois le sortilège de ses montagnes bleues à perte de vue, scintillant de leurs crêtes éternellement blanches. Enclos et bergeries parsèment les champs rocailleux, des tentes signalent l'invisible présence de nomades, des troupeaux paissent tranquillement. Silence et beauté. Sensation de souplesse et de légèreté, de complicité retrouvée avec un monde familier. Quand, brusquement, la piste se fait asphalte, c'est qu'il reste moins d'une centaine de kilomètres jusqu'à Lhassa. Revoir Lhassa. Les sensations se bousculent et les impressions se chevauchent – pourquoi ce retour à la cité des dieux ?

La réponse, c'est Bodh Gaya qui me l'a fournie : autre lieu, autre miroir, autre rencontre. Pour se joindre aux neuf mille moines tibétains venus de tous les monastères dispersés dans l'Inde et le Népal, reconstruits de bric et de broc, au gré des circonstances d'un long exil qui n'en finit pas – ils étaient descendus par milliers. Des hautes vallées de l'Himachal Pradesh aux noms évocateurs – Spiti, Koulou, Manali –, du Zanskar et du Mustang, de Manang et du Dolpo népalais, mais aussi des versants reculés de l'Arunachal Pradesh toujours fermés à l'étranger, des failles boisées du Bhouan par camions entiers. Dharamsala, la petite bourgade de montagne où vit d'ordinaire le chef spirituel des Tibétains, s'était déplacé au grand complet vers la plaine torride et sacrée – hommes, femmes et enfants, jeunes et vieux, lamas et laïcs, marchands et mendiants.

Les plus émouvants étaient sans contredit ces solides gaillards vêtus de peaux de mouton crasseuses, les bottes empoussiérées, suant à grosses gouttes et les cheveux drus ébouriffés – descendus des vastes plaines transhimalayennes venteuses et rudes, dans l'espoir de recevoir la bénédiction du dalaï-lama. Etonnés par ce monde inconnu qu'ils découvraient, ils en croyaient à peine leurs yeux et riaient à gorge déployée, comme pour exprimer leur bonheur palpable d'être là, d'avoir réussi à surmonter tous les obstacles pour tenir leur pari fou. Et parmi ces milliers de pèlerins, l'ami retrouvé peu auparavant à Lhassa, l'ami tibétain fidèle au rendez-vous en dépit des barrières, au jour dit dans la foule multiple : comme si un fil magique se renouait, comme s'il fallait une fois encore confirmer l'étonnante rencontre, apporter en quelque sorte la preuve matérielle des retrouvailles devant le bâtiment trapu, concentré sur sa puissance, du petit monastère de Nerchung à la lisière de la ville sacrée.

Lhassa, une nouvelle fois. Retour inattendu dans le haut Pays des Neiges, par la route des caravanes, au départ de Katmandou, en passant par les cols légendaires, mais surtout en franchissant la frontière jusque-là hermétiquement fermée – celle de Kodari à Khassa, des deux côtés de la Bhotekosi, la ligne de démarcation interdite. Celle qui, des années plus tôt, demeura close à notre désir impossible de fouler au moins le sol tibétain. Ce jour-là, trois lamas contemplaient, abîmés dans leurs pensées, cette clôture aussi incongrue qu'infranchissable, et leur lourde nostalgie silencieuse devenait pierre à nos pieds.

Même si, depuis longtemps déjà, le glas a sonné pour les longues caravanes qui sillonnaient, jadis, au pas mesuré des poneys, des yacks et des hémiones, les pistes traditionnelles, rallier la cité sainte à partir de la capitale népalaise garde encore une saveur d'aventure. Car franchir le formidable rempart montagneux à la découverte de l'indomptable solitude du haut plateau tibétain rejoint en quelque sorte le rêve inavoué, irréalisable peut-être, d'aller au-delà de l'horizon. Cet envers du décor, le versant septentrional de l'Everest, s'auréole de fascination, comme d'une couche d'irréalité : traverser l'Himalaya par la route prend, par instant, l'allure d'une traversée du miroir. Ne serait-ce que la montée vers le Thong-la et le passage du col à 5 500 mètres d'altitude. Le vent qui souffle et fait danser les amas de bannières de prière qui cachent le cairn sacré, l'air coupant et bleu, le cirque des hauts sommets tout autour déployés comme un défi à l'espace et à l'azur, le silence si profond qu'il en résonne, une quinzaine de yacks à la queue leu leu qui pataugent dans la neige et les caravaniers qui nous dévisagent avec une stupéfaction qui n'a d'égale que la nôtre. Sensation physique, irréfutable et enivrante, d'être arrivé, de se sentir véritablement sur le Toit du Monde.

Les rencontres sont d'autant plus surprenantes dans ce désert minéral aux couleurs somptueuses qu'elles sont rares. De loin en loin, un cavalier solitaire surgit de nulle part pour se diriger vers un ailleurs indiscernable. Deux silhouettes rouge sombre déambulent et s'inscrivent en se rapprochant dans notre champ de vision : deux moines, un jeune et un vieux, qui reviennent d'un pieux pèlerinage au mont Kailash et au lac sacré de Manasarovar. Ils vont cheminer ainsi des mois durant, d'abord jusqu'à Chigatsé en s'arrêtant au Tashilumpo, puis jusqu'à Lhassa et ses grands monastères, avant de s'engager sur la longue route qui les ramènera à leur propre couvent, dans le lointain Amdo. Des bergers blottis dans leurs houppelandes tombant jusqu'à terre conduisent d'imposants troupeaux de moutons et de chèvres turbulentes vers des enclos nichés dans des anfractuosités à l'abri des vents, tandis que, par petites caravanes, des yacks relient entre eux d'invisibles villages. Parfois, des tourbillons de poussière s'envolent, faisant vibrer des ombres sur des rochers dénudés – à en croire les légendes, esprits et divinités se livreraient encore bataille pour la conquête des âmes, des hommes et du monde... Des visions jouent dans les rafales de vent. Dans ces étendues apparemment sans fin d'un silence tissé de toute éternité, l'esprit a tout l'espace pour prendre son vol et tendre vers son infini.

De l'avoir tant rêvée, de l'avoir si souvent parcourue à la recherche des petits cailloux blancs semés par les rares élus qui sont parvenus à Lhassa et par ceux qui n'ont eu de cesse d'y arriver, cette piste de songe, de silence et d'aventure se dévidait, tranquillement, devant nous, familière et surprenante au regard et à l'esprit. La lumière surtout, cette éclatante transparence qui dresse si intensément montagnes et glaciers à l'assaut d'un ciel immense. Perpétuel émerveillement. Près du soleil qui scintille par millions d'éclats fracassés sur les roches nues, la puissance du monde semble s'amasser et se concentrer comme un gigantesque flux d'énergie purificatrice.

Ici, à ces altitudes désertes dures à l'homme et à la bête, l'ascète s'impose comme une évidence : il faut être de taille, de pierre ou de diamant, pour faire front à ce défi. Marcher sans discontinuer, ou se pétrifier : d'une manière ou l'autre, se remettre en question, s'interroger ou se dissoudre. Avancer. Car l'hiver, la neige et le vent finissent par rattraper le chemineau : nombreuses sont les histoires qui racontent le malheureux marchand et ses yacks pris dans la tourmente, changés en statues de glace avant que les os ne soient éparpillés à tous les vents. Mais sur notre route ensoleillée, ces épouvantes n'éveillent aucun écho. Seul un renard roux passe tout à coup par-dessus le talus, et les sonnailles d'un joyeux troupeau de chèvres à longs poils annoncent la proximité d'un hameau.

Il fait froid à Shegar, à plus de quatre mille mètres d'altitude, en dépit du soleil qui s'ingénie à déployer tant de couleurs chatoyantes qu'un paon y perdrait son aisance à faire la roue. Le gîte est sommaire, plus encore le couvert, et seule la curiosité amusée des Tibétains efface la morosité aboyeuse des hôtes-cerbères chinois. Des chants rythmés montent des courettes où l'on travaille dur à lier les moissons, des drapeaux de prière ornent les toits, des gamins emmitouflés mais dépoitraillés se pressent en riant sur nos talons et s'offrent à nous guider jusqu'à la *gompa* en reconstruction. Sur la plus haute colline, à flanc abrupt et rocailleux, se devinent les contours en ruine de l'ancienne forteresse monastique. Des sentiers éboulés longent les débris de cellules, des rochers brisés marquent des emplacements saccagés, profanés. Gaden resurgit dans la mémoire de l'année précédente, Gaden la vision mutilée d'un tableau évanoui. Ici, non plus, l'envahisseur n'a rien respecté, et le vieux lama qui nous accueille dans son minuscule sanctuaire méticuleusement rebâti sourit de cette immémoriale et réconfortante indestructibilité qui scelle la pérennité du bouddhisme.

L'œil malicieux, il sait fort bien se faire entendre : il répète « Gyalwa Rimpoché », de ce ton sans réplique de tous les Tibétains qui demandent à l'étranger de passage une photo de l'exilé le plus présent du haut pays, le dalaï-lama...

C'est cette même exigence doucement impérative qui se retrouve dans les regards qui me cernent à Bodh Gaya en cette fin de décembre 1985, où pour moi – en moi ? – se télescopent images et sensations. Ce vieil homme au pas incertain qui égrène son rosaire en s'appliquant avec dévotion à accomplir rituellement le grand tour autour du grand stūpa, l'aurais-je déjà vu ailleurs, là-haut, l'autre fois ? L'aridité poussiéreuse du village indien me rend encore plus avide au souvenir de la transparence bleue de la haute plaine, à l'affût de ce temps arrêté qui m'éclabousse de lumière. Les paysages, si dissemblables pourtant, se superposent, s'enchaînent et se fondent dans la sarabande des couleurs, et c'est comme un rire qui résonne ou éclate, comme si, tout d'un coup, je savais décidément qu'il est possible d'être à la fois ici et là-bas. Magie des mots, ou infinité de la quête...

Le lendemain, comme toujours, est un autre jour. Une route empierrée qui bifurque et se faufile dans un vallon qui s'évase, avant de se heurter à la silhouette massive, lie-de-vin et gris perle, avec un liséré blanc et noir, de l'étrange monastère de Sakya. Etrange, parce que reconstruit devant le village, alors que ruines et amas de rochers, l'éclat blanc d'un *chörten* rebâti et un long fragment de muraille crénelée attestent de sa puissante présence autrefois étalée en contrebas de la montagne voisine. Etrange aussi par le remue-ménage inusité qui le peuple ce matin-là de centaines de pèlerins venus saluer – comment l'ont-ils su ? – la brève visite d'un adolescent, réincarnation d'un grand maître décédé, d'ordinaire aux études dans une école monastique du Sikkim, de l'autre côté de la frontière indienne. Rien de plus stupéfiant que cette foule fiévreuse et pourtant silencieuse, autour du jeune moine dûment chaperonné par son lama, se pressant pour le toucher et recevoir sa bénédiction. La veille de notre départ de Katmandou, le vénéré maître des lieux, Sakya Trizin Rimpoché, lui-même également exilé en Inde et de passage à Bodnath pour consacrer un nouveau monastère, ne nous avait-il pas donné la sienne ?

Retour à la grand-route, qui, nonchalante, suit son tracé poussiéreux vers Chigatsé. Les toits dorés du Tashi-lumpo servent de repère, et de très loin, ils luisent sur la montagne comme des pépites. La petite cité n'a guère changé depuis l'année d'avant, mais elle est aujourd'hui envahie de pèlerins, et les sanctuaires regorgent d'humbles offrandes dans des nuées d'encens. Là aussi, des mains se tendent, avides, accompagnées du sempiternel murmure : « Gyalwa Rimpoché », ce sésame qui fait vibrer les cœurs et apparaître les sourires sur des visages inconnus et soudain amis. Par dizaines, par centaines, des tentes rugueuses sont dressées à travers la ville. Des camions parfois s'alignent à la lisière des campements improvisés; au crépuscule, les braseros rougeoient et l'odeur de *tsampa* – l'orge grillée qui constitue l'ordinaire de la plupart des Tibétains – s'étend sur la bourgade. L'effervescence est grande au monastère où, par familles entières, par villages et par vagues, se succèdent les visiteurs. Lamas et moinillons les guident, venus les accompagner des lointains confins d'un vaste pays dont on ne sait plus très bien s'il est redevenu légende ou s'il demeure réalité.

Le quotidien cependant revient au galop. En particulier au palais d'été du panchen-lama, deuxième dignitaire du bouddhisme tibétain, dont la présente existence ressemble à un résumé cruel de toutes les vissicitudes de son peuple. Tour à tour pion et cheval de Troie des Chinois, il n'a pas comblé leur attente et a subi en conséquence les pires avanies réservées à ceux que les autorités de Pékin taxent de renégat ou de traître. Une longue disparition dans un « camp de rééducation » l'a brisé, sans le faire plier. Au moment opportun, les maîtres de la Cité interdite l'ont poussé sur le devant de la scène – en otage certes, mais peut-être pas tout à fait dupe. En résidence surveillée à Pékin, et il ne peut ni aller ni venir à sa guise dans son propre pays et s'est même vu contraint d'accepter un voyage en Australie au sein d'une délégation chinoise dont il était un membre parmi d'autres. En l'absence du dalaï-lama, sa popularité reste néanmoins sensible sur le haut plateau, et le hasard a voulu qu'en cette arrière-saison automnale il se trouvât dans sa ville pour plusieurs jours alors que nous y promenions notre avidité à renouer les fils du précédent voyage.

Dans la cour du palais, il y avait foule – jeunes et vieux, hommes et femmes munis de *khatas,* ces blanches écharpes cérémonielles, patientaient par petits groupes, tandis que s'allongeait la file d'attente interminable pour avoir accès à la salle d'audience. Visiblement, n'entrait pas qui voulait. Tout à coup, un remue-ménage. Des ordres sont lancés, la foule dispersée, une grosse jeep freine dans un nuage de poussière devant une porte dérobée, puis démarre brutalement – juste le temps d'apercevoir entre deux cahots le crâne rasé du panchen-lama vêtu de rouge sombre, encadré sur sa droite et sur sa gauche, devant et derrière, par une demi-douzaine de petits hommes verts à la casquette étoilée. Dans l'éclat voilé du soleil déclinant, une onde de désappointement silencieux court dans la foule, un frisson me raidit le dos.

De Chigatsé à Lhassa, des points de repère me font retrouver l'enchantement du premier voyage. Ce n'est plus la découverte, c'est la preuve que je n'avais pas rêvé. L'éclat de la lumière sculpte les montagnes, le bac sur le Tsang-po est à son poste et accomplit son va-et-vient poussif. Mais cette fois-ci, sur l'autre rive, pas le moindre camion militaire – des yacks, encore des yacks, rien que des yacks, troupeau ou caravane, qui ressemblent de loin à une nuée de gros insectes noirs posée sur la piste poudreuse. A mesure de la traversée, ils prennent l'allure d'un tapis laineux et mouvant, des ballots innombrables s'entassent sur les bas-côtés, quelques bêtes plus audacieuses avancent jusqu'à l'eau pour se désaltérer, à proximité de la berge, on commence à distinguer les visages des bergers. Des enfants surgissent derrière les baluchons – et partent d'un irrépressible éclat de rire en nous apercevant. Légèrement au-dessus de cette effervescence mouvante où se confondent hommes et bêtes, une silhouette se détache sur la pierre : avec son épaisse veste serrée haut à la taille, un foulard vert et rouge dépassant de l'encolure, de superbes bottes de feutre et un bonnet flamboyant de renard roux, l'homme porte crânement un sabre passé dans sa ceinture, tandis que son regard est fixé sur l'horizon. Il ne bouge ni ne cille. Il attend. Il semble arriver d'un pays d'autrefois, celui des brigands-gentilshommes...

En une année, Lhassa a changé, ou plutôt – « ils » ont changé Lhassa. Pour préparer l'anniversaire, le vingtième de la proclamation officielle de la Région dite autonome du Tibet, les autorités chinoises ont mis des bouchées doubles afin « d'assainir » la ville et de lui façonner un visage « présentable ». En un mot, pour la siniser le plus possible et gommer son visage authentique, le vrai, le seul que reconnaissait les Tibétains. Dès la frange des faubourgs, la vue qui s'impose du Potala est rayée par la flèche métallique incongrue d'une antenne de télévision fichée sur la colline de Chokpuri, où se trouvait naguère le célèbre monastère-école de médecine. Insolence gratuite peut-être de prime abord, mais néanmoins combien révélatrice...

Une large avenue a été percée devant le Jokhang, le sanctuaire des sanctuaires de la ville sacrée, flanquée désormais d'une place aérée bordée de « magasins de l'amitié » et ornée de deux grands fours oblongs chaulés où brûle sans cesse de l'encens. Pèlerins, chalands et marchands s'y côtoient, s'y reposent et devisent d'un air paisible. L'an dernier, c'était encore un chantier éventré, et aujourd'hui, derrière ce nouveau décor en trompe-l'œil, dans les ruelles tortueuses et défoncées, dans les cours intérieures de guingois, continue de battre le cœur du vieux Lhassa. Et le cœur des Tibétains bat à grands coups, sourdement martelés, au Jokhang.

Plus encore que la première fois, la foule ici est multiple, innombrable et recueillie, la file d'attente serpente en anneaux serrés du parvis extérieur jusqu'au seuil enfumé de l'âcre senteur de beurre de yack déposé en offrande devant les statues. Surprise : une nouvelle effigie de Chenrezig aux onze têtes et aux mille bras, le protecteur du Tibet, a repris sa place entre Padma le maître magicien et Sakyamouni, le fils de roi devenu le Bouddha historique. Il y a une année, sa place était vide – la statue originale, vieille de plusieurs siècles, ayant été détruite par la fureur des gardes rouges. Sans discontinuer, les pèlerins défilent dans le murmure feutré de la litanie traditionnelle retrouvée et s'inclinent bien bas devant les photos, tous formats confondus, du chef spirituel en exil. Son omniprésence souriante est encore plus visible, plus tranquillement souveraine et protectrice que l'année précédente. Dès que l'on s'approche, par n'importe quelle voie, détournée ou directe, du Tibet, la silhouette de ce moine parmi les moines s'insinue en filigrane dans la trame de la découverte et finit par tant se démultiplier qu'elle devient compagnie inséparable.

Autre étape de cet étrange jeu de l'oie dans la Cité des dieux qui me promène d'une échoppe débordant de bijoux tintinnabulants et de moelleux tissages à un escalier aussi abrupt que fleuri : Anzi-gompa, le seul couvent de nonnes encore ouvert à Lhassa. Ridée comme une reinette longtemps oubliée sur un clayon de cave, la moniale vêtue de bure grise et chaussée de grosses godasses n'en revient pas de nous voir surgir dans sa courette. Elle délaisse sa volée de jeunes novices – elles sont une douzaine à être autorisées depuis quelques mois à s'essayer à la rude vie monacale – autour du foyer où chauffe la marmite, pour ouvrir le battant vermoulu du sanctuaire. Vidé de ses richesses d'antan, il est modestement illuminé par les lampes à beurre au pied de l'autel où trône une statue du Bouddha en méditation. Dans la coupe de ses mains, une photo jaunie, écornée et visiblement choyée, de l'absent : encore et toujours lui !

Comme c'est encore et toujours lui à Palalumpo-gompa. Depuis l'an dernier, il s'est multiplié à l'envi sur l'autel central, sur les murs sculptés, en pleine lumière et dans l'obscurité des renfoncements rocheux. Il a gagné, puisqu'il fait le « V » de la victoire au nez et à la barbe des visiteurs, même chinois. Il est aussi à Netchung, veillant d'un œil goguenard sur le reliquaire enchâssant l'effigie de l'oracle en grande tenue de divination. Mais l'intermédiaire désigné a maintenant quitté son enveloppe charnelle temporaire, et le lien est peut-être difficile à rétablir, si loin au-delà de l'Himalaya...

Pourtant, il flotte dans la cellule de méditation, dévastée et nue, comme une présence vigilante, et le moine à mes côtés lorgne un recoin sombre d'un regard perplexe. Une clochette égrène trois notes.

Un peu plus haut, adossé à la roche puissante et tourmentée, Drepung bourdonne de la déambulation compacte des pèlerins, des oboles qui chutent gaiement dans les bols à offrande, de la litanie psalmodiée par les files de fidèles, du rire des enfants aux grands yeux écarquillés, du jappement d'un chien dérangé dans sa sieste, de l'eau qui bout pour le thé des moines. Sans se lasser, les Tibétains parcourent les sentiers de la dévotion ancestrale retrouvée avec un recueillement contagieux. Aux quatre coins de la ville, ils ont planté leurs tentes, yacks et poneys parmi les camions débâchés, les braseros toujours allumés pour l'instant de repos et la discussion à poursuivre.

Ils cheminent, comme pour renouer avec une habitude perdue, en quête de la mémoire qu'on a tenté de leur arracher, attentifs à panser la blessure des pierres et la cicatrice des fresques sauvées de la souillure des graffitis résolument révolutionnaires qui les avaient un temps défigurées. Dans les chapelles et les grottes aménagées en autel, les statues disparaissent presque sous l'amoncellement mousseux des écharpes de cérémonie, les coupelles à beurre dégoulinent surchargées qu'elles sont d'offrandes, les bougies exhalent à grosses gouttes une senteur à la fois âcre et entêtante, et par centaines, les petites flammes vacillantes s'obstinent à briller. Sagement, patiemment, à pas lents, avec une détermination infinie, les pèlerins avancent. Des têtes d'enfants jaillissent de la poche intérieure des pelisses de mouton, et déjà, leurs lèvres murmurent la lancinante prière de tous les temps, la litanie d'hier, d'aujourd'hui, de demain... Eternel recommencement!

A ce jeu de cache-cache, Tenzin Gyatso est gagnant à tous les coups. Il habite le Tibet, comme jamais peut-être aucun dalaï-lama ne l'avait réussi auparavant. D'ailleurs, ne dit-il pas lui-même qu'en opprimant sans pitié les Tibétains, les Chinois ont fait de lui le dalaï-lama le plus populaire? D'être absent de sa terre depuis tant d'années, dans le prolongement de l'exil entamé en 1959, il est devenu une présence indéfinissable, à la fois partout et nulle part, à la fois signe furtif de reconnaissance et gage de victoire, mot de passe et sceau de pérennité : là-haut, sur le haut plateau transhimalayen enivré d'espace, à la lisière vertigineuse de l'insondable, il arpente l'étendue et hante de son rirc clair hameaux et sanctuaires. A ce que d'aucuns nomment souvenir ou aspiration, peut-être convient-il de répondre parfois, simplement, fidélité.

« Enfin, un soir, j'arrivai à Gyantsé », notait, laconique, Alexandra David-Neel au bout de son séjour à Lhassa et de ses pérégrinations hasardeuses à travers le haut pays. La voyageuse d'autrefois reconnaîtrait-elle « la troisième ville du Tibet, par ordre d'importance, située sur la grand-route de l'Inde à Lhassa »? Rien de moins sûr, tant la cité industrieuse paraît n'être plus que l'ombre de son propre souvenir. Repliée sur elle-même, comme isolée ou oubliée du reste du monde, elle ressemble à un château endormi attendant en secret, sans même en avoir conscience, d'être déliée d'un troublant sortilège.

Des bâtiments monastiques qui constituaient naguère l'axe central de l'existence locale, il ne subsiste que deux temples à côté de l'imposant stūpa, massif et étagé, au pied de la colline. Des pèlerins à peine débarqués d'un vieux camion en font aussitôt le tour en égrenant leur rosaire, tandis qu'un lama s'applique à rafraîchir les couleurs passées d'une fresque. Entretenue par la flamme chiche des coupelles à beurre, une lumière évanescente permet tout juste de distinguer dans la pénombre des sanctuaires des peintures religieuses autrefois réputées pour leur admirable maîtrise.

Il ferait bon rester, pouvoir comparer les notes de lecture et la réalité présente, aller à la découverte des recoins ténébreux du vieux monastère, grimper à travers les ruines et contempler la plaine qui s'étend à perte de vue : derechef, il faut impérieusement suivre la route, l'escale n'étant prévue qu'à Chigatsé. Serait-ce une manière d'apprendre à résoudre les antagonismes et à établir la conjonction des contraires? Impénétrable sur le seuil d'une cellule, un chat garde les yeux clos sur son rêve intérieur.

Fuite du temps et de l'espace, qui se croisent et se décroisent sur ce toit du monde – lieu de convergence de tant d'aspirations et de tant d'espoirs qu'ils finissent un jour par prendre corps et se matérialiser, par devenir réalité tangible, ailleurs, sous un autre ciel, là où aboutissent les mille et un sentiers de la quête : Bodh Gaya, à l'heure du Kālachakra, l'initiation tantrique de la Roue du Temps. De l'Amdo, du Khām, des marches mal connues du monde tibétain, des vallées secrètes, de la grande steppe herbeuse, du Koukounor au Manasarovar, des lacs sacrés aux pics révérés, des chemins invisibles balisés au gré de l'immémorialité se sont incrustés dans l'exigence inlassablement renouvelée des hommes. Ils poursuivent ainsi, presque d'instinct, un rêve couleur d'éternité, au confluent mouvant d'une ancienne sagesse et d'une connaissance nouvelle.

Pays des Neiges, pays des dieux – à ces altitudes, des sages ont tracé aux lisières de l'invisible des chemins de traverse, aux confins des territoires des divinités et des hommes. Quelques-uns ont franchi la redoutable frontière – et sont revenus montrer à leurs semblables que c'était faisable. Par l'étude, la discipline personnelle, la recherche, la maîtrise et la connaissance, ils perpétuent la tradition ininterrompue des lignées de maîtres de sagesse. Détenteurs de clefs du savoir, ils n'en font point mystère sans en faire étalage et offrent à qui veut bien leur prêter l'oreille le mot de passe pour entreprendre le voyage. Mais c'est à chacun de marcher. Il n'y a pas de secret – la source n'est pas tarie pour ceux qui savent la voir, la pressentir et partir à sa découverte, même si nombreux sont les obstacles à surmonter pour y parvenir. Des sentinelles se retrouvent de loin en loin sur cette route où chaque chemineau est solitaire.

Demeure des dieux, refuge des voyants, le haut Pays des Neiges n'est peut-être, somme toute, qu'une facette de cette myriade d'infinis, de mondes et de rêves que chacun porte en soi : à franchir les portes de la légende, à pénétrer de plain-pied au-delà du miroir, parfois, l'horizon entrevu prend la tonalité indéfinissable d'un retour chez soi – après une longue, très longue absence, dans l'éclat de rire d'une liberté retrouvée. C'est aussi la rencontre d'un personnage hors pair, moine bouddhiste ou dieu-roi. Avec lui, autour de lui, par lui, tous les chemins mènent à Lhassa.

III. Une journée dans la vie du dalaï-lama

« Penser est facile, agir est difficile,
mais agir selon sa pensée
est ce qu'il y a au monde
de plus difficile. »

Léonard de Vinci

UNE journée dans la vie du dalaï-lama ? A en croire Tenzin Gyatso, rien de plus simple ni de plus banal : une journée de la vie d'un moine, pareille à des milliers d'autres journées de moines, semblable à celles qui l'ont précédée et identique à toutes celles qui la suivront. Une discipline quotidienne qui n'est pourtant pas routine, car librement consentie, elle est le fondement d'une manière d'être.

D'ordinaire, le dalaï-lama se lève tôt – 4 h 30 environ. Il est souvent plus matinal que le jour, moins pressé de paraître quand l'hiver enserre dans le silence et la froidure les montagnes himalayennes. Dharamsala s'éveille parfois dans une brume neigeuse ou alors dans la glorieuse richesse automnale d'un soleil froid. Mais là-haut, sur l'éperon où vit le sage prestigieux, la journée a déjà démarré.

Au fil des ans, Dharamsala est devenu le centre de ralliement des Tibétains de l'extérieur, d'aventuriers de tous les risques aussi, et le Tibet est là, tout près, de l'autre côté de la montagne – l'autre versant qui est en même temps, déjà, un autre monde. Et ce n'est pas sans raison que, dans le nouveau grand temple, la nouvelle statue de Chenrezig, le Tout-Puissant Protecteur, tourne son regard dans cette direction. Depuis que le dalaï-lama a établi là-haut sa résidence, la petite bourgade, qui se mourait lentement et dont – autrefois – les fonctionnaires du Raj affectionnaient la fraîcheur par temps de chaleur torride dans les plaines hébétées de soleil, a pris un essor inespéré. Elle revit après l'abandon : mise en partie à la disposition des réfugiés du haut pays dès 1960, en un quart de siècle, elle s'est transformée et se donne désormais des allures aimablement tibétaines. Une année passée, en début d'exil, à Mussoorie avait incité le dalaï-lama et ses proches collaborateurs à chercher un lieu plus vaste, où l'implantation serait moins malaisée tant pour la population locale que pour les nouveaux venus : il importait à tout prix d'éviter les frictions inutiles, d'autant que des problèmes de survie autrement plus urgents devaient absolument prendre le pas sur le reste.

A l'extrême nord de l'Etat du Penjab, Dharamsala avait émergé sur la scène du Raj vers le milieu du siècle passé, quand les Britanniques en avaient fait le cantonnement d'été d'une division de l'armée des Indes. Une manière de snobisme aidant, la garnison avait attiré, au tournant du siècle, une microsociété composite, dont les Britanniques gardent le secret en sachant marier de subtils dosages. Autour de Mun Peak, véritable axe central de cette existence, la petite cité de McLeod Ganj s'était déployée à loisir sur les pentes environnantes.

A parcourir les descriptions d'époque, l'endroit à demi sauvage ne devait pas manquer de charme : les forêts étaient peuplées de léopards, de panthères, de chacals, de renards et autres porcs-épics et singes, tandis que, parfois, poussés par les grands froids, des ours noirs ou bruns de l'Himalaya ne dédaignaient pas descendre y pointer leur museau. Avec cela, la ronde des saisons et le coup de pouce estival de la mousson transmuaient le paysage en palette de peintre, tant la variété de fleurs sauvages était admirablement distribuée. En 1905 cependant, un tremblement de terre vient tout gâcher : paniqués, les dignes fonctionnaires de Delhi ou de Lahore refluent en désordre un peu plus bas, vers Dharamsala-Dessous, puis désertent peu à peu le village de villégiature pour prendre leurs nouveaux quartiers à Simla.

L'indépendance de l'Inde faillit achever le hameau devenu fantôme au milieu de ses forêts bruissantes – au grand désespoir d'une famille de Parsis, les Nowrojee, installée sur place depuis plusieurs générations et qui tentait, sans grand succès, de ranimer la vie locale. Ayant eu vent des recherches gouvernementales pour trouver un refuge aux exilés tibétains, le brave Parsi rivé à son bazar envoya une missive à la Nouvelle-Delhi, vit avec surprise débarquer une commission d'enquête et apprit, avec une stupeur encore plus grande, que son offre était agréée. Ce n'était pas un château, mais la Belle au Bois dormant devait sommeiller dans les parages.

Après avoir soigneusement examiné les possibilités, les Tibétains acceptent la proposition de Nehru, non sans s'interroger sur l'éloignement de la capitale et l'isolement du site. En se dirigeant vers cette retraite, le dalaï-lama se serait-il souvenu d'un proverbe chinois, qu'il met lui-même dans la bouche d'un proche collaborateur de Chou En-laï à son intention : « Tant qu'il demeure dans ses montagnes, le léopard des neiges garde toute sa dignité, mais s'il descend dans la plaine, on le traite comme un chien »?

Toujours est-il que l'installation, en avril 1960, n'est pas des plus joyeuses, en dépit de l'accueil touchant d'amabilité et de prévenance tant des habitants que des autorités locales. Les réfugiés tibétains avaient fait de leur mieux, mais que pouvaient-ils de plus, eux déjà si démunis? Ils souffraient surtout de voir leur souverain, pour qui auparavant rien n'était trop beau, dépouillé des fastes d'antan. Lui, en revanche, s'en accommodait, semble-t-il, fort bien et profitait de chaque occasoin pour réconforter son peuple.

Et pourtant... Le choix de Dharamsala n'est pas sans réveiller de curieux échos, voire des souvenirs de coïncidences parfois surprenantes. La vallée de Kangra n'est-elle pas connue, dans l'Himachal Pradesh et dans toute l'Inde, comme la vallée des dieux? Depuis les temps les plus reculés de la longue mémoire indienne, légendes et mythes s'y chevauchent et s'y enchevêtrent jusqu'à former comme un tissu à la fois vaporeux et robuste, négligemment jeté sur les apparences de la réalité ordinaire.

A proximité immédiate de Thekchen Choeling, où réside aujourd'hui le XIVe dalaï-lama, il existe nombre de grottes au passé chargé de vibrations : de grands yogis célèbres, comme Tilopa et Naropa, y ont longtemps séjourné, abîmés dans de profondes méditations, avant que leurs pratiques de sagesse ne soient reprises et fidèlement transmises d'un disciple l'autre sur les hauts plateaux du Pays des Neiges. Aujourd'hui encore, des adeptes versés dans les arcanes de la Voie y habitent des mois durant, plongés dans la poursuite des plus hautes réalisations, juste à côté du monde des hommes. A Dharamsala, ces méditants sont tenus dans la plus grande estime, et nombreux sont les pèlerins qui parcourent en silence les futaies et les sentiers ombragés dans l'espoir ne serait-ce que de les apercevoir. Car on dit ces sages doués de pouvoirs, et l'homme demeure toujours réceptif, ou curieux, de l'étrange qui jouxte sa porte. Il est vrai que le calme bienfaisant de ces lieux boisés incite à de prenantes rêveries et semble décidément fort propice à la réflexion.

A quelque cent quarante kilomètres de Dharamsala, mais à plus de huit heures d'une route sinueuse et cahotante, il est à Rewalsar un beau lac, que les Tibétains disent du Lotus – Tso Pema – sacré à leurs yeux, et révéré tout autant par les hindous et les sikhs. Les bouddhistes le vénèrent, car, selon la tradition, il est lié au Précieux Maître, Padmasambhava, qui contribua autrefois à affermir la Bonne Loi dans le haut pays.

A en croire la légende, le roi de Mandi, la cité toute proche, n'appréciait guère en ce temps-là de voir sa fille chérie prêter une oreille attentive aux enseignements du sage. Aussi ordonna-t-il de se saisir de l'ascète et de le brûler vif. Au moment d'allumer le bûcher, au lieu des flammes, ce fut un lac qui surgit, avec en son beau milieu, le Précieux Maître souriant, confortablement installé sur une fleur de lotus. S'étonnera-t-on de voir l'endroit devenu but de pèlerinage? De petits monastères bouddhistes se sont nichés dans les alentours. Dans la cour de l'un de ces sanctuaires, un arbre aux fleurs délicates porte fièrement une pancarte indiquant : « Planté le 5 janvier 1957 par le dalaï-lama du Tibet, à la requête de Raja Bajrang-Bhadur Singh Bhadri, vice-gouverneur de l'Himachal Pradesh, pour marquer sa visite à Rewalsar. » C'était à l'occasion des cérémonies du 2 500e anniversaire du Bouddha. Savait-il alors, le jeune souverain du Pays des Neiges, que quelques années plus tard, il reviendrait dans les parages, pour s'installer dans un long exil?

Quoi qu'il en soit, en 1960, l'ancien bungalow du commissaire de district, perdu dans une forêt à peine apprivoisée et rebaptisé pompeusement « Swarg Ashram », c'est-à-dire « la Retraite céleste », avait été réaménagé avec les moyens du bord, plutôt mal que bien, afin d'accueillir le dalaï-lama et sa suite immédiate. C'est là que tout a recommencé, à la fortune des circonstances, au prix d'un effort jamais démenti et d'une farouche détermination de vaincre l'adversité. Pour le souverain en exil, il n'y avait pas d'autre issue, sinon survivre, revivre et gagner l'âpre bataille sans cadeau de la pérennité du pays de Bod.

D'aucuns se souviennent encore d'une impression de tristesse profonde, d'impuissance aussi frangée de cette manière de rage qui noue la gorge, quand nulle autre solution n'est en vue que de serrer les poings en serrant les dents. A l'époque, comme aujourd'hui encore, Dharamsala était loin du Pays des Neiges, mais tout aussi loin de la Nouvelle-Delhi, des centres de décision et de communication, des facilités relatives du monde moderne – même dans l'Inde d'une souveraineté retrouvée après des siècles d'assujettissement à l'étranger. Ce sont aussi ces conditions-là, d'une précarité indéniable et à la limite parfois du supportable, qui ont permis à la famille de se retrouver, de resserrer les liens distendus par le protocole et les exigences de l'étiquette, de forger les bases d'une collaboration étroite, indispensable pour l'avenir.

En ces années difficiles se jouait aussi une partie serrée, capitale pour le devenir même du Tibet et de ses habitants – et le dalaï-lama n'était qu'un réfugié politique, jeune et sans grande expérience des affaires de l'Etat, tandis que ceux qui l'avaient suivi représentaient une main-d'œuvre à bon marché, même dans une Inde en voie de développement. On les employa à ouvrir des sentiers de haute montagne, à construire des routes dans les vallées reculées, à frayer des voies de pénétration vers des hameaux perdus enclavés dans l'oubli, à faire tout ce que d'autres se refusaient à exécuter. Ils sont morts par milliers, frappés de maladies inconnues : ainsi, la tuberculose a-t-elle fait des ravages et continue aujourd'hui encore de frapper les évadés du haut plateau, guidés par la seule volonté de liberté et de retrouver leur chef spirituel.

Pour tout logis, on les hébergea alors en hâte dans des camps – comme toujours de transit, et qui n'en finissent pas de s'éterniser. Des barbelés entouraient la résidence du chef spirituel exilé, et il fallait montrer patte blanche, exhiber une autorisation officielle en bonne et due forme, franchir maints barrages pour l'approcher. Mais qui donc se souciait vraiment, à l'époque, du jeune moine riche de si grands trésors de civilisation et si démuni de tout soutien réel, concret et contraignant ?

La modestie des conditions de vie à la « Retraite céleste » frôlait à vrai dire le dénuement : l'extrême sobriété des lieux tenait à la fois au manque de moyens des nouveaux venus et à la volonté affirmée de Jawarhalal Nehru de ne tolérer aucun geste qui puisse servir de prétexte à un incident sino-indien. C'était encore le temps où Nehru croyait, ou feignait de croire, à la bonne volonté de la Chine populaire et où il tentait de persuader le dalaï-lama que, par la négociation, il était possible d'arriver à un accord à l'amiable avec Pékin. Aussi convenait-il d'éviter à n'importe quel prix les moindres vagues.

Le conflit frontalier et la brève guerre qui s'ensuivit en 1962 entre les deux grandes puissances asiatiques devaient déciller les yeux du premier ministre indien, mais, humilié dans son orgueil, le politicien à la rose ne convint jamais ouvertement de sa maladresse. Certains de ses pairs ne manquèrent d'ailleurs pas de fustiger en public sa pusillanimité et de lui reprocher son indécision. La situation était d'autant plus embarrassante qu'elle empoisonnait certes les relations avec la Chine, mais aussi qu'elle éveillait un écho imprévu dans l'opinion indienne : le dalaï-lama n'était-il pas, à ses yeux, un avatar, l'incarnation d'un dieu de l'Himalaya, ce séjour d'élection des divinités de la mythologie des Indes ? Et Nehru lui-même ne pouvait se permettre de l'ignorer ni de balayer cet argument d'un simple revers de la main.

Reste que, tout compte fait, l'Inde aura été pratiquement le seul pays à manifester une réelle générosité à l'égard de ces réfugiés sans feu ni lieu, et compte tenu de ses propres difficultés, elle ne pouvait guère faire davantage : les Tibétains eux-mêmes, le dalaï-lama le premier, le reconnaissent volontiers et lui en rendent grâce. Simplement, il leur a fallu faire vite pour se ressaisir, se redresser et repartir à zéro, dans un environnement inconnu et, parfois même, hostile. Avec la volonté de réussir, de s'en sortir et de demeurer, de durer dans l'éclat adamantin de leur altérité.

Aujourd'hui, Dharamsala est considéré comme le « petit Lhassa » de l'Inde. Certes, rien de vraiment comparable à la Cité des dieux. Mais, le sourire aux lèvres, les Tibétains ne manquent pas de répéter à qui veut les entendre que le Potala se trouve là où réside le dalaï-lama... Dans ce décor reconstruit, mais non reconstitué, les bâtiments où logent le chef spirituel et son proche entourage sont perchés au faîte de la montagne. L'air y est vif, et si les splendeurs du Potala ne sont plus qu'un souvenir, il y règne une atmosphère bon enfant, chaude et accueillante à l'étranger de passage.

Au balcon de la plaine indienne, on aperçoit au loin, en bas dans la vallée, les rizières en terrasses, et quand la brume matinale se déchire, des taches de couleurs vives renvoient à l'exubérance tropicale. Mais à Dharamsala, à près de deux mille mètres d'altitude, les crêtes avoisinantes sont saupoudrées de neige au petit matin, les fleurs s'épanouissent dans des nuances pastel, et les chants d'oiseaux s'estompent dans l'air cristallin lorsque retentit l'appel profond des gongs et que les sentiers forestiers se peuplent des silhouettes pourpre des théories de moines psalmodiant la litanie de l'aube.

Serein, le Tibet traditionnel a repris racine à MacLeod Ganj. Le stūpa de Namgyalma, façonné et consacré dans les règles, établit au centre de l'agglomération le trait d'union entre le passé et le présent, en souvenir des combattants tombés durant la résistance à l'envahisseur, et plus loin dans le temps, à la mémoire d'Ashoka, le grand roi éclairé de l'Inde qui a tant fait pour la propagation de la Loi bouddhiste.

Face à la résidence du dalaï-lama, le temple de Tsuglag Khang paraît bien modeste au souvenir des magnificences de Lhassa. Mais comme dans la Cité des dieux, il abrite trois statues – le Bouddha Sakyamouni, Padma Sambhava et Avalokiteshvara. La nouvelle effigie du Seigneur de la Compassion infinie comprend deux visages courroucés et un aspect paisible de la statue originelle, détruite par la rage des gardes rouges, subrepticement recueillis par des fidèles dans une rue de Lhassa et passés en contrebande du haut plateau, par le Népal, jusqu'à Dharamsala.

Un peu plus bas, à Gangchen Kyishong, les corps de logis des services administratifs du gouvernement en exil et la Bibliothèque des archives tibétaines encadrent une petite place, où se déroulent d'ordinaire rassemblements et cérémonies publiques. Le remarquable édifice de la Bibliothèque témoigne de la fière élégance de l'architecture traditionnelle, et ses activités de recherches, de traduction et de publication sont capitales pour le maintien du patrimoine intellectuel du haut pays.

Quant à l'Institut médical, il sert à la fois de clinique, d'atelier pour broyer et sécher plantes et minéraux, d'officine de préparation des médicaments traditionnels, d'école pratique et de salle de cours pour les étudiants. Un cabinet d'astrologie le complète, car pour les médecins tibétains, le malade ne saurait être dissocié de son environnement terrestre ni de l'influence des étoiles.

L'hospitalité tibétaine semble avoir subi sans grand dommage la transplantation d'un versant l'autre du rempart montagneux. Jusqu'à l'alentour qui paraît s'être ressenti de la présence de cette communauté dure à la tâche, malgré ses malheurs, et portée par une foi aussi solide que le roc : encore une fois, c'est le dalaï-lama qui se retrouve au cœur de cette existence réaffirmée, consolidée avec les années qui passent.

Par dizaines, par centaines, par milliers lors des grandes fêtes, visiteurs et pèlerins gravissent les pentes parfois raides et colorent d'un va-et-vient animé la paisible bourgade. Le Lingkor, le long chemin du pèlerinage sacré qui entourait autrefois Lhassa, a été retracé ici, suivi avec une ferveur redoublée par les fidèles qui le parcourent sans se lasser, moulin à prière à la main ou même en grande prosternation, comme c'était l'usage naguère dans la Cité des dieux. Moines et laïcs offrent l'image d'une vie calme, une fois surmontés les terribles sacrifices consentis les premières années, quand la maladie et la mort décimaient les réfugiés comme des mouches. Une vie qu'illumine la tranquille assurance de Tenzin Gyatso. Ici peut-être plus que partout ailleurs, sa présence est incontestable et réconfortante, bénéfique à tous, pleinement souveraine dans sa discrétion et sa simplicité.

La journée ordinaire à Dharamsala – car il y en a aussi qui sortent de l'ordinaire, à l'occasion des grandes cérémonies ou des fêtes, les jours de départ, de visites plus ou moins lointaines, de rencontres particulières, ou encore de retraite religieuse prolongée – commence par la prière. Allégé dans le protocole, mais immuable, le rite est suivi avec le plus grand scrupule, car au moment où s'engage un jour nouveau, il convient d'être prêt à l'accueillir ou à lui faire face. Comme n'importe quel moine bouddhiste, le dalaï-lama consacre la majeure partie de ce temps matinal à la prière offerte aux divinités ou à la méditation – analytique ou concentrée en un seul et unique point, quand ce n'est pas une réflexion sur la vacuité, qui consiste, en un sens, à faire le vide en soi et à se mettre à l'écoute de ce qui en émerge. Mais d'autres thèmes – la mort, par exemple – sont tout aussi importants.

C'est, dit Tenzin Gyatso lui-même, dans ces premiers moments de la journée qu'il puise sa force et qu'il affermit ses idées, qu'il entrevoit les solutions aux nombreux problèmes qui l'assaillent. Ce sont aussi, à n'en pas douter, les rares et précieux moments de réelle tranquillité, si nécessaires à l'examen de ses propres actes et à l'étude des projets ébauchés. Rompu à cet exercice, le dalaï-lama tient à n'en rien gâcher et à en tirer toujours, chaque jour, le meilleur profit.

Puis vient un moment très important de la matinée – le petit déjeuner, pris généralement une heure ou une heure et demie après le lever. Son régime alimentaire est frugal – lui-même dit que l'idéal serait, bien sûr, de se nourrir de ce que les fidèles donnent en offrande, par allusion à la coutume autrefois très répandue au Tibet. D'ailleurs, elle est toujours pratiquée par les moines en Asie du Sud-Est et jusqu'en Corée, où ils sortent au petit matin, individuellement ou en longues théories, de leurs monastères, un bol à la main pour mendier leur nourriture. Comme l'avait toujours fait et conseillé le Bouddha. Mais, dans un éclat de rire, le dalaï-lama convient que vu sa condition, cette pratique est malaisée à suivre...

C'est dire que le souverain se contente de peu : du thé noir, préparé à la tibétaine avec des copeaux de brique compacte de thé, accompagné de galettes, de toasts ou de *tsampa* – la nourriture de base des Tibétains, de la farine d'orge mélangée ou non à un liquide. Ces collations sont toujours légères, que ce soit à midi ou le soir. D'ailleurs, la tradition, que le dalaï-lama respecte au plus près de ses possibilités, veut que les moines ne prennent plus rien, hormis du thé ou un bouillon clair, après la mi-journée. Comme tous les Tibétains, le dalaï-lama n'était pas végétarien – le moyen de l'être, quand légumes et fruits poussent si chichement pendant une trop courte saison sur le haut plateau himalayen ? Au début des années 60, il l'est cependant devenu par choix personnel, mais s'est trouvé restreint dans son alimentation par le fait qu'il ne supportait ni lait ni laitages, dont les Indiens usent d'abondance pour équilibrer leur nourriture quand ils renoncent à la viande. Il ne faudra rien de moins qu'une hépatite virulente, l'intervention de son médecin personnel, les injonctions pressantes de ses deux tuteurs et les conseils réitérés de ses proches pour persuader le dalaï-lama de varier davantage ses repas, convaincu qu'il était d'être mieux en accord avec lui-même en s'abstenant de produits carnés.

Le petit déjeuner est aussi le moment privilégié de renouer avec le monde des hommes : c'est donc l'heure des nouvelles, écoutées jour après jour d'abord à la BBC, puis complétées par celles transmises par All India Radio et la Voix de l'Amérique. Pour le chef temporel des Tibétains, la radio est une invention pratique et appréciée qui lui permet d'être au courant de l'évolution politique du monde. Si d'aventure il ne peut l'écouter, cela lui manque. Pourquoi la BBC ? « Pour la concision et la qualité de l'information. Un panorama quotidien assez fourni pour donner matière à réflexion et se tenir au fait des grands événements. C'est capital, quand on est amené à étudier des dossiers politiques et à soupeser le pour et le contre des décisions. Et puis, malgré ma bonne volonté, je n'ai pas le temps de lire attentivement les journaux – il y en a beaucoup ! Aussi je me contente des grands titres et de quelques commentaires de la presse internationale, parfois je consacre un moment aux analyses de revues qui me sont signalées par les collaborateurs. Mais vous savez, j'ai encore d'autres choses à faire, si bien que je m'efforce de rester au courant de l'essentiel. »

Une chose au demeurant est certaine : pour un homme qui vit dans un isolement relatif, qui admet parfois être agacé par l'inanité des interminables palabres qui débouchent sur fort peu dans la pratique, le dalaï-lama pourrait en remontrer à beaucoup en matière de connaissances politiques. Il a l'art et la manière d'évaluer d'un coup d'œil les forces en présence, de saisir avec précision leur rapport immédiat et de cerner leurs possibilités d'évolution, de décrypter aussi la signification réelle des mots sous l'emballage fleuri de la rhétorique. A une journaliste qui lui demandait quel était, selon lui, le meilleur moyen de se faire élire, il répondit, très pince-sans-rire : « Inventer un bon slogan, faire beaucoup de promesses, puis une fois au pouvoir, on trouve toujours des excuses pour se justifier… »

Cette acuité de vision lui permet d'affirmer en toute sérénité : « Parfois, on regarde la politique de haut, en l'accusant d'être sale. Pourtant, à y regarder de plus près, la politique en tant que telle n'est pas mauvaise. C'est un instrument au service de la société humaine. Bien motivée, par la sincérité et l'honnêteté, elle devient un outil au service de l'humanité. Cependant, motivée par l'égoïsme, poussée par la haine, l'envie et la jalousie, elle devient sale. C'est d'ailleurs aussi valable pour la religion... Toute chose dépend de notre motivation personnelle. L'argent ou le pouvoir ne suffisent pas à résoudre tous les problèmes. Celui qui gît dans le cœur humain est le premier à devoir être résolu, les autres, créés par l'homme, trouveront ensuite tout naturellement leur solution. »

La matinée est consacrée pour l'essentiel aux affaires tibétaines. Le dalaï-lama essaie toujours de grapiller le plus de temps possible pour ses propres études et son perfectionnement personnel, pour son instruction religieuse auprès d'autres maîtres. Néanmoins, il sait l'importance de son rôle de chef politique et suit de très près les développements de la vie laïque, quotidienne, de ses compatriotes. Les structures sociales sont ainsi forgées dans la communauté tibétaine, en dépit des bouleversements engendrés par l'exil et l'adaptation forcée aux réalités du monde moderne, que le dalaï-lama demeure, envers et contre tout, la référence centrale et l'ultime recours. Dans le sens le plus précis et le plus noble du terme, il reste le Protecteur par excellence, l'Omniscient aussi. Ce qui explique, en partie du moins, cette étonnante interdépendance, cette connivence profonde au-delà des mots et des modes, entre les Tibétains et leur souverain.

Pour un homme qui n'est pas à un paradoxe près – ne dit-on pas des authentiques maîtres spirituels qu'ils transcendent tous les antagonismes que les autres mortels ont parfois tant de peine à surmonter? – il est tout naturel d'avoir lui-même proposé et fait entériner des réformes destinées à moderniser la société tibétaine. Non seulement il en avait perçu l'impérieuse nécessité alors qu'il résidait encore au Potala et avait avancé des propositions pratiques coupant l'herbe sous les pieds de l'envahisseur chinois, mais encore l'un de ses premiers objectifs en exil avait-il été d'élaborer une nouvelle constitution pour le Tibet, approuvée en 1963 déjà. Signe à la fois cocasse et révélateur, il avait dû lui-même convaincre ses collaborateurs de la nécessité de restreindre les prérogatives du dalaï-lama et d'accorder davantage de liberté de choix ou de décision aux représentants démocratiquement élus des Tibétains. Si bien que c'est sous son impulsion que le droit de vote a été octroyé à dix-huit ans et d'éligibilité à vingt-cinq ans, tandis qu'une Assemblée législative se réunit deux fois l'an depuis le 2 septembre 1960. Composée de membres élus représentant les trois grandes provinces du Tibet, les quatre grandes écoles du bouddhisme tibétain, ainsi que la religion autochtone, c'est-à-dire le *bön**, elle a pouvoir de contrôle et de direction des départements qui forment une manière de gouvernement en exil. Un représentant du dalaï-lama assiste aux réunions.

Dans cette même perspective, durant l'intervalle des sessions, un Comité national fait office d'organe de liaison entre les députés, les membres du kashag – c'est-à-dire le cabinet –, les ministres, appelés *kalons*, et les secrétaires des départements. Il appartient au dalaï-lama qui reste la référence ultime, de nommer les kalons. Ce Comité s'occupe également du budget de l'administration, divisée en plusieurs secteurs : le Conseil des affaires religieuses et culturelles, le Conseil de l'éducation; le Bureau d'information; le Bureau de la sécurité,

* *Bön* : proche du chamanisme et antérieur au bouddhisme, le bön a peu à peu emprunté de nombreux traits à la Bonne Loi et a mené une existence parallèle sans histoire sur le haut plateau tibétain jusqu'à l'invasion han.

celui des affaires économiques; le Département de la santé, celui du contrôle des finances et celui du personnel. Un Conseil particulier est responsable des programmes d'implantation et d'adaptation des réfugiés en Inde et dans les pays voisins. De plus, quelques bureaux à l'étranger – Népal, Etats-Unis, Suisse, Grande-Bretagne et Japon – font office de représentation du dalaï-lama et servent de lien privilégié entre les communautés établies au loin et le centre vital de Dharamsala.

Pour entretenir cette modeste administration, indispensable à la communauté, chaque Tibétain de l'Inde verse un impôt d'une roupie par mois. Les contributions volontaires sont bienvenues et permettent d'élargir le champ d'action des fonctionnaires. Un officier de liaison du ministère indien des affaires étrangères réside en permanence à Dharamsala, à proximité immédiate de Thekchen Choeling où demeure le plus illustre des réfugiés tibétains, pour assurer l'efficacité immédiate des communications entre la Nouvelle-Delhi et la bourgade haut perchée dans l'Himachal Pradesh.

Imposées par les circonstances et par sa propre volonté, ces réformes sont d'une importance cruciale aux yeux du dalaï-lama. D'ailleurs, il n'hésite pas à observer lui-même : « Nous ne pouvons plus en revenir à l'ancien Tibet, et même si nous le pouvions, nous ne le voulons pas, car bien des choses n'allaient pas dans notre société. Il fallait que ça change. Le jour où le Tibet redeviendra libre, avec ces structures renouvelées, ce sera plus facile de repartir sur des bases nouvelles. » Et pour faire bonne mesure, le dalaï-lama a vivement encouragé la création de partis, même d'opposition, afin que chaque Tibétain puisse s'exprimer en toute liberté. Il y eut jusqu'à une ébauche de parti communiste, mais le résultat ne fut guère probant :

trop de tendances trop diverses pour trop peu de militants. A en croire un proche du chef temporel, « les membres du parti communiste n'arrêtaient pas de s'accuser mutuellement de déviations, ni de s'excommunier ou de se purger l'un l'autre »...

Ce travail ardu et de longue haleine a permis de forger dans l'exil une communauté consciente de ses traditions, fière de son héritage et de son altérité, résolue à demeurer elle-même et à mieux faire connaître son pays. La cheville ouvrière de cette continuité aura été, une fois encore, le dalaï-lama. Son souci constant de l'éducation des jeunes générations, déjà perceptible quand lui-même décida à Lhassa d'apprendre l'anglais, l'a incité à accorder une priorité sans faille aux crèches, aux maisons d'enfants, aux écoles religieuses et laïques, aux instituts de recherches et à la reconstruction des grandes universités monastiques. Une attention sourcilleuse a été, et est encore, consacrée non seulement à l'édification des bâtiments et à la préparation des élèves à la vie courante, mais surtout à la qualité de l'enseignement et à la transmission scrupuleuse de la tradition. Cela aussi fait partie des préoccupations journalières du dirigeant de la chose publique.

Pour un moine, « un simple moine bouddhiste » comme aime à se définir lui-même le dalaï-lama, ces contingences gardent toute leur importance. Et ce n'est nullement contradictoire. Car, dit-il, « renoncer au monde signifie renoncer à son attachement au monde. Cela ne veut pas dire s'en retirer. Le but ultime du bouddhisme est de servir les autres. Afin de servir les autres, il faut rester dans la société, ne pas s'en isoler ». C'est probablement cette approche originale de l'existence qui lui confère ce regard serein qu'il porte sur l'autre et sur le monde. Parfois, il concède : « Au fond, tout le monde existe au sein même de la souffrance. Par conséquent, il est futile d'insulter ou de maltraiter autrui. »

Serait-ce là une partie au moins du charme secret qui fonde la curiosité, l'attirance, la dévotion ou la révérence, voire la fascination, qu'il exerce sur ses interlocuteurs ? Difficile, peut-être vain, de trouver quelqu'un qui l'ait approché sans être frappé par sa bienveillance souriante, son accueil sincèrement chaleureux, sa simplicité sans ostentation. A Dharamsala, comme du reste partout ailleurs, il a fallu canaliser le flot de visiteurs qui cherchent à le rencontrer. Non qu'il soit lui-même hostile aux échanges, bien au contraire, même si le protocole impose certaines limites, mais parce que son emploi du temps toujours très chargé le requiert à d'autres activités.

Il n'empêche. La plupart du temps à Dharamsala, les après-midi sont en partie réservées aux audiences, publiques ou privées. C'est souvent une vision émouvante, c'est toujours un privilège, d'y participer. Nul ne s'étonnera sans doute qu'il soit... étonnant de se retrouver face à un personnage de cette envergure, qui incarne à la fois une idée, une spiritualité, une foi, un pays et un peuple, la souffrance de l'exil et le flambeau d'un espoir. C'est beaucoup pour un seul homme, fût-il simple moine ou roi d'un pays merveilleux.

Le regard constellé d'étoiles malicieuses voit tout, l'attention se concentre à un degré tel qu'elle devient palpable, et la voix d'une redoutable douceur se module moelleusement de tonalités débouchant parfois – lors de cérémonies d'initiation – sur des abîmes de vertige. Dans la conversation, par instants, un mouvement de la main vient à la rescousse de la nuance verbale qui se précise. De l'harmonie du geste et de la parole surgit, fugitive, une impression de puissance assurée, de volonté d'airain sous une apparence débonnaire et rassurante. Dans cet homme-là, il y a, entrevu, du grand félin à l'affût, du léopard des neiges pétri de liberté et de solitude qu'aucune cage ne saurait retenir.

« Les échanges de vues avec les visiteurs sont pleins d'enseignements. Vous savez, j'en ai vu du monde – des passants, des pèlerins, des curieux, des scientifiques, des combattants de la liberté, des maquisards, des fidèles et des faux bouddhistes, des diseurs de bonne aventure et d'authentiques chercheurs d'absolu, des pauvres diables qui souffrent et d'autres qui ont perdu tout espoir. Il faut être à l'écoute des gens, si je peux les aider, ou s'ils pensent que je puisse les aider en les recevant, je le fais volontiers. »

En fait, ces audiences publiques s'apparentent quelque peu au traditionnel *darshan* familier aux Indiens : une manière de bénédiction individuelle dans un cadre ouvert à presque tous ceux qui le désirent. C'est à la fois la rançon de la renommée et l'hommage à la spiritualité accomplie. Approcher un maître de sagesse ou recevoir sa bénédiction, c'est participer directement, ne fût-ce qu'un instant, de son monde où les contraires se dénouent pour se transmuer en un flux d'énergie purificatrice, c'est se mettre en résonance avec les influences les plus bénéfiques qu'irradie son incomparable présence. Les grands sages de l'Inde, ceux que l'on connaît et ceux que l'on ignore, sont coutumiers de cette manière de cérémonie où se conjuguent l'adulation la plus crédule et l'élan impérieux, instinctif, vers une plénitude qui s'impose comme la plus simple des évidences.

Quand, dans les mois qui suivirent l'installation à Dharamsala, l'habitude du darshan commença de s'enraciner autour du jeune exilé, officiels indiens et fonctionnaires tibétains s'en alarmèrent quelque peu : pour les premiers, c'était une sorte de publicité déguisée que les autorités de la Nouvelle-

Delhi entendaient par-dessus tout éviter, afin de ne pas offusquer les susceptibilités de Pékin. Pour les seconds, c'était renoncer à une part du mystère qui, depuis toujours, entourait le souverain du Pays des Neiges et faisait, ontologiquement, partie de ses attributs divins.

Les hommes croient que la divinité ne se commet pas à tort et à travers avec n'importe qui, n'importe comment et n'importe où. Les dieux, qui se savent peut-être les créatures des hommes, n'en ont cure, et semblent avoir, en Inde surtout, une prédilection particulière pour le monde des humains. Quant au Bouddha, pour reprendre une comparaison célèbre dans tout l'univers bouddhiste, il est comme le reflet de la lune : dans de bonnes conditions, lacs, mers et rivières renvoient l'image de l'astre, qui n'en demeure pas moins dans le ciel. Et comme la lune peut se réfléchir au même moment en de multiples lieux, un Bouddha, Parfait par définition, peut se trouver en maints endroits à la fois...

Difficile peut-être de concilier tous ces impératifs, mais le dalaï-lama y parvient avec sa dextérité coutumière. Lui qui rappelle avoir tant regretté dans son grand palais rouge et blanc d'être tenu, par l'implacable rigueur de l'étiquette, à l'écart de la vie courante, il saisit l'occasion de simplifier le protocole et de contourner certaines barrières érigées autour de sa personne par des intérêts qu'il considère désormais comme désuets ou caducs. C'est aussi ce contact suivi, privilégié, avec les exilés du haut pays qui l'autorise à parler en leur nom, à s'élever sans désemparer contre les brumes de l'oubli ou de la méconnaissance qui menacent toujours de recouvrir le Toit du Monde.

« Il m'a été très utile d'être réfugié, constate-t-il. On se trouve beaucoup plus près de la réalité. Lorsque j'étais au Tibet, je tentais bien d'être réaliste, mais d'une certaine manière, du fait des circonstances, je pense que je me trouvais un peu éloigné des réalités. Je devins réfugié. Ce fut très positif! Une possibilité s'offrait ainsi d'accumuler de l'expérience, de forger une détermination, une fermeté intérieure.

« Un réfugié se retrouve véritablement dans une situation désespérée et dangereuse. C'est en pareil moment qu'on se collette avec la réalité. Le temps n'est plus de s'imaginer que tout est beau, c'est déjà un point d'acquis. On se sent partie intégrante du réel. En temp de paix, tout va de soi, même si un problème se pose, on feint de penser que tout va pour le mieux. Il est possible de réagir ainsi en époque de calme ou d'accalmie. En période dangereuse, au cours d'un changement dramatique, il n'y a plus lieu de se bercer d'illusions. Il faut accepter que ce qui est mauvais est mauvais. »

Et d'insister : « Si l'on est blessé par une flèche empoisonnée, l'important est d'abord de la retirer, ce n'est pas le moment de s'interroger d'où elle vient, qui l'a tirée, de quel poison s'agit-il. Il faut d'abord résoudre le problème immédiat, plus tard, on peut l'étudier sous toutes ses coutures. »

Cette manière d'être, fondée sur la certitude que nous sommes tous logés à la même enseigne et que nous sommes tous mortels, le dalaï-lama ne fait la pierre angulaire de son ouverture aux autres, d'une tolérance à toute épreuve qui se manifeste par une patience jamais prise en défaut. Elle n'exclut ni la franchise ni l'intelligence du cœur. Cette façon d'appréhender le monde devient, entre ses mains, une arme efficace contre le laisser-aller et l'abandon à la fatalité.

« Même si nous ne pouvons résoudre certains problèmes, il ne faut pas le regretter. Nous autres, les êtres humains, nous avons à affronter la mort, la vieillesse et la maladie, de même que des catastrophes naturelles comme les ouragans, qui sont au-delà de notre contrôle. Nous devons y faire face, nous ne pouvons les éviter. Ces souffrances sont déjà bien suffisantes pour nous – pourquoi nous créer encore d'autres problèmes dus à l'idéologie, à un mode différent de penser? C'est inutile. Et triste. Des milliers et des milliers de personnes en souffrent. Pareille situation est véritablement stupide, d'autant que nous pouvons l'éviter en adoptant une attitude différente, en tenant compte de l'humanité fondamentale que les idéologies sont supposées servir. »

Naturellement, il est particulièrement attentif aux Tibétains, qui viennent de partout lui demander conseil, aussi bien sur un plan personnel que pour la communauté. Il faut voir ces chemineaux d'un autre temps, qui bravent les cols, les intempéries, les incertitudes et les inconforts d'une très longue route pour traverser l'Himalaya et tromper la vigilance des garde-frontières han dans le seul but de l'approcher! Combien de réfugiés âgés, minés par la maladie et la brutalité des bouleversements subis, ont quitté en paix cette existence, apaisés rien que pour l'avoir vu. Mais bien plus nombreux sont ceux qui savent, et le disent, que leur survie, ils la doivent à l'infatigable protection de ce moine qui, par sa seule présence, les pousse à se dépasser, à donner le meilleur d'eux-mêmes et à aller sans cesse de l'avant. Quel qu'en soit le prix.

Cette foi est si totale, si profondément chevillée à l'esprit tibétain, que des parents passés à travers les mailles du filet de l'attention policière pour arriver à Dharamsala ou ailleurs, à l'occasion de rassemblements religieux où officie le chef spirituel, n'hésitent pas un seul instant à lui confier leur enfant. Ils ont ainsi la conviction qu'il sera élevé et éduqué dans la tradition, qu'il sera un maillon de plus à la chaîne qu'il faut garder à tout prix ininterrompue. Quant aux moyens d'entretien de ces gosses qu'il faut nourrir, loger, vêtir et dont il faut prendre soin, ils font une aveugle confiance à leur souverain : chacun sait que rien ne sera négligé pour préserver, cultiver et soigner le Tibet libre de demain, quitte à faire appel à toutes les bonnes volontés, à battre le tambour pour ouvrir les cœurs et à souffler dans les conques jusqu'à faire lever les vents d'une authentique solidarité...

Ces préoccupations sans doute parfois lourdes à porter, n'occupent cependant pas tout le temps disponible de la journée. Ou plutôt, le dalaï-lama ne se laisse pas envahir et garde des moments bien à lui. Pour la lecture notamment. Il a la réputation d'être un lecteur avide et inlassable, et sa connaissance des textes tibétains est qualifiée sans hésitation d'encyclopédique, voire de phénoménale, par tous ceux qui le pratiquent. Cette fringale néanmoins ne s'arrête pas là. Elle englobe des domaines aussi divers que l'astronomie, la physique des hautes énergies, la neurologie, la science du cerveau, la psychologie occidentale moderne.

Son regard pétille de curiosité tandis qu'il explique : « J'adore comparer les enseignements bouddhistes et les découvertes scientifiques des recherches contemporaines. Ce jeu des comparaisons est tout à fait instructif. C'est aussi passionnant que d'approfondir l'étude des lois de la nature, d'observer les comportements et les réactions aux modifications imposées par le rythme des saisons. Il y a tant de choses à apprendre, il faut toujours se perfectionner... L'ennui, c'est que mon vocabulaire est restreint et que je suis paresseux de nature. Alors, quand il faut recourir au dictionnaire pour chercher la signification d'un mot, je n'ai pas toujours le courage... »

A Dharamsala, l'exilé du Potala trouve encore le temps non seulement de se rendre quelquefois aux invitations de ses compatriotes des alentours pour participer à une fête scolaire, dispenser une initiation dans une vallée reculée ou suivre les progrès d'un village d'enfants, mais il pratique aussi volontiers le bricolage et le jardinage. Il s'est même fait installer un petit atelier d'électronique dans sa résidence. Sa passion pour la mécanique remonte à ses plus jeunes années, et il reconnaît éprouver aujourd'hui encore une réelle satisfaction à réparer quelque chose de ses propres mains.

« J'ai commencé très jeune à démonter les objets, car j'étais curieux d'apprendre le fonctionnement de certaines machines. Je voulais savoir comment le moteur était fabriqué, mais maintenant, je me contente uniquement de remettre en marche ce qui tombe en panne. Quant à s'occuper d'un jardin à Dharamsala, c'est une activité presque sans espoir. Quels que soient les efforts mis en œuvre, la mousson arrive et anéantit tout. » Cela ne l'empêche guère de persévérer dans cet éphémère passe-temps et de recommencer chaque fois avec la même ardeur. Probablement est-ce aussi un moment de détente, ou de réflexion : le dalaï-lama n'assure-t-il pas que mener une vie simple conduit au contentement et que la simplicité est extrêmement importante dans la quête du bonheur ?

Au demeurant, s'il s'écoutait, le dalaï-lama mènerait une vie plutôt contemplative et de méditation. Ses préférences sont nettement marquées pour l'étude philosophique et la réflexion : « Ces activités m'ont transformé, elles ont fait de moi un nouvel homme. Je progresse encore, en tout cas je m'y efforce. Cela donne une solidité, un courage intérieur, qui permet d'affronter plus facilement les situations. »

Dès que ses activités lui laissent un répit, il

retourne à ses études et passe, s'il le peut, un long moment après les audiences ou les rencontres de l'après-midi, en prière ou en méditation : le bouddhisme est pour lui une voie expérimentale et intellectuelle, non pas un dogme. C'est dire qu'il y a toujours quelque chose à explorer, toujours quelque chose à découvrir ou à appréhender sous un angle différent. Cet entraînement de tous les jours est une discipline certes, mais elle lui procure un équilibre, ou un point d'ancrage, rarement atteint à cette perfection dans la société occidentale.

Guide spirituel, le dalaï-lama ne cesse de l'être dans chacun des rôles divers qu'il est appelé à assumer le long d'une journée ou au fil d'une vie. Les enseignements qu'il dispense, liés ou non à quelque cérémonie initiatique ou à une occasion précise, sont toujours suivis avec une attention extrême, autant par les Tibétains que par un nombre croissant d'Occidentaux, bouddhistes ou non. Indéniablement, il s'y manifeste dans toute la plénitude d'un maître accompli, et ses commentaires, d'une exceptionnelle limpidité, des textes les plus ardus valent les plus brillantes théories des philosophes d'autres civilisations. Cette qualité de clarté ne s'applique d'ailleurs pas uniquement aux explications des ouvrages traditionnels, elle accompagne aussi toujours des propos beaucoup plus prosaïques, quand, par exemple, le dalaï-lama se retrouve à Dharamsala ou ailleurs, face à la presse ou à l'un de ses représentants.

Très au fait du rôle des médias dans la société moderne, le souverain en exil accepte de bonne grâce l'interview et joue avec affabilité le jeu des questions les plus saugrenues. Il n'en pense pas moins. Il estime pourtant que mieux faire connaître la vérité sur le haut Pays des Neiges, mieux faire saisir les enjeux des luttes d'influences autour du Toit du Monde et mieux situer dans un contexte plus vaste et toujours plus interdépendant l'épreuve que vit son peuple, sont autant de devoirs impérieux pour lui. S'il n'est pas dupe des modes qui poussent tel jour les moyens d'information à s'intéresser brièvement à des événements dont la genèse demeure entourée de flou pour une grande partie de l'opinion, il sait aussi le parti à en tirer : en parlant de lui, en l'interrogeant sur tout et n'importe quoi, c'est le Tibet qui sera évoqué. Ainsi, il est en quelque sorte aussi l'ambassadeur itinérant d'une cause qu'il se refuse à considérer comme perdue.

Et comme tout ce qu'il fait, il s'attache à le faire bien, le dalaï-lama est un ambassadeur impeccable. A vrai dire, il sait plaider admirablement en faveur du pays de Bod, rien qu'en étant, tout simplement, lui-même. Un autre de ses traits distinctifs est de ne pas avoir son pareil pour mettre l'interlocuteur le plus timide ou le plus timoré à son aise. Devant lui, les tensions se dissolvent comme par enchantement, et il possède le don d'aplanir les obstacles : comme si, par le seul fait de sa présence, les complexités contradictoires du monde des apparences s'harmonisaient soudain pour se fondre en un espace de plénitude, en un miroir qui reflète toutes les merveilles et toutes les horreurs sans être jamais troublé ni souillé. A en croire un haut fonctionnaire du service diplomatique indien qui, pendant vingt ans, a côtoyé le souverain exilé et son entourage, jamais il ne l'a vu « agité, même dans des situations qui pouvaient troubler la personne la plus sereine et la mieux disciplinée[7] ».

Parfois, à l'heure du rapide crépuscule indien, le dalaï-lama prend un moment de repos, regarde une émission de télévision – les documentaires d'histoire naturelle ou des épisodes de guerre ont ses faveurs – ou se promène dans les bois environnant sa résidence. Il en profite pour nourrir les oiseaux et, après avoir entendu les hommes, se mettre à l'écoute de la nature. Comme il en a pris le pli dès son enfance, le dalaï-lama se retire tôt : autour de 22 h – habitude de montagnard, coutume de moine. La journée s'achève un peu comme elle avait commencé, par une brève prière ou une courte méditation. Ainsi bouclée, la boucle se redéploie à l'aube suivante, rythmée par tous les imprévus qui ne manquent pas de surgir, marquée par des points de repère variant selon l'humeur du temps.

Durant les voyages, en Inde ou dans des pays plus lointains, à la rencontre des Tibétains du sud du sous-continent, dont l'implantation réussie tient du véritable tour de force, ou des gens d'ailleurs, ce mode de vie d'une simplicité réellement monacale est plus malaisé à pratiquer. L'emploi du temps du dalaï-lama est alors beaucoup plus serré, la préparation des cérémonies religieuses prenant souvent des heures. Audiences et entretiens sont donc regroupés, afin de permettre à un maximum de personnes de rencontrer le chef tibétain : c'est un peu le lot de tous les dirigeants du monde, et le souverain en exil n'y échappe pas. Lui-même privilégie l'aspect spirituel de ces déplacements et accorde une attention particulière aux enseignements, aux initiations et à la diffusion de la Bonne Loi. Mais en même temps, sa personnalité attire et son charisme le place dans une perspective plus ouvertement, sinon directement politique, du moins liée de près à l'histoire contemporaine.

Préserver un nécessaire équilibre apparaît parfois comme une gageure. Il faut tenir compte des circonstances locales, des transferts parfois fastidieux, des contingences contraignantes de la sécurité, de la capacité de compréhension d'un auditoire chaque fois différent, curieux certes, mais pas forcément sur la même longueur d'onde. Et la disponibilité n'est pas la même selon qu'il s'agit d'un voyage privé en Occident ou d'un pèlerinage dans l'Inde millénaire. Comme d'ailleurs l'accueil diffère d'un côté à l'autre de la planète, alors que, partout, il s'agit de répondre à une attente, à un sentiment mal défini d'une quête humaine toujours recommencée.

Au demeurant, dans des décors qui changent et reflètent la diversité du monde, Tenzin Gyatso, lui, est avant tout lui-même : un moine bouddhiste, à la présence si intensément présente qu'il remet en place les perspectives gauchies et rend aux choses leur poids réel, leur juste valeur. Une journée dans la vie du dalaï-lama, c'est d'abord cela : les multiples activités religieuses et profanes, harmonieusement équilibrées, d'un être singulier parmi une multitude d'êtres, et qui se voue sans réserve ni relâche à l'exigeante tâche d'alléger la souffrance de tous. Avec, pour tout levier, un sourire à servir de fanal au cœur de la tempête.

IV. Le rire d'un moine

« Nous manions des signes qui sont là pour nous enseigner, et nous sommes aveugles. »

Rabbi Menahem Mendel de Kotzk

Mon passe-temps favori ? Rire... ! » Et le Seigneur du Lotus, le Précieux Victorieux, la Présence, de partir de l'un de ces rires éclatants dont il a le secret. Un rire d'amitié et de malice, de complicité et d'encouragement, qui exprime tant de choses à la fois, qui passe par tellement de nuances qu'il résume un état d'esprit et un caractère, une manière d'être et une offrande.

Au dernier étage du monastère tibétain de Bodh Gaya, l'ombre crépusculaire qui envahit la chambre d'audience sobrement décorée en est soudain illuminée. La journée a été longue, et elle est loin d'être achevée. Commencée avant l'aube, elle a été ponctuée par le rite matinal accompagnant l'élaboration graduelle du mandala de sable nécessaire à la prochaine initiation de la Roue du Temps. Des rencontres ont suivi, puis un enseignement, encore des discussions, des cérémonies, une brève liturgie, d'autres rencontres encore. L'atmosphère ambiante est chargée à la fois de la chaleur solaire et de la chaleur humaine, de la densité de l'attente, de vibrations subtiles dont les vagues, incessantes, vont et viennent, partent et reviennent, s'éloignent et s'élancent comme pour mieux se rapprocher d'un cœur immense, qui bat à l'infini. Toute une myriade d'impressions, de sensations, qui fusent dans cet éclat de rire. Son écho s'estompe, et le regard pétillant se vrille dans celui de l'interlocuteur : courtoise, aimable et décontractée, la conversation repart et roule. Sur d'autres loisirs, pourtant rares : la lecture, le jardinage, la plaisanterie.

Le rire d'un moine : beau sujet de réflexion, ou de méditation. Surtout dans un monde où l'on ricane, faute de savoir encore rire. De l'utilité du rire dans les relations humaines. Du rire comme moyen de détente, ou de communication. Du sourire comme arme – chacun sait qu'elle peut être implacable. Le rire du maître et le sourire du sage – un rire de douceur, et un sourire source de force. De compréhension et d'apaisement. De sérénité aussi, reflet d'un sens très particulier d'un humour fantasque, poli comme un galet lissé par les années, ou les siècles, à bourlinguer à travers les vies. Un sourire d'écume et de vertige. Un rire comme le fil de l'épée : il tranche les liens. De l'ignorance ou de l'hypocrisie. Un rire à la fois grave et beau, car il renvoie l'écho d'une plénitude.

Ce rire, qui est avant tout ouverture à l'autre, facilite dans tous les cas les rapports avec le monde environnant. Il semble que c'est là aussi une caractéristique solidement enracinée dans la famille même du dalaï-lama, et ses proches collaborateurs en témoignent. Mais sans doute est-ce là en même temps un trait distinctif du peuple du haut pays : pour le dalaï-lama, l'essentiel d'une culture n'est pas dans sa peinture ou dans ses expressions artistiques diverses, mais dans sa qualité d'esprit. « Si c'est vivant dans la vie quotidienne des gens – explique-t-il – on peut en saisir l'utilité. Ainsi, en raison de leur culture, les Tibétains sont, dans leur ensemble, un peuple jovial. Nous-mêmes ne l'avions pas remarqué, mais de nombreux étrangers en visite en Inde l'ont relevé et nous ont demandé notre " secret ". Peu à peu, j'en suis venu à penser que c'était dû à notre culture bouddhiste, qui met en relief l'idéal de compassion du bodhisattva de mille et une manières. Analphabètes ou lettrés, nous avons tous l'habitude d'entendre et de dire de tous les êtres sensibles qu'ils nous sont des pères et des mères. Même celui qui paraît être le pire des malandrins aura " tous les êtres sensibles me sont proches " à la bouche. Je suppose que cet idéal est la cause de notre bonheur. C'est particulièrement utile dans la vie quotidienne, quand il faut affronter de sérieux problèmes. »

Sans doute n'a-t-il pas tort, le Précieux Protecteur, de rappeler cette simple évidence : elle est tellement évidente qu'on ne la voit plus. D'ailleurs, lui non plus ne la voit plus : il la met en pratique, elle s'inscrit en quelque sorte dans sa nature. A l'observer cependant, si ce sourire, cet accueil chaleureux de l'autre, frappe d'emblée, un autre détail ne tarde pas à surgir et à s'imposer, qui complète le précédent. Il s'agit d'une stupéfiante maîtrise de l'attention, à telle enseigne qu'elle se dissocie à la perfection : sans le moindre effort apparent et surtout sans le moindre hiatus, le XIVe dalaï-lama parvient, avec le plus grand naturel, à faire deux choses à la fois, dans le même instant et avec le plus étonnant synchronisme. Ainsi, sans rien perdre de sa concentration extrême sur le point cardinal de l'instant – une récitation, un rituel ou une réponse circonstanciée – il perçoit le moindre changement : peut-être une présence inopinée, la vôtre, et s'empresse de vous signaler qu'il le sait. En guise de salut – un sourire s'épanouit, le contact se rétablit, sans pour autant gêner en rien le déroulement normal de l'autre partie de son action. Un peu comme une mise en résonance instantanée.

Alors, à vouloir découvrir un quelconque « secret » pour tenter d'expliquer cette aisance, il ne reste qu'à prêter l'oreille aux suggestions avancées par le principal intéressé lui-même. Pour l'heure, d'autres explications, si elles existent, m'échappent. Et d'ailleurs, il ne s'agit même pas d'explications – faut-il vraiment toujours tout expliquer? –, peut-être des indications ou de simples repères, comme autant de petits cailloux à souvenirs, jeu de piste subtil sur le chemin d'une mémoire au-delà de la mémoire. Une espèce de pari sur l'être humain, non pas une bataille contre le démon, mais une lutte avec soi-même, afin de tenter de relever son propre défi et de se hisser à la hauteur d'une exigence personnelle.

Cette profonde sagesse du cœur simplifie au plus haut point le contact et, surtout, constitue un antidote efficace à la tension. Il faut avoir suivi quelques-unes de ses rencontres avec les interlocuteurs les plus divers pour mesurer l'immense réserve de patience dans laquelle le dalaï-lama puise sans se lasser pour répondre aux questions les plus saugrenues, sinon les plus stupides, mais aussi pour saisir sa formidable capacité à dénouer les discordances, à désamorcer les agressivités. Et souvent, le rire, impromptu, vient à la rescousse, comme pour resituer les perspectives – dans le sens le plus précis et le plus concret du terme. Nulle moquerie dans cette attitude, simplement un rappel venu de très loin, une manière de dire – au-delà des mots – que rien ne vaut la bienveillance pour s'approcher de l'autre.

Il faut croire pourtant que la méthode a du bon. Du moins, utilisée par le dalaï-lama, auprès des Tibétains, elle donne des résultats tangibles. C'est sous la protection de ce sourire, avec pour tout bagage leur courage, leur endurance et leur foi, que, dès 1960, les premiers réfugiés prenaient possession des terrains que leur avait octroyés le gouvernement indien, dans le Karnataka, au sud du pays. Difficile d'imaginer contraste plus absolu entre leur Tibet natal, ses montagnes, son air transparent, son immensité désertique, et cette jungle tropicale, tentaculaire, où pullulaient les animaux sauvages, qu'il fallait défricher – ne fût-ce que pour planter les premières tentes qui serviraient de fondation à la colonie de Bylakuppe et protéger les pionniers contre les attaques des éléphants, des tigres et autres sangliers sauvages. Le dalaï-lama se souvient de sa première visite :

« On m'avait dressé une tente spéciale avec des murs de bambou et un toit de toile. Mais rien n'arrêtait la poussière, due au déboisement, ce qui expliquait le mauvais moral des Tibétains.

« Comme toujours, j'ai promis que nous réussirions. J'ai fait de mon mieux, et petit à petit, la situation a changé. Alors, j'ai commencé à taquiner les gens sur leurs mines qui, naguère tristes et maigres, paraissaient maintenant réjouies et prospères. Je leur ai avoué, que dans le passé, je n'avais fait que des promesses en l'air, parce que, moi non plus, je n'avais rien à leur offrir. Mais les Tibétains faisaient toujours ce que je leur disais, sans la moindre hésitation. Et nous avons fini par réussir. C'était comme d'arroser une vieille fleur presque fanée. Si on l'arrose avec un peu d'espoir, elle redevient fraîche et pleine d'enthousiasme...[8]. »

Bien sûr, il est aisé d'objecter que la relation privilégiée entre le souverain spirituel et son peuple est de telle nature que la foi explique tout. Peut-être. Néanmoins, quand d'autres – Occidentaux sceptiques ou Orientaux de confessions différentes – admettent volontiers ressentir cette influence stimulante, force est de se dire que, derrière ce sourire-là, il y a autre chose. En guise de réponse, il me revient cette remarque du Précieux Maître : « C'est tellement facile de blesser avec des mots, d'avoir l'air crédible même quand on ne respecte pas la vérité!... » Suffirait-il donc de décaler quelque peu la perspective communément admise pour envisager ainsi le monde? Pour le dalaï-lama, la réponse est sans nul doute affirmative. Mais comme le dit parfois l'un de ses proches, « pour Lui, tout est facile, Il a résolu tous les paradoxes, puisqu'Il est un bodhisattva. Pour nous autres, c'est une autre histoire! ».

Effectivement, pour le commun des mortels, c'est une autre histoire... Toujours est-il que partout, dans le milieu le plus inattendu, le souverain en exil s'inscrit dans l'instant, avec une aisance déconcertante et, avec une simultanéité non moins stupéfiante, aussitôt l'environnement et le public – s'il y en a – se cristallisent en fonction de cette présence. En quelque sorte, comme dans un jeu de kaléidoscope, il ordonne les éléments et les alentours en un faisceau dont il demeure le point focal. Non qu'il cherche à accaparer l'attention ou à paraître – il *est* de telle manière, si pleinement à sa place, que sa présence s'impose d'elle-même.

Sentiment difficilement définissable avec des mots dévalorisés par l'usage ou l'oubli de leur sens profond : on serait presque tenté de dire, avec la nuance indienne et tout ce qu'elle charrie, que ce moine si proche, à la limite si familier, est sans l'ombre d'un doute « une grande âme », un mahatma. Il a le don, rare, de restituer les ouvertures, simplement en étant là. Ce peut être dans une salle d'enseignement, dans une chambre d'hôtel transformée pour l'occasion en salle d'audience, dans un sanctuaire autre que de sa propre foi – dans la connivence d'une discussion à bâtons rompus, dans la vivacité d'une conférence de presse, dans le recueillement d'une cérémonie religieuse, dans un manoir anglais devenu centre bouddhiste, dans un château normand, devant une poignée de fidèles, un parterre choisi ou un vaste auditoire de curieux. Aussitôt, il est en harmonie, à la fois paisible et en éveil, attentif. Nulle pose dans ce comportement, qui semble agir même sur les plus rebelles. N'a-t-on pas relevé, lors de son premier voyage aux Etats-Unis en 1979, que journalistes et reporters, pourtant d'ordinaire fort peu soucieux d'étiquette, se montrèrent pour une fois polis et respectueux, à la grande surprise des organisateurs des rencontres et des débats, qui avaient peine à en croire leurs yeux?

En certaines circonstances, dans un milieu très différent de celui qui est le sien, quand il est impossible de ne pas percevoir le décalage entre le dieu-roi et la microsociété qui l'accueille momentanément, une question surgit, furtive : cette distorsion va-t-elle modifier, ne serait-ce qu'imperceptiblement, son comportement? Non, pas le moins du monde, et le phénomène est d'autant plus déconcertant – car le décalage persiste bel et bien, mais retourné à son profit. Sans rien faire d'autre qu'être lui-même. D'une certaine manière, le panorama bascule d'un coup, comme sous l'effet d'un jeu de scène, du *Charme discret de la bourgeoisie* ou du *Fantôme de la liberté* à *Marienbad,* sans savoir exactement si c'était l'année dernière, ou si le présent est encore à venir. La Présence, elle, demeure.

Ce respect qui s'impose, le dalaï-lama ne l'impose pas : la bonne grâce dont il fait preuve à chaque instant suffit. Un paradoxe de plus, mais il en est coutumier : il ne donne pas l'impression de se prendre au sérieux. Ce qui, à l'évidence, n'enlève rien au sérieux qu'il apporte à tout ce qu'il fait. Si aujourd'hui il canalise l'essentiel de ses énergies pour assurer la survie de la tradition tibétaine, autrefois, quand il était encore par moments un gamin insouciant au Potala, il ne dédaignait pas les joyeuses batailles avec son frère. Et Lobsang Samten disait parfois, le regard à peine moins entendu que celui de son illustre cadet, qu'il portait toujours la marque d'une taloche mémorable reçue de son jeune frère, qu'il n'a jamais rendue, car pouvait-il décemment lever la main sur le dalaï-lama ?

Ce penchant espiègle ne s'est pas émoussé au fil des ans, et des témoins oculaires se souviennent, comme si c'était hier, de certaines péripéties advenues lors de promenades dans les bois, peu après l'installation à Dharamsala. Comme l'exigent aussi bien le protocole que la sécurité, le dalaï-lama est rarement tout à fait seul. Aussi mettait-il volontiers à profit la relative tranquillité d'une balade en forêt pour fausser soudain compagnie à ses accompagnateurs, filer par un sentier de traverse – abrupt et impraticable, comme il se doit – et attendre ses compagnons, le sourire aux lèvres, plus haut, plus loin, toujours un peu en avance dans l'aventure.

En essayant néanmoins de dépasser cette apparence, d'aller au-delà de cette bonhomie sous-tendue d'une force aussi réelle que ramassée, de saisir ce que d'aucuns qualifient de « secret », la conversation débouche sur un thème cher au dalaï-lama :

« A chaque rencontre, je garde à l'esprit que nous sommes semblables, en ce que vous et moi sommes des êtres humains. A souligner les différences superficielles, je suis un Oriental, qui plus est : un Tibétain d'au-delà l'Himalaya, issu d'un environnement et d'une culture autres. Cependant, à y regarder de plus près, j'ai le sentiment d'être moi, et avec ce sentiment-là, je recherche le bonheur et je refuse la souffrance. Qui que ce soit, d'où qu'il vienne, a ce même sentiment de " moi je " au plan conventionnel, et en ce sens-là, nous sommes tous semblables.

« Cela entendu comme base de départ, quand je rencontre des personnes nouvelles en divers endroits, il n'y a ni barrière ni rideau tiré dans mon esprit. Je peux converser avec vous comme avec de vieux amis, même si c'est une première rencontre. Dans mon esprit, en tant qu'êtres humains, vous êtes mes frères et sœurs, mes semblables, en substance, cela ne fait pas de différence. Je peux exprimer sans hésiter ce que je ressens, comme devant de vieux amis. Ainsi, nous pouvons communiquer sans difficulté, établir un lien, non pas juste par un échange de quelques banales politesses, mais de cœur à cœur. En se fondant sur une telle relation humainc, on peut développer une confiance et un respect mutuels. »

Cette façon de voir a au moins l'avantage de ne pas claquer immédiatement les portes et de ne pas se fermer à l'autre, sous prétexte de mille et une différences – que nous avons tendance à bétonner en préjugés, sinon en mépris ou en haine. Dès lors, le sourire se coule tout naturellement dans la trame des jours et des faits, car il devient une sorte de « sésame », un gage de compréhension et d'ouverture. Un premier pas aussi vers l'apprentissage de la tolérance et vers l'équanimité : en se maîtrisant soi-même, on arrive peut-être – un jour, ou dans une autre vie – à briser sa coquille d'égoïsme et à s'accorder sur une clé plus ample.

Il est bien placé, le dalaï-lama, pour parler de tolérance. Là encore, son rire en dit parfois autant que les mots qu'il utilise pourtant avec la précision d'un scalpel quand il s'explique. Par exemple, quand on l'interroge sur son sentiment à l'égard des Chinois : « C'est de son ennemi que l'on apprend la vraie tolérance et la patience alors qu'auprès de son maître religieux ou de proches, la force de votre tolérance ne saurait être mise à l'épreuve. De ce point de vue, même l'ennemi enseigne la force intérieure, le courage et la détermination. Avoir un ennemi, ça rapproche de la réalité et ça décape les prétentions.

« Les Chinois... Une vieille, très vieille civilisation, hautement civilisée, très cultivée... et, me semble-t-il, une nation parfois très étrange ! Par " civilisée " je veux dire que l'on peut avoir parfois l'impression de gens très aimables, parfaitement courtois, d'une suprême gentillesse et d'une haute qualité. Et pourtant, dans ce même pays, il se passe en même temps des événements terribles. Nous en avons beaucoup souffert, ce qui ne nous empêche pas d'avoir de la compassion pour les responsables de ces actes. C'est triste de voir ainsi souffrir des milliers et des milliers d'âmes humaines. Si l'on songe à l'être humain en tant que tel, on se sent aussi directement concerné par ce qui se passe là-bas.

« Le courage est important. Un adage prétend que s'il y a volonté, il y a moyen, et c'est vrai. Si dans une situation difficile, notre volonté ou notre courage faiblit, si on se laisse aller à la paresse de se sentir inférieur, en songeant que l'on est peut-être incapable d'accomplir une tâche si ardue, cette dévalorisation ne nous protégera en rien de la souffrance. Il importe donc de susciter un courage correspondant à l'ampleur des difficultés. La racine profonde de l'échec dans nos vies est de penser : " Oh, combien je suis inutile et impuissant ! " Il est primordial de penser avec force et puissance : " Je peux le faire ", sans s'enorgueillir ni se tourmenter.

« Que cela plaise ou non, nous sommes de plus en plus interdépendants. Prenez par exemple les voitures qui circulent par milliers, par millions, dans les grandes villes d'Occident et du monde. Sans essence cependant, elles ne peuvent fonctionner. Si, pour le moment, les gens sont transportés par ces voitures, que l'essence vienne à manquer, et ce sera aux gens de transporter ces grosses bagnoles... Aujourd'hui, nous ne pouvons plus vivre dans l'isolement complet. Et dans la mesure où nous devons vivre ensemble, pourquoi ne pas le faire l'esprit ouvert ? A quoi bon se regarder en chiens de faïence et ajouter ainsi aux désordres du monde ?

« Vous pensez sans doute que je suis un doux rêveur. Pourtant, nous humains, nous disposons d'un cerveau développé et d'un potentiel illimité. Puisque, avec de la patience, même les animaux sauvages peuvent être peu à peu dressés, l'esprit humain peut lui aussi être formé, pas à pas. A s'essayer avec patience à ces pratiques, on arrive à savoir par sa propre expérience. »

« Oui, mais... », est-on parfois tenté de dire en écoutant le dalaï-lama. L'ennui, c'est qu'il semble percevoir la réticence et réplique avant même qu'elle ne soit formulée. « Les enseignements ne servent pas à grand-chose, à moins d'être mis en pratique dans la vie quotidienne. Le Bouddha enseigne que vous êtes votre propre maître, tout dépend de vous. Nombre de problèmes sont créés par nos propres défauts mentaux. Nous souffrons parce qu'il nous manque intérieurement quelque chose. Ces problèmes, je les qualifie de non nécessaires, car si nous adoptons une attitude juste, ces problèmes créés par l'homme ne se posent pas.

« Pour devenir responsable de soi-même, il ne s'agit pas de croire ou de ne pas croire, et la bienveillance envers l'autre n'est pas la cause, mais l'expression d'une religion. Au cours des siècles, nombreux ont été les maîtres qui ont tracé divers chemins pour réaliser la Vérité. Le Seigneur Bouddha est l'un d'eux, et mon étude du bouddhisme m'a conduit à penser que, en dépit des différences dans les noms et les formes utilisés par diverses religions, la Vérité Ultime vers laquelle elles tendent est la même.

« Dans la quête de la Vérité Ultime, si elle ne se manifeste pas en nous, c'est parce que nous ne l'avons pas trouvée. La Vérité Ultime existe. En pensant profondément et en réfléchissant soigneusement, nous réaliserons que nous-mêmes, nous existons dans la Vérité Ultime. En général, nous avons l'impression qu'il existe un son des mots prononcés : mais, dans la Vérité Ultime, si je me cherche moi-même, je ne me trouverai pas; et si vous vous cherchez vous-même, vous non plus ne vous trouverez pas. On ne trouve ni celui qui parle, ni celui qui écoute, pas plus que des mots ou des sons. Ils sont tous vides, vide comme l'est l'espace.

« Cela dit, ils ne sont pas complètement dénués d'existence. Ils doivent bien exister, puisque nous sommes capables de les percevoir. Ce que je dis, vous l'entendez, et ensuite, vous y réfléchissez. Mes propos produisent donc un certain effet, mais si nous nous lançons à sa recherche, nous ne trouvons rien. Le mystère est lié à la nature double de la Vérité. »

Et pour cela, pour un sourire, pour un éclat de rire...

L'ultime pirouette, non pas en guise de conclusion, mais pour éclairer quelque peu encore une facette du personnage – une petite histoire très tibétaine, que le XIVe dalaï-lama aime à offrir à la réflexion de ses visiteurs. Elle fait partie, en quelque sorte, du patrimoine du haut pays, de l'immémoriale mémoire de son peuple.

« Il était une fois, il y a longtemps, bien long-

Le XIIIe Dalaï-Lama.

Intronisation du Dalaï-Lama.

Avant le départ pour Lhassa, avec les dignitaires locaux (1939).

Initiation tantrique pour le Dalaï-Lama.

Le Dalaï-Lama part pour l'exil (mars 1959).

Les deux tuteurs aux archives de Dharamsala.

Avec Nehru.

Avec Indira Gandhi.

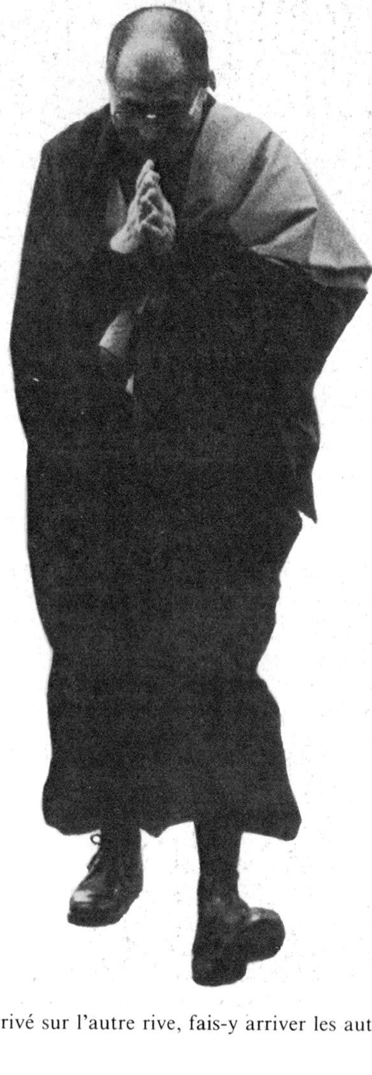

« Arrivé sur l'autre rive, fais-y arriver les autres. »

« On peut conquérir des milliers d'hommes dans une bataille ;
mais celui qui se conquiert lui-même,
lui seul est le plus noble des conquérants. »
(A Genève, juillet 1985).

« Je vous indique la voie de la libération,
mais sachez que la libération elle-même dépend de vous. »

« Sème un acte, tu récolteras une habitude ;
sème une habitude, tu récolteras un caractère ;
sème un caractère, tu récolteras une destinée. »
(Au monastère tibétain de Rikon, Suisse, 1985).

temps de cela, un célèbre lama de grande renommée, qui s'appelait Drom. Un jour, il vit un homme en train de tourner rituellement autour d'un stūpa. " C'est bien, lui dit-il, de tourner autour du stūpa, mais ne vaudrait-il pas mieux pratiquer la religion ? "

« " Sans doute ferais-je mieux de lire un livre sacré ", se dit l'homme. Et laborieusement, il se mit en devoir de lire.

« Un autre jour, Drom le rencontre à nouveau. " Lire un livre sacré est une bonne chose, à l'évidence, remarque-t-il. Mais ne serait-ce pas mieux de pratiquer la religion ? "

« Alors, l'homme de penser : " Il semble bien que même la récitation ne suffit pas. Et si je méditais ? "

« Peu après, Drom le revoit, plongé dans la méditation. " J'admets que méditer est fort bien. Mais ne vaudrait-il réellement pas mieux si vous pratiquiez la religion ? " L'homme était désemparé. " Que voulez-vous dire par pratiquer la religion ? interrogea-t-il. Dites-moi ce qu'il faut faire ! "

« " Détournez votre esprit des apparences de la vie terrestre, lui répondit Drom. Et tournez-le vers la religion. " »

Un clin d'œil, une chaleureuse poignée de main, une légère inclinaison de la tête les mains jointes à hauteur de la poitrine, à hauteur du cœur. Un sourire pour panser tous les maux du monde, et un rire à donner du courage pour chaque jour.

V. Une royale solitude

« Nous pouvons plus que nous savons. Bien que tout ne soit pas permis, tout est possible. »

Roger Bacon

Autrefois et naguère, rares étaient les occasions pour le commun des mortels d'approcher le dalaï-lama : de tout temps et partout, la divinité n'a cessé d'inspirer une manière de crainte, malaisée à affronter sans une préparation, ou une protection, préalable. Non pas fils, mais réincarnation, d'un principe suprême, le souverain du Pays des Neiges participe naturellement de son essence sacrée et se situe, ou se trouve situé, bien au-delà de la sphère restreinte des autres humains.

A ces barrières sont venus s'ajouter des interdits décrétés par les hommes, à la fois pour protéger et se protéger de la puissance de la divinité, si bien que, d'obstacles en tabous, l'homme du divin vit d'ordinaire sa vie à l'écart, sinon au-dessus, des contingences coutumières. Le dalaï-lama ne faisait nullement exception, au contraire, et chacune de ses apparitions tenait de l'événement. Le protocole de cour avait encore accru la distance entre lui et les fidèles, et l'étiquette voulait, par exemple, que jamais le visiteur ne tournât le dos à l'Illustre Présence : il devait quitter la chambre à reculons. Lors de processions publiques, nul ne pouvait s'arroger le droit de se trouver, ne fût-ce qu'un instant, plus haut que le palanquin du souverain :

aussi, personne ne pouvait-il s'installer à un balcon pour suivre le défilé.

D'emblée, les invocations, les cérémonies, les recherches, les vérifications et les rites strictement menés pour s'assurer l'authenticité de la découverte placent l'enfant choisi en dehors des normes communes. Certes, d'autres lamas sont aussi reconnus selon un procédé similaire, mais aucune enquête n'est conduite avec autant de rigueur que pour le Précieux Victorieux – responsabilité oblige. L'originalité du système est aussi de préserver en quelque sorte une lignée de maîtres, en évitant que la charge ne devienne un privilège héréditaire, avec toutes les conséquences qui peuvent en découler : concentration du pouvoir dans un milieu donné, voire un clan ou même une famille, inadéquation de l'héritier à ses fonctions, ou encore rivalités temporelles pour influencer sa désignation. Il arrive même, aujourd'hui, que telle réincarnation, pourtant dûment reconnue, de tel grand lama s'estime dans l'impossibilité d'assumer son rôle et de prendre une succession d'autant plus lourde que le monde change. Pour s'adapter aux circonstances nouvelles, il faut des trésors d'énergie, de volonté et de compassion, qui peuvent se révéler au-dessus des forces d'un mortel, fût-il déjà plusieurs fois né...

Le cas s'est d'ailleurs produit dans la famille même du dalaï-lama, dont trois frères ont choisi, sous l'impérieuse pression des circonstances, de renoncer à la vie monastique. Le plus âgé, Thoubten Jigme Norbou, fut le premier réincarné à arriver dans la famille. Abbé du monastère de Taksar, en Amdo, il fut contraint de quitter les ordres à l'arrivée des Chinois et prit ensuite le chemin de l'exil, pour s'établir aux Etats-Unis. C'était, à ses yeux, le seul moyen de préserver la lignée de sagesse dont il est le dépositaire en vertu des lois de transmission de maître à disciple. Ayant rendu ses vœux – ce qui n'implique nulle « faute » au regard de la société tibétaine, car il est bien plus grave d'y contrevenir ou de les briser – il devait, en quelque sorte, se mettre en accord avec les principes d'une nouvelle vie, laïque et profane. Depuis des années, il enseigne à l'université d'Indiana, à la section des études ouralo-altaïques, et continue de défendre avec acharnement la cause du Tibet. Marié à une Tibétaine, il a gardé au cœur une profonde nostalgie du haut pays. Confronté au mode de vie occidental, il constate : « Il me manque cette paix infinie que je connaissais alors, et la pureté de la senteur des pins, des genévriers et des roses sauvages [9]... »

Particulièrement attentif à ce qui se passe dans son pays, Thoubten Jigme Norbou n'hésitait pas, récemment encore, à s'élever contre une perversion de langage insidieuse en train de se répandre depuis quelque temps sur la scène internationale : l'assimilation du terme « tibétain » à celui de « chinois ». Le mécanisme est simple et relativement connu : la propagande officielle, chinoise en l'occurrence, fait peu à peu glisser le sens d'un mot vers une autre signification, et, à force de le répéter, finit par l'imposer, sans que l'opinion ait conscience de la manipulation. Des exemples de ce procédé abondent dans l'histoire contemporaine, notamment dans les pays totalitaires. Il suffit de se remémorer certaines réinterprétations des faits révolutionnaires en Russie ou ailleurs, ou de rappeler de sinistres euphémismes comme « solution finale » ou « rééducation par le travail ».

Dans le cas du Tibet – subtilité sémantique ou raffinement dans la perversité ? – à Pékin, on parle volontiers aujourd'hui de « l'histoire » chinoise et de la « légende » tibétaine. Et ce n'est sans doute pas non plus sans arrière-pensée que la théorie officielle professe que, toutes origines confondues, toutes les populations vivant dans les frontières présentes de la République populaire sont chinoises. La nuance est de taille : nul, bien sûr, n'a demandé leur avis aux Ouïghours, aux Mongols ni autres Tibétains, sans parler des minorités les plus diverses concernées par l'arbitraire de cette appellation. Quant aux Chinois de souche indéniablement chinoise, on les désigne désormais du vocable unique de « han ». Or, jusqu'à il y a peu, les deux termes étaient indifféremment employés pour recouvrir cette réalité-là, rigoureusement précise du point de vue ethnique.

Ainsi, sans que cela n'apparaisse dans son incongruité ni dans sa patente inexactitude, un concept ethnique recouvre et tend à remplacer une idée purement politique, dont le but – à la réflexion – finit par se dévoiler dans sa cruelle vérité : par le jeu des glissements de sens sémantique, gommer, puis effacer les différences. Et parvenir à occulter, puis à anéantir une altérité millénaire. « Drôle d'ironie pour les Tibétains – relevait dernièrement Thoubten Jigme Norbou – d'être soudain confrontés à la perspective de voir leur identité assimilée à la chinoise. Ironie, en ce sens que, parmi tous ceux qui ont régné sur le Tibet, la Chine l'a fait le moins longtemps. Mongols et Mandchous n'eurent jamais cette prétention, même au temps de leur splendeur impériale. (...) Cette perversion du langage est une astuce de plus pour nier notre identité profonde, et il est plus que regrettable qu'elle commence à se répandre dans les journaux. Les distorsions utilisées jusqu'ici par les Chinois pour pervertir la perception générale de notre histoire sont maintenant employées pour créer l'illusion que le Tibet a été " chinois " depuis des siècles... »

Dans la famille du dalaï-lama, les rôles semblent avoir été répartis d'avance. Un autre frère, plus âgé que lui, Gyalo Thondup, est, lui, plutôt le politicien-né. Apparemment, philosophie et religion représentent très peu pour lui. Ses études à l'université de Nankin l'ont très tôt rompu au contact avec les Chinois, et sa femme elle-même est originaire de Taiwan. Il n'empêche qu'il n'a jamais coupé les liens avec les siens. Etabli à Hong Kong, il semble avoir joué un rôle non négligeable, ne serait-ce qu'en coulisse, dans les contacts informels établis entre le souverain en exil et les autorités de Pékin depuis le début des années 80, avec les vents du changement qui se sont levés après la disparition de Mao.

Lobsang Samten, le troisième frère, avait deux ans de plus que Tenzin Gyatso. C'est sans doute celui qui était le plus proche de lui – ayant vécu longtemps ensemble au Potala, ils avaient partagé vacances et jeux, parfois aussi les discussions théologiques, avant l'exil. Plus tard, lui aussi a quitté l'habit monastique, s'est marié, a vécu aux Etats-Unis avant de diriger, jusqu'à sa mort en 1984, le Centre de médecine tibétaine à Dharamsala. Le frère cadet du dalaï-lama, réincarnation d'un maître réputé, a renoncé à son titre et à ses fonctions de Ngari Rimpoché, pour porter désormais le nom de Tenzin Choegyal. Après des études en Inde, où il a aussi accompli son service militaire dans les troupes d'élite des parachutistes frontaliers, il travaille en étroite collaboration avec le souverain en exil, attaché qu'il est à son secrétariat privé.

Les deux sœurs du dalaï-lama se sont consacrées, depuis qu'elles ont quitté le haut pays, au sort des orphelins et des enfants de réfugiés. Tsering Dolma, l'aînée, avait été la fondatrice et la cheville ouvrière des jardins d'enfants, où ont été soignés, nourris, logés et éduqués des milliers de jeunes Tibétains que les circonstances ont placés à la charnière, sinon à la rupture, de deux mondes :

le leur, enraciné dans une tradition séculaire qu'il fallait absolument préserver, et la société moderne filtrée par l'écran de l'Inde – qui a parfois fait office de tampon entre l'ancien temps et le nouveau mode de vie.

Après le décès de Tsering Dolma, il y a plus de quinze ans, la jeune sœur du dalaï-lama, Jétson Péma, a repris le flambeau avec une rare abnégation, et aujourd'hui encore, même mariée, Mme Gyalpo ne ménage aucun effort pour assurer un minimum de bien-être aux enfants tibétains regroupés en plusieurs villages-SOS, devenus le foyer qu'ils ont perdu. Car vingt-sept ans après le premier afflux massif de réfugiés à la suite du départ du dalaï-lama, si les orphelins d'alors ont grandi et ont su se faire une place au soleil de l'Inde ou d'ailleurs, d'autres continuent d'affluer.

Sachant, pour l'avoir vécu, que leur culture a été systématiquement détruite dans le haut pays, des fidèles descendus des plaines d'altitude préfèrent laisser leurs bambins aux bons soins du dalaï-lama, persuadés que seule cette décision poignante permettra à leur civilisation de survivre. C'est ensuite à Mme Gyalpo et à l'équipe qui la seconde avec une remarquable efficacité qu'incombe la lourde tâche de leur assurer subsistance et logis. Ainsi, après la grande initiation de la Roue du Temps à Bodh Gaya en décembre 1985, la nursery s'est-elle trouvée enrichie de quelques centaines de nouveaux pensionnaires... Le Grand XIIIe n'avait-il pas laissé entendre que, dans sa prochaine réincarnation, il aurait plusieurs frères et sœurs pour l'aider à assumer sa tâche? Toujours est-il que, malgré d'innombrables difficultés, ce qui frappe dans ces villages d'enfants, c'est le dynamisme et la joie qui imprègnent l'atmosphère quotidienne d'une communauté soudée face à l'adversité et désireuse, par-dessus tout, de durer.

Parfois, Mme Gyalpo sert également l'ambassadrice à son frère. Ainsi, elle avait pris la tête de la troisième délégation du dalaï-lama à se rendre au Tibet, bien entendu sous l'égide des autorités de Pékin, afin de prendre la mesure des changements. Trois mois durant, elle a sillonné routes et villages du haut pays, et son franc-parler lui a valu quelques mémorables esclandres avec les amphitryons, fort embarrassés par ses connaissances et sa lucidité. Elle n'a d'ailleurs pas mâché ses mots pour leur dire leur fait, ce qui a jeté un froid : mais, au Tibet comme ailleurs, ne dit-on pas que, parfois, la vérité fait mal? Ainsi, elle n'a pas apprécié ce qu'elle a vu à Takster : dans le hameau natal du dalaï-lama, en Amdo, aujourd'hui en partie incorporé d'autorité à la province chinoise du Shinghaï, la maison familiale – celle aux fameuses tuiles couleur de turquoise, qui était apparue sur les eaux du lac sacré alors que les recherches avaient été entreprises pour trouver la réincarnation du Grand XIIIe – n'existe plus. Elle a été détruite, à l'exception d'un mur gris qui fait désormais partie d'une école nouvellement construite. Et le village, depuis toujours peuplé de Tibétains, compte maintenant une cinquantaine de familles, dont une douzaine seulement de souche tibétaine : les autres sont des colons chinois, établis sur place plutôt de mauvaise grâce que de bon gré...

De tous les membres de sa famille, Tenzin Gyatso a sans doute été le plus lié à sa mère. Son père étant mort tandis que le futur souverain avait douze ans, l'influence maternelle l'aura davantage marqué, même si, à partir du moment où il a été reconnu, il a été séparé de ses proches et soumis à la stricte discipline monacale. Aujourd'hui encore, Péma-la, la sœur cadette, se souvient qu'à Lhassa, une fois par mois, frères et sœurs se retrouvaient au Norbulingka, le Parc aux joyaux, pour partager quelques loisirs avec l'enfant-roi. Scrupuleusement respectées, les règles du protocole n'autorisaient pas plus de contacts. A l'époque, le jeune dalaï-lama raffolait d'une certaine variété de pain, que sa mère préparait tout exprès à son intention. Les moines de l'entourage se montraient très indulgents pour les enfants, dont la vivacité turbulente tranchait sur l'austérité ambiante. Les heures passaient vite, dans les éclats de rire et les courses-poursuites, puis la vie reprenait son cours quotidien, rythmé par rites et rituels, études et apprentissages. Durant ces années, les enfants grandissaient chacun à sa manière, suivaient leur propre voie et préparaient un avenir dont nul ne savait sans doute de quoi il serait vraiment fait. A de rares occasions, ils se trouvaient tous réunis pour quelques jours, puis leurs chemins divergèrent jusqu'au jour où...

En fait, les liens familiaux se sont resserrés dans l'exil. Dans un premier temps, l'exiguïté des locaux d'accueil et la modestie des moyens ont modifié de fond en comble les usages et l'étiquette, tout en favorisant un rapprochement et une meilleure compréhension mutuelle. Parfois, des différends ont pu se dessiner, mais pas plus aujourd'hui qu'hier, le dalaï-lama ne cherche à imposer son point de vue : pour ses proches parents comme pour ses collaborateurs, chacun demeure juge et responsable de ses actes, à chacun de choisir selon sa compréhension.

Les relations du dalaï-lama avec sa mère n'en auront pas moins été privilégiées. Née avec le siècle, elle a vécu jusqu'en 1981, et tous ceux qui l'ont rencontrée s'accordent à louer ses qualités maîtresses. Active jusqu'à la fin de ses jours, elle était douée d'une incontestable intelligence du cœur et savait trouver les mots de réconfort dont l'être humain a souvent besoin. Connue sous le nom de Gyayum Chenmo, c'est-à-dire la « Grande Mère », elle jouissait d'un prestige et d'un respect sans borne parmi les Tibétains. Elle avait quitté Lhassa la même nuit que son illustre fils, s'était ensuite jointe à sa caravane, avait partagé les multiples péripéties de la fuite et s'était dévouée corps et âme à la communauté tibétaine en exil, partageant son temps entre Dharamsala et Darjeeling, entre ses autres enfants et le sage en devenir. D'elle, le dalaï-lama disait sobrement : « Ma mère est une personne aimable et bienveillante. Elle se préoccupe de tous et de chacun. Elle aurait donné avec joie son propre repas à qui avait faim, quitte à s'en passer elle-même. Sa profonde gentillesse ne l'empêchait pas de régner sur la famille. Elle s'adaptait facilement et voyait loin; après mon intronisation, quand de nouvelles possibilités se sont dessinées, elle a tenu à ce que ses autres enfants reçoivent une éducation soignée. »

Renoncer à son héritage, ne plus assumer son rôle de guide spirituel, même si l'idée fugace l'avait effleuré, le dalaï-lama n'y a jamais véritablement songé. « Aussi longtemps que dure l'espace et aussi longtemps qu'il y a des migrateurs dans le cycle des existences, puissé-je demeurer, afin de les décharger de leur souffrance » – ce souhait de Shantideva, l'un des grands sages les plus vénérés du bouddhisme, qu'aime à citer le XIVe dalaï-lama, le résume assez bien. D'ailleurs, il ajoute : « Pour le cours de cette existence, c'est le désir qui m'anime, et je sais que je l'ai formulé pareillement dans des vies passées. »

Cela posé, les perspectives changent, et il est dès lors naturel d'envisager le déroulement d'une vie à la lumière d'autres valeurs. Se sentir lié, ou plutôt relié, à une chaîne ininterrompue d'êtres exceptionnels confère certes une assurance, mais elle est étayée par une détermination et une pratique quotidiennes qui en consolident la réalité primordiale : revêtir le rôle d'une divinité implique, avant tout, des devoirs, ce qui peut, parfois, être ressenti comme un fardeau.

Cependant, en toute sereine franchise, Tenzin Gyatso constate : « Dans ce rôle, je peux être d'une grande aide pour les gens, c'est la raison pour laquelle il me plaît de l'endosser. D'ailleurs, je me sens bien aussi dans ma peau. Si ce registre me permet d'être grandement bénéfique aux autres, il témoigne aussi que je détiens la correspondance karmique nécessaire pour être à même de l'assumer. Il est non moins certain que j'ai une relation karmique particulière avec le peuple tibétain. On peut en conclure que, compte tenu des circonstances, j'ai beaucoup de chance. Néanmoins, derrière le mot " chance ", il y a des causes et des raisons véritables : la force karmique de ma capacité à prendre ce rôle, en même temps que l'envergure de mon souhait pour pouvoir le faire. »

Nulle outrecuidance dans ces propos, qui peuvent à certains égards désarçonner l'interlocuteur, ou à tout le moins le surprendre. Les faits s'inscrivent simplement dans une logique différente, à manier avec une extrême prudence. Le dalaï-lama en est tout à fait conscient : « Nombre d'histoires sont mystérieuses lorsque l'on se met à parler de la renaissance. » Interrogé sur son sentiment personnel d'être l'incarnation du Seigneur de la Compassion infinie, il répond avec un sourire tranquille : « Il m'est difficile de me prononcer de façon définitive. A moins de m'engager dans un effort méditatif tel que celui consistant à remonter la vie souffle par souffle, il m'est impossible d'en affirmer le bien-fondé.

« Nous pensons qu'il existe quatre types de renaissance. Le premier, courant, est celui d'un être incapable de décider de sa renaissance. Il s'incarne uniquement en fonction de ses actions passées. A l'opposé se trouve celle d'un Bouddha pleinement illuminé, qui manifeste simplement une forme physique dans le but d'aider les autres. Dans ce cas précis, il est clair que la personne est un Bouddha.

« La troisième catégorie comprend l'être qui, grâce à des réalisations spirituelles antérieures, est en mesure de choisir, ou au moins d'influer sur le lieu et les conditions de la renaissance. Enfin, le quatrième type est appelé la manifestation bénie. En ce cas, la personne reçoit une influence qui lui confère le pouvoir, surpassant ses capacités ordinaires, d'accomplir des fonctions bénéfiques telles que l'enseignement de la religion. Pour ce dernier type de renaissance, la personne a dû particulièrement souhaiter dans ses vies antérieures aider autrui. C'est pourquoi elle obtient pareille transmission de pouvoir. Bien que certaines de ces renaissances paraissent plus probables que d'autres, je ne puis dire exactement laquelle me définit. »

S'il reconnaît en toute loyauté n'avoir pas à chaque instant une conscience très nette des liens qui l'unissent à ses prédécesseurs, Tenzin Gyatso n'en a pas moins la certitude d'être rattaché à eux par l'esprit et la pensée, en raison de ses qualités personnelles – acquises, développées et cultivées par une pratique rigoureuse et disciplinée au cours de sa vie actuelle et des précédentes. Le guide spirituel tibétain admet avoir des affinités particulières avec le Grand XIIIe, son prédécesseur immédiat, dont il apprécie en connaissance de cause l'ouverture d'esprit, la ténacité et le souci politique de l'avenir du Tibet :

« Il a énormément encouragé les véritables érudits et il a fait en sorte que, en améliorant notablement le niveau des études dans les universités monastiques, il devienne impossible à ceux qui ne possédaient pas les qualifications requises de s'élever dans la hiérarchie religieuse. Il ordonna également des dizaines de milliers de moines. En revanche, il donna peu d'initiations et fit peu de discours. Pour ce qui est de la nation, il réfléchit longuement à la politique, tenant surtout compte des problèmes des provinces frontalières éloignées et de la façon de les administrer. Il se préoccupa aussi beaucoup de rendre plus efficaces les mécanismes gouvernementaux. »

Cette résonance avec le passé ne s'arrête pas là, et d'autres connivences se profilent au hasard des conversations – car à ce sujet, comme à propos de ses accomplissements personnels, le dalaï-lama n'aime guère s'appesantir : ils sont trop privés pour en faire étalage. Néanmoins, il consent parfois à reconnaître que, souvent, il a rêvé d'Atisha, le grand érudit indien, à qui le haut pays dut, au XIe siècle, la renaissance du bouddhisme après la noire époque d'une première répression impitoyable, celle de Lang Darma, le roi renégat.

Considéré lui aussi comme une réincarnation antérieure de Chenrezig, Atisha a mené à bon port, du bout du doigt, en songe et à maintes reprises, sur une corde raide, le XIVe dalaï-lama jusqu'au pied de la glorieuse image d'Avalokiteshvara. Pour Tenzin Gyatso, « la raison de ces rapports est simple : quand vous avez un intérêt particulier pour quelque chose, cela vous travaille, et vous prêtez davantage attention aux rêves. Or, vous savez, dans les rêves, il se passe beaucoup de choses. Au moment de ces rencontres avec Atisha, c'était encore au Tibet, j'étudiais de manière approfondie ses textes et commentaires. Ensuite, cette aide s'est manifestée quand moi-même j'enseignais sa doctrine et ses points de vue.

« A propos du Ve dalaï-lama, c'est sans doute

parce qu'il a été le premier véritable unificateur du Tibet, et qu'il a également été le premier à exercer pleinement, en même temps, les pouvoirs spirituel et temporel. Ces rêves-là, c'était encore à Lhassa. Et puis, il existe aussi un enseignement spécial qui vient du Ve dalaï-lama, et en ce temps-là, j'étais précisément en train de l'étudier, sans pour autant être véritablement engagé sur cette voie. De fait, il s'agit d'un enseignement que je pratique beaucoup plus intensément depuis que je suis en Inde. Je crois que ce sont quelques-unes des raisons qui expliquent ces rêves et ces conversations. »

L'actuel maître du Trône du Lion ne fait pas mystère de s'être entretenu, à diverses occasions, avec plusieurs de ses prédécesseurs. Tsong Khapa le réformateur, fondateur de l'école des Geloup-pa, n'a pas manqué lui non plus de lui prodiguer puissance spirituelle et indomptable lumière : à partir d'un certain moment, la part de mystère s'estompe, pour céder la place à une autre appréhension du monde.

Avec ce viatique pour un nouveau départ dans une existence, selon toute probabilité, délibérément choisie, la solitude est en quelque sorte la fidèle compagne de tous les instants. Son apprentissage fait partie de la vie de n'importe quel novice, à plus forte raison de celle du dalaï-lama. « Dès l'abandon de sa propre famille et de sa maison, nombre de limitations régissent l'existence et le comportement d'un moine. Ces règles permettent dès lors de se contenter de son sort. C'est une question d'attitude. En se contentant du strict nécessaire, rien ne fait défaut. La vie d'un moine est très gratifiante, très heureuse : pour s'en persuader, il suffit d'interroger ceux qui ont quitté l'habit. Nombre d'entre eux m'ont raconté combien la vie profane est difficile et compliquée... »

Heureux, le XIVe dalaï-lama ? Son éclat de rire

se prête à toutes les interprétations. En tout cas, si le bonheur existe, nul doute qu'il l'a rencontré. Pas forcément sur les routes sinueuses de la vie courante, mais peut-être en suivant des sentiers, même les plus abrupts, d'où l'on revient différent. Il en a rapporté la connaissance de ses propres limites, dont il a fait la base même de son inébranlable aspiration à aider les autres : pour être compatissant, il faut tout savoir, et pour pratiquer la compassion, il faut en avoir le pouvoir. A une réserve près, cependant : « Même un être illuminé, doué de connaissances et de pouvoirs illimités, ainsi que de l'aspiration à sauver tous les êtres de la souffrance, ne peut éliminer le karma individuel de chacun. (...) A un degré donné, nous sommes tous voués à rencontrer les résultats des actes néfastes accomplis antérieurement par le biais de notre corps, de notre parole et de notre esprit. C'est ainsi. »

Un jour, c'était il y a quelques années déjà, Tenzin Gyatso disait : « Encore que mon expérience de moine bouddhiste ne soit pas forcément séduisante, par ma propre petite expérience, je suis à même de ressentir l'avantage de ces attitudes – amour, compassion, respect de la dignité humaine et des valeurs humaines. A mon âge, j'ai passé de nombreuses années à m'efforcer de développer en moi compassion et bienveillance. J'ai le sentiment que, grâce à ces pratiques, je suis plutôt heureux. En dépit de bien des circonstances difficiles, je suis heureux. Si en raison de ces difficultés, j'étais toujours triste, je ne serais guère efficace, car quelqu'un de triste ne peut influencer la réalité. De plus, accepter les événements malheureux ne signifie pas être découragé. Nous essayons de surmonter ces difficultés et ces tragédies, tout en demeurant calme et ferme. »

De la fermeté du roc, aurait-il pu, à juste titre, ajouter.

Fondée à la lumière de la doctrine et sur les conseils de la Bonne Loi, cette approche de l'existence, que le dalaï-lama appelle « le réalisme bouddhique », l'autorise à affronter en toute équanimité l'adversité. Car, précise-t-il, « si une solution peut être apportée à un problème, si une situation permet d'entreprendre quelque chose pour y remédier, il n'y a pas lieu de se faire du souci. Si nulle solution n'est en vue, se faire du souci est tout à fait inutile. Quelle qu'en soit la raison, se tracasser n'améliore rien. Point n'est besoin de se tourmenter, car aucun bien ne résulte d'une attitude soucieuse ». Plus commode à prôner qu'à adopter dans la réalité quotidienne, cette attitude n'en est pas moins l'une des caractéristiques fondamentales de Tenzin Gyatso : c'est, au premier chef, l'aboutissement d'une pratique intérieure.

Là encore, il convient – à la manière bouddhiste ! – de ne pas se laisser prendre au piège des apparences, car derrière la souveraine simplicité du chef spirituel tibétain se devine, en filigrane, une volonté d'airain. Et cette volonté-là a servi, sert encore, à polir sans relâche une essence qui s'épure jusqu'à la transparence infinie du ciel du Tibet. Peut-être faut-il des vies qui se succèdent en pleine conscience pour parvenir à ce degré à la fois de dépouillement et d'intensité – ou, en tout cas, une existence tournée tout entière vers la recherche spirituelle. La bataille contre l'ignorance se gagne tous les jours, et elle finit par ouvrir sur des perspectives insoupçonnées.

Avec sa malice coutumière, Tenzin Gyatso affirme : « Quand on est mal fichu, il ne suffit pas de lire un livre de médecine pour se remettre d'aplomb. Il faut prendre un médicament pour favoriser la guérison. Il est facile de discourir sur la doctrine ou d'écouter disserter à son propos; il est bien plus difficile de la mettre en pratique. Pourtant, sauf à pratiquer assidûment les enseignements, il n'existe pas d'autre moyen d'obtenir de bons résultats. Si la cause se résume à une explication verbale, l'effet ne peut guère aller plus loin. Quand on a faim, on a besoin d'une nourriture tangible : la simple description d'un mets savoureux, fût-il français ou chinois, ne saurait suffire à nous rassasier. Comme l'a dit le Bouddha, " Je vous indique la voie de la libération, mais sachez que la libération elle-même dépend de vous" . Et de préciser dans un tantra : " Si vous mettez en pratique ce que j'ai dit et que cela ne donne rien, alors, j'ai dit un mensonge. " Par conséquent, il faut d'abord pratiquer et gagner de l'expérience; ainsi, on arrive à comprendre la véracité des enseignements du Bouddha. »

Cela ne veut pas dire que le dalaï-lama conseille l'ascétisme pur et dur ou prêche à tout un chacun de renoncer à son monde. Il sait fort bien faire la part des choses, et aux Occidentaux en mal de sagesse exotique, il rappelle que le confort matériel n'est pas à dédaigner : c'est, en tout, l'excès qui conduit au dérapage. « Mieux vaut avoir chaud et être bien nourri qu'avoir froid, être mal vêtu et affamé », plaisante-t-il. A ses yeux, le progrès matériel est simplement une chose qui ne doit pas faire oublier le progrès spirituel, car s'il est censé apporter le bonheur, le premier n'a qu'un temps : tous les biens matériels ne suffisent pas à satisfaire nos désirs, on recherche encore quelque chose de plus. En ce sens, le matérialisme n'est pas tout, et le dalaï-lama d'assurer : « L'une des choses les plus importantes est la compassion. Et cela ne s'achète dans aucune boutique, dans nul supermarché, et aucune machine ne peut en produire. Le développement intérieur est seul à même de le susciter. »

Dans le monde de confusion où nous vivons, il importe donc de surmonter l'ignorance, pour devenir pleinement conscient et assumer sa responsabilité individuelle. Vaste programme...

Sans jamais se lasser, le dalaï-lama souligne l'importance cardinale, aujourd'hui, de l'apprentissage de la patience et de la tolérance – une attitude qui n'a rien à voir avec le laisser-aller ou la commode tentation de l'impuissance, ni la facilité du découragement. Pour atteindre à l'intelligence de l'essence des choses et du monde, le bouddhisme affirme avec force la nécessité d'un entraînement conscient de l'esprit. La raison profonde en est simple : afin d'appréhender la nature réelle du jeu cosmique, la sagesse – au sens de connaissance – est fondamentale :

« Pour créer cette sagesse, on s'engage dans la méditation, parce que nos esprits, tels qu'ils sont actuellement, ne sont pas très puissants. À présent, notre esprit est dispersé; ses énergies doivent être canalisées, de même l'eau, dans une usine hydroélectrique, pour créer une grande force. Pour l'esprit, on atteint à ce résultat par la méditation, en le canalisant de manière à le rendre très puissant, au point qu'il puisse être utilisé dans la maîtrise de la sagesse. Dans la mesure où tous les germes de l'illumination existent en nous-mêmes, il ne faut pas chercher la bouddhéité ailleurs. Si vous agitez l'eau dans un étang, elle devient boueuse; néanmoins, la nature propre de l'eau en elle-même n'est pas sale. Je l'ai souvent dit, même quand on laisse percer une émotion qui nous tourmente, cela ne pollue pas la nature de l'esprit, dont l'essence demeure tout imprégnée de lumière et de connaissance. La haine est elle aussi consciente, c'est pourquoi la nature est lumière et connaissance, même si elle conçoit son objet de façon incorrecte. »

Même pour le dalaï-lama, l'apprentissage de la sagesse, ou de la connaissance, est une longue patience, un chemin de tous les jours, une manière d'être de chaque instant : ce qu'il est présentement, ce qu'il est devenu au fil des ans, il le doit certes à une conjonction unique de personnages exceptionnels – ses tuteurs, ses maîtres et ses précepteurs – autour de lui, mais aussi et peut-être surtout à son propre travail sur lui-même. Si bien que sa présence, son aisance et son charisme renvoient, dans le même temps, à une discipline personnelle sans cesse renouvelée, et à la perception directe d'une unicité auréolée d'une totale liberté, frangée de solitude. Sans doute est-ce là la rançon de ce savoir si ardemment recherché par les sages, mais aussi le secret de cette incessante conquête de soi-même.

« Vous pouvez vous-même remarquer, relève-t-il, qu'en se trouvant confrontées à un problème, les personnes dotées de force intérieure sont mieux à même de lui faire face. Dans le cas du Tibet, et à en juger par ma propre expérience, aussi limitée soit-elle, j'ai constaté la véracité de cette assertion. Dans ma position, dans une situation complexe avec de lourdes responsabilités, il y a de quoi attraper des maux de tête. Pourtant, à lire sur mon visage, je ne parais pas particulièrement tourmenté. A l'évidence, nous savons que nous avons de graves problèmes, et que c'est une tragédie. Cependant, nous les acceptons en tant que faits et nous faisons de notre mieux. Nul doute qu'une attitude de force intérieure puisse aider : elle influence la manière d'appréhender et d'affronter les problèmes. »

A écouter le guide spirituel tibétain, une fois gagnée et assurée cette force intérieure, le reste vient tout seul – ou presque : il suffit de persévérer sans relâche, car l'essence du bouddhisme tient finalement en deux préceptes de base. Le premier : « Il faut aider les autres », comprend la totalité des enseignements du Mahāyāna, ou Grand Véhicule. Le second : « A tout le moins, il ne faut pas nuire aux autres », inclut tout l'enseignement du Hināyāna, ou Theravādayāna, le Petit Véhicule. Tel est le fondement de l'éthique bouddhiste dans son intégralité.

« La doctrine n'est pas destinée à la simple connaissance, c'est un moyen d'améliorer notre esprit, commente-t-il. Pour cela, elle doit être partie intégrante de notre vie. Le plus important, c'est la pratique. Etudier le bouddhisme et l'utiliser ensuite comme arme pour critiquer les théories ou les idéologies des autres est faux. Le but primordial est de nous contrôler nous-même, pas de critiquer les autres. Mieux vaut se regarder soi-même d'un œil critique et s'interroger : ma colère, mon attachement, ma jalousie, ma haine, ma fierté, que fais-je pour m'en débarrasser?

« En pratique, d'abord, à la base, il faut se contrôler soi-même, freiner le plus possible les actions mauvaises, qui peuvent nuire aux autres. C'est une attitude défensive. Après, au stade suivant, quand on acquiert certaines qualifications, le but devient actif, aider les autres. Parfois, les premiers temps, on a besoin d'isolement pour se consacrer à son propre développement intérieur. Néanmoins, quand on prend quelque peu confiance, quand on gagne en force, il faut rester en contact avec la société, la servir dans n'importe quel domaine. Car il ne suffit pas de se singulariser par un habit différent de celui des autres, en menant une vie à part par rapport aux autres et en s'isolant du reste de la société. Un précepte de l'entraînement de l'esprit affirme : « " Il faut se transformer à l'intérieur et laisser telle quelle l'apparence extérieure. " Voilà ce qui importe.

« Une caractéristique du bouddhisme veut que, dans la pratique, il faille utiliser autant le cerveau que le cœur. Du point de vue éthique, il convient de pratiquer les qualités d'un cœur bon et chaleureux. Cependant, comme le bouddhisme est très lié au raisonnement et à la logique – le côté sagesse – l'intelligence est importante. Aussi faut-il combler l'esprit et le cœur. Sans la connaissance, sans une intelligence pleinement utilisée, on ne peut atteindre aux profondeurs de la doctrine bouddhiste. Il est très difficile d'obtenir la sagesse concrète, pleinement réalisée. Il peut certes y avoir des exceptions, mais telle est la règle générale.

« Une chose encore est à prendre en considération : au début de la pratique, il ne faut pas trop en attendre. Nous vivons en un temps d'ordinateurs et d'automation, si bien que l'on serait tenté de croire que le développement intérieur est aussi affaire d'automatisme, il suffit de presser un bouton et tout change. Tel n'est cependant pas le cas. Le développement intérieur n'est pas aisé et prend du temps. Le progrès extérieur, les vols spatiaux par exemple, n'est pas parvenu d'un seul coup à son niveau actuel, cela a pris des siècles, chaque génération développant les acquis de la génération précédente. Le développement intérieur est bien plus difficile encore, car il n'est pas transféré d'une génération à l'autre. L'expérience des vies passées influence certes grandement la vie présente, et l'expérience de celle-ci deviendra la base du développement lors de la prochaine renaissance, mais le transfert du développement intérieur d'une personne à l'autre est impossible. De la sorte, tout dépend de soi-même, et cela prend du temps. »

Pas facile, en effet, quand une autre tradition a posé d'autres jalons dans la conscience, de se déconditionner l'esprit et d'apprendre d'abord à voir, puis à observer, puis à sentir et à réagir autrement. Car, pour un bouddhiste, il ne faut pas croire en aveugle, il convient d'essayer soi-même, de devenir en quelque sorte soi-même son propre laboratoire, d'obtenir ses propres résultats par une pratique personnelle.

Bien que plus avare de détails et très circonspect dès qu'il s'agit de ses accomplissements dans ce domaine, le dalaï-lama n'en demeure pas moins l'un des exemples vivants de ce qu'un être humain peut devenir en exerçant ses facultés, en cultivant sa conscience et en veillant avec soin sur ses agissements. Chez lui, pas de décalage entre ce qu'il dit, ce qu'il fait et ce qu'il est. Simplement, pèlerin parmi les pèlerins, il a pris sans doute certains raccourcis qui l'ont mené plus vite, plus loin, plus haut. Il n'offre qu'une méthode, des moyens pour prendre la route et suivre pas à pas le chemin : sa propre sagesse et la richesse de son expérience servent de flambeau sur la voie, et cette flamme solitaire répand une clarté propice à écarter les ombres, à frayer une brèche à la lumière.

« Si nous nous bornons à attendre patiemment que, d'elle-même, la souffrance disparaisse et que le bonheur s'offre à nous, un tel miracle ne se produira jamais », affirme Tenzin Gyatso. Alors, il ne reste guère d'autre choix que de se prendre en main, de se prendre par la main, et de partir, de cheminer. A première vue, le mode d'emploi paraît assez accessible. Il s'agit, selon la forme tibétaine du bouddhisme, de combiner les trois systèmes de base pour s'engager dans une pratique aboutissant au dépassement de la dualité : réaliser, en fait, l'unité ultime. Il est dit que, pour l'extérieur, il faut s'en tenir à une conduite en accord avec la discipline du Petit Véhicule. Ensuite, sur le plan intérieur, il convient de s'entraîner et de développer l'esprit dans l'intention altruiste de parvenir à l'illumination, qui s'enracine dans l'amour et la compassion. Enfin, dans le secret tréfonds de l'être, par la pratique d'un yoga de la divinité, on s'engage dans la concentration sur les canaux, les points essentiels et les souffles, afin de favoriser les progrès sur la Voie.

L'un des fondements de ce savoir différent réside dans un ouvrage aussi célèbre que mal connu, un ouvrage initiatique au sens le plus précis du terme, communément désigné sous le titre de *Livre tibétain des morts.* Or, le *Bardo Thödol* n'est pas la version himalayenne du Livre des morts égyptien, ou un quelconque grimoire à l'usage d'esprits enfiévrés par la perspective du grand départ : c'est, au premier chef, un support de méditation, un guide pour tenter de passer au mieux, en pleine conscience, le pont entre une existence qui s'achève et une vie qui recommence – sauf à reconnaître au passage la signification réelle et profonde de la Grande Lumière. Auquel cas, la ronde des réincarnations est définitivement brisée, il n'est plus nécessaire de revenir : l'être libéré de ses chaînes et des brumes de l'ignorance atteint directement à l'illumination. A moins que, fort de cette expérience indicible, il décide alors en pleine connaissance de cause, en pleine conscience, de reprendre du service dans le monde des formes afin d'aider les autres.

Car si vivre n'est déjà pas facile tous les jours, mourir n'est pas non plus une mince affaire. Jamais cependant la société tibétaine n'a négligé cet aspect, pour elle capital, de l'existence terrestre. D'ailleurs, un proverbe du haut pays ne prétend-il pas que « le contraire de noir, c'est blanc; le contraire de nuit, c'est jour, et le contraire de vie, c'est naissance »? Sans se départir de son sourire, le dalaï-lama parle de la mort comme d'une compagne de réflexion familière : « Tôt ou tard, elle viendra. Si d'emblée on y pense et on s'y prépare, cette préparation peut se révéler utile quand elle arrive. Si vous croyez juste en cette vie et vous n'acceptez pas qu'elle se poursuive, il n'est guère important d'être conscient ou non de la mort. La méditation sur la mort et l'impermanence se fonde sur la théorie de la continuité de la conscience à la renaissance. S'il y a une autre existence, il peut être utile d'être prêt à mourir, car, étant préparé, on est moins anxieux et moins effrayé par le processus de la mort, on ne complique pas la situation par ses propres pensées.

« S'il y a d'autres vies à venir, la qualité de la prochaine dépend de celle de l'existence présente. En étant capable maintenant d'amoindrir le niveau de conception de permanence, l'attachement à l'existence s'affaiblit. De même, en étant capable de garder à l'esprit l'impermanence – en voyant que la nature profonde des choses est qu'elles se désintègrent – très probablement, on est moins choqué par la mort quand elle survient. En réfléchissant à la mort et à l'impermanence, on génère une attitude de ne plus les vouloir, qui pousse à son tour à rechercher les techniques pour dépasser la mort.

« En passant sa vie uniquement préoccupé par les affaires temporaires de cette existence, sans se préparer à la mort, le jour où, inéluctable, elle survient, on est incapable de penser à quoi que ce soit, sinon à sa propre souffrance mentale et à sa propre frayeur. Cela peut entraîner un sentiment de regret. Cependant, si l'on a souvent songé à la mort et à l'impermanence, on sait qu'elle ne manquera pas d'arriver, on s'y prépare d'un cœur tranquille.

« Comme l'état d'esprit au moment de la mort est une cause déterminante de la continuité de la conscience dans la vie prochaine, il est important de poursuivre la pratique de l'esprit à l'approche de la mort. Peu importe ce qui s'est passé de bon ou de mauvais durant cette existence particulière, ce qui se passe juste au moment de la mort est particulièrement puissant. C'est pourquoi il est important d'apprendre ce qu'est le processus de la mort, et de s'y préparer.

« Durant la méditation sur ce thème spécifique, on se familiarise avec des analogies d'états menant à la mort. Dans ma pratique de tous les jours, en méditation, je passe par les étapes de la mort six à sept fois... Certes, il faudra voir comment cela se passera au moment crucial, mais à tout le moins, j'élabore les bases du succès, en stimulant l'attention et la discrimination. Par exemple, si on s'engage dans une guerre dans une certaine région, on étudie une carte pour localiser la montagne, la rivière, le lac et tout le reste; ainsi, quand on arrive sur place, on est capable de reconnaître ce que l'on voit, et on sait ce qu'il faut faire... »

Est-ce donc si primordial que cela pour Tenzin Gyatso de réussir ce passage? « Méditer sur la mort, répond-il, est une pratique courante pour les bouddhistes. Il est important de s'en souvenir. Tous les enseignements tantriques, la pratique de la voie et la réalisation des états résultant de la méditation sont expliqués sur la base de ce niveau ordinaire. Par conséquent, toute *sadhana* tantrique supérieure repose sur la pratique de la méditation sur la mort, l'état intermédiaire et la renaissance. Donc, que cela plaise ou non, chacun est appelé, sinon forcé, à méditer sur la mort.

« Je crois que, pour un bouddhiste, la raison essentielle de cette pratique est qu'il existe deux voies pour éviter la souffrance ou la douleur. La première, on oublie et on laisse de côté les choses négatives, on s'efforce de ne pas y penser. Mais c'est une méthode pas très efficace, aux résultats passagers et éphémères, car le problème demeure entier.

« L'autre méthode pour éviter la souffrance consiste à y pénétrer, à aller jusqu'au fond du problème lui-même et à l'analyser. Au début, dans l'ensemble, la douleur ou le problème paraissent immenses, une vraie montagne. Cependant, une fois que l'on commence à y réfléchir, à chercher son origine, puis à analyser et à étudier sa nature, son intensité ou sa gravité s'effrite – le phénomène s'amenuise et devient plus petit. De la sorte, par cette voie-là, on cherche à surmonter l'obstacle, à dénouer le problème. L'enseignement bouddhiste dit de se concentrer précisément sur cette nature profonde, de penser de cette manière-là à la vieillesse, à la maladie et à la mort : c'est une façon de les connaître. Du moins, je le pense. »

Force est d'admettre que, dans le monde qui est le nôtre, ce genre de préoccupation n'est pas d'une immédiate actualité. Ou si rarement. Et pourtant...
« J'ai souvent eu l'occasion de discuter à ce propos avec des Occidentaux. C'est très intéressant. Comme j'essaie de maintenir ouvert un dialogue entre la philosophie occidentale et le bouddhisme, avec la science aussi, sur la base des relations entre l'esprit et la matière, ce sujet-là s'y prête tout à fait. Lors de rencontres avec des psychologues, des neurologues et des physiciens, pour ma part, j'ai trouvé de nouvelles idées, notamment en ce qui concerne les dernières découvertes scientifiques fondées sur des expériences récentes d'accompagnement des mourants. Pour moi, en tant que bouddhiste, c'est très utile, et il me semble que mes interlocuteurs aussi ont entrevu de nouvelles perspectives grâce aux explications bouddhistes.

« Parfois, au début, certains chercheurs sont réticents, cela leur paraît difficile d'entrer en matière, puis quand la discussion s'amorce, quand l'intérêt s'éveille véritablement, cela devient passionnant. Il ne s'agit pas de discuter religion, c'est un échange académique, plutôt, de connaissances. Par exemple, lors d'un récent séjour en Union soviétique, à Leningrad, j'ai eu pour la première fois l'occasion de m'entretenir avec des chercheurs communistes. Quelques-uns se contentent de tout expliquer par le matérialisme dialectique, même si ce n'est pas entièrement convaincant. D'autres sont de vrais scientifiques, qui essaient d'aller plus loin et d'observer sans œillères, d'en apprendre davantage sans opinion préconçue. En tout cas, persévérer dans cette voie me paraît très utile. »

A s'entretenir avec le souverain tibétain en exil, il est tentant de se dire qu'à un tel degré la vie vaut réellement d'être vécue. Pareille réflexion le fait sourire : il suffit de modifier quelque peu sa vision pour ouvrir l'horizon, changer de perspective.

« Si je dis " je suis un moine " ou " je suis bouddhiste ", par rapport à ma nature d'être humain, ces choses-là sont temporaires. Etre humain, voilà qui est fondamental. Une fois que l'on est né sous une forme humaine, cela ne peut plus changer jusqu'à la mort. Le reste – que l'on soit éduqué on inculte, riche ou pauvre – est secondaire. Comme nous avons cette forme physique humaine, il faut sauvegarder notre capacité mentale de jugement. Pour cela, aucune assurance extérieure n'est possible. La compagnie d'assurance est en nous : autodiscipline, conscience éveillée et discernement. »

Il est en effet extrêmement précieux, dans le cycle des naissances et des morts, de prendre forme humaine : c'est la seule qui, en fait, permette de s'affranchir de toutes les pesanteurs, de rejeter consciemment les leurres de l'ignorance et de parvenir en une seule existence à l'Eveil. En bouddhisme, la meilleure renaissance, celle qui offre l'éventail le plus large de possibilités d'accomplissement et de plénitude, est résolument humaine – grâce à la perception aiguë, forgée et polie avec patience, des immenses potentialités de la conscience.

La faculté de raisonnement, la capacité de réfléchir et le pouvoir d'expression distinguent l'homme en tant qu'être supérieur, par rapport à ses compagnons muets. Nés humains, il est vital de pratiquer la bienveillance et d'accomplir des actes méritoires, pour nous-mêmes et les autres, dans cette vie et dans celles à venir. Naître sous forme humaine est une expérience rare – disent les bouddhistes – et il convient d'utiliser cette précieuse occasion avec toute la sagesse et la dextérité possibles. Car les dieux eux-mêmes sont mortels...

« Tous, autant que nous sommes, nous voulons le bonheur – suggère le dalaï-lama. Dans les grandes villes, dans les campagnes, dans les hameaux reculés, partout, les gens s'affairent et s'agitent. Dans quel but ? Chacun s'efforce d'atteindre au bonheur. C'est juste. Seulement, il est très important de choisir la bonne méthode dans cette quête. Nous devons garder à l'esprit qu'un engagement trop poussé au niveau superficiel ne résout pas les grands problèmes.

« Crises et craintes se multiplient autour de nous. Par une science et une technologie hautement développées, nous sommes parvenus à un degré avancé de progrès matériel, aussi utile que nécessaire. Mais à comparer le progrès extérieur à notre progrès intérieur, il apparaît à l'évidence que ce dernier n'est pas à la hauteur. Dans nombre de pays, les crises – meurtres, attentats et terrorisme – sont chroniques. Les gens se plaignent du déclin de la morale et de l'accroissement des activités criminelles. Alors que, dans le domaine matériel, nous sommes bien développés et nous continuons à progresser, il serait tout aussi important, dans le même temps, de se développer et de progresser en termes de développement intérieur.

« Dans les temps anciens, quand il y avait la guerre, les effets – la quantité de destruction – étaient limités. Aujourd'hui cependant, en raison précisément du progrès matériel extérieur, cela dépasse l'imagination. J'ai vu Hiroshima. J'avais beau avoir une idée au sujet de l'explosion nucléaire qui y avait eu lieu, c'est très différent d'aller sur place, de voir de ses propres yeux et de rencontrer des gens qui avaient vécu cette souffrance. Cela m'a beaucoup touché. C'est une arme terrible. Même si l'on considère quelqu'un comme son pire ennemi, à un niveau plus profond, un ennemi est aussi un être humain, lui aussi veut le bonheur, et il a le droit d'être heureux. En voyant Hiroshima, en y réfléchissant, en cet instant, j'ai été encore plus convaincu que la colère et la haine ne peuvent décidément pas résoudre les problèmes. Encore que la question de la violence puisse se poser également en d'autres termes. »

Acquérir cette perception, changer soi-même, pourquoi? Simplement, pour rendre le monde un peu plus vivable, moins agressif et plus harmonieux. Utopie peut-être, mais même si les utopies se révèlent parfois dangereuses, un vieux rêve enfoui d'âge d'or incite à ne pas écarter d'un revers de main impatient une démarche qui mène à un équilibre, sinon à la sérénité, et à une compréhension approfondie du monde. A condition toutefois de ne pas se laisser prendre aux multiples pièges de l'illusion et de persévérer dans la solitude du chemin.

Le paradoxe, somme toute, n'est qu'apparent. Chacun doit trouver sa propre voie, selon la sincérité de son aspiration, son intelligence et sa force de caractère. Le moine est avantagé peut-être, puisqu'il n'a pas à se préoccuper des embûches de la vie sociale ni des myriades d'obstacles, grands ou petits, qui se dressent dans l'existence profane. Pourtant, si autrefois, le gîte et le couvert lui étaient généralement assurés, moyennant souvent une rétribution en nature ou en travail, la situation actuelle n'est plus tout à fait la même, et l'exil aidant, en raison aussi de la laïcisation de la société, une formation pratique accompagne de plus en plus, dans les écoles monastiques, l'enseignement religieux.

Pour le dalaï-lama lui-même, les choses aussi ont changé. La confrontation brutale du haut pays avec la réalité chinoise – armes et idéologie – a modifié l'optique traditionnelle, même si, dans la durée, rien de fondamental n'est remis en cause : à l'aune du temps, les aspérités se polissent et l'essence demeure. Une autre confrontation, à peine moins brutale, mais tout aussi capitale pour l'avenir, s'est produite au moment où il a fallu faire face aux exigences nouvelles de l'organisation de la communauté à l'extérieur du Tibet. Là encore, le chef spirituel n'a pas eu de trop de toutes ses facultés, tendues vers un seul but, pour préserver ce qui devait à tout prix l'être, et gagner la bataille de l'adversité.

Ce qui frappe, à jeter un rapide coup d'œil en arrière sur le chemin parcouru, c'est la stature qu'a fini par acquérir ce moine-là entre tous les moins tibétains, l'envergure de sa personnalité qui se détache à la lumière d'une solitude acceptée, assumée et transmuée en action. « Il y a deux sortes de solitude, estime le dalaï-lama. D'abord le sentiment que l'on recherche, délibérément, l'isolement ou la retraite. Etre seul ou isolé n'est pas la même chose qu'être solitaire. Parfois, je ressens intensément cette nécessité impérieuse de m'isoler pour méditer, m'instruire, réfléchir, pour accomplir certains rites seul.

« En dehors de cela, il y a une autre espèce de solitude, qu'on l'aime ou non, qu'on le veuille ou non – celle qui est ressentie indépendamment de soi, de sa propre volonté. Ce n'est ni bon ni bien, car cela crée des problèmes avec les autres et débouche sur un malaise. Mais dans un autre sens encore, l'être humain est seul, chaque individu, au sens profond, est solitaire. On naît et on meurt seul. C'est vrai que, dans le cycle des existences, on est très seul, toujours seul. Là, personne ne peut vous aider, c'est à chacun de s'aider soi-même, de ne pas s'abandonner... »

« La solitude, ici, n'est plus une négation, un manque, c'est une réalité positive, avec un visage et une voix », relevait dans ses notes Fosco Maraini[10]. Serait-ce celle du dalaï-lama ?

Solitude du dalaï-lama, particularisme du Tibet. Il y a comme une curieuse et formidable interdépendance entre ces deux traits qui scellent la singularité de la relation d'un homme à sa terre et à son peuple. Certes, partout, l'être humain est-il le produit d'un échange, même inconscient, entre son environnement et ses capacités. Rarement cependant la symbiose parvient à ce point d'équilibre et de subtilité.

Le long isolement du Pays des Neiges a sans doute contribué à cette adéquation, résultante d'un double courant – l'un ascendant et l'autre descendant – d'énergie bouclé sur lui-même. Si le dalaï-lama est en quelque sorte d'abord lui-même, plus la vénération de tout un peuple qui l'entoure, le veille et nourrit son image d'un faisceau de vibrations convergentes, cette focalisation des forces éclate sur et en lui, pour rejaillir vers l'extérieur et rendre, démultiplié, à chacun un éclat de pouvoir renouvelé. Curieuse alchimie. Ce phénomène général de réfraction est manifeste dans tout rassemblement humain, modeste ou vaste, autour d'un chef plus ou moins charismatique, mais dans ce cas précis, il acquiert une dimension hors du commun : une présence de tous les instants, à la fois bouclier de protection et gage de progression.

En échange, le dalaï-lama reste l'omniscient, et cette confiance surhumaine peut être, parfois, lourde à porter : elle contraint au dépassement perpétuel, à un cheminement sur les crêtes au bord des précipices les plus vertigineux. Sans avoir le droit au moindre faux pas. Tout en étant le lot de quiconque détient le pouvoir, cette solitude-là n'autorise pas la moindre faille, la moindre défaillance. Non qu'elle entamerait le crédit du guide spirituel ou ternirait son image – l'exemple du VIe dalaï-lama témoigne du contraire – mais, dans la perception tibétaine, en vertu de la loi de la causalité, il y a inéluctablement une cause produisant tel ou tel fait. Et seule l'ignorance commune fait obstacle à la compréhension de telle raison d'être. Il ne s'agit toutefois pas d'infaillibilité d'essence divine, au sens où l'entend notamment la croyance catholique romaine. Un lama hautement accompli – et le dalaï-lama l'est – peut voir dans les trois temps, et son action reflète ce savoir, qui prend en compte des faits dont la logique immédiate peut échapper au simple mortel.

VI. Le Seigneur du Lotus blanc sur le Trône du Lion

« Comme la main devant les yeux cache la plus haute montagne, de même la petite vie terrestre occulte au regard les grandes lumières et les mystères dont le monde est plein, et celui qui peut l'ôter de sa vue comme il enlèverait sa main découvre la grande brillance des autres mondes. »

Rabbi Nahman de Bratslav

ACCORDER si parfaitement le lotus et le lion, sans dissonance apparente, seul pouvait y parvenir le Tibet – ce haut pays à la beauté puissante, où le silence épouse la solitude et où le temps prend des allures d'espace éternel. Des vents échevelés, des horizons sans limite, des profondeurs de ciel qui éclatent en abîmes de lumière conviennent admirablement à la fleur-joyau, comme ils s'accordent à servir d'arrière-plan au félin mythique.

Symbole cardinal du bouddhisme, le lotus l'est devenu parce qu'il naît dans la fange boueuse des étangs assoupis et qu'il traverse la perfide douceur de l'eau pour jaillir et s'épanouir dans l'air, en un miracle d'harmonie perpétuellement renouvelé. Il est présent au cœur de bien des légendes enracinées dans l'antique mémoire des Indes mystérieuses, et il accompagne, fidèlement, maintes étapes de l'existence terrestre du sage des Sakya. Ses pétales forment le socle du trône de l'Eveillé, et il sert parfois d'illustration à quelque parabole de sagesse. Qu'il se nomme Avalokiteshvara à la mode indienne ou Chenrezig à la mode tibétaine, ou encore le Précieux Protecteur du Pays des Neiges, le Bouddha de la Compassion infinie porte souvent à la main une fleur de lotus : c'est pourquoi il est aussi connu comme le Seigneur du Lotus. Son représentant sur terre, incarnation ou émanation, est le souverain du Toit du Monde, et en tant que tel, le titre lui revient de droit.

Pour le Trône du Lion, le symbolisme est encore plus transparent – même s'il s'agit du lion des neiges, cette bête fabuleuse qui orne le drapeau tibétain et folâtre sur les anciennes pièces de monnaie. Ils étaient huit, de bois sculptés, dorés et farouches à souhait, crinière au vent, à soutenir de leur force conjuguée le trône du souverain spirituel et temporel, sur lequel nul autre que lui ne peut prendre place. Le XIVe dalaï-lama l'avait solennellement réoccupé dès mars 1940, en guise d'apothéose à la longue chevauchée qui l'avait conduit de la modeste ferme de Taktser au Potala, la résidence des dieux. Signe de royauté et de puissance, le Trône du Lion est aussi, en quelque sorte, l'emblème de la suzeraineté plénière de celui qui l'occupe sur la totalité du haut pays, tant dans la sphère spirituelle que temporelle. Toute une symbolique, très élaborée, des couleurs, des proportions, des coussins, des accessoires et des détails contribue à faire de ce siège royal l'expression de l'essence d'une approche du monde et de ses coutumes.

Peu peuplé pour son immensité propice aux rêves les plus fous et sillonné par des nomades peut-être envoûtés par l'incessante poursuite d'un grand songe métamorphosé en mirage, le pays de Bod a toujours eu la réputation d'abriter des personnages peu communs. Laïcs, ils étaient solidement ancrés dans la vie terrestre et certains – peu nombreux, mais ils existaient – avaient réussi à marier les délices raffinées d'un Orient subtil aux commodités de la société occidentale, experte à se faciliter la vie matérielle. Pour la plupart, les Tibétains apparaissaient au voyageur occidental « bien dans leur peau » et contents de leur sort.

L'œil averti de photographe de Fosco Maraini, qui accompagna Giuseppe Tucci dans une partie de ses pérégrinations, a parfaitement perçu ce trait saillant, quand il constatait : « Pour autant qu'on puisse l'être sur cette misérable terre, les Tibétains m'ont paru un peuple véritablement heureux. Le bonheur ne dépend pas aussi nécessairement de la structure sociale ou du système de gouvernement que semblent le penser nos contemporains; il réside surtout dans l'équilibre existant entre le monde qui entoure l'homme et le monde qu'il porte en son cœur[11]. »

C'est dire que, au-delà de la tradition, la souveraineté du dalaï-lama se fonde aussi sur une indiscutable autorité qui, elle, ne vient pas uniquement des pesanteurs sociales ou religieuses. Pour se voir accorder une telle vénération et une telle confiance, le Seigneur du Lotus se doit d'être lui-même un maître, au sens le plus précis de celui qui transmet la sagesse, ou la connaissance. Héritier de lignées nombreuses et complémentaires, le moine qui assume cette charge a toujours été, au fil des siècles et à une exception près, celle du VIe – et encore, peut-être plus apparente que réelle – un véritable gourou. Le XIVe dalaï-lama s'inscrit tout naturellement dans cette perspective séculaire, cela dès son plus jeune âge.

A telle enseigne qu'en 1957, alors que dans les provinces orientales du Kham et de l'Amdo, des groupes de maquisards harcelaient sans répit l'occupant et s'évertuaient à préserver des bribes d'indépendance, leurs chefs décidèrent de demander au dalaï-lama d'accomplir un rituel particulier, le *Tenshuk Shapten.* C'était au retour du souverain des cérémonies en Inde en l'honneur du 2500e anniversaire du Bouddha, et ce rite-là avait une signification spéciale : non seulement il exprimait l'allégeance et la confiance des Tibétains en leur guide spirituel, mais il réaffirmait aussi avec éclat son pouvoir temporel. Pour rehausser le lustre de l'événement, l'usage voulait que dons et présents fussent riches et nombreux aux pieds du souverain. Il fut décidé d'offrir un nouveau trône au dalaï-lama. Le nouveau siège ne pouvait être que d'or...

Et comme si de rien n'était, une fois acquis le principe de la cérémonie, des émissaires prirent la route des quatre vents sur le haut plateau pour récolter fonds et joyaux, afin que l'offrande fût digne de Sa Sainteté et de la célébration. Ce pouvait parfaitement être aussi prétexte à parcourir les campagnes désertes et à établir des contacts en vue d'autres buts, mais le plus étonnant peut-être, au regard étranger, c'est qu'il fallut à peine quelques mois pour amasser un vrai trésor.

Gompo Tashi Andrugtsang, valeureux guerrier et l'un des plus prestigieux chefs de la lutte clandestine, raconte que marchands et lamas, nantis et humbles, tout le monde prit à cœur de faire un geste. Comme au temps d'Alexandra David-Neel, il y a plus d'un demi-siècle, pour édifier la gigantesque statue de Maitreya, le Bouddha à venir, au Tashi-Lumpo de Chigatsé, les femmes se défirent de leurs bijoux, les hommes de leurs ornements, et même les mendiants apportèrent leur obole. Au passage, Gompo Tashi Andrugtsang admet avoir saisi l'occasion de compter les maigres forces de résistance et de s'entretenir des moyens de tenir tête avec les chefs de guerre locaux. Mais que pouvaient ces petits groupes, certes braves, mais mal équipés et dépourvus du moindre soutien extérieur, riches uniquement d'un héroïsme d'un autre temps, face au rouleau compresseur chinois ?

Or, argent, turquoises, coraux, onyx, diamants, perles et autres babioles collectés, le travail put commencer. « Quarante-neuf orfèvres, cinq joailliers, dix-neuf graveurs, six peintres, huit tailleurs-passementiers, six charpentiers, trois forgerons et trois soudeurs, aidés d'une trentaine d'assistants, œuvrèrent plusieurs semaines pour agencer ce trône somptueux. Durant tout ce temps, des textes sacrés furent lus et des prières récitées, des bannières de prière furent hissées et de l'encens brûlé. Une fois achevé le trône, il pesait 3 164 tolas (soit plus de 80 livres) d'or pur, incrusté de pierres précieuses. Le *dorje,* ou foudre symbolique, ornant l'avant représentait à lui seul 133 tolas (54 onces) d'or enrichi de diamants et de turquoise façonnant des silhouettes de lions[12]. »

Pour accompagner cette merveille, en guise de présents, il y avait encore une profusion de vaisselle rituelle d'or et d'argent pour les monastères, des lampes gravées aux huit symboles auspicieux du bouddhisme, une petite table également en or, des aiguières, des bols à offrandes, des plats et des coupelles. Ces offrandes, comme le trône, devaient ensuite rester au Potala, pour s'ajouter au trésor séculaire des dalaï-lamas. Quand on sait que, quelques années plus tard, il a fallu des jours et des camions entiers aux Chinois pour vider le palais rouge de ses richesses, il est aisé de comprendre pourquoi.

Après une cérémonie de consécration afin de remercier les artisans de leur labeur, le trône fut offert en grande pompe au dalaï-lama, le 7 juillet 1957, sous les regards attentifs de milliers de personnes accourues au Norbulingka. Le jeune souverain célébra le rite et bénit les fidèles du haut d'un balcon. Les participants à ce grand jour ne l'ont pas oublié, ce fut sans doute l'un des derniers feux d'artifice d'un monde de vie menacé de mort. D'autres feux couvaient aux alentours, de résistance à l'envahisseur et d'une répression sans pitié.

Mais les hommes encore libres du haut plateau tibétain gardaient leur foi en leur souverain, et d'aucuns espéraient envers et contre tout retourner une situation de plus en plus précaire.

Anecdotique peut-être, cet épisode peu connu de la vie à Lhassa, alors que les Chinois occupaient pratiquement le Pays des Neiges et que la rumeur de leurs atrocités et exactions avait déjà atteint par vagues la Cité-Soleil, est révélateur de la place de la religion dans la vie de tous les jours. Une partie non négligeable de la population mâle – dix pour cent environ – vivait dans les monastères, et l'existence de tous était rythmée par la pratique familiale d'abord, les fêtes et les grands pèlerinages ensuite. Cela ne veut pas dire que tous les Tibétains étaient des mystiques, ermites ou ascètes abîmés à jamais dans la contemplation d'horizons au-delà de l'infini. La grande majorité d'entre eux vivait selon des normes sociales définies par l'usage, établissant des barrières hiérarchiques solides certes, mais non infranchissables, et laissait aux légions de moines le soin de s'occuper du bien-être spirituel de l'ensemble de la société. Simplement, parmi les lamas, il s'est toujours trouvé une proportion relativement élevée de maîtres et de gourous. D'aucuns n'affirmaient-ils pas que les grands monastères constituaient en quelque sorte une pépinière, et que les lamas tibétains étaient experts à façonner des sages, comme d'autres, ailleurs, préparent des médecins ou des ingénieurs ?

« Au Tibet – écrivait le frère du dalaï-lama[13] – nous croyons que chacun de nous devait apporter son aide en détruisant l'ignorance qui est en nous-même. C'est cette reconnaissance consciente de son ignorance et de son ardent désir de libération qui font du Tibétain ce qu'il est et qui, pour moi, rend la vie au Tibet si digne d'être vécue. Le bouddhisme nous enseigne que notre ignorance est souffrance, et nous le savons. Mais même cette petite étincelle de connaissance apporte de la beauté à notre vie, nous aidant à voir la beauté partout et nous enseignant la sagesse. »

A en croire le dalaï-lama lui-même, il existe deux possibilités d'approche du bouddhisme : la foi et la raison. La voie de la foi est bonne, car elle mène à accomplir des actions justes à l'égard des autres et à éviter de leur nuire. Il ajoute cependant que, pour écarter le risque d'une foi aveugle, mieux vaut d'abord établir la vérité par le raisonnement. Ce qui est une manière d'invite sans équivoque à la réflexion personnelle, qui constitue le fondement même du bouddhisme. Et de commenter avec un petit sourire : « Il n'existe pas de sceau pour sceller les lèvres du dalaï-lama, le moine bouddhiste Tenzin Gyatso. Si, dans ce que je dis, il y a quelque chose qui vous convient, c'est bien. Sinon, pas de problème : il vous suffit de ne pas en tenir compte. Il ne faut pas accepter n'importe quoi simplement parce que quelqu'un qu'on appelle le dalaï-lama l'a dit. Ne l'acceptez que si cela vous semble raisonnable et vous est bénéfique dans votre vie spirituelle. » Car la voie de la raison, elle, n'a pratiquement pas de limite. Elle seule permet d'approfondir, de comprendre chaque chose et même de parvenir à l'illumination, ou à l'éveil. Certes, bien qu'ouverte, elle n'est pas praticable par chacun, tant elle exige d'efforts constants et de temps pour s'y consacrer. Néanmoins, ceux qui choisissent de s'y engager pleinement peuvent aller si loin dans la connaissance que leur sagesse se transmue peu à peu en rayonnement et que la compréhension qu'ils y gagnent en font des flambeaux pour les autres qui se trouvent à l'orée du chemin. Ils sont d'autant plus précieux qu'ils sont rares. Leur lumière intérieure, pourtant, porte loin, très loin.

A quoi reconnaître un maître, comment évaluer

ses qualités sans se tromper? Le dalaï-lama sourit, une étincelle de malice dans le regard : « Cela dépend de l'intérêt et des dispositions de chacun, il suffit d'analyser soigneusement les choses. Avant de se choisir un lama ou un gourou, il importe de s'enquérir pour savoir si ladite personne est réellement qualifiée pour le devenir. Un texte du *Vinaya* (discipline) dit que, de la même manière qu'il est possible de se rendre compte de la présence d'un poisson dans l'eau par les ondulations observées à la surface, les qualités intérieures d'un maître peuvent être perçues, avec le temps, dans son comportement. Il faut également jauger son érudition – sa capacité à expliquer les thèmes – et voir si ses enseignements s'harmonisent avec son attitude et sa manière de vivre. Selon un tantra, cette recherche doit être particulièrement méticuleuse, même si elle doit durer douze ans. Telle est la façon de choisir un maître. »

Comme en écho, un autre lama tibétain, Tara Rimpoché, du monastère tantrique de Gyüto, explique pour sa part : « Le gourou doit avoir au moins deux qualités – la compassion et la sagesse. S'il ne possède pas la première, il y a danger qu'il finisse par faire du tort au disciple. Sans la seconde, il ne fera probablement que l'induire en erreur[14]. » Des maîtres de cette trempe et de cette envergure-là ne cherchent guère à attirer l'attention sur eux et se contentent d'être, tels qu'ils sont – dans la plénitude de leur accomplissement, qu'ils ne refusent cependant pas de partager.

A entendre leurs enseignements ou à écouter leurs commentaires des textes sacrés, des plus largement répandus aux moins connus – ceux qu'ils ne dispensent qu'après une indispensable préparation – ce qui frappe d'emblée, c'est la clarté de la pensée et la concision de l'expression. Ainsi de cette exégèse du mantra si célèbre OM MANI

PADMÉ HŪM, devenu en quelque sorte le sceau distinctif du bouddhisme au Tibet, tant il est omniprésent dans le haut pays et tant il est chargé de signification pour les Tibétains. Bannières de prières, pierres *mani* gravées au bord des routes, inscriptions perchées sur la montagne, chiffons de papier claquant au vent, invocations au seuil des demeures ou des monastères, psalmodie inlassable des pèlerins égrenant leur rosaire ou premiers balbutiements enfantins, le Tibet tout entier se reconnaît dans cette litanie millénaire qui l'accompagne d'un siècle l'autre, d'un temps l'autre, d'une vie l'autre. D'ordinaire, on la traduit succinctement par un « Salut au Joyau dans le Lotus ». Au gré des maîtres et des ans, elle a suscité des milliers de commentaires et d'interprétations, des recherches savantes et de modestes offrandes. Symbole de vie et d'une manière d'être, celle du dalaï-lama les résume avec une singulière perfection.

« C'est fort bien de réciter le mantra OM MANI PADMÉ HŪM, mais tandis qu'on le récite, encore faut-il penser à sa signification, car la portée de ces syllabes est vaste et profonde. La première, OM, est composée de trois lettres – A, U et M. Elles symbolisent le corps, la parole et l'esprit du pratiquant; mais dans le même temps, elles symbolisent le corps, la parole et l'esprit purs et glorieux d'un Bouddha.

« Le corps, la parole et l'esprit impurs peuvent-ils être transformés en un corps, une parole et un esprit purs, ou sont-ils entièrement séparés? Tous les Bouddhas sont au départ des êtres comme nous, qui, en suivant la voie, sont devenus des Eveillés. Le bouddhisme ne prétend pas qu'il y ait quelqu'un qui, dès l'origine, soit sans défaut et possède toutes les bonnes qualités. Le développement d'un corps, d'une parole et d'un esprit purs vient graduellement de l'abandon des états impurs, qui sont ainsi transmués en états purs.

« Comment cela se fait-il? La voie est indiquée par les quatre syllabes suivantes. MANI, signifiant joyau, symbolise les moyens de la méthode – l'intention altruiste d'être illuminé, la compassion et l'amour. Tout comme le joyau est capable d'éloigner la pauvreté, de même l'esprit altruiste d'éveil est capable d'écarter l'indigence, ou les difficultés, de l'existence cyclique et de la paix solitaire. Pareillement, tout comme le Joyau exauce les désirs des êtres sensibles, l'intention altruiste de devenir illuminé accomplit les souhaits des êtres sensibles.

« Les deux syllabes, PADMÉ, signifiant lotus, symbolisent la sagesse. Tout comme un lotus sort du limon sans être souillé par la boue, de même la sagesse peut vous placer dans une situation de non-contradiction, alors qu'il y aurait contradiction sans posséder la sagesse. Il y a la sagesse qui réalise l'impermanence; la sagesse qui réalise que les personnes sont vides d'existence substantielle ou d'existence se suffisant à elle-même; celle qui réalise le vide de la dualité, c'est-à-dire de la différence d'entité entre sujet et objet; et la sagesse qui réalise la vacuité de l'existence inhérente. Bien qu'il y ait différentes sortes de sagesse, la principale d'entre elles est celle qui réalise la vacuité.

« La pureté doit être acquise par l'unité indivisible de la méthode et de la sagesse, symbolisée par la syllabe finale HŪM, qui traduit l'indivisibilité. Selon le système des *sūtras*, cette indivisibilité de la méthode et de la sagesse se réfère à la sagesse affectée par la méthode, et à la méthode affectée par la sagesse. Dans le véhicule *mantrique*, ou *tantrique*, la référence porte sur la propre conscience dans laquelle la forme globale, à la fois de la sagesse et de la méthode, constitue une identité sans différenciation. En termes de syllabes-germes des cinq Bouddhas conquérants, HŪM est la syllabe-germe d'Akshobya – l'Immuable, le non-fluctuant, qui ne peut être en rien perturbé.

« Ainsi, les six syllabes OM MANI PADMÉ HŪM signifient qu'en fonction de la pratique d'une voie, qui est l'union indivisible d'une méthode et d'une sagesse, vous pouvez transformer votre corps, votre parole et votre esprit impurs en corps, parole et esprit purs et glorieux d'un Bouddha. Il est dit qu'il ne faut pas chercher la bouddhéité hors de soi; les matériaux pour y parvenir se trouvent à l'intérieur. Maitreya l'a dit dans son " Sublime continuum du Grand Véhicule " *(Uttaratantra)*, tous les êtres ont naturellement la nature de Bouddha dans leur propre continuum. Nous avons en nous-mêmes le germe de la pureté, l'essence de Celui Qui S'en Est Ainsi Allé *(Tathāgatagarbha)*, qui doit être transformé et pleinement développé en bouddhéité. »

Pour ses fidèles, le bouddhisme est vécu et ressenti bien davantage comme un art de vivre que comme une religion au sens restrictif de culte. Certes, le rituel, le cérémonial, les prières, les textes sacrés, la vie conventuelle contribuent à façonner son aspect extérieur formellement religieux. Reste qu'il lui manque un ingrédient, essentiel dans d'autres systèmes de pensée : le dieu créateur, principe suprême et souverain au-delà duquel point de salut. D'aucuns, encore nombreux, ne manquent pas de répliquer que « ces gens-là » sont des idolâtres et qu'ils continuent de se prosterner et d'apporter des offrandes aux idoles. Voire... S'il est indéniable que la foi bouddhiste, telle que largement pratiquée parmi les plus humbles adeptes du Petit ou du Grand Véhicule, des luxuriances tropicales à l'austérité himalayenne, ressemble parfois comme une sœur à celle du charbonnier sous d'autres latitudes, à mesure que l'on pénètre ses arcanes, ses trésors de philosophie, de logique et – pourquoi pas? – de métaphysique, réfractent de splendides échappées de lumière.

« Le trait distinctif du bouddhisme – explique le dalaï-lama – réside en ce qu'il est essentiellement humaniste plutôt que formellement religieux dans sa présentation. Il s'attache à définir les problèmes qui se posent dans la vie et à proposer une série de solutions. A la différence de la plupart des religions du monde, il ne se fonde pas sur le concept de Dieu. Il parle de l'homme et de la manière dont il peut atteindre à la perfection. Nombre de religions commencent avec l'idée de Dieu et l'utilisent ensuite pour résoudre tous les problèmes de l'existence, comme la création et l'évolution. Même si c'est une réponse facile, elle n'est pas logiquement prouvable. C'est pourquoi Bouddha l'a évitée et s'est efforcé de présenter une doctrine qui puisse être à tous les coups établie par la raison.

« En s'abstenant d'utiliser la théorie de Dieu, Bouddha a aussi écarté certaines conséquences problématiques qui en découlent. Par exemple, le danger que les gens se sentent diminués à l'excès : ils peuvent adorer Dieu, et même peut-être un jour s'asseoir à ses pieds, mais jamais être Son égal. Dieu est une entité, et nous autres, humains, serions Ses créatures, vouées à jamais à Lui être inférieures. Nous devrions accepter aveuglément et mettre en pratique Sa parole, ou subir les conséquences de défier notre Créateur et Soutien. C'est très bien pour combattre l'égoïsme, et il est toujours bon de pratiquer la morale, la dévotion et la bienveillance. Mais il y a danger à ne pas apprécier la valeur du potentiel humain. Par ailleurs, les religions fondées sur un Dieu ne permettent pas, d'ordinaire, de rejeter " la parole de Dieu ", même si elle contredit la raison. Cela peut facilement étouffer le développement de la recherche philosophique.

« De plus, bon nombre de problèmes philosophiques sont aussitôt posés par la théorie de Dieu. Par exemple, si Dieu est omniprésent et s'Il a tout créé, il a donc aussi créé la souffrance et l'injustice. On peut en conclure qu'il est cruel et mauvais à l'extrême, comme une mère qui mettrait au monde un enfant dans l'intention précise de le torturer et de le soumettre à la souffrance.

« Pour éviter ce genre de problèmes, Bouddha s'est attaché à présenter une doctrine fondée sur la seule raison, et une voie exprimée uniquement en termes de problèmes et de buts humains. Il a déclaré l'homme lui-même responsable de son existence présente et a fourni une série de méthodes, afin de cultiver et de favoriser l'évolution de l'état dans lequel nous nous trouvons actuellement jusqu'à atteindre à la perfection. Il a souligné que l'homme est celui qui façonne lui-même son propre destin, le responsable de sa propre évolution ou de sa dégénérescence. Les Bouddhas ne sont pas des créateurs. Ils ne sont que des maîtres et des guides pour ceux qui veulent bien les écouter. Que l'on choisisse ou non de tirer profit de leurs conseils, c'est l'affaire de chacun.

« Il nous appartient d'assumer directement la responsabilité de notre vie spirituelle et de ne nous reposer sur rien ni personne, car même les Bouddhas des dix directions et des trois Temps sont incapables de nous aider si nous ne nous aidons pas nous-mêmes. Si quelqu'un d'autre était susceptible de nous sauver, il l'aurait sûrement déjà fait... »

Pour en avoir le cœur net, il suffit d'interroger le dalaï-lama sur sa réponse – cent fois, mille fois répétée – si, d'aventure, quelqu'un lui demande s'il croit en Dieu. « Croire en dieu? Hum... » Mille étoiles dansent une sarabande malicieuse dans son regard brun qui disparaît presque dans le plissement félin des paupières : mais derrière les lunettes, la fente de l'œil laisse filtrer un amusement complice, tandis que la main esquisse un geste interrogateur, comme s'il interrogeait vraiment.

« Cela dépend de la signification que l'on donne au mot, au vocable de dieu. Si dieu signifie un être supérieur, un être pur, je crois que j'y crois, que nous y croyons. Nous acceptons l'idée de dieu, non pas un dieu, mais des milliers de dieux. Au sens précis de divinités, de déesses et de dieux – vous savez, les divinités apaisées ou courroucées, celles que l'on visualise au cours de la pratique et de la méditation. Dans ce sens, ils et elles existent, sans aucun doute. Du moins, tant que l'être est prisonnier du monde présent des formes et des différenciations, il personnifie les divinités sous des formes distinctes. Mais si vous parlez de dieu en tant que créateur, alors non, pour nous, pour moi, il ne saurait y en avoir. »

Pas de dieu créateur? Le monde bouddhiste pourtant est une structure parfaitement cohérente, qui non seulement tient debout – elle s'enracine dans l'intimité de l'humanité elle-même –, mais encore traverse les siècles, malgré les hauts et les bas, sans rien perdre de son éclat, ou de son attrait. Ainsi donc, au commencement était Bouddha. Mais qui était-il donc, celui dont le nom signifie l'Eveillé, l'Illuminé? Un homme, ni plus ni moins.

Un être humain, certes choisi, si l'on songe aux prodiges qui ont accompagné la naissance du prince Siddhārta, de la famille des Sakya. Elevé dans le luxe et la beauté, il devait cependant découvrir un jour la douleur, la souffrance et la mort, en dépit de toutes les précautions prises par le roi son père, prévenu que le nouveau-né connaîtrait la gloire des armes ou de la foi. Et du coup, il décidait d'en chercher les causes. Des années d'ascèse, de réflexion, d'errance et de quête exigeante le conduisent finalement dans un hameau perdu et poussiéreux de l'Inde antique, où une longue méditation sous un arbre lui ouvre enfin l'œil de l'Esprit. C'est l'Eveil, ou l'Illumination. L'arbre est aujourd'hui connu comme celui de la Bodhi, de l'Eveil précisément, et le petit village s'appelle Bodh Gaya. Ensuite, le sage a poursuivi sa vie terrestre et ses pérégrinations, enseignant inlassablement les Quatre Nobles Vérités et l'Octuple Sentier pour se libérer à jamais de la souffrance, échapper au cycle des renaissances.

Le courant puissant des existences, des générations et des siècles a bâti autour de l'Eveillé une légende, une histoire, une philosophie, des écoles – tout un édifice qui peut paraître de prime abord un labyrinthe. A coup de questions, à coups de réponses, le fil conducteur se dégage : homme de son époque, Sakyamouni est devenu Bouddha, l'historique, parce que son immense volonté de comprendre et son désir profond de briser les chaînes de la réincarnation lui ont permis, grâce à des maîtres et à des enseignements, mais surtout grâce à son propre effort, de purifier graduellement son corps, sa parole et son esprit, puis d'atteindre à l'Eveil. C'est pourquoi certaines Ecritures disent que l'Esprit de Bouddha, ou Corps de Vérité, est le Bouddha lui-même. Que sa parole, ou l'énergie intérieure, représente le *dharma* – la doctrine. Et que son corps physique peut être considéré comme le *sangha*, ou la communauté spirituelle des disciples. A eux trois, ces éléments forment aussi les Trois Joyaux... Ce qui est encore une manière de dire que chaque être humain peut s'engager dans cette voie : puisqu'il existe différents niveaux de l'esprit, le plus subtil est la nature profonde de Bouddha, le germe de la bouddhéité. Tous les êtres ont en eux cette conscience subtile, et par la pratique de la méditation et des actions justes, elle peut être transformée en bouddhéité accomplie.

Et le dalaï-lama de commenter : « Notre situation est très encourageante, le germe de la libération est en nous. » Rien n'oblige à le croire, mais pourquoi pas? Pour les bouddhistes, il n'existe pas de Bouddha qui, de toute éternité, l'ait toujours été, qui aurait été illuminé dès l'aube des temps et à jamais. « Les Bouddhas – explique Tenzin Gyatso – sont des gens qui, comme nous-mêmes, avaient à l'origine l'esprit obscurci et qui, pas à pas, se sont débarrassés de ces souillures, au point de se transformer en êtres nantis de toutes les qualités et dépourvus des moindres défauts. »

Le moyen d'atteindre à cette perfection? « Le simple fait – affirme le dalaï-lama – que la nature de l'esprit soit pure lumière et connaissance le permet. L'esprit est doué de la capacité d'apparaître sous n'importe quel aspect, par la puissance de projection de l'objet. C'est une entité de pure clarté et de cognition, pourvue de la nature de l'expérience. Instant après instant, elle se désintègre. Cependant, parmi ses nombreuses causes – classées en causes substantielles et en conditions coopératrices – il doit se trouver, en tant qu'ensemble d'expériences de conscience, sa cause substantielle dans une cause immédiatement précédente, qui est un moment antérieur de conscience. Il est impossible, pour une entité à caractère de luminosité et de connaissance, d'être produite par des éléments matériels externes, qui seraient sa cause substantielle. De même, un esprit intérieur ne saurait agir en tant que cause substantielle d'éléments extérieurs. Dans la mesure où chaque moment de conscience requiert un moment de conscience antérieur comme cause substantielle, il n'existe pas d'autre voie, sinon de poser que le continuum fondamental de l'esprit est sans commencement. Certains types particuliers d'idées, comme le désir de posséder une voiture, ont un début et une fin, au lieu que d'autres, comme l'ignorance de l'existence inhérente, en termes de leur continuum, n'ont pas de début, mais ont une fin. Néanmoins, ni début ni fin ne peuvent être assignés à l'esprit de luminosité et de connaissance. Donc, même si l'esprit se désintègre instant après instant, son continuum n'en est pas moins dépourvu de commencement.

« Telle étant la situation de l'esprit, comment est-il transformé? Que l'esprit passe par des états érronés est dû à l'ignorance, à un obscurcissement par rapport au mode de subsistance des phénomènes. Pour écarter cette ignorance, il est nécessaire d'engendrer la connaissance de ce mode de subsistance. Afin de générer une telle conscience connaissant la nature du phénomène, il est nécessaire de comprendre les objets à connaître. Au sujet de ce qui doit être connu, il y a deux statuts – les objets conventionnels qui ne sont que de simples apparences, et le mode final d'être de ces objets. Les premiers sont des objets trouvés par les consciences discriminant les conventions, tandis que les seconds sont des objets découverts par les consciences distinguant le mode final de subsistance. Les premiers sont appelés vérités conventionnelles, et les seconds – vérités ultimes. (...)

« Quel que soit le phénomène qui nous apparaisse, il paraît exister objectivement en lui-même, par et pour lui-même. S'il semble exister pleinement de la sorte, en entreprenant de l'analyser en vue de déterminer s'il existe tel qu'il apparaît, nous ne parvenons pas à le trouver par l'analyse. Quand un objet est divisé en parties, le tout ne saurait être trouvé, et il n'y a pas moyen de le soumettre dans sa totalité à l'analyse.

« De surcroît, il n'existe rien parmi les objets de la connaissance qui soit dépourvu de parties. Tous les objets physiques ont des parties directionnelles; par exemple, à considérer même les quarks, qui comprennent des protons dans un noyau, ils occupent une certaine surface, et donc, ils ont des parties directionnelles. »

S'appuyant sur les enseignements des écoles bouddhistes du Pur Esprit et de la Voie du Milieu, le dalaï-lama poursuit son exposé avec une vivacité contagieuse :

« En fait, une distinction s'établit d'instinct dans notre esprit entre le tout et ses parties, opérant de telle sorte que, lorsqu'ils nous apparaissent, il semble y avoir un tout séparé de ses parties, et des parties séparées d'un tout. En réalité, cependant, tel n'est pas le cas. Pour les adeptes de l'école du Pur Esprit, les objets extérieurs n'existent pas. Se fondant sur le motif que les objets extérieurs ne peuvent être trouvés par analyse, ils en concluent qu'ils n'existent pas. Pour ceux de la Voie du Milieu, même si les particules sans parties n'existent pas du tout, le simple fait que les objets extérieurs ne sauraient être trouvés par analyse signifie que ces objets sont dépourvus d'assise véritable, et non pas qu'ils n'existent pas. Donc, ne pas être décelé en ultime analyse signifie ne pas exister véritablement, et non pas être inexistant.

« Les phénomènes existent; qu'ils soient utiles ou nuisibles est, à l'évidence, un signe qu'ils existent. Néanmoins, ils sont vides d'existence dans leur manière de nous apparaître. Qu'un phénomène ne puisse être trouvé en dernière analyse indique qu'il n'a pas d'existence véritable, ou inhérente. Puisque les phénomènes sont vides d'existence dans leur manière concrète d'apparaître, tous les phénomènes existent dans le contexte et la nature d'une vacuité d'existence inhérente.

« Si les phénomènes existaient vraiment de la façon dont ils sont perçus, soumis à l'analyse, ils devraient apparaître de plus en plus clairement à l'esprit. Or, il n'en est rien : c'est donc un signe qu'ils n'existent pas de la façon dont ils apparaissent.

« Une fois acceptée la perception que les choses ne sont pas ce qu'elles semblent apparaître, cette certitude s'affermit, et le sens d'appréhension du monde se modifie. C'est comme au cinéma : des images apparaissent à votre œil, et vous pouvez soit simplement les observer, soit vous dire que, en fait, elles n'existent pas. En se concentrant sur cette non-existence, au bout d'un certain temps, l'apparence elle-même commence à s'estomper. C'est une approche de l'apparence semblable à l'illusion. Ou encore, l'exemple du miroir : le reflet d'un visage est dépourvu de la qualité d'existence du visage réel, mais cette vacuité d'être n'est pas sa réalité. Sa réalité est sa vacuité d'existence inhérente... »

A mesure que l'on avance sur ce chemin, le raisonnement s'aiguise, s'affine et aborde des paliers de plus en plus subtils. A en croire Tenzin Gyatso, « en s'accoutumant à l'état d'esprit qui réalise la vacuité, en le cultivant encore plus profondément durant et en dehors des méditations stabilisatrices, quand cet esprit se transforme en perception directe, alors, pour cette conscience-là, tous les types d'apparences dualistes s'évanouissent ».

Belle vision, qui incite à rêver au pouvoir de l'esprit... Des êtres humains cependant sont allés jusque-là, et encore au-delà. Si, d'un point de vue bouddhiste, la nature conventionnelle de l'esprit est claire lumière, ce qui l'obscurcit ne réside évidemment pas dans sa nature essentielle – il s'agit de phénomènes passagers, temporaires, qui peuvent être écartés. Du point de vue ultime, la nature de l'esprit est d'être vide d'existence inhérente. Le Bouddha a dit que tout phénomène n'est que nominal, et que cette nominalité elle-même n'est que nominale : même la vacuité est vide. Dans cette perspective, comment se situer soi-même, comment appréhender cette réalité qui peut donner le vertige ?

« L'attitude mentale est capitale – répond le dalaï-lama. Grâce à une science et à une technologie hautement développées, nous allons loin dans l'espace. Fort bien. Depuis ma tendre enfance, j'ai aimé la science et la technique – elles sont absolument nécessaires pour le bien de l'humanité. En même temps, à regarder à l'intérieur, même si notre tête n'est pas très grosse, il y a encore beaucoup à explorer. Il serait donc bon de diriger une moitié de notre énergie vers l'extérieur et l'autre moitié vers l'intérieur. Réfléchir davantage : qui suis-je ? Quelle est la nature de l'esprit ? Quel avantage apporte une bonne pensée ? Quel est l'avantage d'une mauvaise pensée ? Se poser ce genre de question. Penser, examiner, réfléchir.

« Quitte à se heurter aux contradictions. Qu'est-ce qu'une personne ? Qu'est-ce que le " je " ? Le bouddhisme affirme l'altruisme, n'est-ce pas une autre manière de dire que le soi est non existant ? Si les bouddhistes assurent qu'il n'y a ni personne ni soi, il n'y aurait personne pour méditer sur l'altruisme, ni personne envers qui cultiver la compassion. Et pourtant, notre propre expérience établit qu'il y a des personnes, des " soi ". Si le " je " est établi par expérience, qu'en est-il de la théorie de l'altruisme ? N'y a-t-il pas là contradiction ? Nullement. Laissez-moi vous expliquer. (...) Nombreuses sont les manières de la personne, ou du moi, d'apparaître à nos esprits. D'une part, le " je " paraît être permanent, unitaire et assis sur sa propre autorité; dans cette façon d'apparaître, le moi semble être une entité séparée de l'esprit et du corps, la personne étant l'utilisateur ou le bénéficiaire, tandis que l'esprit et le corps sont ce qui est utilisé ou dont on jouit. (...)

« D'autre part, le " je " apparaît comme ayant sa propre entité autosuffisante ou substantiellement existante, tout en ressortissant du même caractère que l'esprit et le corps. Différemment encore, le moi ne semble pas exister en ultime analyse, mais paraît exister par le biais de son propre caractère conventionnel. Autrement encore, le soi apparaît comme s'il avait une existence inhérente. Notre conception erronée innée du " je " est une conscience qui considère le " je " de cette dernière manière, comme s'il existait concrètement en accord avec cette apparence.

« Cette idée fausse existe chez tous les êtres, qu'ils aient ou non étudié, qu'ils aient ou non été affectés par un système. Néanmoins, en dépit de ces apparences, rien de tout cela n'existe. Selon les divers systèmes bouddhistes, l'inexistence de ces niveaux respectifs du soi, de réification, constitue l'altruisme, progressant du plus grossier au plus subtil... »

En méditant chaque jour, tous les jours, sur ces divers thèmes, certains parviennent à réaliser la signification de la vacuité, de l'unité ultime aussi. D'aucuns prétendent que cette manière d'ascèse apporte, à qui la pratique, des « pouvoirs », qualifiés parfois ailleurs de magiques. Le dalaï-lama sourit à cette question et répond que cela dépend tellement du point de vue adopté... « Peut-être n'êtes-vous pas capable de léviter, de voler ou de manifester pareils dons; de toute manière, c'est secondaire, et cela joue un rôle contraire à celui visé si, de la sorte, vous semez le trouble dans le monde. L'important, c'est de maîtriser l'esprit, d'apprendre à être quelqu'un de bien. En pratiquant l'enseignement, le nirvana viendra graduellement. Mais si l'on agit sous l'empire de la haine ou de l'amertume, il ne fera que s'éloigner. »

Au demeurant, au Tibet, lesdits phénomènes n'étaient pas si rares et n'étaient guère considérés comme exceptionnels : il suffit, dit-on, de savoir s'y prendre, et mieux vaut ne pas utiliser ces dons pour nuire. Tenzin Gyatso, lui, estime que cet aspect-là est dénué d'importance : ne lui prête-t-on pas, à lui aussi, des qualités peu communes, comme une manière de clairvoyance ou encore le pouvoir de guérir? Et ne l'appelle-ton pas, également, Yeshé Norbou, c'est-à-dire « Le Joyau qui exauce tous les vœux »?

Dans le fond, cependant, c'est sans doute encore lui qui a raison : le bouddhisme assure que le monde est une illusion, qu'il est un produit de nos perceptions. Si le monde n'est décidément pas ce qu'il paraît être, comment et pourquoi des événements extraordinaires, au sens premier du terme, ne seraient-ils pas simplement ordinaires à d'autres niveaux de conscience, ou d'ouverture, sur d'autres dimensions? Une part de mystère ne messied pas au miracle du monde, même, ou peut-être surtout, quand on est engagé corps et âme dans l'aventure spirituelle à la lisière du monde des hommes. Ainsi, que faut-il entendre par réincarnation?

Pour le dalaï-lama, la réincarnation n'est ni un dogme, ni un article de foi, elle s'explique par la continuité de la conscience, qui s'insère dans la vision bouddhiste du monde. Cette explication, il la considère plus logique, et en tout cas plus satisfaisante pour l'esprit, que d'autres : le temps sans commencement ni fin, l'espace dans son incommensurabilité cosmique, l'homme dans son perpétuel devenir au cœur du cycle des existences, y puisent leur raison d'être et leur cause profonde. Car sinon – à moins d'admettre l'existence d'un dieu créateur, donc responsable de tous les heurs et malheurs du monde – comment expliquer la vie, l'univers, l'être humain et tous ceux qui ont souvenance de vies antérieures ?

« La réincarnation se fonde sur la continuité de l'esprit, de la conscience. Je pense naturellement à la continuité de la conscience la plus subtile. Pour beaucoup, le niveau grossier de la conscience dépend du corps humain, qui en constitue la base. Par exemple, la conscience de l'œil, c'est-à-dire la vision, ou de tous les organes des sens, ou encore certaines sortes d'empreintes émotionnelles. Quand ces bases-là se détériorent, leurs fonctions de conscience cessent.

« La conscience plus subtile, elle, est plus indépendante. Je veux dire qu'à partir du moment où le cerveau ou plutôt les consciences induites par le cerveau cessent de fonctionner, d'autres niveaux de conscience se mettent à l'œuvre. Quand bien même les mécanismes du cerveau sont très actifs durant la perception d'un objet ou d'une expérience – c'est d'ailleurs indispensable et très important – le véritable agent de connaissance, ou de savoir, ne se trouve pas uniquement dans les particules du cerveau qui perçoit. Il y a quelque chose de plus. Certes, on ne peut le mesurer avec les instruments ordinaires, puisque cela est dépourvu de forme. Mais si l'on n'accepte pas ce genre de phénomène au-delà du cerveau et des sens, il me semble difficile d'expliquer notre activité et notre vie quotidiennes, nos expériences de tous les jours.

« Par exemple, quand on étudie, on apprend, on

accroît son savoir. Mais cela ne signifie nullement augmenter les cellules du cerveau, n'est-ce pas? Nos propres expériences journalières témoignent que, parfois, il existe des cas où quelqu'un passe par un état de conscience différent, ou de perception troublée, lorsqu'un objet ou un phénomène est perçu de manière anormale. Si, plus tard, les conditions redeviennent ordinaires, ces perceptions distordues peuvent, en se normalisant, se transformer en une connaissance valide, permettant de percevoir l'objet correctement. Il en va de même pour certaines croyances ou présomptions.

« Si nous cherchons à expliquer des souvenirs d'enfants, voire d'adultes, de leurs vies antérieures uniquement au niveau physique, ça ne marche pas, parce qu'il ne suffit pas de se borner à dire qu'il s'agit là de transformations à l'intérieur du cerveau. Si bien que sans admettre l'existence d'une continuité de la conscience, on se retrouve soudain devant toute une série de questions nouvelles, auxquelles on aurait le plus grand mal à apporter des réponses. Ce sont ces raisons qui nous font estimer qu'il existe une puissance, ou une énergie, connaissant ces phénomènes. Bien entendu, il y a aussi dépendance avec le physique, avec le côté matériel. Mais on en revient alors à la question de savoir si la matière peut ou non, dans certaines conditions, produire ou développer une conscience.

« Nous pensons, nous, que cette conscience subtile existe. Appelez-la énergie, si vous voulez, ou puissance qui perçoit : c'est une question de terme. N'empêche que cette conscience doit, elle aussi, avoir une certaine sorte de capacité ou de potentiel en elle-même, pour être à même de percevoir l'objet. Cette conscience subtile, ou fondamentale, se manifeste dans le sommeil, ou encore au cours de moments précis d'attention, comme la méditation. Il me semble qu'il s'agit là de quelque chose de très important à réaliser et à étudier avec les scientifiques.

« En tout cas, même si cette explication sommaire ne paraît pas pleinement satisfaisante, elle nous semble moins contradictoire ou moins inconsistante que d'autres théories. En acceptant l'existence d'une conscience continue, ou de la continuité de la conscience, les bouddhistes expliquent pourquoi certaines personnes gardent conscience de leurs vies antérieures et peuvent aisément remonter dans le passé le plus lointain. De même, il est ainsi possible d'expliquer l'univers en perpétuel changement, dans ces cycles d'apparition et de disparition. C'est aussi la raison fondamentale de la renaissance.

« La conscience en elle-même n'est ni bonne ni mauvaise. Elle est, et elle peut être influencée par différentes pensées. S'il s'agit de pensées négatives ou de violence, la personne qui les enregistre agira sous l'empire de cette influence-là. En revanche, une pensée positive influencera dans l'autre sens. Ce qui tendrait à montrer l'influence de la pensée sur le comportement de l'être tant que la conscience n'est pas fondamentalement stabilisée.

« Autrement dit, nous pensons qu'il est possible de modifier l'esprit grâce à un certain entraînement, par des moyens fondés sur la raison. Une maîtrise de l'esprit permet un meilleur contrôle de la conscience, ce qui peut mener à des résultats pratiques tangibles. Bien entendu, cela exige un entraînement approprié et, surtout, très long. Mais c'est ainsi que l'on peut parvenir à contrôler sa propre naissance. C'est la base même de la réincarnation.

« La théorie bouddhiste de la libération affirme que, par la recherche et la réflexion, on parvient à mettre un terme à la pensée négative, donc à la souffrance. Certains sont simplement plus doués, ou mieux préparés, que d'autres. De même, dans le sens le plus haut et le plus précis, avec une discipline extrêmement stricte, on peut parvenir à contrôler sa propre renaissance. Tout le monde n'y réussit pas, mais c'est possible. »

S'il donne des enseignements aussi bien à Dharamsala qu'au cours de ses voyages, tant pour les Tibétains que pour des néo-bouddhistes venus d'horizons différents, Tenzin Gyatso ne cesse lui-même de s'instruire. Une partie du temps du Seigneur du Lotus est consacrée à l'étude et à la méditation, auprès de maîtres détenteurs de lignées de connaissances particulières que des initiations appropriées lui permettent ensuite de pratiquer, puis de transmettre plus loin s'il le juge utile. Il n'hésite pas non plus, parfois, à couper court à toutes ses activités, pour une période plus ou moins longue, pour des retraites totalement solitaires, afin de faire le point.

Cela ne va pas toujours sans poser quelque problème. A Dharamsala, c'est à mots couverts que l'on parle encore d'une certaine année – 1976 – ou, décidément, les choses paraissent prendre bien mauvaise tournure. D'abord, l'oracle d'Etat de Netchung avait proféré de sombres prédictions et multiplié les mises en garde. Ensuite, devant le kashag, en présentant son rapport annuel, le dalaï-lama s'était fait l'écho de ces avertissements et n'avait pas ménagé les critiques à l'encontre d'une sorte de lassitude ambiante, voire d'une manière de laisser-aller qu'il n'appréciait guère. Peu après, il s'était retiré dans une retraite rigoureusement solitaire, l'une des plus longues qu'il ait jamais faite en Inde – devait-il m'expliquer incidemment dix ans plus tard : « C'est une pratique très stricte, qui exige une réclusion totale durant plusieurs semaines, liée à un enseignement tout à fait particulier du Ve dalaï-lama. »

Il n'en avait pas fallu davantage pour jeter l'alarme dans toute la communauté tibétaine. Car, à y songer, le rapprochement est tôt fait entre la retraite prolongée et les faits historiques, du temps justement du Ve dalaï-lama : les Tibétains n'ont pas oublié que c'était sous prétexte d'une pratique méditative indéfinie que la mort du Grand Ve avait été dissimulée, des années durant, au pays. Pour conjurer le sort et les mauvais augures, pendant tout le temps que se prolongea cette absence durement ressentie et particulièrement redoutée, les Tibétains de Dharamsala et de toutes les communautés établies dans le sud de l'Inde n'arrêtèrent pas de prier, d'organiser des cérémonies et d'apporter des offrandes dans tous les sanctuaires. Eux d'ordinaire si joyeux, on les voyait soucieux, préoccupés uniquement d'égrener leurs rosaires, de faire tourner leurs moulins à prières et de psalmodier à l'infini mantras et textes sacrés.

Dans cette atmosphère inhabituelle et lourde, ce fut d'abord un très grave tremblement de terre qui se solda par des milliers de victimes en Chine. Ensuite, Mao tira sa dernière révérence sur la scène des hommes. Ce qui fit dire à un Indien, proche ami des Tibétains : « Ça suffit comme ça, arrêtez donc vos prières, sinon le ciel finira par tomber sur la tête des Chinois ! » Des semaines durant, offrandes et litanies ne désemparèrent point dans l'ensemble de la communauté tibétaine, dans les monastères comme dans les sanctuaires domestiques. Les oracles furent derechef consultés, les dieux invoqués et leur message recueilli avec ferveur, les cérémonies de longue vie se succédèrent pour le reclus et chacun s'engagea à mieux respecter la volonté du Précieux Protecteur.

Le dalaï-lama, lui, revint prendre sa place parmi les siens au bout de trois mois.

Recevoir et transmettre consciemment un savoir, des connaissances, s'inscrit tout naturellement dans les activités d'un sage désireux d'aider les autres, tous les autres – ou, du moins, ceux qui le souhaitent – à ouvrir les yeux. Tel est le but des initiations, collectives ou individuelles, que donne parfois le dalaï-lama : une introduction à la connaissance de choses, ou d'explications, longtemps secrètes, permettant d'accéder, par la volonté et la recherche personnelles, à un autre palier d'accomplissement. Ainsi, en 1986, le dalaï-lama a-t-il consacré tout le mois d'août à suivre les enseignements d'un maître de l'ancienne tradition, du lignage Nyingma, le grand lama Dilgo Khentsé Rimpoché. Venant se greffer sur d'incontestables qualités individuelles, les innombrables initiations reçues par Tenzin Gyatso font du XIVe dalaï-lama un maître de sagesse parmi les grands maîtres, et sa modestie n'amoindrit en rien l'étendue de ses connaissances. Mais le Seigneur du Lotus a-t-il encore quelque chose à apprendre?

« Indifféremment de ce que les autres, disciples ou non, pensent de moi, au-delà de la façon dont on me voit, et même si d'aucuns me considèrent comme omniscient, de mon propre point de vue, je ne suis qu'un chemineau sur la Voie, et j'ai encore beaucoup à faire. Bien entendu, j'ai le statut de dalaï-lama, je suis le dalaï-lama, mais en tant qu'individu, je ne suis qu'un moine qui souhaite avant tout apprendre et s'instruire davantage, recevoir des enseignements et les utiliser à bon escient.

« D'autre part, vous savez sans doute que dans le bouddhisme tibétain, la continuité des lignées de transmission est capitale. C'est dire qu'il convient aussi d'être pragmatique. Même si, au cours des vies antérieures, vous avez déjà reçu ces mêmes enseignements, si vous avez déjà accompli les pratiques exigées, cela ne fait rien : c'est dans la vie de maintenant que vous vivez, donc il faut les recevoir à nouveau. Car si l'enseignement se transmet d'une vie à l'autre, si les souvenirs ou les réminiscences sont là, vous avez beau savoir, il manque le plus important – la bénédiction du maître qui transmet, afin que la pratique soit réellement fructueuse.

« Il ne suffit pas de dire, dans une nouvelle vie : je sais, j'ai déjà reçu cet enseignement-là dans une vie précédente. En fait, personne ne le dit, même si, dans la réalité, cela a pu se produire, et nombre d'enseignements que j'ai reçus procèdent de cette manière de voir. Ainsi, récemment, j'ai étudié et reçu l'enseignement d'un texte tantrique fondamental, *L'Essence du Secret,* ce que nous appelons un " texte-racine ", accompagné de ses commentaires. Il s'agit de la traduction d'un texte venu autrefois de l'Inde, qui fonde en partie la tradition Nyingma des Anciens. L'an dernier, c'est le tuteur de Sakya Trizin Rimpoché, de la tradition des Sakya, qui m'avait transmis l'enseignement et l'initiation de l'un des textes-racines de son école, dit *Causes des résultats.* Il est aussi capital de recevoir l'initiation à la divinité respective, sous ses aspects paisible et courroucé, afin de pratiquer correctement.

« Il ne s'agit pas, en l'occurrence, de savoir ou de ne pas savoir : il importe de recevoir la continuité de l'enseignement, sinon nous estimons qu'il n'y a pas véritablement transmission de la bénédiction, cet encouragement prodigué par le maître pour que la pratique soit efficace. Apprendre par la lecture ou la discussion est différent. La bénédiction doit être accordée par un maître vivant afin que la tradition demeure, et il faut que le gourou soit lui-même qualifié et expérimenté. Telle est la manière de procéder.

« En ce qui me concerne, je ne puis me contenter de dire, puisque je suis le dalaï-lama et que j'ai déjà suivi ces enseignements dans d'autres vies, je peux instruire quiconque sans la continuité de la transmission de la lignée. Il me faut l'autorité que confère la transmission directe, donnée par un autre vrai maître, pour que ce soit vraiment valable. Le Bouddha lui-même n'a jamais déposé la totalité de l'autorité en une seule main. Dans le domaine religieux, nul ne peut dire " Vous êtes le dalaï-lama, vous êtes donc supérieur à tous, le plus grand de tous les grands lamas "... Le dalaï-lama est un moine, un disciple qui se trouve être le dalaï-lama : lui aussi doit se plier au système et respecter l'usage. D'ailleurs, c'est fort bien ainsi. »

Est-ce à dire que le Seigneur du Lotus peut, comme n'importe qui, se tromper, commettre des erreurs? « Bien sûr, sans aucun doute, et peut-être encore plus que quiconque! Sur le plan religieux, je crois que l'on voit toujours le gourou en pleine lumière, les disciples lui font entière confiance ou le considèrent presque comme infaillible. Cependant, individuellement, en tant qu'être humain, comme tous les humains, il convient de s'efforcer de faire de son mieux, de ne pas se tromper. Encore que, par le faux, on peut aboutir au vrai. S'il n'y a pas de faux, il n'y a pas non plus de vrai : sans le sens du mensonge, il ne saurait y avoir de sens de la vérité... »

C'est aussi ce sens de la relativité, cette compréhension profonde du monde des hommes, qui étayent si solidement la personnalité de Tenzin Gyatso. L'humilité n'est pas feinte, elle est la marque du sage, celle qui assoit l'indiscutable souveraineté du maître. Si bien qu'il parvient à surprendre des savants ou des chercheurs qui, de prime abord, s'interrogent sur ce moine jovial qui ne craint pas de se lancer dans les discussions appronfondies, où les frontières séparant d'ordinaire science et philosophie, ou science et religion, acquièrent soudain un flou révélateur. Ou peut-être se dissolvent dans un nouvel et rare équilibre des opposés.

Sagesse ancienne, connaissance moderne – c'est l'un des traits les plus étonnants, mais à première vue seulement, de l'insatiable curiosité du Seigneur du Lotus. Lui-même en convient, son intérêt pour ce que l'on appelle, en Occident, la science remonte loin dans le temps et dans les textes du bouddhisme. A chacun de ses voyages, il aime ménager des rencontres avec des scientifiques des disciplines les plus diverses et montre un vif intérêt à visiter les laboratoires à la pointe de la recherche.

Si la physique des hautes énergies et la théorie des quantas retiennent particulièrement son attention, la psychologie, la médecine, la biologie ou la neurologie le passionnent tout autant : c'est avec une infinie patience qu'il cherche les points de convergence entre son savoir ancestral et le résultat des expériences les plus poussées, grâce aux techniques les plus sophistiquées. Il n'a aucun mal à les débusquer, et si comparaison n'est pas forcément raison, il ne cache pas le vrai plaisir qu'il ressent à trouver, dans les connaissances d'aujourd'hui, une confirmation des intuitions spirituelles de ses prédécesseurs. D'ailleurs, à regarder certains *thankas*, ces peintures sur soie dites religieuses, précieusement roulées dans les monastères et transmises de génération en génération, comme on transmet d'ordinaire le savoir, il y a de quoi rester songeur devant les élégants tracés de visions cosmiques du monde et des astres : il y flotte une insolite prémonition des schémas atomiques et des rapports, si évanescents qu'ils sont invisibles à l'œil nu, des structures intimes de l'atome ou du cosmos.

A l'occasion d'un récent déplacement en Europe, le dalaï-lama s'est rendu en République fédérale allemande, à l'Institut Max Planck. Pour discuter des particules. En quelques phrases, il résume sa rencontre avec des spécialistes qui font autorité en la matière. « A l'évidence, l'idée d'atome et de particule n'est pas nouvelle pour le bouddhisme. Nos textes en parlent depuis les temps les plus anciens et ils mentionnent des particules plus subtiles encore. Mais à comparer ces notions aux acquis de la science moderne, cette dernière est parvenue à un niveau d'explications plus affinées, plus précises et plus détaillées. Elle a atteint à une définition beaucoup plus nette que ce que nous avons pu concevoir dans nos commentaires.

« Pour un bouddhiste, il est donc extrêmement important et utile de tirer les enseignements de ces découvertes, notamment dans le domaine de la physique moderne. A la suite de nombreux entretiens avec divers chercheurs, je me suis rendu compte que, lorsque nous parlons de l'impermanence subtile des phénomènes matériels, il y a coïncidence presque complète de mon point de vue, bouddhiste, et de celui des physiciens, en termes de changement constant et de niveaux de fluctuations. »

Et de préciser : « A propos de l'impermanence, elle est de deux sortes : l'impermanence grossière et l'impermanence subtile. La seconde porte sur ce que les scientifiques s'intéressant aux particules les plus minuscules parviennent à décrire parce qu'ils ne se limitent pas à considérer comme allant de soi l'apparence d'un objet solide – une table, par exemple – qui paraît être le même que ce qu'il était la veille; ils scrutent plutôt les changements à l'intérieur des éléments les plus minuscules qui composent les objets. Les substances qui constituent ces objets extérieurs se désintègrent d'un instant à l'autre. De même, la conscience interne qui observe ces objets extérieurs se désintègre elle aussi d'un moment à l'autre. C'est précisément cette désintégration passagère qui est l'impermanence subtile. L'impermanence grossière, quant à elle, c'est par exemple la destruction d'un objet ou, en termes de personne, c'est la mort de quelqu'un.

« Un autre point de convergence qui me paraît intéressant ressortit à la physique quantique. Cette théorie prend en compte la présence de l'observateur, qui est capitale dans l'explication scientifique des particules et de leurs interrelations. Pourquoi? Tout simplement parce que cette notion d'observateur en train d'observer implique la conscience, c'est-à-dire qu'il y a un rapport entre la personne qui regarde le phénomène, qui applique une technique particulière en vue d'une certaine expérience, et le résultat de cette dernière. La personne qui observe est celle qui connaît le phénomène étudié, ce qui n'est pas possible en dehors de la conscience.

« Cela revient à dire que, du côté de la science des quanta, l'observateur fait en quelque sorte partie de l'expérience, tandis que le bouddhisme considère que les phénomènes n'existent qu'en tant qu'apparence, une possibilité si vous voulez, et qu'il faut une conscience pour qu'ils deviennent ce qu'ils paraissent être. Là aussi, il me semble trouver une convergence certaine entre nos points de vue, même si les mots ne sont pas exactement pareils : ils traduisent de manière différente des manifestations semblables d'un univers que nous appréhendons de façons diverses. »

Dans son langage à lui, Jorge Luis Borges note : « Les mots sont des symboles qui postulent une mémoire partagée. » Justement, une mémoire partagée. Pour le dalaï-lama, qu'est-ce que la mémoire ? A l'en croire, « celui qui est entraîné à utiliser des états de conscience de plus en plus subtils est doué d'une mémoire de plus en plus vaste à mesure que se manifestent ces états subtils. Mais pour remonter loin dans le temps, il faut se débarrasser de toutes les obstructions à l'omniscience. En se hissant à ce niveau peu courant, certaines personnes de ma connaissance deviennent parfaitement capables, grâce à ce genre de conscience, de remonter par la mémoire à des centaines d'années en arrière... »

En suivant ce détour de la conversation, sans s'arrêter au risque de vertige, le moine continue d'une voix tranquille, à peine teintée d'un éclat de malice : « Un autre point de rencontre ? Du côté de la biologie ou de la neurologie. Vous savez, quand il s'agit de la connaissance et de la conscience... Les textes bouddhistes expliquent longuement les relations entre les divers états de conscience, les rapports entre perceptions sensorielles et perceptions mentales. C'est fort instructif de les comparer aux théories modernes de la connaissance, qui se penchent sur les liens qui unissent le cerveau et les sens, les sensations et leurs réponses dans la tête. Ainsi, on en revient à la question de savoir si les phénomènes existent ou non objectivement, ou s'ils dépendent uniquement de leur désignation subjective pour apparaître en tant que tels. Ce qui ne veut nullement dire que nous prétendons qu'il n'y a pas de formes extérieures; simplement, elles ont besoin d'une conscience pour se refléter, pour exister.

« En outre, des points communs existent aussi en psychologie. Le bouddhisme et la recherche moderne se rejoignent à propos du développement de la connaissance, de la transformation du doute méthodique en connaissance. Transformer l'esprit, essayer de modifier ses perceptions pour éliminer la souffrance, pour développer une manière de sérénité face aux soucis du monde, nous l'avons aussi en commun dans cette recherche de l'accomplissement. A nos yeux, la méditation joue un grand rôle dans cette perspective, c'est-à-dire la familiarisation de l'esprit avec un objet de méditation. Bien entendu, il existe nombre d'autres méthodes et moyens pour atteindre à cette compréhension, pour saisir l'essence des choses et les considérer d'un esprit apaisé.

« Il n'est pas non plus dénué d'intérêt de confronter les différentes vues cosmogoniques, de chercher à dégager le sens des explications astronomiques, de songer à la relation du temps et de l'espace. Des textes bouddhiques parlent de particules d'espace, de particules de temps... Au cours des dernières années, j'ai rencontré un certain nombre de chercheurs et de scientifiques, avec qui j'ai discuté ces problèmes. Au début, c'est curieux, ils sont parfois sceptiques, ça leur semble drôle de voir un moine s'interroger sur ces questions. Pour certains savants, il est quelquefois malaisé de sortir de leur réserve, ils s'occupent de science, et non de religion ou de métaphysique, n'est-ce pas... »

Ni l'espace ni le temps n'échappent au crible du questionnement fureteur du sage bouddhiste. D'entrée de jeu, le foisonnement des hypothèses des mondes traduit sa filiation résolument indienne – le temps, cette convention qui chatoie de ses milliers de facettes qui sont autant de leurres, pas plus que l'espace, n'a de réalité intrinsèque. Eux aussi sont vides d'existence inhérente. Ou du moins, ils sont – peut-il en aller autrement? – relatifs, liés à un type de conscience donnée. Vivons-nous dans le temps, ou est-ce le temps qui vit en nous? Le paradoxe n'en est même pas un, tant il épouse, pour peu que l'on y réfléchisse, l'expérience de tout un chacun : qui n'a jamais ressenti un instant précis comme d'une insupportable durée ou à l'inverse – une période largement étalée, qui laisse le souvenir d'être passée à tire-d'aile?

La science occidentale n'est guère plus avancée, elle qui, depuis l'énoncé de la théorie de la relativité, va de querelles en contradictions entre les plus grands noms de la physique moderne : de suppositions en virtualités, comment se mettre d'accord sur l'objectivité de la notion d'espace ou, peut-être, de l'écoulement du temps? Le champ miné des quanta est bourré de pièges, qui sont autant de possibilités d'explosion sous le pas des chercheurs : aux lointains confins de la recherche avancée, aussi loin que pousse l'audace de la pensée pour tenter de lever le dernier voile, il y a comme un mur de lumière. Ou un trou noir. Et au petit jeu des analogies, le bouddhisme n'est peut-être pas perdu à tout coup, même s'il est parfois commode, et vite dit, de le taxer d'idéalisme, sinon de lui imputer de pures et improbables divagations.

Esprit et matière, espace et temps, haut et bas : toutes les paires d'opposés sont susceptibles de cent explications, de mille interprétations, d'autant de variations qu'il y a de potentialités en germe dans un esprit humain. Dans un monde conçu d'emblée non pas comme un état statique, mais en perpétuel devenir, l'espace devient en quelque sorte un temps visible. Les enseignements bouddhistes ne parlent-ils pas des Bouddhas des trois Temps, qui, dans leur clairvoyance, focalisent en un point unique – le présent – le passé et l'avenir, bien que ce dernier ne ressortisse explicitement que du domaine de la probabilité, en une simultanéité vivifiante ?

Avec cette irrépressible soif d'infini qui sous-tend la pensée mahayaniste, où les nombres sont poussés à des puissances malaisément concevables et qui, précisément, visent à exprimer cette indicible abstraction, l'esprit tend à chavirer devant l'abîme, pourtant d'une méticuleuse précision, ainsi entrevu : il est de lumière. L'espace, le temps – ces durées à courbure variable – participent d'une vision cosmique d'une incontestable grandeur. Mais le Seigneur du Lotus préfère prendre une tangente, comme pour dire : « Vous voulez vraiment que l'on aille explorer ces confins de la réflexion ? » Non point qu'il refuse de s'engager dans cette voie, la petite lueur de son regard permet de supposer que, lui, il y est allé, et qu'il en est même revenu, porteur assurément d'une connaissance enrichie. Mais peut-être faut-il d'abord être déjà bien entraîné, aguerri dans ses propres batailles, pour s'aventurer dans cette direction...

« Tous ces éons, leur cause profonde et leur origine, s'ils sont envisagés dans les textes, font partie d'un système de mondes à l'intérieur de milliards de mondes. Comme si l'on décrivait une galaxie. En termes de matière, c'est de l'énergie. Pour ce qui est des êtres qui y vivent, des personnes douées de conscience, la force les engendrant est celle de leurs actions accumulées, qui suscite leur renaissance sous telle ou telle forme. La matière est physique, alors que l'esprit est clarté et connaissance. (...) Devant l'extension de la science, il importe de maintenir l'équilibre de l'homme en développant simultanément en lui la connaissance intérieure. »

Le Précieux Maître ne cesse d'y revenir : avec lui, tous les chemins mènent à l'intérieur. Parfois, sous une forme inattendue – ainsi, quand il propose de réfléchir à la « laideur » : « Il ne s'agit pas nécessairement de formes déformées. Notre propre corps lui-même – composé de sang, de chair, d'os, etc. – peut paraître fort beau, de belle couleur, solide en même temps qu'agréable au toucher. Mais quand on l'examine, on se rend compte que son essence, ce sont des choses comme les os... Si je portais des lunettes à rayons X, je ne verrais que des squelettes, et le cas échéant, vous aussi, vous verriez des squelettes ambulants. De la sorte, méditer sur la " laideur " signifie examiner la nature de notre corps physique. »

Héritier de nombreuses lignées de transmission du savoir ésotérique, le Seigneur du Lotus est aussi un grand maître tantrique, encore que ses vœux monastiques ne l'autorisent pas à pratiquer tous les rites : le Tantra est l'une des voies de la mystique yogique qui se fonde sur la maîtrise et la canalisation de l'énergie – physique, spirituelle ou sexuelle, en vue d'atteindre à la bouddhéité. Cette connaissance, néanmoins, à propos de laquelle nombre d'insanités ont été dites ou écrites, est considérée comme l'une des plus ardues à dominer, en raison de multiples pièges à éviter ou à vaincre. En contrepartie, elle est aussi regardée comme particulièrement efficace, ce qui explique l'irrésistible attrait qu'elle exerce sur les néophytes, d'autant qu'elle est réputée conférer de formidables pouvoirs. Aussi le dalaï-lama en parle-t-il avec circonspection et concision, estimant que seule une préparation appropriée et méticuleuse permet de franchir réellement ce seuil, et encore, sous l'impérative direction d'un guide compétent.

« Dans l'ensemble, les gens de ce monde ont déjà les potentialités qui peuvent être développées en les trois corps d'un Bouddha. Nos cinq sens et notre actuelle forme physique constituent la base de l'apparence physique d'un Corps d'Emanation d'un Bouddha. Le corps subtil de rêve, comme le Corps intermédiaire entre la vie et la mort, est pareil au Corps de Félicité. En outre, leur racine commune est la Claire Lumière elle-même, susceptible d'être développée en un vrai Corps d'Illumination de Bouddha, son Corps de Vérité. Le trait distinctif du Tantra est de transformer ces trois corps ordinaires en corps d'un Bouddha.

« Voici comment cela se passe : le corps humain est une configuration d'énergie, faite de 72 000 canaux, de courants d'énergie qui les traversent et de gouttes essentielles, ou unités de conscience, et d'énergie conjointes, qui se trouvent dans les canaux. En manipulant les gouttes essentielles dans les canaux, au moyen des courants, nous passons par différents niveaux ou états de conscience. Le type de conscience que nous avons en ce moment, fondé sur notre configuration du moment, est un; celui du rêve est autre, et celui du sommeil encore un autre. En cas de défaillance, dans l'évanouissement profond ou le coma, ou quand la respiration s'arrête, ce sont autant d'états différents. Le niveau final de la conscience, la Claire Lumière, devient manifeste au moment de la mort. C'est le plus puissant et le plus subtil. Inutilisé, il sert de base au retour dans la ronde des naissances, de la vieillesse, de la maladie et de la mort. Néanmoins, une fois saisie la nature de l'existence cyclique, on peut s'en libérer. La meilleure de toutes les préparations à cela est la compréhension, maintenant, des divers types de conscience par l'utilisation des canaux, des gouttes et des vents internes, ou énergies.

« Le Tantra est dangereux à l'extrême. Il ne saurait être accompli sans guide compétent, car il peut conduire à la folie ou à la mort. » Ces mises en garde ne sont pas à prendre à la légère, et montrent, à leur manière, la fragilité de l'être face à des forces qui se trouvent en lui, mais qu'il convient de maîtriser dès lors que l'on s'engage dans cette voie de la connaissance. D'aucuns, parfois, parlent de « chevaucher le tigre ».

Au demeurant, rien ni personne ne peut le faire à la place de quiconque. « Bouddha a dit un jour : " Vous êtes soit votre propre sauveur, soit votre pire ennemi. " Cela est valable pour chacun de nous – commente le Seigneur du Lotus. Par exemple, en ce qui me concerne, si je m'efforce de cultiver la bienveillance et un esprit positif en moi-même, je suis mon propre sauveur. Si, au contraire, je permets à la négativité de s'emparer de mon courant d'être, je deviens mon propre destructeur.

« Pour l'heure, nous avons le privilège d'avoir une vie humaine, avec toutes les possibilités que cela implique. A la différence des animaux et des formes de vie inférieures, nous sommes capables de cueillir le fruit de l'Eveil, un acte de bonté suprême tant pour nous que pour les autres. Cependant, la mort nous presse de tous côtés, menaçant de nous dépouiller de cette précieuse occasion à n'importe quel instant, et quand on meurt, on ne peut rien emporter avec soi, sinon les graines de notre activité et de notre connaissance spirituelle. Un roi perd son royaume, et le mendiant laisse derrière lui son bâton.

« Il faut saisir l'illumination tant que cette chance est là. Dans bien moins d'un siècle, nous serons tous morts. Peut-être quelqu'un dira-t-il alors : " Un jour, ici, le dalaï-lama a prononcé un discours ", et seul ce vague écho en demeurera. Nous ne pouvons être sûrs d'être vivants demain. Il n'y a pas à temporiser, moi-même qui suis en train de vous parler, je n'ai aucune garantie de vivre encore demain. Je souhaite que ma vie soit aussi longue et utile que celle de Gedun Truppa, le premier dalaï-lama, car, pour l'instant, de nombreuses personnes dépendent de moi. Mais qui sait ? C'est pourquoi je pratique aussi intensément que possible, et vous conseille de faire de même. Mais ne pratiquez pas aveuglément, pratiquez en vous fondant sur la sagesse et la compréhension[15]. »

Ces mots-là, Tenzin Gyatso les prononçait il y a plus de vingt ans, alors qu'il n'était encore qu'un jeune souverain en exil, un réfugié aux prises avec des difficultés que personne ne pouvait résoudre en dehors de lui-même. Depuis lors, si le XIVe dalaï-lama a changé, c'est qu'il n'a cessé d'apprendre, de se perfectionner, de montrer inlassablement l'exemple. Ses voyages lui ont ouvert les yeux sur d'autres réalités, mais dans le fond, plus que jamais, il est sage parmi les sages. Si le Trône du Lion est en apparence plus modeste qu'il ne l'était autrefois, au palais des dieux du Pays des Neiges, celui qui l'occupe en toute légitimité mérite pleinement son nom de Seigneur du Lotus.

Inutile de demander à Tenzin Gyatso s'il croit en la perfectibilité de l'être humain : toute sa vie en témoigne, et il répond dans un sourire qu'à son avis, « c'est le seul but valable auquel il s'efforce sans relâche d'atteindre, qui rend la vie intéressante et digne d'être vécue ». Et d'ajouter, malicieusement interrogateur : « Vous ne croyez pas ? » Puisque c'est le dalaï-lama qui le dit...

Entre Orient et Occident, sa silhouette devenue un peu plus familière, maintenant que l'étiquette s'est assouplie en se frottant aux contingences directes du monde profane et moderne, apparaît çà et là, aux quatre coins de la planète. Partout, il est d'abord et avant tout lui-même. Derrière ses lunettes, son regard perce les apparences et voit sans doute bien plus loin qu'il ne veut bien l'admettre. Et peut-être ne dédaignerait-il pas de souscrire à la remarque de Sir Arthur Stanley Eddington, distingué astronome et physicien britannique, qui notait au début du siècle : « Nous avons trouvé d'étranges empreintes sur les rives de l'inconnu. Nous avons élaboré de profondes théories l'une après l'autre pour en expliquer l'origine. Finalement, nous avons réussi à reconstituer la créature qui avait laissé ces empreintes... C'était nous-même. »

VII. Sur les routes du monde

« L'ultime vérité fait toujours figure d'erreur en avant-dernière analyse. Celui qui aura raison en fin de compte paraît souvent avoir tort dans sa pensée et dans ses actes. »

Arthur Koestler

Le Potala – siège des dieux, demeure d'un roi. Sur sa colline qu'il prolonge avec une rare élégance, dans un équilibre précieux de puissance et de sérénité, jaillissant de ses blanches fondations vers l'azur, le palais rouge domine la capitale du Tibet. Lui aussi est un symbole, celui de l'altérité du Toit du Monde. Et pourtant, en dépit de ses richesses, de ses recoins, de ses couloirs sombres et de ses splendides fresques, de ses prodigieuses bibliothèques, de ses mystérieux greniers, de ses cénotaphes, de ses chambres d'apparat et de ses promenoirs, de ses salles d'étude et de ses nids d'aigle, malgré un emploi du temps réglé selon la coutume et les astres, même un dalaï-lama pouvait s'y ennuyer.

Tenzin Gyatso reconnaît que ce n'était pas tous les jours fête... La solitude, l'austérité des études ou la rigueur de l'étiquette ne lui pesaient pas tant – ce qui l'incommodait parfois, c'était d'être coupé du monde. Pas seulement du monde extérieur, au-delà des horizons himalayens, qu'il pressentait et tentait d'imaginer au loin, mais aussi de ce monde profane et mouvant qu'il entrevoyait s'affairant au pied même de l'altière colline. Pour approcher cette vie dont tout le séparait, il s'emparait d'une longue-vue extirpée de quelque recoin empoussiéré et scrutait, de longs moments durant, de haut, une existence dont l'accès, il le savait pertinemment, lui demeurait obstinément clos. A moins que...

L'intrusion de Heinrich Harrer dans la Cité-Soleil offrit au jeune dalaï-lama l'occasion tant espérée de bousculer un peu les habitudes. L'entourage eut beau froncer le nez ou lever le sourcil, on ne s'oppose pas de front à la volonté du dieu-roi, fût-il encore adolescent. Car, à l'époque déjà, la Présence savait s'imposer et se faire entendre. C'est donc l'Autrichien qui enseigna à l'Océan de Sagesse les premières bribes d'anglais, quelques aperçus de géographie et d'histoire contemporaine, et c'est en sa compagnie qu'il repéra sur de vieilles cartes très pointilleusement britanniques, malgré certaines taches aussi blanches que béantes de « terra incognita », des villes et des pays aux noms, à ses yeux, évocateurs de rêve et d'inconnu...

L'Inde bien sûr, aux sources de sa foi, et bien au-delà, des terres lointaines comme l'Europe ou l'Amérique, porteuses elles aussi de leur pesant d'attrait, ne serait-ce que parce que détentrices des clés de la technique et de la science. A déchiffrer ainsi, sur ces papiers jaunis, ces points de chute au bout de chemins qu'il souhaitait si ardemment parcourir, le jeune souverain soupirait parfois dans son splendide isolement, et il lui prenait des envies de courir le monde. D'ailleurs, la tradition du moine itinérant était toujours inscrite dans la vie monastique, et nombreuses étaient encore à l'époque les routes de pèlerinage, fréquentées par ceux que ne rebutaient ni la longueur des trajets, ni la rareté des haltes, ni même l'éventualité d'une mauvaise rencontre. Mais ces pistes-là n'étaient pas pour le dalaï-lama, il devait suivre les itinéraires balisés et se plier aux ordonnancements hiérarchiques de la tradition, car symbole il était, symbole il devait demeurer. Du moins, tant que la Chine limitrophe admettrait la singularité de cet incompréhensible voisin...

Quand tout a brutalement basculé, en cette nuit de mars 1959, le chemin de l'exil devait déboucher d'abord sur d'autres pistes caravanières, à la rencontre d'autres sociétés et d'autres gens, à la recherche de réponses nouvelles à des questions renouvelées. L'ouverture d'autres horizons était nécessaire à la satisfaction d'une curiosité jamais prise en défaut et pour apaiser une fringale de connaissances toujours à l'affût. Pour un réfugié cependant, fût-il dalaï-lama, franchir des frontières n'est pas chose aisée, dans un monde de plus en plus policé, sinon de plus en plus soupçonneux. D'autant que, dans un premier temps, New Delhi préféra faire la sourde oreille, peu désireuse d'envenimer des rapports déjà peu amènes avec Pékin. Tenzin Gyatso attendait sagement son heure. D'ailleurs, avec sa lucidité coutumière, il s'était fixé des priorités plus impératives et plus immédiates : aider les Tibétains à surmonter le choc, à survivre, puis à rebâtir un embryon de société viable sur des débris malmenés par les dures conditions de la fuite et de l'exil, en profiter pour jeter les bases d'indispensables réformes. Les voyages viendraient ensuite.

Plus tard, en effet, ils sont venus – nombreux et variés, toujours instructifs tant pour le voyageur que pour ses hôtes du moment. Les premières années de l'exil, les déplacements se sont limités, par la force des choses, à l'Inde, vers le sud, dans le Karnataka où d'intrépides pionniers s'efforçaient de créer un environnement propice à la survie. Astreints à la construction des routes de montagne pour gagner de quoi subsister, moines et laïcs en payèrent vite le prix : par dizaines, par centaines, voire par milliers, ils succombaient – à l'extrême dureté des conditions, à la précarité de la nourriture, à l'inadaptation au climat, à la tuberculose qui fit des ravages, à d'autres maladies encore, inconnues de cette population d'altitude pourtant robuste et saine. Parfois, le désespoir aussi prélevait un lourd tribut : la nostalgie des grands espaces perdus et des grands vents, la révolte silencieuse de mourir si loin de l'immensité du ciel, l'incompréhension de l'injustice ou l'indifférence du monde contribuaient à miner un moral chancelant.

Le dalaï-lama tenait bon pour tous les siens. Présent. Tenace, il insistait, démontrait, expliquait, demandait – en vérité, nul ne parvenait à lui dire non, même si les moyens étaient et demeurent dérisoires. Avec ses difficultés, son fossé des générations, ses batailles entre l'ancien et le nouveau, ses déchirements, la communauté tibétaine en exil sait bien que c'est lui qui la fait tenir, qui la soutient et la pousse à garder la tête haute, que c'est grâce à lui qu'elle persévère et refleurit.

Aussi faut-il voir l'effervescence quand le dalaï-lama arrive parmi les siens! C'est à ce moment-là que l'on perçoit vraiment ce que veut dire pour les Tibétains l'incarnation suprême du Seigneur de la Compassion infinie, c'est à ce moment-là qu'acquiert toute sa singulière envergure la notion – pourtant ambiguë et pas véritablement précise – de dieu-roi. Dans cette prodigieuse harmonie entre la souveraineté et la modestie, entre la puissance et la bonté, réside, peut-être, une partie du secret d'être du dalaï-lama. Qu'il entre quelque part, même à l'improviste, et l'ambiance aussitôt se modifie. Ce peut être le hall d'un grand hôtel luxueux, l'un de ces monuments-symboles des sociétés d'Occident – le Capitole à Washington, l'Hôtel de Ville à Paris ou le Vatican à Rome, comme ce peut être aussi une tente dans un pauvre camp de réfugiés d'Inde : difficile de ne pas ressentir la qualité intense de cette présence.

Chaque année pratiquement, après la mousson, le dalaï-lama descend des montagnes himalayennes vers le sud, où il séjourne dans les communautés tibétaines réinstallées en des territoires radicalement différents de ceux qu'elles avaient connus autrefois. Il dispense des enseignements, assiste à des examens et ordonne des moines dans les grands monastères reconstitués – Sera, Drepung et Gaden notamment. Si le luxe et les trésors ne sont plus de mise, le savoir se maintient et se transmet. D'ailleurs, l'un des premiers soucis du souverain en exil avait été de créer, dans les meilleurs délais, une Ecole de dialectique à Dharamsala, justement pour préserver la tradition, si menacée, des longs débats monastiques. Certes, ce n'est, aujourd'hui encore, qu'une humble baraque au toit de tôle, accotée au temple principal, lui aussi reconstruit juste en face de la résidence du chef spirituel, mais l'essentiel est sauvé. Et qu'importe l'apparence?

Dès cette époque et dans une première étape, le souverain exilé s'était aussi vivement préoccupé d'encourager un nouveau départ des études de médecine, afin de protéger de l'oubli des secrets et un savoir-faire ancestraux indispensables à l'adaptation à des conditions imprévues, souvent adverses. Il avait fallu ainsi rassembler des bribes de connaissances éparses, rechercher les médecins employés à des tâches manuelles désastreuses pour la sensibilité charnelle des phalanges, qui leur servent de principal instrument de diagnostic en prenant les pouls du patient. Il avait aussi fallu patiemment reconstituer les recettes des remèdes, transmises de génération en génération, dans les lignées familiales ou de maître à disciple, puis retrouver plantes, métaux et autres ingrédients nécessaires à l'élaboration des pilules. Aujourd'hui, sur des fondements heureusement rétablis, cette tradition séculaire a repris, vigoureuse et si efficace que la renommée des médecins tibétains n'est désormais plus à faire.

La présence du dalaï-lama dans la vallée de Kangra a, par ricochet, revivifié les racines bouddhistes quelque peu étiolées à mesure que passait le temps. Si l'habitude demeurait, dans tout l'arc himalayen, d'envoyer les moines accomplir leur apprentissage et parfaire leurs études dans les grands monastères du Tibet, la discipline sur place s'était parfois un peu relâchée. L'installation d'ascètes-méditants dans la région a aussi influencé petit à petit une atmosphère redevenue plus propice à la réflexion. Avec une attention jamais démentie, le maître spirituel répond aux multiples demandes qui ne cessent de lui parvenir d'aller enseigner ici ou là, de venir consacrer un sanctuaire restauré ou un autre nouvellement bâti. Partout, l'accueil est à la mesure de l'attente, et c'est comme si sa seule présence incitait chacun, ne serait-ce que dans l'instant, à donner ce qu'il a de meilleur en lui.

Au Ladakh, à Bodh Gaya ou Varanasi, dans le Karnataka, le Seigneur du Lotus accorde son emploi du temps aux requêtes de ses compatriotes, mais s'accorde aussi quotidiennement le temps de l'étude et de la réflexion. Il est des moments où rien ne semble l'absorber davantage que la lecture d'un ouvrage ancien, déniché dans la bibliothèque de tel ou tel monastère, comme rien parfois ne semble lui faire autant plaisir que partager l'offrande d'une prière avec quelques moines d'un cloître perdu dans un décor majestueux et encore à demi sauvage.

C'est cependant avec la même attention et une franche gaieté que le dalaï-lama participera, dans la plus grande simplicité, à une fête dans une école ou s'arrêtera sans hésiter en route pour bavarder amicalement avec des nomades de rencontre. Il témoigne aussi de l'intérêt le plus vif à suivre les débats théologiques des moines et n'hésite pas à se mêler aux disputes pour expliquer un point de doctrine quand il l'estime nécessaire. Les enseignements qu'il prodigue à l'occasion de ses voyages sont toujours suivis avec attention, et ses auditeurs se plaisent à relever leur clarté : indéniablement, il a le don de partager son savoir, et une lumière sourd de ses propos – peu importe en dernier ressort qu'on la nomme philosophie, métaphysique ou sagesse.

En Inde, le dalaï-lama affectionne surtout les lieux liés à l'histoire du bouddhisme. Autour de Dharamsala, ils ne manquent pas, mais ils sont plus nombreux encore dans la partie orientale du pays, là où, autrefois, avait fleuri l'opulent royaume de Magadha. Sarnath, près de Varanasi, où le Bouddha fit son premier sermon près du Parc aux gazelles, est l'un de ces endroits de prédilection. Le Seigneur du Lotus garde le souvenir très puissant d'un certain jour, qui coïncidait avec la grande fête annuelle, quand les fidèles promènent, en procession solennelle, l'une des rares reliques de Gautama, le Bouddha historique. Il y en a fort peu à travers le monde : une dent, à Kandy, au cœur de Ceylan; trois cheveux à Shwe Dagon, l'admirable pagode dorée de Rangoun, en Birmanie; à Nagarjunakonda, et à Sarnath, un fragment d'os. Les légendes qui s'y rattachent sont belles, mais plus impressionnante encore la vénération qui les entoure.

C'est à Sarnath que la Roue de la Loi, le Dharma, fut mise en mouvement, lorsque l'Eveillé révéla les Quatre Nobles Vérités qui mènent à la libération de la chaîne des souffrances. Autour du majestueux stūpa, à la fois massif et d'une rondeur protectrice, à proximité des vestiges d'anciens ermitages, de nouveaux monastères revivent, où des bonzes de tous les horizons bouddhistes s'attachent désormais à perpétuer la longue tradition de l'Enseignement. Dans la douce sérénité d'un crépuscule rapide, une théorie de moines en robe safran ou grenat déambule rituellement autour du stūpa millénaire, quelques-uns s'installent dans l'herbe pour converser à mi-voix dans une fraîcheur bienvenue après la torride chaleur du jour au déclin, d'autres ne font rien, perdus dans une contemplation rêveuse sous les arbres.

Tandis que s'élève le murmure de la fontaine aux abords du sanctuaire, la terre elle-même dégage comme une atmosphère magique, empreinte des couleurs tendres des bougainvillées, du bruissement délicat des hautes frondaisons, du chant des oiseaux dans la feuillée, des senteurs paisibles de santal et de jasmin, de joie profonde aussi qui s'affirme soudain. Dans la paix du soir, une présence invisible et puissante plane sur ce lieu privilégié où le monde interrompt sa ronde infinie pour devenir, l'espace d'un souffle, l'axe immobile d'un temps rendu à l'éternité, à l'accomplissement de l'être.

C'était probablement un jour pareil à celui-là, quand la procession recueillie et gravement joyeuse tournait autour du Mulgandh Kuti Vihara, le sanctuaire de Sarnath, ce jour où l'émotion était si intense que, silencieusement, des larmes ont embué le regard du dalaï-lama. « Ce jour-là, quand les moines ont ouvert la châsse, naturellement, je me suis prosterné, et puis j'ai pleuré. Longtemps. Pourquoi ? Parce que je suis l'un de ses disciples, et que ces quelques pauvres reliques sont tout ce qui reste de lui. Parce que c'est un rappel à la responsabilité individuelle, à la nécessité de pratiquer sans faillir et sans relâche, pour suivre ses enseignements et continuer sur la Voie, car l'éternité humaine n'a qu'un temps... »

Bodh Gaya aussi occupe une place à part dans son cœur. Il aime à s'y rendre régulièrement, tout imprégné encore de la profonde impression qui l'avait marqué lors de son premier pèlerinage au lieu de l'Eveil : c'était en 1956, à l'occasion des fêtes du 2 500e anniversaire du Bouddha. Depuis, il est revenu souvent en cet endroit qui représente pour « chaque bouddhiste ce qu'il y a de plus noble et de plus élevé dans son héritage culturel et religieux ». Lors de ces séjours, l'aspect religieux de ses activités prend le pas sur tous les autres : il enseigne souvent, participe aux examens théologiques, mais surtout, il met à profit l'éloignement – à la fois géographique et spatial, voire temporel – de la bourgade alanguie, comme indifférente à la respiration des mondes, pour faire des retraites. Il y retrouve un peu de cette solitude voulue, raisonnée, qui décape et nourrit la réflexion.

Hormis l'Inde, le premier voyage du dalaï-lama fut pour deux pays bouddhistes, le Japon et la Thaïlande, en 1967. Ce fut l'occasion d'établir des liens plus personnels avec des traditions proches certes, mais néanmoins distinctes. Partout, il est accueilli avec cette déférence admirative et chaleureuse que l'Orient réserve à ses maîtres spirituels.

Il est ainsi à Bali, dans le nord de cette île si magiquement belle – toute en harmonies et en résonances – que d'aucuns y ont trouvé leur paradis, un petit hameau perché sur la montagne, au détour d'un sentier capricieux : Banjar. Sur cette terre hospitalière et tolérante, un monastère bouddhiste ne dépare pas dans la luxuriance tropicale accueillante à tous les dieux. De construction récente, même si la tradition de l'Eveillé s'enracine loin dans la mémoire locale, le cloître rieusement kitsch, à la manière balinaise, étage ses bâtiments rouge et gris selon les caprices de la colline et les noie presque dans l'effervescence végétale.

L'éclat des fleurs, la générosité des herbes subrepticement domestiquées et l'élégance biscornue des arbustes font assaut d'imagination débridée pour rehausser d'un détail inattendu telle échappée de la feuillée sur l'horizon. Un peu à l'écart, un arbre de la Bodhi, issu d'une bouture ramenée autrefois d'Inde, étend sa frondaison sur une statue du Bouddha en posture de méditation : chaque jour, un petit groupe de fidèles des environs s'y donne rendez-vous à la tombée du jour, pour partager avec le moine-gardien l'instant privilégié de la méditation.

Dominant l'ensemble monastique de sa masse jaune et orange, une autre effigie du sage regarde dans le lointain, tandis que, sous son piédestal, une profusion de lotus blancs et roses s'élance sur ses hautes tiges, comme une irrépressible aspiration vers la lumière. Lors d'une escale indonésienne, en 1982, le dalaï-lama avait passé quelques heures à Banjar, et ses propos affables n'ont pas été oubliés. Seul à garder les lieux, à veiller à l'entretien et à accomplir les rites, le moine résident, pourtant rattaché à la tradition théravada du Petit Véhicule, raconte avec un plaisir évident la cérémonie d'offrande qu'il a accomplie alors aux côtés de son illustre visiteur tibétain. « C'est un maître – se souvient-il, le sourire aux lèvres et le regard songeur – un vrai maître, comme on souhaiterait qu'ils fussent plus nombreux de nos jours... »

De Borobodur, dans l'île voisine de Java, il n'y a sans doute pas grand-chose à dire, sinon que c'est l'une des merveilles du monde – du monde bouddhiste en tout cas. D'autres sites – Pagan en Birmanie ou Angkor-Wat au Cambodge – témoignent dans leur grandeur désormais muette de l'irrésistible élan religieux qui a autrefois poussé à leur construction. Telle ou telle pagode de Thaïlande découvre au visiteur la souriante leçon de l'éphémère, alors que tel mont sacralisé de Chine ménage au chemineau la halte réconfortante d'un petit bois ou d'une grotte bénéfique à la réflexion. Nul édifice façonné de main d'homme n'exhale cependant l'harmonieuse perfection, le souverain accomplissement, de Borobodur, à proximité de Djodjakarta.

Perfection architecturale certes, dès le premier coup d'œil, dans l'intégration du monument à un arrière-décor de collines boisées aux lignes doucement fortes et dans le jeu des volumes équilibrés entre l'enracinement carré au sol et l'arrondi des terrasses supérieures graduellement ascendantes. Perfection ensuite du livre de pierre, qui déroule ses épisodes d'histoire et de légende tout au long du parcours rituel menant des jalons terrestres à la vision épurée, à la limite de l'indicible, au cœur même de l'axe central, en passant par les étapes du dépouillement et de la méditation. Perfection enfin du mandala initiatique, porteur de la quintessence même de la quête bouddhiste – résumé de la doctrine, exprimant par l'élégance sculptée du geste de pierre l'extrême exigence du dépassement de ses propres limites. A lire ces symboles offerts à tous les regards, la pensée cardinale du bouddhisme se révèle dans une radieuse clarté, dont la signification parfois s'occulte sous la nuée d'exégèses gauchissant son appréhension directe.

Quand il a fait ce pèlerinage, le dalaï-lama a lui aussi suivi la voie séculaire, qui va du petit temple de Mendut, où l'Eveillé enseigne dans la pénombre de la crypte sous l'œil attentif de deux bodhisattvas, jusqu'à l'entrée du grand mandala, en passant par l'émouvant sanctuaire de Pawon, dont l'intérieur nu et vide favorise le recueillement préparatoire. Et peut-être son regard s'est-il attardé un instant sur un mur extérieur, là où une main experte a fixé la stupéfiante expression d'un être au seuil d'une rencontre pressentie fondamentale : jamais et nulle part, la pierre n'a traduit avec une telle force ce moment extrême, fait d'attente, d'espérance et d'inconnu, quand le regard est sur le point de chavirer, de passer de l'extérieur vers l'intérieur. C'est juste la halte fugace, l'imperceptible moment d'hésitation avant de franchir le pas...

Dans la plaine de Kedu, la montagne sacrée a été érigée de volonté humaine, et le rosaire qu'elle égrène, de terrasse carrée en esplanade arrondie, est un hommage vibrant, mille et huit fois répété, à l'Eveillé. Magie des nombres, mirage des chiffres, envoûtement de la pierre et sortilège de la beauté : à Borobodur, quand il en déchiffre le langage à peine voilé, le pèlerin vit de tout son corps, de tout son esprit et de toute sa parole le chemin initiatique, qui va du monde des hommes à la vision, à la fois créatrice et libératrice, de l'ultime réalité. Bouddhiste, à l'évidence. Point charnière, de rupture et d'équilibre, le cosmogramme de Borobodur accomplit ce miracle d'être à l'intersection de la matérialisation de l'esprit et de la spiritualisation de la matière. Rare privilège, qui n'a guère son pareil sous d'autres latitudes : pas étonnant qu'il évoque avec une puissance si peu commune une image totalisante, le miroir d'un univers en perpétuel devenir. Pas étonnant non plus que ce monument-symbole revive aujourd'hui, vivifié grâce à la traduction donnée de ses multiples facettes par les maîtres du bouddhisme tibétain.

Axés sur les aspects les plus divers de la société d'aujourd'hui, les voyages du Seigneur du Lotus à l'étranger s'articulent en général autour d'un thème précis, mais dont les variations peuvent être modifiées à l'envi. D'ordinaire, sa préoccupation fondamentale demeure de mieux faire connaître et comprendre la manière tibétaine de voir et de vivre : les rencontres s'organisent en fonction d'invitations émanant de milieux ou de groupes intéressés, et des enseignements sont prévus à la requête expresse de personnes plus ou moins directement engagées sur la voie bouddhiste. En maître de sagesse accompli, le dalaï-lama s'attache à satisfaire le mouvement de curiosité perceptible depuis quelque temps à l'égard du Pays des Neiges, sans jamais dissocier les traits distinctifs qui fondent sa singularité et son quant-à-soi.

Aucun préjugé ne semble entacher sa perception des réalités du jeu politique moderne. Sans être dupe de ces règles, il s'abstient de juger de leur application concrète, et rappelle, lorsqu'il est interrogé à ce propos, qu'elles sont ce que ceux qui les manient en font. Il sait pertinemment que, dans les échanges entre puissances, d'aucuns peuvent chercher à l'utiliser, lui, voire la cause tibétaine, à des fins qui ne sont pas les siennes. Pour éviter ce genre de malentendu, sa seule parade est une franchise à vif, qui n'exclut cependant pas le sens de la nuance. Car, qu'il le veuille ou non, Tenzin Gyatso, dalaï-lama de son état, sait parfaitement que la politique le guette à chaque étape de ses déplacements, et qu'elle ne saurait être totalement disjointe de l'aspect temporel de sa charge.

Un récent voyage en U.R.S.S., à l'automne 1986, peut servir d'illustration à cet égard. Partis de la Nouvelle-Delhi, le dalaï-lama et sa petite suite – une demi-douzaine de personnes – ont d'abord fait escale à Tachkent, avant de s'arrêter à Alma-Ata et Oulan Oudé. De la capitale bouriate, ils ont gagné ensuite Leningrad et Moscou : deux bonnes semaines, jalonnées de rencontres et d'observations parfois révélatrices. Bien sûr, le dalaï-lama s'est prêté de bonne grâce au rituel des photos de famille comme les aiment officiels et fonctionnaires, chacun sagement aligné en rang d'oignons à l'endroit qui lui est assigné selon la hiérarchie. Bien sûr qu'il a écouté sans broncher les allocutions de routine et les grandes envolées lyriques d'une rhétorique flétrie, brassant pêle-mêle tout et son contraire... Il n'en pense pas moins, et d'autres détails autrement significatifs ont retenu son attention.

Invité par des organisations bouddhistes soviétiques, à la suggestion du chef religieux du monastère de Gaden Choekhor Ling, près d'Oulan Oudé – le plus grand de la République autonome des Bouriates-Mongolie, au sud du lac Baïkal – le Précieux Maître sait fort bien que cette initiative n'aurait pu suivre son cours sans l'assentiment du gouvernement soviétique ni l'aval des autorités communistes. De là à entrevoir une éventuelle utilisation de ce périple dans le jeu des relations en dents de scie entre Moscou et Pékin, il est un pas que le dalaï-lama n'entend pas franchir – ce qui ne l'empêche pas d'admettre que ce déplacement n'a peut-être pas forcément fait plaisir aux Chinois, ni de reconnaître que l'amorce de timides changements dans les rapports entre les deux Grands du communisme sur le continent asiatique pouvait à la longue se répercuter sur la situation au Tibet. Sans d'ailleurs se bercer d'illusions : « à la longue », dans la perception orientale, peut aisément signifier une vie humaine, dépasser une ou plusieurs générations. Durant cette visite, des aspects immédiats et concrets l'ont frappé.

Ainsi, une timide libéralisation dans la pratique de la foi religieuse : une assistance beaucoup plus nombreuse et moins craintive que lors d'un précédent voyage à Oulan Oudé, avec des fidèles venus jusque de Mongolie extérieure; une atmosphère plus nettement tournée vers la spiritualité à Zagorsk, où de nombreux jeunes se pressaient dans la nef d'une grande église; une attitude plus ouverte dans les discussions avec les dignitaires religieux. Il a profité de cette détente pour laisser aux mains de l'abbé de Gaden Choekhor Ling les cadeaux, modestes ou somptueux, apportés par les pèlerins en témoignage d'allégeance, afin d'ouvrir une école de dialectique bouddhiste à l'intention des moines à Oulan Oudé. Au monastère, il a retrouvé un de ses disciples, jeune clerc bouriate envoyé faire son apprentissage religieux quelques années durant à Dharamsala.

« Cette fois-ci – m'a précisé le Seigneur du Lotus – j'ai eu mon content de contacts théologiques variés, puisque l'on m'a fourni l'occasion non seulement de m'entretenir avec les bouddhistes de Mongolie, mais également avec des musulmans, des orthodoxes, des adventistes du septième jour et des chrétiens. A vrai dire, c'était souvent des formalités, plutôt des réceptions et des cérémonies, des choses de ce genre. Mais enfin, on peut en conclure que chacun y trouvait son compte : en U.R.S.S., on aime beaucoup parler de paix, et comme je prétends que la paix du monde passe par la réalisation et la pratique de la paix intérieure de l'homme...

« Pour la première fois, j'ai pu aussi m'entretenir avec des chercheurs et des scientifiques communistes, notamment à l'Institut de neuropsychologie et à l'Institut d'études orientales de Leningrad. Ce fut extrêmement instructif, et il y a des choses fort intéressantes dans les bibliothèques de là-bas. Et puis, à Alma-Ata, ce fut superbe. Il a plu le soir où nous sommes arrivés, et le lendemain matin, les montagnes des alentours étaient saupoudrées d'un impalpable voile de neige. C'est beau, la montagne... Vous avez déjà volé avec l'Aeroflot? – son regard s'enfouit sous la paupière plissée – le service s'est nettement amélioré depuis mon dernier voyage, il y a quelques années... Pour le reste, vous savez, Moscou ne change guère... Je pense néanmoins que, pour l'Union soviétique, le Tibet est important, tant du point de vue politique que géographique, comme il le demeure pour l'Inde et l'Afghanistan. Sur le territoire soviétique, le bouddhisme s'enracine dans la tradition tibétaine, et cela, outre des liens qui remontent en tout cas à mon prédécesseur, on ne l'ignore pas à Moscou. »

Les voyages à l'étranger soulèvent nombre de difficultés pas toujours simples à résoudre. Si les questions financières constituent parfois un obstacle, elles sont résolues grâce à des contributions des Tibétains établis dans divers pays, trop heureux d'accueillir leur chef spirituel. Des organisations bouddhistes se joignent à cet effort, de même que des personnes privées. Le gouvernement de la Nouvelle-Delhi participe aussi aux frais et assure en partie la sécurité, du moins en territoire indien. C'est là sans doute l'une des préoccupations majeures de l'entourage du souverain en exil, et, même modeste, sa garde personnelle est toujours sur le qui-vive. Plus encore cependant que ces détails pratiques, ce sont des considérations d'ordre nettement plus politique qui expliquent, si elles ne justifient nullement, la réserve, voire l'ostracisme qui continuent, officiellement, d'entourer le dalaï-lama et la cause du Tibet.

Il est de règle dans la communauté internationale de s'abstenir de toute ingérence dans les affaires intérieures d'autrui. Ce qui fait, plus souvent qu'à son tour, oublier une autre règle, réputée cardinale, du comportement social : le devoir moral d'aide à toute personne en danger. Inutile de s'appesantir sur la kyrielle de cas qui illustrent, *a contrario,* cet état de choses : ils sont décidément trop nombreux pour les énumérer, tous ceux qui se sont produits non seulement au fil de l'Histoire, mais simplement au cours de ce siècle. La question du Tibet, elle, se complique encore par l'ignorance quasi totale des réalités du haut pays, nimbé d'un halo de mystère nourri de toutes les chimères du rêve. Son isolement, à la fois imposé et voulu, a coûté cher à ce Shangri-la de toutes les aventures de l'imagination, et le réveil a été brutal. D'autant plus brutal que, en raison même de son option de vie bouddhiste, il n'est pas dans la mentalité tibétaine de répondre à l'iniquité par la violence. Aussi, face à l'adversité et à une coalition hétéroclite d'intérêts plus ou moins avouables, où se côtoient l'idologie et le mercantilisme, le Tibet se retrouve-t-il plus démuni que quiconque : le dalaï-lama ne s'en formalise pas et demeure persuadé que la droiture et la vérité finiront par l'emporter.

Par le contact direct avec les autres, le chef spirituel tibétain s'efforce d'établir des ponts, de dépasser les points de friction pour affermir les points de convergence. A commencer par le domaine qui lui tient le plus à cœur, celui de la religion, poutre maîtresse de la vie humaine. Après plusieurs rencontres avec des dignitaires comme l'archevêque de Canterbury, des archimandrites orthodoxes, des chefs musulmans du Ladakh ou d'Union soviétique, avec des papes aussi, c'est animé de ce même élan vers les autres que le Seigneur du Lotus s'est rendu à Assise à l'automne 1986 pour participer à la journée de prière que l'évêque de Rome avait voulue universelle pour la paix du monde. Aux côtés de représentants d'une dizaine d'autres grandes religions, le dalaï-lama a tenu à réitérer de la sorte son inébranlable certitude que la vie peut être belle, de plénitude et d'harmonie sur terre – pour peu que l'être humain sache s'y comporter.

Au gré des circonstances, de curieuses coïncidences surgissent parfois sur la trame du temps, dans le carambolage imprévu de lointaines traditions. Pour éphémères qu'elles soient, ces rencontres n'en éclairent pas moins, fortuitement, des perspectives insoupçonnées. Ainsi, lors de son voyage aux Etats-Unis, en 1980, un petit groupe d'Indiens Hopis se présenta à l'improviste à l'entrée de la maison où séjournait le dalaï-lama à Los Angeles. Ces anciens, gardiens d'une tradition mal connue mais encore vivante, porteurs d'une connaissance trop longtemps méprisée ou moquée, affirmaient tranquillement qu'ils avaient un message d'importance à communiquer au chef spirituel tibétain.

Comme Tenzin Gyatso n'a pas pour habitude de bouder l'inattendu, un entretien fut ménagé. « Une curieuse rencontre – se souvient-il aujourd'hui. Des êtres d'une très grande courtoisie. Ils voulaient me raconter une ancienne prophétie de leur peuple, qui se transmet chez eux de génération en génération, selon laquelle, un jour, viendrait du Levant quelqu'un dont le nom serait lié à une vaste étendue d'eau salée. Ils pensaient que ce pouvait être moi, et ils étaient venus me le dire... Leur préoccupation de sauvegarder l'environnement et leur respect de la nature m'ont grandement impressionné. C'était il y a plusieurs années déjà, mais ce souci de tout ce qui nous entoure prend chaque jour davantage d'importance, et entre eux et nous, c'est encore un point commun. »

La tradition des Hopis dit en effet qu'un jour un Frère du Clan du Soleil, un vrai sage, arriverait chez eux, eux qui pensent que l'Axe du Monde passe sur leur territoire, comme il traverse le Toit du Monde. Autre coïncidence curieuse, le rituel hopi du Feu ressemble à s'y méprendre à une cérémonie tibétaine similaire, tandis qu'une ancestrale prédiction du haut pays affirme que « le jour où l'oiseau de fer volera, quand les chevaux galoperont sur des roues, le peuple de Bod sera disséminé par le monde comme des fourmis, et le Dharma abordera au continent de l'homme rouge ». Pour l'heure, le dalaï-lama ne veut pas se hasarder à des spéculations aléatoires, il se contente de relever les analogies, et de sourire. Mais son souci du monde qui nous entoure s'exprime à chaque fois que l'occasion se présente : « La paix et la vie sur terre telle que nous la connaissons sont menacées par les activités de l'homme méconnaissant les valeurs humaines. (...) Il est aisé de pardonner les destructions du passé, conséquence de l'ignorance. Néanmoins, aujourd'hui, nous avons accès à davantage d'informations, et il est essentiel de réexaminer, d'un point de vue éthique, l'héritage dont nous sommes responsables et que nous léguerons aux générations à venir. (...) Nous en avons la capacité et la responsabilité, et nous devons agir avant qu'il ne soit trop tard [16]. »

Il suffit de le suivre dans son jardin pour s'en rendre compte : la relation du dalaï-lama à la nature paraît aussi organique, vitale, qu'à ses semblables. En même temps, il y a comme une matière de détachement, une distance entre lui et ce qu'il est amené à faire : Tenzin Gyatso se montre réservé, voire prudent, dès lors qu'il s'agit de confondre, un peu hâtivement, son rôle spirituel et ses activités temporelles. A ses yeux, il pourrait se révéler dangereux de confier au chef d'une quelconque religion le pouvoir politique. « Par exemple, si quelqu'un comme le pape, qui se trouve à la tête d'une église spécifique, devenait un dirigeant politique national, il pourrait lui être difficile, à la longue, de rester objectif, tant dans ses fonctions religieuses que politiques. Combiner de la sorte l'Eglise et l'État peut créer des problèmes, à moins d'une très grande souplesse dans les deux rôles. S'il faut se plier strictement à une tradition, cela peut se révéler malaisé. Le rôle du dalaï-lama dans le domaine religieux n'est pas celui d'un pape : il est plus nébuleux et plus abstrait.

« Pour les Tibétains, c'est autre chose. Quand on dit que le dalaï-lama est un chef spirituel et temporel, cela ne définit nul rôle rigide dans l'un ou l'autre de ces domaines. Il s'agit d'un titre général, qui signifie que le dalaï-lama est respecté en tant que maître en religion, et qu'il a voix au chapitre dans les affaires politiques tibétaines. Je suis libre d'exprimer mon opinion, aussi bien en matière religieuse que politique, et je n'ai à me faire le porte-parole d'aucune institution particulière. Ainsi donc, quand les Tibétains disent " combiner les fonctions religieuses et séculières ", cela ne correspond pas entièrement à ce que les Occidentaux entendent quand ils parlent de liens entre Eglise et Etat. Si j'étais dans un Tibet libre, la situation serait différente, mais comme réfugié, je suis sans doute soumis à moins de contraintes. » Ce que les Occidentaux ne saisissent pas toujours d'emblée, et qui confère, sans nul doute, encore davantage de poids aux prises de position du dalaï-lama : en un sens, sa liberté est totale.

Quoi qu'il en soit, le premier voyage de Tenzin Gyatso aux Etats-Unis témoigne assez bien de l'ambiguïté de l'Occident face à la question tibétaine, à tout le moins de ses méprises, et parfois même, d'une déplorable ignorance. Chacun sait que, des années durant, Washington avait feint d'ignorer jusqu'à l'existence de la Chine populaire et avait longtemps fait obstruction notamment à son entrée aux Nations Unies – en invoquant même, mais toujours en coulisses, la situation sur le Toit du Monde. Quand vint le retournement et le voyage du président Nixon en Chine, une fois encore, le Tibet fut prestement rejeté aux oubliettes – sous des prétextes soudain opposés, mais toujours aussi futiles : intérêts obligent. Pourtant, en 1980, quand tous les obstacles, sérieux ou non, furent finalement levés, le souverain exilé fut accueilli avec chaleur à chaque étape de son périple américain – certes pas officiellement, mais officieusement en tout cas. Là aussi, son charisme personnel fit merveille. Mais rien de concret n'a été entrepris, sur le plan politique, pour dénoncer le scandale de l'occupation chinoise, par exemple dans les instances internationales. Peut-être est-ce Charles G. Rose, un membre du Congrès, qui a résumé le plus lapidairement les traits saillants du dalaï-lama en présentant son hôte à ses collègues dans le très austère et solennel Constitution Hall à Washington : « Le dalaï-lama encourage les gens à penser davantage par eux-mêmes. » Clin d'œil de la petite histoire, quelques semaines plus tard, c'était au pape Jean-Paul II de prendre la parole à la même tribune...

Cette cécité, plus ou moins volontaire, des démocraties au sujet du Tibet n'est pas l'apanage des Etats-Unis, et les responsables politiques européens n'ont guère de raisons de pavoiser à ce propos. Les intellectuels non plus, d'ailleurs, ceux qui d'ordinaire se veulent la conscience des peuples, les faiseurs d'opinion ou les porte-parole de tous les opprimés. Certes, les circonstances atténuantes sont légion, pour les uns comme pour les autres : le Tibet, c'est loin, c'est haut, c'est inconnu, c'est mystérieux. Pour d'aucuns, cela oscille entre Tintin et la magie blanche ou noire, la montagne sacrée et l'abominable homme des neiges, l'exotisme d'impossibles pèlerinages et les divagations de la déraison. Et puis, dans l'ensemble, l'amitié – fidèle ou aveugle, lucide ou bassement intéressée – de la Chine vaut bien une messe, fût-elle destinée à couvrir le sang de milliers et de milliers de victimes, sciemment ou non ignorées.

Au point qu'à l'heure actuelle, quand, pour des motifs à l'évidence financiers, Pékin décide enfin d'ouvrir les frontières d'un pays qui n'est pas le sien à ceux qui en rêvent, la plupart de ces voyageurs pressés, à la remorque de la dernière mode, semblent préférer ne pas savoir qu'une tragédie s'est déroulée là-haut, à l'abri d'un effroyable mur de silence, et qu'elle se poursuit encore, sous leurs yeux qui refusent de voir. Certains vont même, toute pudeur bue et toute ignorance ravalée, jusqu'à expliquer doctement, à leur retour, « pourquoi le Tibet n'est pas l'Afghanistan des Chinois ». Dans le même temps, en Suisse, en France, en Italie, ailleurs encore peut-être, quand le dalaï-lama est autorisé à se rendre à l'invitation de quelque groupe ami, il se trouve toujours quelqu'un pour rappeler sans ambages que sa visite est privée, tandis que les contacts officiels sont soigneusement éludés. C'est que Pékin s'accroche bec et ongles à ses principes, fussent-ils infondés ou faussés, et n'hésite pas à brandir jusqu'à la menace pour faire respecter sa volonté. En l'occurrence, pour asseoir l'idée, au mépris de toute vérité, que le Tibet, c'est la même chose que la Chine.

Pour éroder ces montagnes de préjugés, le dalaï-lama dispose de moyens modestes, aussi bien face à la masse chinoise qu'à sa redoutable machine de propagande. Il considère cependant qu'avoir la vérité de son côté est un avantage inestimable, et c'est cette réalité-là qu'il s'efforce de faire comprendre à ceux qui veulent bien l'entendre quand il prend la route des chemins du monde.

A mille et une reprises au cours de ses voyages les plus récents en Occident, au cours d'entretiens en Inde avec diverses personnalités de divers horizons, au cours de rencontres impromptues, la question de la violence lui a été posée. Parmi les Tibétains eux-mêmes, dans les rangs surtout de la jeune génération née ou grandie dans l'exil, elle a été ressentie avec une acuité si vive parfois, que, pour certains, ce fut un vrai crève-cœur d'y renoncer. Les arguments ne manquent pas, en particulier défendus avec l'ardeur éloquente d'une jeunesse libre, aux yeux ouverts sur un monde en rapide mutation : non pas volonté délibérée de faire mal ou de détruire, mais révolte contre la conspiration du silence, volonté de se faire entendre en dépit de la lassitude de crier dans le désert.

Pas de détournements d'avions, pas d'attentats à la bombe, pas de prises d'otages pour exercer le chantage et s'offrir à bon compte la publicité et le luxe douteux du mépris : les Tibétains ne mangent pas de ce pain-là, car, pour eux, ce serait s'avilir que d'avoir recours à pareils procédés. Pourtant, il y a eu, il y a encore, une résistance armée clandestine au Tibet même. Elle est sporadique, faute de moyens et d'appuis extérieurs. Et dans la communauté en exil, il existe dix mille hommes qui ont servi sous les drapeaux de l'armée indienne, pour la plupart dans les troupes d'élite, de parachutistes et de gardes-frontières de montagnes. Tenzin Choegyal, le plus jeune frère du dalaï-lama, est l'un d'eux, et il dit parfois, avec un petit sourire en coin, que jamais le Tibet n'a eu, au cours de sa longue histoire, pareille armée...

Pourtant, il est un garde-fou que nul parmi eux ne s'aventurerait à franchir : la position du souverain exilé lui-même. Aussi loin dans le temps qu'il ait été confronté à ce cruel dilemme, le dalaï-lama s'est évertué à respecter sa conscience et sa foi. Ses propres expériences face à l'envahisseur chinois, la tragédie de son peuple, dont il a pleine conscience, l'injustice criante faite aux siens, n'ont pas entamé son inébranlable foi en la non-violence bouddhiste. Il demeure philosophiquement un adversaire résolu de la violence en tant que moyen de parvenir à une fin – pour lui, celle-ci ne justifie jamais celle-là. Ce n'est pas faute de compréhension ni de compassion : dès la longue et périlleuse marche de l'exil, il a dit son admiration et sa profonde estime pour l'abnégation et la vaillance des guerriers khampas qui ont protégé sa fuite. Aujourd'hui pas plus qu'hier, il n'est cependant convaincu que la violence puisse faire avancer en quoi que ce soit la cause tibétaine.

A ses interlocuteurs d'ici ou d'ailleurs, qui s'étonnent parfois de ce qu'ils prennent pour une manière de passivité ou de renoncement, dans un monde où trop souvent la loi du plus fort devient la meilleure, le dalaï-lama répond, sereinement, qu'il s'en tient à l'attitude proposée par la Bonne loi du Mahayana : « L'action radicale et la violence peuvent être compréhensibles en certaines circonstances, quand la motivation est altruiste, quand le motif est juste et qu'il n'y a pas d'autre possibilité. En ce sens-là, vue plus en profondeur, la violence est non-violence, car elle a pour but d'aider les autres. »

Il n'y a là ni sophisme ni casuistique bouddhiste. « C'est à la fois grand dommage et très grave qu'aujourd'hui la violence prenne une telle importance dans la société. Il ne faut toutefois pas oublier qu'il y a violence et violence – celle à laquelle personne ne prête attention, et celle que tout le monde voit, dont tout le monde parle. En aucun cas, ce n'est une méthode positive.

« Du point de vue bouddhiste, si l'on considère la violence comme quelque chose de mauvais, c'est parce qu'elle fait mal, parce que l'on heurte quelqu'un ou quelque chose. Mais faire mal, il y a aussi différentes manières. Cela ne signifie pas obligatoirement employer la force brutale. Par exemple, en souriant, très poliment, très gentiment, en adoptant une attitude correcte et courtoise, alors que le but recherché n'en est pas moins de blesser, de faire mal. C'est aussi une manière de violence. Cela peut également être beaucoup plus direct, voire physique. Par exemple, si une mère gifle son enfant – ça fait mal, bien sûr, mais elle n'agit pas dans l'intention de nuire. L'apparence pourtant est violente, au lieu que le sens profond est autre, c'est une façon d'aider, la motivation est bonne ou juste. Le miel fielleux, c'est pis encore que cette violence apparente.

« Quant à la violence ou la non-violence, c'est encore autre chose. Il s'agit d'une méthode, nullement d'un but. Lorsqu'il n'y a pas d'autre choix, c'est explicable, sinon justifiable. La juste motivation, fondée sur l'altruisme, permet de comprendre, mais il convient de rester détaché, de ne pas prendre plaisir à faire mal. Pour aider les autres, quand il n'y a vraiment pas d'autres moyens, c'est admissible. Les déesses courroucées et les dieux irrités sont là pour indiquer que l'on peut recourir à la violence comme méthode, car ce sont de puissants instruments, mais ce n'est jamais, au grand jamais, un but. »

C'est dans cette perspective que le guide spirituel tibétain s'est récemment adressé à ses coreligionnaires bouddhistes de Sri Lanka, l'île naguère paradisiaque devenue aujourd'hui le champ clos de sanglantes rivalités ethniques. Cette démarche illustre parfaitement l'approche du présent et de ses antagonismes par l'exilé de Dharamsala : « Il est facile de parler des grands principes, mais l'épreuve réelle de la pratique ne vient qu'à l'instant d'une situation difficile. Dans leurs affaires, les hommes sont voués à des différences d'opinions et à des conflits d'intérêts. Néanmoins, nous ne pouvons espérer apporter de solutions viables et durables à ces problèmes uniquement par l'usage de la force. (...)

« Depuis quelque temps, je suis avec peine et souci la situation au Sri Lanka. Les problèmes ethniques actuels sont d'autant plus malheureux si l'on songe que les deux communautés sont des fidèles de deux anciennes religions qui ressemblent aux eaux d'un même fleuve. Des tentatives sont en cours pour élaborer une solution. Je voudrais en appeler à tous mes coreligionnaires bouddhistes du sangha afin qu'ils prennent la tête du mouvement pour dénouer pacifiquement la situation.

« Notre maître nous a indiqué la voie de la non-violence, de la tolérance et de la compassion. Malgré les terribles injustices dont mon peuple a souffert sous l'occupation chinoise, je me suis toujours efforcé de trouver une solution pacifique. Dans le cas de Sri Lanka, quelles que soient les différences et l'issue finale du conflit présent, le fait demeure que les deux communautés ont beaucoup de choses en commun et qu'elles devront vivre ensemble à l'avenir. Il est donc de l'intérêt à long terme des deux communautés d'essayer de trouver une solution pacifique par la tolérance, la bonne volonté et la confiance, plutôt que par la haine et la violence [17]. »

Même s'il dit souvent qu'il n'est pas nécessaire d'être religieux pour se sentir responsable et se comporter de façon juste, le dalaï-lama recherche, avec ses interlocuteurs d'autres religions, à jeter des passerelles entre ce que les divers courants de pensée ont en commun : les notions de justice et de droiture, de vérité, d'altruisme et de bonté. En somme, ce qui fonde la plupart du temps l'aspiration spirituelle de l'être humain, dans toutes ses variétés et parfois ses contradictions.

Avec certains, le courant passe d'emblée; avec d'autres, c'est moins manifeste. Les contacts avec les jaïns, par exemple, sont aisés : « C'est que – précise le Précieux Protecteur – jaïnisme et bouddhisme sont presque jumeaux, nés à la même époque reculée et descendants de l'hindouisme. Les conceptions cardinales de nos visions du monde se rejoignent, peut-être les jaïns sont-ils plus stricts encore que nous sur certains principes. Ainsi, ils sont rigoureusement végétariens, alors que tous les bouddhistes ne le sont pas. Comme nous aussi, ils fondent leur attitude sur l'*abimsa,* la non-violence.

« Je ne peux pas en dire autant des rapports avec les hindous : c'est plus diffus, plus malaisé, parce que chacun pratique à sa façon, il n'y a pas de chef qui puisse parler en leur nom. Néanmoins, il est possible, parfois, d'approfondir la discussion avec des ascètes ou des érudits. Avec les musulmans? C'est un peu pareil, eux non plus n'ont pas de leader, si bien que cela dépend en grande partie des individus.

« Voyez les musulmans du Ladakh. Sur le plan religieux, ce sont des mahométans. Cependant, du point de vue ethnique, coutumier et culturel, ils sont Tibétains. La majorité d'entre eux sont chiites, c'est-à-dire de stricte obédience aux préceptes de leur loi, ce qui signifie qu'ils n'ont guère de relations avec les autres religions et ne partagent jamais, par exemple, un repas avec des bouddhistes. Or, en ce qui me concerne, ils acceptent parfois de le faire, et je vous assure que certaines de ces collations furent succulentes...! On doit toutefois à la vérité de dire qu'il s'agit là davantage de contacts sociaux, et que d'autres raisons, plus affectives, les expliquent. Les musulmans ladakhis se sentent très proches du Tibet en général, et du dalaï-lama en particulier.

« Des discussions sérieuses, théologiques, avec des mahométans, il ne m'en souvient guère. Une ou deux fois peut-être, avec des soufis notamment, parce que, curieusement à première vue, ils s'intéressent beaucoup à la compassion et à certaines méthodes de méditation bouddhiste. Mais cette approche porte sur des détails techniques, liés à un entraînement spécifique... Si je rencontrais l'ayatollah Khomeiny ? De quoi voulez-vous que je parle avec lui, sinon de religion, de Dieu et de pratique de la compassion ? »

Souvent, le maître tibétain rappelle qu'il n'est aucunement intéressé à convertir les autres au bouddhisme. Ce qui lui importe, c'est que les bouddhistes apportent leur contribution à la société dans son ensemble, en conformité de leurs propres idées et leur propre conception de vie, qu'ils jouent leur rôle dans la cité sans s'en exclure. Quand il enseigne ou donne des conférences à l'étranger, ses propos s'insèrent toujours dans cette perspective. Certaines escales néanmoins apparaissent plus intenses que d'autres, ne serait-ce que pour des raisons sentimentales – comme l'admet lui-même le dalaï-lama.

Ainsi, il fallait passer par les Alpes de Haute-Provence en mai 1986, se laisser surprendre par son Festival du Tibet et s'arrêter à Digne pour prendre la mesure de l'insolite. Samten Dzong, ou la Forteresse de la méditation, ou plus simplement la Fondation Alexandra David-Neel, se donnait des airs de ruche affolée. Peut-être y avait-il de quoi : l'attente était fiévreuse pour accueillir le maître tibétain. Pourtant, ce n'était pas la première fois que Tenzin Gyatso se rendait dans ce coin retiré où l'exploratrice avait vécu les dernières années de sa longue vie et où, en cherchant bien, l'on pouvait presque retrouver des réminiscences des lointains espaces himalayens qu'elle avait tant aimés. Mais, en 1982, le dalaï-lama n'avait fait que passer, juste le temps de poser la première pierre de ce qui allait devenir la salle de conférence-musée-bibliothèque qu'il venait inaugurer quatre ans plus tard. De surcroît, l'hôte chaleureusement attendu devait dispenser un enseignement trois jours durant, donner une conférence publique, rehausser de sa présence une exposition consacrée au Tibet, et recevoir le titre de citoyen d'honneur, ainsi que les clefs, de la capitale de la lavande : de quoi occuper sans répit les responsables de la sécurité et le petit groupe de fidèles qui s'étaient lancés dans l'aventure...

Comme à l'accoutumée au cours de ces voyages, il s'engage une espèce de marathon, dont la fébrilité ne l'éclabousse même pas : l'Océan de Sagesse trouve le temps d'accorder des audiences, de rencontrer des journalistes, de bavarder avec des amis, et d'offrir en partage des éclats de joie de vivre irisés de sérénité. Et dire qu'Alexandra David-Neel avait un jour soupiré : « Bien sûr que cette distinction – elle venait de recevoir la Légion d'honneur – me fait plaisir, mais j'aurais tellement mieux aimé accueillir ici le XIVe dalaï-lama! » En apprenant cette réflexion, Tenzin Gyatso esquisse un sourire, lève un œil mi-interrogateur mi-railleur vers le ciel et commente : « Grâce à son intense pratique bouddhiste, elle a dû avoir une très bonne renaissance. Peut-être que là-haut, dans son paradis, elle est en train de nous regarder discuter, et de sourire de voir son vœu exaucé? »

Deux conférences en deux jours à Paris, plusieurs rencontres et divers contacts, tous privés bien entendu, une petite réception à l'Hôtel de Ville, puis trois jours incognito dans un manoir normand ont complété ce dernier séjour en France. Peu de moments de loisirs dans un emploi du temps minuté, mais tout de même, une ou deux échappées peu banales. La première, une visite impromptue à l'abbaye de Bec-Hellouin, où les bénédictins n'en sont pas encore revenus d'avoir vu surgir chez eux un personnage à la fois si mythique et si inopinément familier : la règle de Saint-Benoît retient l'attention du moine bouddhiste, qui y perçoit comme de lointains échos de sa propre pratique de méditation et de réflexion. Et Tenzin Gyatso apprécie en connaisseur le calme des cloîtres un peu à l'écart de l'agitation profane des agglomérations urbaines, où l'esprit est tellement bousculé que l'homme n'a plus le temps de rêver...

Encore plus inattendue peut sembler l'autre escapade : à la surprise de son entourage, mettant à profit un moment en principe destiné au repos, le dalaï-lama manifeste le désir d'aller voir la plage du débarquement, à Arromanches. Il fallut improviser à la hâte, prévenir le maire de la petite ville, ouvrir la musée sans négliger les impératifs de sécurité, et se rendre à la volonté du Précieux Protecteur. Mais le caprice n'était pas si capricieux qu'il y pouvait paraître. « Je voulais voir, sentir – m'expliqua-t-il quelques semaines plus tard. J'ai beaucoup lu au sujet de cette fameuse plage, du débarquement en Normandie et de la Seconde Guerre mondiale. Je voulais voir l'endroit exact, réel, où tant de gens ont souffert et sont morts, où ils ont sacrifié leur vie. Je voulais également voir les armes, ces gros canons et tous ces fusils que j'imaginais avec peine. En m'approchant de ces engins-là, de ces armes et de ce sable, j'ai senti et partagé les sentiments de ceux qui s'y trouvaient à l'époque...

« Beaucoup de souffrance, de peur et d'angoisse. L'anxiété de ceux qui venaient de la mer, et la peur au ventre de ceux qui s'apprêtaient à se battre. De la haine aussi, beaucoup, des vagues de haine. Je souhaitais partager, ne fût-ce qu'un bref instant, tout cela avec ceux qui l'ont vécu et en sont morts. Il fallait que je voie par moi-même. Afin de partager aussi le souvenir de ce qui a été... »

Le souvenir de ce qui a été... Autrefois, au Potala, le jeune dalaï-lama promenait un œil investigateur sur de poussiéreuses mappemondes, écornées et jaunies, si rarement utilisées qu'elles s'en effritaient presque à les déplier. Au loin, très loin, bien au-delà de sa portée immédiate, il percevait des mondes en mouvance et en mutation, si loin qu'il lui était malaisé de les imaginer. Aujourd'hui, ce moine infiniment habité par des éternités infinies, comment voit-il le monde des hommes dont il parcourt les chemins et sur lesquels se pose son regard serein ?

« Le monde aujourd'hui... L'Occident m'apparaît essentiellement préoccupé par le côté matériel, mais il ne se suffit pas à lui-même : malgré ses incontestables acquis, il ne parvient pas à combler tous les désirs de l'homme. C'est dire qu'il manque quelque chose à sa compréhension du monde.

« Sans dimension intérieure, l'être humain ne saurait être complet, il ne peut aller plus loin pour se comprendre lui-même ni définir son propre monde. Nous avons tous un passé, un avenir. Nous sommes en visite, des touristes qui font des expériences – nous ne faisons que passer.

« Le monde m'apparaissait bien plus intéressant, plus désirable auparavant... Avec l'expérience, les années qui passent, j'ai dû me rendre à l'évidence que ce n'était pas forcément aussi agréable que je pouvais l'imaginer. La pensée humaine échafaude des constructions souvent tellement plus belles que ne l'est la réalité du monde... »

TROISIÈME PARTIE

DES TROIS TEMPS ET DES DIX DIRECTIONS

I. Un chemin vers Shambhala

« *Savoir parler*
a toujours été savoir se taire,
savoir qu'il ne faut pas
toujours parler. »

Octavio Paz

DE lumière et de beauté, le pays de Bod a tant fait rêver que ses propres rêves laissent songeur. D'ailleurs, où commence le songe quand on vit sur une terre de rêve ? L'horizon est si proche au bout de l'immense plaine qu'une fois franchi l'invisible rempart, peut-être est-ce vraiment le pays des merveilles... Ou, du moins, ce royaume mystérieux, caché aux yeux de presque tous – ce qui ne l'empêche nullement d'exister, que peuvent voir ceux dont le cœur est pur, vers lequel convergent inlassablement, depuis des siècles, les aspirations d'infatigables pèlerins, et duquel de grands sages disent avoir hérité de précieux enseignements.

Shambhala est au Tibet ce que sont à d'autres la Montagne sacrée, le cœur enfoui du monde, le passage du visible à l'invisible, ou encore l'âge d'or à venir. Symbole aux confins de l'infini et de l'éternité, le pays magique existe de toute la puissance de l'idée dont il est dépositaire : investi des croyances les plus humbles aux réflexions les plus audacieuses véhiculées au fil des temps par la geste des héros fondateurs, il s'est sans cesse enrichi des perceptions de générations de méditants, ascètes et chemineaux engagés dans la voie de la connaissance, de l'accomplissement aussi et de la plénitude consommée des grands sages. Seigneur de la

Montagne, comment le Tibet n'aurait-il pas lui-même sa contrée encore plus altière, plus attirante et secrète parce que au-delà même de son éclatante réalité ? Pour aller à Shambhala, il suffit de suivre le guide, sans ignorer toutefois que d'aimables farfelus comme d'authentiques chercheurs d'absolu s'y sont fourvoyés. Car, même au pays des songes éveillés, les volutes irisées des mirages peuvent dissimuler de réels dangers.

A elle seule, l'histoire de Shambhala traduit et résume le paradoxe de la quête. Elle est étroitement liée à la Roue du Temps, le Kālachakra, l'une des plus hautes initiations tantriques du bouddhisme tibétain, donc des plus secrètes, car extrêmement complexe à maîtriser et supposant une vaste connaissance des aspects les plus divers de la tradition. Pourtant, c'est l'unique initiation de l'Anuttara-Yoga-Tantra dispensée ouvertement, du moins dans ses étapes initiales, à l'auditoire le plus hétéroclite qui soit : chacun peut y prendre part, pour peu qu'il y manifeste le plus infime intérêt. La simple présence à pareille cérémonie est considérée comme bénéfique, puisqu'elle est censée assurer une renaissance dans le royaume occulté, gardien de la pureté de l'enseignement et garant de la pérennité de la Bonne Loi. Et quand elle est conduite par le dalaï-lama en personne, les auspices sont d'autant plus favorables, car lui-même est l'héritier en droite ligne de ce lignage traditionnel ininterrompu, dit-on, depuis des siècles – depuis l'enseignement premier du Bouddha.

Mythe ou réalité, ce royaume étrange dont le nom signifie « la source du bonheur » ? « La réponse n'est pas facile – concède le dalaï-lama, avec un sourire si indéfinissable qu'il se prête à toutes les interprétations. A chercher sur la carte du monde, bien malin qui identifiera le lieu précis où se trouve cette contrée merveilleuse. Il est dit dans les guides qu'en passant par Bodh Gaya, en se dirigeant vers le septentrion, vers l'Himalaya, on finit par arriver à un formidable rempart de glace et de neige...

« Nous pensons, nous autres bouddhistes, qu'il existe bel et bien un endroit, un peu comme un ciel ou un paradis, ou mieux : une Terre pure, proche de notre univers de tous les jours, que l'homme ordinaire ne peut pas voir, où il ne peut aller, où nul ne peut se rendre s'il ne pratique une méthode particulière, par la méditation ou autrement, par le rêve par exemple. Il faut cependant que les intentions de celui qui s'engage dans cette voie soient parfaitement pures, dénuées d'égoïsme et de malveillance. Sinon, il est impossible de parvenir à Shambhala, car c'est un monde très différent de notre quotidien. Il n'empêche que ce n'est absolument pas une vue de l'esprit, il existe matériellement dans notre univers. Si tant d'enseignements fondamentaux nous viennent de Shambhala, comment voulez-vous que ce ne soit qu'une légende ? »

De quoi demeurer perplexe, en tout cas, car si Shambhala existe de la sorte, cela devrait se savoir. Mais le temps existe-t-il ? Telle est aussi la question, puisque le royaume mythique des habitants du pays de Bod n'est pensable qu'intimement lié à cette autre dimension du quotidien, qui, à la réflexion, s'estompe en une pure convention de l'esprit. Sans oublier que la méditation bouddhiste vise, explicitement, à changer de niveau de conscience, non à expliquer rationnellement un monde qui, en dernier ressort, s'effiloche sous le faisceau scrutateur d'une lumière infinie.

A rêver aux rêves des autres, les chemins du mythe finissent par se rejoindre, quand bien même, parfois, ils semblent parallèles. C'est affaire de dimension ou de compréhension : le voyage en

Orient mène immanquablement à l'horizon perdu des vallées cachées, sanctuaires de sagesse voilée dans l'attente de l'accomplissement des temps; la montagne sacrée est celle qui sert d'abri au Roi du monde, celui qui gouverne aux sens et aux choses, qu'ailleurs on nommme le Seigneur de justice, ou encore le Maître de sagesse. Et le livre censé faire office de guide énumère tant de lieux-dits familiers qu'ils sont susceptibles de lectures du premier au énième degré.

Simplement, quand l'enseignement devient parfaitement lisible et suit sans dévier les méticuleuses subtilités du mandala de sable, quand la géographie réelle masque, en la dévoilant, une réalité parallèle, le sentier de la quête renvoie des échos d'Agartha, d'El Dorado ou de Graal : le chemin se fait initiatique et débouche sur des interrogations où le temps rejoint l'espace, auxquelles chacun, s'il le veut, ne peut apporter que sa propre réponse. Celle qui exige l'impeccabilité du guerrier prêt à affronter en toute lucidité tous les pièges, ou ce regard antérieur qui permet au poète de percevoir ce que le simple mortel a oublié, s'il l'a jamais vu. Toute quête ne saurait être qu'individuelle, même si, de loin en loin, un instinct endormi lance soudain quelque groupe fortuit, clan ou horde, à la poursuite échevelée d'un rêve à peine entrevu ou vaguement pressenti.

« Le plus grand mystère n'est pas nous soyons jetés au hasard sur la terre – affirmait, péremptoire, Malraux. C'est que dans cette prison, nous tirions de nous-mêmes des images assez puissantes pour nier notre néant. » Et comme en sourdine, Borges de lui faire écho : « Personne ne peut savoir si le monde est fantastique ou réel, et non plus s'il existe une différence entre rêver et vivre. » Des mots, rien que des mots. Mais c'est avec eux que l'homme bâtit les murs dans lesquels il s'enferme, et c'est peut-être en se réveillant de cette espèce d'hallucination collective qu'il peut prendre conscience du pouvoir de son propre esprit.

C'est du moins ce qu'affirment les sages des espaces himalayens, et c'est une manière d'approcher cette fameuse Roue du Temps, sans laquelle il n'est peut-être ni pays des merveilles, ni aspiration irrépressible à se mettre en marche, ni volonté de connaissance pour y parvenir. Il convient d'apprendre la liberté, celle qui est libération de toutes les chaînes – d'or ou de fer – dans la vision bouddhiste, afin d'atteindre à l'unité primordiale des trois royaumes – physique, mental et spirituel, telle que l'enseigne le Kālachakra. Car lorsque la conscience est pleinement éveillée, hier survit dans la mémoire, demain appartient à l'imagination et maintenant sera bientôt passé : seul le présent importe, et il est éternel. Saisir la Roue du Temps, c'est devenir maître du temps.

Défi ou gageure, des sages des montagnes tibétaines s'y sont relayés. Siècle après siècle, ils ont cherché Shambhala. Parfois, ils l'ont trouvé. Dans un même élan, ils ont transmis par-delà le temps un grand rêve, qui prend quand des allures d'histoire, quand des reflets de prophétie. S'étonnera-t-on d'y retrouver, à l'origine, le sage des Sakya, le Bouddha historique, qui, au crépuscule de sa vie terrestre, communiqua l'enseignement du Kālachakra à un parterre de disciples choisis, parmi lesquels se trouvaient précisément le grand roi de Shambhala? Car l'authentique tradition tantrique n'est pas accessible à tout un chacun, elle exige des connaissances approfondies, et seule une minorité d'adeptes est capable d'en saisir l'essence. Aussi, peu avant d'entrer dans la paix de l'accomplissement dernier, l'Eveillé a revêtu l'apparence de la puissante divinité du Kālachakra, en un corps de lumière perceptible au seul œil de la connaissance, pour dévoiler cette voie vers la libération finale aux sages et aux dieux réunis à cet effet à Dhanyakataka, dans l'Inde méridionale. Au même moment, le Bouddha enseignait le Sūtra de la Prajna Paramita, le Livre de la Sagesse suprême, au Pic des Vautours, à proximité de Bodh Gaya.

Selon l'actuel Seigneur du Lotus, ces enseignements mystiques, qui sont inscrits dans les textes sacrés du Kanjur et fondent en quelque sorte le Canon tibétain, ont été communiqués dans une dimension spirituelle imperceptible à la vision ordinaire, mais qui n'en est pas moins aussi réelle que la nôtre. Dawa Zangpo, ou Suchandra de son nom indien, roi de Shambhala, pays de Shiva, s'en retourna dans son lointain royaume muni de cette connaissance précieuse, qu'il consigna immédiatement sur des tablettes. Plus encore, il fit ériger un mandala en trois dimensions, demeure éclatante de la divinité, pour en favoriser la visualisation indispensable à la méditation. Non content d'avoir rédigé les premiers commentaires, il initia tous ses sujets des quatre-vingt-seize contrées féales à cette sagesse. Dans la poussière des siècles, un voile de paix et d'oubli se posa sur l'heureux royaume consacré à l'étude et à la pratique de ce savoir, sous la houlette d'une lignée de grands monarques religieux, qui régnèrent, dit-on, presque tous chacun cent ans.

A la huitième génération royale cependant, le souverain Manjushrikirti eut maille à partir avec nombre d'adeptes, qui estimaient les enseignements trop complexes et trop fastidieux. De querelle théologique en mouvement d'humeur, la contestation faillit tourner à l'aigre, mais le roi consentit finalement à élaborer une version abrégée du Kālachakra, plus satisfaisante pour les disciples. De cette époque date une seconde lignée de vingt-cinq souverains, laquelle dure encore et dont sortira un jour, bientôt peut-être, le Roi-Propagateur destiné à vaincre le malheur et à l'emporter sur les puissances mauvaises. Pendant ce temps, dans le monde extérieur à Shambhala, c'est-à-dire sur terre, les événements suivent leur cours, avec la diffusion du bouddhisme de l'Inde vers l'Asie centrale et la Chine, tandis que la Roue du Temps continue de tourner, à l'abri des regards indiscrets, dans le royaume au-delà des confins terrestres. Au pays de Bod, à partir du VIIe-VIIIe siècle, le bouddhisme s'engage sur des voies mystiques, et, un peu plus tard, l'histoire du précieux enseignement enfoui dans les brumes de la mémoire parvient aux oreilles d'un ascète, le grand yogi indien Tsilupa. Il décide alors d'aller quérir ce savoir perdu et se met en route pour Shambhala.

Et pourtant, le célèbre sage lui-même ne devait pas atteindre le cœur du lotus que forme la légendaire contrée gouvernée par le roi omniscient : loin du monde des hommes, au sommet d'une très haute montagne, il rencontra un ermite, qui s'enquit des raisons de son périple hasardeux. L'anachorète l'avertit que longue était encore la route jusqu'à Shambhala, nombre de périls guettant l'audacieux pèlerin jusqu'à l'inexpugnable bastion du savoir, bien gardé par le léopard des neiges, les nuages et la brume. Néanmoins, il proposa à son hôte de passage de l'introduire sur place à la connaissance qu'il cherchait : le pérégrin reconnut alors Manjushri, le bodhisattva de la Connaissance, se prosterna devant lui et fut initié aux arcanes du Kālachakra. C'est ainsi que l'enseignement perdu revint en Inde. Quelques années plus tard, un autre maître prit à son tour un bâton de pèlerin et ramena de Shambhala une version encore plus complète du texte secret.

Réels ou imaginaires, ces voyages signifieraient-ils que l'origine de cette connaissance se situerait quelque part en Haute Asie? L'hypothèse paraît plausible, d'autant que d'autres traditions, telles celles du Chant de la Rivière des pêchers en fleur, de l'époque de la dynastie chinoise des T'ang, ou encore la geste héroïque de Guésar, le roi de Ling, corroborent cette supposition. Les anciens taoïstes plaçaient, dans cette même région, le palais paradisiaque de l'Ouest, au-delà des cordillères montueuses, sur la Montagne de Jade, tandis que les légendes kirghizes indiquent une source identique – au-delà de l'Altaï, des steppes mongoles au désert de sable d'or du Takla Makan. La mémoire collective a gardé le souvenir de cités autrefois florissantes, au cœur d'une Asie centrale à peine mythique, comme Khotan ou Uttarakuru. Les Scythes, eux, croyaient à un lieu de rêve vers le pôle Nord, par-delà une région désolée de ténèbres et de neiges, infranchissable au commun des mortels. Grecs et Romains avaient des Hyperboréens, Thulé s'inscrivait dans la même veine, et Gilgamesh, le héros mésopotamien, s'était mis en devoir de ramener du Jardin du Soleil le secret de l'immortalité... Sans oublier Arjuna, le glorieux prince du Mahābhārata, qui s'en va quérir force et connaissance vers le septentrion, vers la montagne sacrée du Kailash, près du lac Manasarovar. Ces quelques aperçus hétéroclites font ressortir de curieuses convergences, dès lors chaque peuple, chaque époque, chaque civilisation garde toujours au tréfonds de soi une quelconque terre promise...

Quoi qu'il en soit, l'enseignement du Kālachakra, venu de Shambhala, fleurit autour de l'an mil au Cachemire et au Bengale, et ne tarde guère à gagner les solitudes au-delà de l'Himalaya, si propices à la réflexion et à l'aventure sur des chemins inaccoutumés, grâce au maître Sonomatha qui le répand parmi les moines du haut plateau. Peu à peu, cette sagesse ésotérique s'enracine dans la doctrine tibétaine, au point de devenir un pilier fondamental de l'enseignement des Geloup-pa. Tsong Khapa, le fondateur, s'est particulièrement intéressé à cette technique de méditation, qu'il a maîtrisée jusque dans ses conséquences ultimes. Dans une vision directe de Shambhala, il aurait été personnellement initié par le souverain du royaume interdit.

D'érudit en ascète, d'ermite en sage, de maître à disciple, la lignée de transmission s'est poursuivie sans interruption le long des siècles. Compte tenu de l'importance accordée par les Tibétains à ce mode de communication inaltéré et direct, il devient clair combien précieuse leur demeure l'initiation conférée par leur actuel chef spirituel. Lui-même a été introduit à cette tradition de connaissance par son tuteur Kyabjé Ling Dorje Chang, quatre-vingt-dix-septième patriarche successeur de Tsong Khapa-le-réformateur au trône abbatial de Gaden et chef de l'école des Bonnets jaunes.

Pourquoi cette doctrine-là plutôt qu'une autre, pourquoi cette voie-là de la quête plutôt que les sentiers buissonniers offerts au choix ou à la sagacité du pèlerin ? Les bouddhistes affirment quel nul ne peut prétendre qu'une voie est bonne ou mauvaise, sauf à l'avoir parcourue, et qu'elle ne saurait être évaluée qu'au résultat, c'est-à-dire à l'éveil, que l'adepte a su ou non y trouver... Du coup, c'est réaffirmer qu'il y a autant de chemins que de voyageurs. Pourtant, de savants lamas disent aussi que l'enseignement de la Roue du Temps est primordial pour le monde d'aujourd'hui, car il existe un lien tout à fait particulier entre Shambhala et la terre telle que nous la connaissons, celle où nous vivons.

D'aucuns ont décelé dans ce tantra fondamental qu'est le Kālachakra des traits qui pourraient le rattacher à la tradition indienne, du moins dans les similitudes relevées entre Kalki, le futur rédempteur, et Rudra Çakrin, le souverain de Shambhala, qui est appelé à vaincre les assaillants ennemis de la sagesse. Il lèvera alors une troupe innombrable, forte de toutes les armes imaginées et imaginables, afin de pacifier la terre et d'y rétablir le règne de la justice. Mais il se peut aussi que ces guerriers d'une autre dimension ne soient que la création d'esprits libres et puissants, mirages destructeurs des illusions paralysantes des hommes... Dans les profondeurs de la conscience collective, quel peuple, quelle nation, quelle civilisation n'a pas rêvé du monarque parfait, pétri d'équité et d'équanimité, chargé de veiller au bon fonctionnement d'une société harmonieuse et juste à chacun? L'image du Grand Roi traîne, elle aussi, quelque part dans l'arrière-fond de l'esprit humain, mais ici encore, les degrés divers de compréhension demeurent tributaires d'une lecture différenciée. Quitte à ce que ce ne soit que le veilleur, celui qu'on interroge pour savoir où en est la nuit. Il y a un peu du jugement dernier et de la résurrection dans cette croyance, elle aussi susceptible de multiples interprétations.

A l'approcher, comment ne pas s'interroger sur le sens précis indiqué par une chronologie méticuleuse, alors que l'adversaire est clairement désigné comme un barbare selon la vision bouddhiste? Car, ivre de pouvoir et aveuglé de suffisance, le roi des barbares ayant conquis toute la terre entendra, un jour, parler des fabuleuses richesses de Shambhala. Il n'aura de cesse de se les approprier. Si bien qu'il jettera ses légions à l'assaut de la contrée inconnue qui limite, croit-il, sa puissance. A l'évidence, ce sera sa perte – du moins, en un sens terrestre, car sa défaite marquera aussi le terme de son ignorance : il aura trouvé le sens réel de la vie dans l'optique bouddhiste. A en croire les calculs astronomiques courants du calendrier tibétain, la gigantesque bataille décisive aura lieu dans trois ou quatre siècles, au temps du trente-deuxième roi de Shambhala. Actuellement, c'est le vingt-huitième qui règne sur cette terre de paix, et le choc des deux mondes constituera le formidable prélude à un nouvel âge d'or.

Bien entendu, chaque lama, sinon chaque Tibétain, a sa petite idée et son interprétation de la prophétie, voire de l'enseignement proprement dit. Tenzin Gyatso lui-même n'en finit pas de s'interroger, mais quand on est dalaï-lama, les variations sur ces autres mondes s'insèrent dans une trame dissemblable, le rêve se situe à un niveau de conscience distinct et mène à des échappées à donner le vertige. Comme Shambhala. Même si Yeshé Norbu, le Joyau qui exauce tous les désirs, louvoie et feint de chercher le raccourci révélateur, son œil luit doucement, autant d'un profond savoir que d'une gouailleuse complicité : point n'est besoin de sorcellerie pour percevoir que le chemin de Shambhala, il connaît.

« Il faut savoir que le Kālachakra embrasse un très vaste éventail de phénomènes, du corps et de l'esprit humains jusqu'à l'aspect extérieur global, cosmique et astrologique. En ce sens, il est un enseignement des plus complets. Il y a un Kālachakra extérieur et un autre intérieur, liés bien entendu entre eux, et qui se rattachent naturellement au troisième, totalisant, celui qui indique les moyens de la purification, donc du détachement. Par la pratique assidue complète de cette haute discipline tantrique, il est possible de réaliser l'illumination, de parvenir à l'éveil, en une seule vie.

« Telle est, en quelque sorte, la signification de Kālachakra, et nous croyons fermement en son pouvoir de réduire les tensions. L'initiation est donnée publiquement, parce que nous l'estimons apte à créer la paix, la paix de l'esprit, et par conséquent, à favoriser la paix dans le monde. Un jour, dans les siècles à venir, le royaume de Shambhala pourrait bien réapparaître dans la réalité qui semble être la nôtre, et contribuer au travail d'ensemble qui nous reste à accomplir en ce monde.

« Dans la mesure où je pratique moi-même le Kālachakra et où je suis en relation directe avec cette voie tantrique, il est évident que je m'intéresse de très près à Shambhala. Pour moi, ce n'est pas un lieu ordinaire, c'est plutôt un état d'esprit ou de conscience, qui ne peut être vécu ou expérimenté qu'en fonction de liens karmiques individuels.

« Pourtant, même pour moi, Shambhala demeure un pays énigmatique, voire paradoxal. Ainsi, selon les Ecritures, dans trois cents ou quatre cents ans, il y aura une lutte sur cette planète, dans notre monde, avec les puissances de Shambhala. Elles viendront jusqu'ici, sur cette terre, pour ramener la Bonne Loi. C'est dans la logique du cycle. Comment l'interpréter? De quelles forces s'agit-il vraiment? En fait, je trouve que c'est un peu difficile à expliquer, car si Shambhala est un royaume de paix, et il ne peut que l'être, pourquoi ces armes terrifiantes et cette formidable bataille? A moins qu'il ne s'agisse d'un pays de la Terre pure, qui n'existe que sur le plan mental, comme on parle de la terre pure du bodhisattva de la Connaissance, Manjushri, ou des *dakinis*, ces divinités présentes sans qu'on les voie, gardiennes des ombres et guides des espaces adjacents.

« Il existe encore une autre possibilité, il pourrait s'agir d'une autre planète. Pour l'instant, nous n'avons pas encore mis au point les possibilités ni les moyens techniques d'aller sur d'autres planètes. Il reste encore des progrès à faire, alors on pourra communiquer au-delà de l'espace. En espérant toutefois que ces gens-là ne soient pas, comme dans les histoires de science-fiction, de petits hommes verts et méchants déboulant d'autres espaces pour établir une vilaine domination sur les hommes... Non, sans doute pas, parce qu'il est dit que le souverain de Shambhala est très beau, très intelligent, qu'il est doué de toutes les qualités de justice et de compassion. Enfin, on verra bien, n'est-ce pas ? »

Au demeurant, une autre tradition tibétaine, celle de Guésar de Ling, peut, elle aussi, être reliée, ne serait-ce que par association, au royaume légendaire. Comme la plupart des héros mythiques surgis du tréfonds de la Haute Asie, Guésar, souverain de Ling, est un maître. D'aucuns le disent réincarnation de Padma Sambhava, celui qui a affermi le bouddhisme au Tibet, alors que d'autres le considèrent comme une incarnation d'Avalokiteshvara, le Seigneur de la Compassion infinie. « Peut-être reviendra-t-il – commente le dalaï-lama. Vous savez, l'idée de liberté, de libération aussi, est solidement ancrée dans le cœur des Tibétains, que ce soit à propos de Shambhala ou de Guésar. Il est possible de le voir comme le guerrier libérateur, celui qui tranche les liens de la dépendance physique, mais aussi de l'ignorance spirituelle. Une fois encore, tout dépend du niveau auquel on se situe, de la manière choisie pour l'interpréter. Je n'en sais guère davantage... »

Parmi les possibilités d'appréhension de la contrée mystérieuse, la lecture presque initiative s'impose, à mesure que se déroule la vision du cheminement. Immanquablement, obstacles et batailles, rencontres et retournements suggèrent avec insistance les étapes de la quête d'une connaissance de soi. D'ailleurs, les trois niveaux de compréhension de la Roue du Temps, signalés par le dalaï-lama lui-même, indiquent sans équivoque possible cette recherche censée mener jusqu'au bout de soi, pour revenir ensuite porteur d'une étincelle de sagesse dont les maîtres affirment qu'elle permet de vivre à la lumière de la mort.

A cet égard, le guide le plus connu pour s'embarquer vers la sibylline contrée – *La Voie vers Shambhala*, rédigé en 1775 par le troisième panchen-lama, Lobsang Palden Yeshé – est explicite. Décrite dans ses données extérieures et par ses noms où la fantaisie côtoie la plus évidente des minuties, l'Inde y est détaillée à l'aune des connaissances de l'époque d'un érudit tibétain versé sans conteste dans les textes sacrés, mais limité dans une géographie dont la dimension pratique visiblement lui échappe. Les propos n'en témoignent pas moins d'une échelle de valeurs solidement établie, tandis que certains griefs quant aux remous et à la décadence du moment rendent un écho singulièrement moderne...

Discussion académique d'une part, le guide révèle, d'autre part, une interprétation logique et cohérente de l'aspect spirituel, voire métaphysique, de la quête : si l'auteur passe très vite sur des moyens considérés comme magiques, il s'étend un peu plus sur les étapes de la méditation, celles qui sont supposées donner des « pouvoirs » à l'adepte. Mais, dans le même souffle, il avertit que là n'est pas le but de la recherche, et qu'il faut se garder de se laisser prendre au piège de réalisations illusoires. Même la dernière ville paraît plus longue au seuil de l'éveil, car il convient d'apprendre à voir le monde tel qu'il est, non de se contenter de l'image que l'on s'en fait. Plus profond semble le précipice, plus belle sera la découverte de l'immensité infinie qu'il surplombe.

Inutile d'ailleurs de s'évertuer à forcer le passage : le voyage à Shambhala est aussi l'apprentissage de la nécessité de donner du temps au temps, et le Kālachakra exige une discipline personnelle qui laisse bien peu de place à d'autres activités. Une fois encore, c'est une question de choix : toute expérience spirituelle un tant soit peu sérieuse requiert un engagement total et se fonde sur des renoncements. La dimension transcendante de la quête a bien du mal à se satisfaire d'explications rationnelles : l'inexprimable rejoint l'inexplicable. Ce qui n'empêche pas de s'interroger sur la finalité ultime de ce cheminement, dans la mesure où quelques témoins – rares, il est vrai – sont là pour attester, par la seule présence et leur expérience individuelle, l'indéniable réalité du résultat de la quête.

A suivre les sentiers tibétains, il est des rencontres qui se gravent, indélébiles, dans la mémoire et deviennent partie intégrante d'une vie : des regards ou des sourires que rien ne parvient plus jamais à effacer. Ainsi, le Dr Tenzin Choedhak. A première vue effacé, timide presque, la voix si paisible qu'elle en paraît ténue, le dos légèrement voûté dans une veste sombre de couleur indéfinissable, on passerait à côté de lui dans la foule : à peine se fait-il remarquer, sauf à croiser son regard. Rarement la compréhension, éclatante, s'impose avec autant d'insistance, sans le moindre mot : une compassion palpable et aussitôt partagée. Un de ces regards stupéfiants, à la fois de tendresse et de puissance, l'acuité de celui qui en a tellement vu qu'il est revenu de tout, sauf d'une détermination farouche à se dévouer aux autres. Au-delà des souffrances endurées, au-delà de tout le mal et de tous les maux dont il a été témoin, l'homme demeure ancré comme un roc dans sa foi, source de sa force et du don qu'il prodigue, inlassable, aux autres, à tous les autres sans exception.

Moine de tradition, le Dr Choedhak l'a été dès sa tendre enfance, dans un Tibet qui n'existe plus. Vie sobre et austère, sous le signe de l'étude et de la concentration, qui le mène de son village natal jusqu'à la fameuse Ecole de médecine, sur la Colline-de-Fer à Lhassa, où il poursuit de front sa formation religieuse et médicale. Nommé en 1956 médecin personnel du dalaï-lama – ils étaient quatre à le suivre régulièrement – il aura à subir les pires tourments après la révolte antichinoise de 1959, noyée dans le sang : interrogatoires, tortures, travaux forcés dans un camp à la lisière du désert de Gobi. Dans cette colonie pénitentiaire réputée l'une des plus dures de la Chine populaire, il passera quelques années effroyables, voyant mourir l'un après l'autre ses compagnons de détresse, sans rien pouvoir faire pour eux. Il est reconduit à Lhassa en 1962, à la sinistre prison de Drapchi, pour « rééducation ».

L'arrivée en 1979 de la première délégation envoyée par le dalaï-lama afin de prendre, sur place, la mesure des changements et conduite par son frère Lobsang Samten, apporte enfin au Dr Choedhak la libération. Une année plus tard, il est exceptionnellement autorisé à quitter le Tibet occupé : il gagne le Népal, puis s'en va directement à Dharamsala reprendre ses fonctions auprès du souverain en exil. Aujourd'hui, la seule chose que le Dr Choedhak consente à dire de ces années terribles, c'est que la pratique assidue d'une méditation tantrique particulière l'a sauvé : jour après jour, ou plutôt nuit après nuit, il y a puisé force et réconfort pour affronter une réalité dépassant, et de loin, les pires cauchemars d'un quelconque esprit enfiévré. Tous les démons et les dieux courroucés, toutes les divinités terribles et les génies effrayants du panthéon tibétain pouvaient paraître d'aimables fantasmagories au regard des souffrances endurées.

C'est pourquoi, sans doute, son sourire est celui de ceux qui, revenus de la maison des morts, portent en eux une indicible connaissance : le Dr Choedhak ne juge pas – d'ailleurs, l'a-t-il jamais fait ? –, il compatit et il aide. Avec une infinie douceur, il écoute les patients qui défilent dans son modeste cabinet de diagnostic, ouvert à tous au Centre médical tibétain qu'il dirige à Dharamsala. Il les écoute non pas raconter en mots, mais en sons inaudibles au commun : avec ses phalanges toutes de sensibilité frémissante, il prend leurs pouls pour « écouter » le corps raconter ses malheurs et interpréter ses plaintes. Des êtres de cette qualité humaine, de cette surhumaine attention à l'autre, force est de les croire quand ils assurent que leur pratique spirituelle aura été leur unique bouclier de protection : à ce niveau-là, le doute n'a plus guère de sens, et l'esprit s'incline devant l'évidence. Quitte à se dire que long, bien long, doit être le chemin pour parvenir à cette maîtrise. Peut-être est-ce la nature paradoxale de cet accomplissement qui désoriente temporairement l'observation extérieure : une fois gravi le raccourci et gagné l'éveil, toutes les perspectives basculent, et le monde se réordonne selon les structures d'une autre dimension, aussi bien de l'espace que du temps. Dès lors, le vertige peu guetter celui qui entrevoit pareils abîmes...

Partir à la recherche de Shambhala implique, au premier chef, laisser derrière soi tout attachement, se diriger vers un inconnu toujours semé d'embûches et incertain de menaces pressenties : c'est aussi une recherche de la liberté totale, l'affranchissement des limites de l'existence ordinaire. Il faut être libre pour entreprendre le voyage, comme il faut aussi être conscient des pièges à affronter :

c'est la rançon de la lutte solitaire à livrer pour aboutir à ce que d'aucuns appellent l'individuation, une intégration complète de la personnalité, obtenue au moment où l'on franchit le seuil de l'étincelant palais du roi, au cœur du cœur du lotus. En activant l'énergie intérieure par des moyens appropriés, en conciliant par des offrandes les forces adverses qui tentent de lui barrer la route pour se transformer ensuite en alliés, le chercheur progresse lentement, pas à pas, étape par étape, à travers des régions inexplorées de sa propre conscience, pour accéder finalement à une réalité fondamentale, matrice de toutes les richesses.

La signification ultime de la Roue du Temps, sa dimension eschatologique ou apocalyptique, peut fort bien se résumer à une re-naissance : conquérir la sagesse, c'est naître nouvellement à l'existence sur terre, non pas surhomme, mais être humain pleinement accompli, ayant été jusqu'au bout de ses limites et de ses possibilités, pour accéder à une lumière. La roue extérieure, l'intérieure et la secrète de l'enseignement tantrique se rejoignent pour luire au-delà des ténèbres de l'illusion dissipée – formule imagée de l'apprentissage qui permet d'être à soi-même son propre flambeau. Et dépositaire de ce précieux joyau, rester parmi les hommes, simplement parmi eux, afin de les aider à devenir eux-mêmes.

Démarche certes orientale, dédaignée le plus souvent par le regard occidental, dubitatif sinon inquiet, suprêmement méfiant à l'égard de ces domaines mal inventoriés – donc périlleux, marqués au sceau quasiment suspect « d'affaires de l'âme », à manier avec la précaution la plus extrême. En fait, l'essence du royaume, son contenu et son symbole se trouvent dans le voyage, dans cette descente vers la conscience profonde, qui modifie radicalement le sens du monde, voire sa perception. C'est une autre manière de dire que, pour s'éveiller à sa vraie nature, il faut mourir à sa propre image illusoire. Pour certains, c'est trouver, ou donner, un sens à la vie. « Par bonheur, dans sa bonté et sa longanimité, la nature n'a jamais mis dans la bouche de la plupart des hommes la question fatale du sens de leur vie – notait un jour Carl G. Jung. Et quand personne ne pose la question, on ne peut que garder le silence. » Les bouddhistes tibétains, eux, ne semblent jamais avoir cessé de se la poser. Auraient-ils raison d'estimer que certains enseignements doivent rester cachés, tant que les temps ne seront pas mûrs pour les divulguer ?

Ces mondes parallèles, perçus avec une suspicion sensible par l'esprit rationaliste occidental, sont d'une indiscutable réalité pour les Tibétains, des plus humbles aux plus accomplis. On ne badine pas avec les esprits sur les hauts plateaux himalayens, même si l'on hésite parfois à en parler : simplement, ce sont des faits de la vie dont on tient compte, comme l'on tient compte, par exemple, de la neige qui tombe inopinément et bloque un col ou du grand vent fou qui se lève soudain pour caracoler à la poursuite d'un invisible cheval lancé à bride abattue... Que cette réalité-là soit aussi réelle que toute autre, il suffit pour s'en convaincre de se remémorer le rôle cardinal des oracles dans la vie quotidienne du pays de Bod.

Etre médium pour servir d'intermédiaire aux entités tutélaires n'a jamais été une mince affaire pour ceux que les dieux – quel autre mot employer pour exprimer cette notion ? – choisissent pour transmettre leurs messages. Car, bon gré mal gré, on est d'abord choisi pour être messager, l'apprentissage vient ensuite. Aucune décision d'importance ne pouvait être prise sans leur concours, et leurs avertissements ont toujours été entendus, même quand leur garde protectrice se révélait insuffisante face à la force brutale des hommes.

Aujourd'hui, le métier d'oracle est malaisé à exercer dans les conditions imposées par l'exil, et la communication peut sembler délicate, en particulier avec Dorjé Drakden, « L'Immuable Renommé », Protecteur suprême du haut pays, ou encore avec Palden Lhamo, la divinité qui veille spécialement sur le dalaï-lama. « Pas du tout – répond Tenzin Gyatso. Il n'y a pas le moindre problème. Ce n'est pas le médium qui est important, son absence n'empêche pas la divinité d'être là. Il convient d'utiliser d'autres canaux pour communiquer avec elle, des liens de conscience plus subtils, plus raffinés que ceux employés d'ordinaire. En outre, il n'y a jamais eu de médium pour Palden Lhamo, et le besoin ne s'en fait pas sentir. Bien entendu, l'intermédiaire peut faciliter les choses, mais ce n'est pas grave quand il n'y a pas de corps physique apte et préparé pour accueillir temporairement la divinité. Il y a d'autres moyens que la transe médiumnique pour recevoir les messges nécessaires. »

Le bouddhisme, en particulier dans sa version tibétaine, serait-il une véritable science de l'esprit, comme il est assez souvent perçu dans les pays d'Occident ? « Je pense qu'il y a une part de vérité dans cette opinion – répond le Précieux Maître. Pour moi, le bouddhisme est d'abord une religion humaine. Il semble en effet qu'il s'occupe fondamentalement du développement de l'esprit et de son amélioration.

« Lors d'initiations, de rituels ou de cérémonies, quand il s'agit d'expliquer et de visualiser la divinité et ses symboles, nul doute que l'on fasse appel à des techniques et à des moyens de mise en valeur et de transformation de l'esprit, ou de la conscience, du disciple. C'est dire que cet aspect est primordial pour progresser sur la voie de la connaissance bouddhiste.

« Une science de l'esprit... Tout dépend encore de ce que l'on entend par " science ". Pour l'heure, la signification du mot se limite à ce qui peut être mesuré avec précision. De ce point de vue, on ne peut évidemment mesurer ni l'esprit ni la conscience. C'est quelque chose de différent, de complètement à part. Donc, si la science se borne uniquement à ce qui peut être mesuré, difficile de prétendre que le bouddhisme soit une science de l'esprit. Ce qui est certain, c'est qu'il se fonde sur des données existantes et qu'il les utilise dans le but d'affiner, ou d'aiguiser, la conscience. Mais tout cela ne se fait pas du jour au lendemain.

« Il faut réaliser que nos personnalités ne se transforment pas comme ça, soudain, par un coup de baguette magique. Il faut y mettre du sien et ne pas renâcler, ou reculer, devant la peine. Nos dispositions naturelles ne changent que lentement, et il faut du temps aussi pour s'en apercevoir. Pour parvenir à un résultat, il faut de la patience, de la détermination, il ne s'agit pas d'un changement extérieur, comme si on changeait de nez ou de coiffure, c'est une transformation de l'esprit, un approfondissement de la conscience.

« Les enseignements tantriques les plus hauts, comme le Kālachakra par exemple, visent à semer les graines d'une meilleure compréhension de soi-même et du monde, à modifier la perception, le regard que l'on porte sur ce qui nous entoure. La connaissance est importante, mais en même temps, plus important encore est l'esprit qui la transmet. En utilisant uniquement l'esprit, alors que le cœur reste sur la touche, cela ne peut qu'accroître les troubles dans la société. L'esprit humain doit être tempéré par un cœur ouvert et compatissant. »

Le Seigneur du Lotus n'ira pas plus loin dans ses explications : selon la tradition, l'enseignement secret doit le rester, et les initiés qui y ont pleinement accès, sages parmi les sages, sont liés par le vœu et l'engagement de ne rien révéler de ce qui ne doit pas l'être. Entre le risque de voir s'estomper un savoir dont ils connaissent pourtant l'exceptionnelle valeur et celui de l'exposer à une périlleuse dégradation s'il tombait en des mains inexpertes ou mal intentionnées, ses authentiques détenteurs choisissent la plus grande circonspection. A l'aune du temps, d'une autre mémoire, ils sont confiants en la pérennité inéluctable du royaume caché et savent que, par son propre chemin, celui qui doit y atteindre un jour y parviendra. Dans ces conditions, prendre à la lettre la prophétie n'a peut-être pas grand sens, même si, pour la majorité des Tibétains, le voyage vers Shambhala est saisi dans son acception la plus immédiate, c'est-à-dire la plus évidemment terrestre. Mais seuls ceux qui sont pleinement capables peuvent prendre la route, car elle exige une parfaite coordination des moyens et un bon guide.

Les Tibétains sont cependant un peuple de pèlerins, ils marchent sans se lasser des heures et des jours, des semaines et des mois, voire des années, lorsque l'idée du pèlerinage vient à germer dans leur esprit. Ils partent, ils cheminent. En solitaire ou en groupe, petit ou nombreux. Rien ne semble être en mesure de les arrêter, ni les présages douteux ni, aujourd'hui, les barrières administratives. Pour les premiers, l'offrande, la prière et le rite adéquats suffisent à y remédier. Les secondes, elles sont faites pour être contournées, d'autant qu'elles sont ressenties comme des entraves tout à fait arbitraires et dénuées de sens.

Un ancestral atavisme de nomade s'ajoute à une indifférence, assez surprenante de prime abord, aux biens temporels : certes, on est conscient qu'ils facilitent le quotidien, et ils sont appréciés pour cela, mais la frugalité traditionnelle des habitudes ne les rend pas indispensables. La richesse matérielle est prisée, mais la conscience demeure vive qu'elle représente une illusion de puissance, et que les valeurs spirituelles, plus malaisées à atteindre, sont moins éphémères. Cette conception qui, depuis des siècles, imprègne le quotidien des hauts plateaux jusque récemment protégé des influences extérieures explique en partie la disponibilité des gens du pays de Bod à se mettre soudain en route, comme sur un coup de tête ou une impulsion jaillie des profondeurs de l'instinct. C'est aussi qu'une initiation donnée par leur guide spirituel compense au centuple les sacrifices consentis pour y participer, efface de la mémoire les innombrables obstacles surmontés pour ne laisser que le souvenir d'une radieuse présence. C'est ce sentiment là qui les a poussés un jour, mais ils savaient l'heure et le temps, par centaines, par milliers, vers Bodh Gaya, pour un impressionnant rituel du Kālachakra.

Foulant les mille et un sentiers tracés par les générations de tous ceux qui les avaient précédés dans l'intemporalité des siècles, se confiant sans réserve à la garde de Tara-la-Protectrice, celle qui est née d'une larme du Seigneur de la Compassion, ils reviennent sur les lieux sacrés de leur foi, entretenus et vivifiés par cette présence sans cesse renouvelée. C'est un peu l'éternel retour en attendant qu'advienne ce qui est écrit de toute éternité : le cycle de vie est ainsi fait qu'il passe obligatoirement par la mort, et que toute existence est mortelle. Celle des hommes comme celle des doctrines. Pour que s'accomplisse l'avènement de Maitreya, le Bouddha à venir, les barbares ont leur karma à épuiser, et leur destin est de se lancer, le moment venu, contre Shambhala. Il s'ensuivra une longue période de sagesse féconde et de paix, précieuse pour le progrès spirituel de l'humanité.

Même si tous n'ont pas le loisir ou la capacité de suivre la voie jusqu'à son terme, ils auront au moins essayé d'entreprendre les premiers pas : cela aussi leur sera compté. Avec une constance d'autant plus remarquable qu'elle demeure amicale et souriante, le dalaï-lama ne cesse de rappeler l'exigence du cheminement personnel, d'en appeler à la responsabilité de chacun pour le bien de tous. Dans la ronde infinie des temps, rare est la double chance de naître parmi les humains et dans un éon de lumière, éclairé par la présence d'un Bouddha.

Certes, à contempler la vie du monde, il est toujours possible de se demander ce que représente une ère de ténèbres, mais à cette objection, Tenzin Gyatso répond que c'est affaire de perspective. « Il me semble en effet – acquiesce-t-il – que l'humeur générale aujourd'hui dans le monde n'est pas précisément à la félicité. On a beau savoir, dans l'ensemble, ce qui est bien et ce qui est mal, en dépit de cette connaissance, on a plutôt tendance à agir à l'envers : sous prétexte de pressions extérieures, de circonstances adverses, d'air du temps, on s'engage dans la mauvaise voie. A mes yeux, cela n'est certainement bénéfique pour personne, mais je n'en demeure pas moins persuadé qu'il est possible de changer cette attitude. J'espère beaucoup en la nouvelle génération. Dans la poursuite de ce bonheur qui est le but de tout un chacun, les méthodes sont diverses : certains préfèrent la science et la technique, d'aucuns la pratique religieuse, d'autres encore un système de gouvernement ou la bannière d'une idéologie.

« Chacun cherche sa voie, et dans notre monde qui se rétrécit chaque jour davantage, où nous sommes toujours plus dépendants les uns des autres, il me paraît primordial de développer le sens d'une responsabilité universelle. Depuis toujours, et aujourd'hui plus que jamais, je suis convaincu que toute valeur spirituelle, quelle qu'elle soit, a un grand rôle à jouer et une responsabilité particulière à assumer dans ce domaine, afin de contribuer à une véritable paix mondiale. Sans oublier toutefois que la paix du monde passe par la paix intérieure de chacun. »

Dans l'univers mouvant, parfois déroutant, des symboles à déchiffrer, comme lors d'une initiation, à la lecture d'un alphabet paradoxal, l'essence de l'attention se focalise sur le passeur : lui connaît le passage et sait indiquer les écueils à éviter. C'est pourquoi ceux qui le suivent sont bien obligés de lui accorder pleine confiance, quand bien même, c'est à eux de marcher. Responsabilité fondamentale du maître tantrique, qui sait aussi qu'il ne faut pas semer à tous vents et qu'il est des moments de silence qui sont autant d'abîmes de réflexion. Car la parfaite lumière intérieure reste l'apanage de quelques-uns seulement.

Tel était le sens de la rencontre de Bodh Gaya. A l'insu des organes de presse qui se veulent mondiaux, toujours à l'affût du spectacle même s'il est frelaté, la petite bourgade du Bihār a vécu alors quelques jours, le temps de l'initiation, en marge du monde quotidien, dans une dimension imperceptiblement autre, comme subtilement décalée par rapport à l'ordinaire, dans un présent d'une légèreté inusitée : une essense d'être ou de devenir. Peut-être la dimension de Shambhala? D'autres diraient le passage du miroir, ou l'arc-en-ciel d'une passerelle entre vide et éternité...

Puis le sable du mandala magique à coulé, le rassemblement kaléïdoscopique et coloré s'est effrangé, les pèlerins sont repartis. Le monde est redevenu pareil à lui-même, il a repris ses couleurs de tous les jours, mais les parcitipants au rituel d'initiation sont désormais porteurs d'un espoir – celui de renaître parfaitement qualifiés pour obtenir l'éveil, grâce à la pratique du Kālachakra. Quand les temps seront venus.

Pareil à lui-même, le monde ? C'est-à-dire, d'indifférence, d'égoïsme et d'intérêts prosaïques ? Sans doute. Et pourtant...

« *Ce que vous écrivez à l'encre en petites lettres noires*
Peut être entièrement perdu
Par l'œuvre d'une simple goutte d'eau.
Mais ce qui est écrit dans votre esprit
Y demeure pour l'éternité »,

relevait, un jour, le VIe dalaï-lama.

Intuition de poète, ou affirmation de sage : le silence retombé sur Bodh Gaya résonne du puissant martèlement d'un cœur qui continue de battre, inaudible à l'oreille inattentive sollicitée par les mille autres bruits de la vie. Au revers de l'espace, le silence sous l'arbre de la Bodhi sait se faire initiatique, et Tara-la-Déesse sourit au passant qui la dévisage avant de s'incliner bien bas. Elle veille, car elle sait que les temps finissent toujours par s'accomplir. Telle est la Loi de la Roue, tel peut être le symbole de Shambhala : une belle histoire qui se dissout dans le cœur du lotus, un merveilleux songe d'amour et de justice au-delà des montagnes glacées de l'infini, une formidable litanie qui rythme à jamais la marche d'un peuple à la rencontre de lui-même.

II. Jusqu'à l'accomplissement des temps

« La vérité ne triomphe jamais, mais ses adversaires finissent par mourir. »

Max Planck

Le XXIe siècle sera religieux ou ne sera pas. » La réflexion d'André Malraux laisse le Seigneur du Lotus un instant songeur. Son regard croise celui de l'effigie du Bouddha qui occupe la place d'honneur de la salle d'audience, claire et accueillante, à Dharamsala. Les grandes baies vitrées s'ouvrent sur des vérandas, la demeure entière est entourée d'arbres et de fleurs. Il fait calme dans la bourgade montagnarde, des trilles d'oiseaux enjolivent le silence, et les ventilateurs sont à l'arrêt. L'automne pose les premières taches d'or et d'ambre sur le feuillage, le bleu du ciel s'approfondit de la proximité des sommets déjà coiffés d'un voile de neige soyeuse. Un moine glisse entre deux portes et disparaît tranquillement. L'œil se plisse pour devenir regard de lynx derrière les lunettes, le sourire s'esquisse tandis que, posément, la réponse s'inscrit sur la trame du temps.

« Je ne le pense pas, ce n'est pas mon avis. Il y a toujours une voie médiane, une possibilité moyenne. Même dans le passé, il n'est guère possible de parler d'une société complètement, absolument religieuse, alors aujourd'hui, encore moins... Depuis toujours il y a des gens attirés par la religion, d'autres qui lui sont réfractaires, et puis, il y a ceux qui ne sont ni l'un ni l'autre. Il me semble que ça va continuer comme cela. Pour le XXIe siècle, je ne sais pas...

« Il y aura sans doute toujours des courants divers, des extrémistes d'un côté ou de l'autre, des fanatiques religieux et des athées convaincus. Au début du siècle, les forces antireligieuses étaient peut-être beaucoup plus puissantes. Aujourd'hui, il semblerait que les neutres soient plus nombreux et, en même temps, on perçoit çà et là un regain d'intérêt pour les choses spirituelles, comme des germes qui lèvent. Force aussi est d'admettre que les matérialistes, aujourd'hui, sont légion – matérialistes au sens où l'argent joue un rôle essentiel dans leur conception de la vie. Par l'argent ou le pouvoir, on ne peut résoudre tous les problèmes, car on ne saurait indéfiniment ignorer la dimension intérieure. Peut-être était-ce là ce que voulait exprimer l'écrivain français ? »

Alors, à l'œil acéré du Seigneur du Lotus, de quoi l'avenir sera-t-il fait ? La grande bataille de Shambhala, annoncée dans quatre cents ans environ, est encore loin à vue humaine, et en attendant, la terre ne cesse de tourner, les événements de la métamorphoser, et les hommes de s'interroger. Même si à leur insu les habitants de la planète bleue ont un lien privilégié avec le royaume caché, avant de le découvrir, ils ont à affronter leur drame quotidien. Celui du Tibet, par exemple, et le Pays des Neiges, reste au cœur des préoccupations du dalaï-lama. Parfaitement conscient des bouleversements intervenus sur le Toit du Monde au cours des dernières décennies, il sait très bien que le passé a vécu, et relève au passage que, de toute façon, il ne serait pas souhaitable d'en revenir à des structures désormais résolument dépassées.

Pour lui, avant toute autre réflexion, il est capital de cerner le malentendu qui fonde le différend tibéto-chinois. Par l'histoire, la culture et la tradition, les deux pays sont forcément voisins : la nature en a décidé ainsi. Politiquement, cependant, ils ont toujours représenté deux entités distinctes, même si, dans le jeu mouvant des influences séculaires, des liens d'une nature spécifique se sont tissés entre eux. Le nœud de la tragédie réside sans contexte dans la volonté chinoise d'imposer l'image d'une similarité illusoire, tandis que la détermination tibétaine d'afficher son altérité radicale ne faiblit nullement, au contraire, au fil des ans. Certes, le danger est bien réel pour le Toit du Monde d'être submergé par le déferlement, vague après vague, des colons han en quête d'espace vital, mais l'assimilation forcée n'a jamais été une solution viable à long terme dans l'histoire des hommes. A moins d'admettre la disparition physique d'une communauté, trop faible numériquement pour faire barrage à l'envahisseur.

C'est aussi en ces termes que, sans se lasser, le souverain temporel et spirituel des Tibétains envisage l'avenir. Et cet avenir est inévitablement lié à l'attitude de la Chine. Instruit par de récentes expériences, le dalaï-lama ne cache pas son inquiétude : « Aujourd'hui, le Tibet est directement menacé dans son identité nationale : le déversement d'une mer de colons chinois sur notre territoire porte en lui le danger d'assimilation et d'absorption de la population autochtone. Au début du siècle, les Mandchous formaient une race différente, avec sa culture et ses traditions. Aujourd'hui, il n'y a plus que deux à trois millions de Mandchous en Mandchourie, où soixante-quinze millions de Chinois se sont installés. Au Turkestan oriental, que les Chinois appellent le Sinkiang, la population chinoise est passée de deux cent mille en 1947 à sept millions, soit plus de la moitié des treize millions d'habitants. Dans le sillage de la colonisation chinoise en Mongolie intérieure, les

Chinois sont actuellement huit millions et demi par rapport à deux millions et demi de Mongols. A en croire des informations officielles chinoises, la région du Koulou Nor, au Tibet nord-oriental où je suis né, compte désormais près de trois millions de Chinois pour sept cent mille Tibétains.

« Il n'est pas sans intérêt de rappeler que Sun Yat-sen, le père de la République chinoise, considérait le Tibet, la Mongolie et la Mandchourie comme des pays étrangers. Dans les années trente, Mao-Tsé-toung, qui se battait et n'était pas encore au pouvoir, soutenait l'indépendance du Tibet. Des années plus tard, en 1954, quand je me suis rendu en Chine, Mao m'a affirmé que tant que nous serions pauvres et arriérés, la Chine nous aiderait, mais que, ensuite, ce serait à nous de venir en aide à la Chine. Les Chinois proclament qu'ils ne sont pas allés au Tibet comme impérialistes ou colonialistes, qu'ils sont venus en tant que " libérateurs ". Quelle sorte de libération est-ce là, celle qui dénie aux gens leurs droits et leur liberté de déterminer eux-mêmes leur sort ?

« Il est impossible d'évaluer les énormes pertes matérielles subies par les Tibétains sous la domination chinoise : les richesses accumulées au fil des siècles dans nos cinq mille monastères ont été saccagées, pillées ou expédiées en Chine, sans parler de la perte irremplaçable de précieux manuscrits rédigés en sanskrit, en pāli et en tibétain. Et maintenant, les Chinois ont le front d'affirmer qu'ils ont dépensé quelque trois milliards de dollars au cours des trente dernières années pour développer le Tibet. Pourquoi oublient-ils de mentionner qu'ils y entretiennent au minimum trois cent mille soldats et près d'un million sept cent mille fonctionnaires ?

« Le temps semble bel et bien venu pour eux de s'en aller. Ils devraient rentrer chez eux et se consacrer à la solution des problèmes de leur propre pays. Cela vaudrait mieux autant pour eux que pour les Tibétains. Nous avons le droit de suivre notre propre voie, de vivre selon les normes de notre culture et de notre propre identité. Tous les peuples ont ce droit, et nul ne peut s'arroger celui de coloniser les autres.

« Je reconnais volontiers qu'une légère amélioration est perceptible au Tibet depuis le début des années quatre-vingt. Il y a davantage de nourriture, une plus grande souplesse économique et moins de restriction aux déplacements dans certaines régions. La satisfaction des nécessités de base en alimentation, logement et vêtements ne suffit cependant pas aux êtres humains. Les animaux sont probablement satisfaits quand ils sont nourris, logés et bien traités, même si c'est temporaire. Dans une société humaine néanmoins, la liberté demeure l'exigence fondamentale, un droit inaliénable qui ne saurait être remplacé par des améliorations passagères des conditions économiques ou de l'approvisionnement alimentaire.

« Nous, Tibétains, nous n'avons rien contre les Chinois. Tout ce que nous demandons est ce qui nous revient de plein droit. Nous estimons que les Chinois eux aussi ont droit au bonheur et à la prospérité, mais non aux dépens d'une autre nation ou d'un autre peuple. La Chine n'a aucun droit de décider du sort du peuple tibétain. Sans doute y a-t-il eut dans le passé des époques où Mandchous et Chinois ont exercé quelque influence sur le Tibet. Mais quelle nation dans le monde peut se vanter de n'avoir jamais subi l'influence de puissances extérieures, qu'elle ait été militaire, politique, culturelle ou religieuse? Cela n'autorise personne à avancer des prétentions de souveraineté du plus fort sur le plus faible. Pareilles affirmations sont dépourvues de toute base réelle.

« Si la politique actuelle se poursuit, le Tibet ne sera bientôt plus tibétain. Il sera un territoire parmi d'autres, peuplé de Chinois et dominé par la culture chinoise. Il conviendrait d'en prendre conscience. Cette espèce de colonialisme est anachronique et pas civilisé, les gens de bonne volonté de partout devraient dénoncer ces pratiques. Le Tibet possède un héritage culturel unique, et c'est un pays d'une grande beauté naturelle. Déjà les Chinois ont dévasté et utilisé une bonne partie de nos forêts, ils ont aussi anéanti la plupart des animaux sauvages. La préservation de cet héritage culturel n'est pas de la responsabilité des seuls Tibétains, car notre culture est l'une des plus anciennes traditions du monde et appartient au patrimoine de l'humanité. De plus, nombre de ses facettes sont aussi belles qu'utiles. Si elle est détruite, la perte ne sera pas grave seulement pour l'Asie centrale, c'est la culture mondiale qui y perdra. »

Tel est le sens du combat silencieux que mène sans désemparer Tenzin Gyatso depuis qu'il s'est vu contraint à l'exil après l'impitoyable écrasement de la révolte antichinoise de 1959. Sans recourir au geste spectaculaire et meurtrier pour attirer l'attention du monde sur une cause tout aussi dramatique que d'autres qui éclatent en lettres de sang par les détournements d'avions, les attentats, les enlèvements et les prises d'otages, les assassinats et le chantage, à la « une » de la presse mondiale, le chef spirituel tibétain mesure ses mots et revendique simplement la justice pour les siens.

« D'aucuns estiment que la question tibétaine est une affaire uniquement politique. Je ne le crois pas. Nous autres Tibétains, nous avons un héritage culturel différent des Chinois. Nous n'éprouvons pas de haine à leur égard, nous respectons profondément les richesses millénaires de la culture chinoise. Cela ne nous empêche pas d'avoir, nous, les six millions de Tibétains, le même droit que les Chinois à maintenir notre propre culture tant que nous ne faisons de mal à personne. Matériellement, nous sommes arriérés, mais dans le domaine spirituel, en termes de développement de l'esprit, nous sommes infiniment riches. Au siècle passé, nous sommes restés une nation pacifique portée par sa culture singulière. Maintenant, malheureusement, au cours des trente dernières années, cette nation et sa culture ont été délibérément détruites. Nous aimons notre culture et notre pays, et nous avons le droit de les préserver. En outre, les six millions de Tibétains sont des êtres humains, qu'ils soient ou non matériellement arriérés, et ils ont le droit de vivre en tant que tels. Voilà tout le problème.

« Je me suis mis au service de cette cause pour servir l'humanité, non pour des raisons de volonté de pouvoir ou par haine. Non seulement en tant que Tibétain, mais aussi comme être humain, je crois qu'il vaut la peine de préserver cette culture et cette nation, pour apporter une contribution au monde. C'est pourquoi je persiste et j'insiste, c'est pourquoi je dis qu'il ne s'agit pas seulement d'une affaire politique. La raison du plus fort ne saurait être que momentanément la meilleure, aussi puissante soit-elle, tandis que la flamme de la vérité ne s'éteint pas. J'en suis toujours persuadé. »

Bientôt trente ans d'exil et de combat presque solitaire, presque sans soutien extérieur, si ce n'est une aide privée internationale glanée aux quatre coins de la terre, pour que survive une expérience humaine séculaire et à nulle autre pareille. Si, sur place, les Tibétains se sont battus avec les moyens du bord, sans véritablement savoir ni pouvoir se battre contre les armes inventées par l'ingéniosité de l'homme moderne, à l'extérieur, les Tibétains continuent de lutter pour assurer la pérennité de leur altérité.

Ces années de souffrances, de peines et d'innombrables difficultés, le dalaï-lama les prend comme elles sont venues, avec une lucidité guère démentie et la volonté sans faille d'y faire face. C'est dans cette optique qu'il a mis sur pied un gouvernement en exil, qu'aucun Etat n'a osé reconnaître. Cela ne l'empêche pas de fonctionner ni de se consacrer aux tâches qui lui sont assignées. « Dans les circonstances actuelles, peu importe que cette représentation soit officiellement légale ou non – commente le dalaï-lama. Parfois, on a beau être légal, on peut devenir illégal, et l'inverse est également possible. Ce qui compte, c'est que la majorité des Tibétains place ses espoirs en ce gouvernement. C'est pourquoi, nous aussi, nous avons une responsabilité énorme. La période que nous traversons est la plus noire de l'histoire bimillénaire du Tibet. Dans ces conditions, je considère comme un grand honneur et un privilège de porter la responsabilité que suppose ma position. »

Le chemin parcouru est néanmoins marqué de nombre d'éléments encourageants et positifs. Il existe désormais une Constitution tibétaine en bonne et due forme, adaptée aux réalités du monde moderne et adoptée par les représentants élus des communautés tibétaines en exil. La démocratie aussi est un apprentissage, auquel s'exercent pour le moment les seuls réfugiés : au Tibet sous contrôle chinois, chacun peut essayer de réfléchir ou de penser à sa manière, il n'en demeure pas moins soumis au système chinois d'application des règles sociales imposées par une domination étrangère toujours aussi mal tolérée.

La charte fondamentale, inspirée et modelée en Inde à l'instigation du dalaï-lama, n'est que provisoire, dans le sens où elle est régie par des impératifs propres à l'exil. A examiner ses articles, elle apparaît cependant comme la plus ouverte et la plus progressiste qu'ait jamais connue le Tibet : un paradoxe de plus, si l'on songe à celui qui se trouve à son origine, puisque le souverain exilé est à la fois l'héritier légitime et l'incarnation d'un enseignement et d'un mode de penser séculaires, donc un conservateur – et la personnification d'une volonté de modernisation, l'artisan d'un avenir différent, qui font de lui un novateur résolu à briser le carcan de traditions paralysantes. Le dalaï-lama tient toutefois à lever toute équivoque : le moment venu, cette constitution sera soumise à l'ensemble des Tibétains restés à l'intérieur, et c'est à eux que reviendra la décision finale. Les souffrances endurées leur donnent ce droit, et l'avenir repose entre leurs mains, le système politique et économique d'un Tibet indépendant émanera de leurs souhaits.

Tenzin Gyatso ne craint pas de jeter un regard critique sur le passé et admet sans réticence qu'une ouverture sur le monde aurait pu modifier éventuellement le cours de l'histoire contemporaine du Toit du Monde. Il insiste sur l'étroitesse d'esprit des traditionalistes opposés à la création d'écoles d'inspiration occidentale, à Gyantsé et à Lhassa notamment, par crainte, du temps du Grand XIIIe, de voir les habitudes occidentales corrompre, voire détruire, la foi des jeunes générations dans le bouddhisme. « Mon prédécesseur était un homme d'envergure qui voyait très loin – commente-t-il. Mais il avait affaire à une société très conservatrice, et il lui était parfois difficile de convaincre les autres responsables tibétains de la justesse de ses idées. Sans doute y aurait-il eu quelques expériences malheureuses. Mais ce n'aurait pas été la faute de l'éducation moderne ou de l'Occident. Cela aurait été notre propre faute, car nous aurions échoué à donner aux jeunes une base philosophique assez profonde et solide dans leur propre tradition [18]. » C'est aussi pourquoi, aujourd'hui, en dépit des contraintes matérielles de l'exil, il reste vigilant et exigeant quant à la qualité des études et de l'éducation dispensée aux générations montantes. S'étonnera-t-on dès lors de le voir se préoccuper d'un domaine aussi particulier que celui du langage ?

« Il s'agit là d'un problème auquel nous nous heurtons, tant au Tibet de l'intérieur par rapport à l'éducation chinoise imposée en une langue qui n'est pas la nôtre, qu'en Inde ou ailleurs. La langue tibétaine doit être développée de façon à disposer d'un vocabulaire adapté aux exigences du monde moderne. Sinon, elle sera menacée dans sa survie même, elle risque de devenir une langue morte.

« Nous manquons de mots appropriés pour beaucoup de concepts de la science moderne, ce qui explique pourquoi il est si difficile, voire impossible, pour les Tibétains de recevoir une éducation scientifique ou technique dans notre propre langue. Il n'y a rien de surprenant à cela, ni aucune raison d'en avoir honte. Notre culture s'est développée indépendamment de tout contact rapproché avec l'Occident, et notre langue le reflète à sa manière. D'ailleurs – ajoute-t-il avec une pointe de malice – c'est exactement pareil pour l'Occident. Il existe bon nombre de concepts dans les sciences philosophiques et spirituelles tibétaines qui n'ont pas d'équivalents en anglais ou dans d'autres langues occidentales. Simplement parce que ces dernières ne sont pas assez développées dans ces domaines précis pour incorporer ces concepts... »

Le Seigneur du Lotus ne se lance cependant pas dans de grandes théories ou de savantes élaborations à propos du visage futur de la société tibétaine : en bon moine bouddhiste, il préfère se borner à suivre de près une évolution pratique sur laquelle, il le reconnaît volontiers, il n'a guère de prise concrète. Son influence est d'abord d'ordre spirituel et intellectuel, son prestige personnel l'autorise à donner des avis, mais ce sont les autres qui vivent chacun leur vie, et c'est aux Tibétains dans leur ensemble de bâtir leur nouveau monde.

Une chose néanmoins est certaine : il ne sera pas possible d'ignorer les changements intervenus, et il faudra prendre en compte la nouvelle donne, se plier à des règles sociales différentes et s'accommoder d'une sécularisation, même partielle, du mode de vie. D'ailleurs, depuis de nombreuses années déjà, avant même l'invasion chinoise, des courants rénovateurs souterrains étaient à l'œuvre sur le Toit du Monde, du moins dans les agglomérations urbaines. La tragédie du Tibet aura été que ses responsables, souvent pris dans des querelles intestines ou des rivalités des clans et de personnes, ne leur aient pas prêté attention à temps, comme hypnotisés par l'immuabilité minérale qui les entourait.

A l'époque où il tentait sur place une difficultueuse cohabitation avec la Chine communiste, entre 1950 et 1959, le dalaï-lama, en dépit de son jeune âge et de son inexpérience politique, explorait précautionneusement des voies de changements possibles. Comme tous les autres, il s'est trouvé pris de court par l'envahisseur, l'histoire et le temps. La brutalité du bouleversement imposé aura coûté très cher à son pays et à son peuple, modelant désormais un avenir différent : force est de renouer les fils qui peuvent encore l'être et de s'appliquer à tirer le meilleur parti possible des circonstances. Une partie des responsabilités repose sur la communauté en exil, à la frontière des deux mondes : entre un pays dont ils ne gardent plus guère qu'une très vague mémoire et la société dans laquelle ils ont, pour la plupart, grandi, les jeunes Tibétains de la nouvelle génération sont chargés du rôle, souvent ingrat, d'être des traits d'union.

« Jusqu'à maintenant, depuis que nous formons une petite communauté tibétaine en dehors du Tibet – estime le dalaï-lama – nous avons assez bien préservé, au vu des conditions, notre héritage culturel. Si notre jeune génération a changé de style, si elle s'habille autrement et se coupe différemment les cheveux, dans l'ensemble, l'esprit et la manière de concevoir les choses n'ont pas fondamentalement changé. Elle demeure profondément imprégnée de notre culture, qu'elle respecte, et pratique le bouddhisme. Pour l'avenir plus lointain, c'est difficile à dire. Nous ne sommes que des réfugiés, c'est vrai, mais nous sommes libres, et cette liberté est capitale pour le développement de l'être humain, pour la sauvegarde de l'avenir. Actuellement, la culture tibétaine authentique, le vrai bouddhisme tibétain se trouvent hors des frontières géographiques du Tibet. »

L'analyse ne laisse pas d'être lucide, compte tenu des circonstances de l'exil et des résultats déjà enregistrés. La question qui se pose aujourd'hui est celle du temps. Les jeunes Tibétains, disséminés à travers le monde, ailleurs qu'en Inde, se trempent dans une culture et des habitudes sociales différentes des leurs, et le fossé s'élargit entre eux, les réfugiés installés en divers points du sous-continent indien, et ceux du haut Pays des neiges. Les us et coutumes varient, mais c'est sans doute la sauvegarde de l'enseignement spirituel qui lève les interrogations les plus lancinantes. Le principe de la réincarnation des sages et des grands lamas se pose en termes désormais totalement nouveaux, même si les lignées semblent, pour l'instant, se poursuivre.

Il est vrai aussi que l'exil a suscité la naissance de nombreux centres bouddhistes de toutes les obédiences à travers les pays occidentaux, où se manifeste un intérêt certain – ou du moins, un engouement – pour les écoles tibétaines. La remarquable souplesse de la doctrine lui permet une adaptation sans heurt majeur aux conditions diverses, autour de maîtres qui s'enracinent ailleurs. S'ils trouvent parfois des disciples attentifs et zélés, s'ils tentent de rester des flambeaux de lumière, dans le droit-fil de la tradition séculaire, ils sont souvent à la merci des mille pièges que les normes sociales étrangères recèlent toujours dans leurs replis profonds pour faire pièce à des périls mal définis, ressentis comme autant d'agressions.

Ainsi, au cours des dernières années, le foisonnement de sectes plus ou moins respectables sur le terreau fertile d'une recherche aveugle dans les rangs d'une jeunesse souvent désemparée a fait assimiler quelquefois le bouddhisme tibétain à ce genre d'expériences douteuses. L'ignorance ou la méconnaissance favorisent pareils amalgames, contre lesquels le discernement demeure le seul recours. D'autre part, le retour à la vie profane d'enseignants monastiques ayant quitté l'habit, par choix ou par contrainte, amène les Tibétains à songer à s'ouvrir davantage aux candidats occidentaux désireux de s'instruire selon la tradition monacale bouddhiste tibétaine : l'aventure est alors des deux côtés. L'échange se révèle parfois fécond, et ceux ou celles qui ne craignent pas de persévérer dans cette voie jouissent en général de l'estime de leurs maîtres et de leurs pairs.

« L'essence des enseignements bouddhistes ne change pas – explique le dalaï-lama. Où qu'ils soient suivis, ils sont applicables. Il n'empêche que les aspects superficiels, comme certains rituels ou cérémonies, ne cadrent pas nécessairement avec un nouvel environnement. Ces choses-là vont changer. Comment se présenteront-elles en tel lieu ou à tel endroit, on ne peut guère le prédire, cela dépend de l'évolution du temps. Quand le bouddhisme s'est implanté au Tibet pour la première fois, nul n'avait autorité pour dire : " Dorénavant, le bouddhisme est arrivé dans un nouveau pays, et il convient de le pratiquer comme ceci ou comme cela. " Aucune décision de cette sorte n'a été prise, et avec le temps, une tradition unique s'est peu à peu façonnée. C'est peut-être ce qui arrivera en Occident, il y aura peut-être un jour un bouddhisme mâtiné de culture occidentale. Selon les pays, l'héritage culturel est distinct, et tandis que l'essence demeure inchangée, la pratique diffère d'un lieu l'autre. »

Dans le contexte précis de l'avenir du Tibet, impossible de faire l'impasse sur les rapports entre bouddhisme et marxisme. Si des rapprochements peuvent se concevoir, dans l'esprit de la vision de l'univers de l'un et dans la doctrine théorique de l'autre, une éventuelle entente achoppe fatalement sur la contradiction fondamentale des moyens de la religion et de l'idéologie. L'une fait de la tolérance et de la bienveillance les pierres de touche de sa conception du monde, l'autre ne s'embarrasse guère de façons pour parvenir à ses fins partisanes.

« J'ai très longuement et sérieusement réfléchi à ce sujet – précise le dalaï-lama – car il concerne des millions de personnes, de la Thaïlande jusqu'à la Sibérie. Chez les bouddhistes, la foi ancestrale demeure très forte, profondément ancrée, aujourd'hui encore, comme j'ai pu le constater lors de visites, par exemple, en Mongolie. Des dizaines d'années de pouvoir communiste n'ont pas suffi à effacer la conviction religieuse, les bouddhistes ne se laissent pas convaincre facilement d'y renoncer.

Même si, officiellement, l'attitude des autorités continue d'être ouvertement hostile, le seul résultat, c'est que des milliers de gens en souffrent.

« Fondamentalement, le bouddhisme dans son ensemble, le Mahayana en particulier, et le marxisme originel ont, je crois, certaines choses en commun. Dans le marxisme c'est le pauvre, le déshérité, qui prime, le moins privilégié de la société. C'est tout à fait juste, car essayer de réaliser une véritable égalité, en particulier en économie, c'est très bien. Selon le marxisme, il semble aussi que tout dépende des propres actes de l'individu. Dans le bouddhisme également, puisque nous considérons qu'il n'y a pas de créateur, les choses essentielles dépendent de soi-même, c'est un peu une autocréation. Ainsi, il pourrait se trouver des points sur lesquels un dialogue serait possible. Mais cela suppose des deux côtés une réelle ouverture d'esprit et une approche plus réaliste...

« Il ne faut cependant pas oublier, et l'histoire en témoigne d'abondance, que le marxisme ne constitue pas une réponse totale pour la société humaine, notamment parce que le marxisme est une théorie fondée uniquement sur le seul matérialisme, sur la matière, qui néglige complètement la conscience. Or, pour un bouddhiste, il ne saurait y avoir de matière sans conscience. Sans connaissance à propos de la conscience, il n'est pas possible d'expliquer pleinement la matière, comme sans compréhension convenable de la matière, il est malaisé d'expliquer entièrement la conscience. Si on laisse de côté la conscience, il est impossible de parvenir à la sérénité mentale. Donc, par rapport au marxisme, le bouddhisme peut apporter quelque chose de plus. En ce qui concerne l'économie, peut-être la théorie marxiste peut-elle compléter le bouddhisme... »

Adepte résolu de la non-violence, convaincu jusqu'à en convaincre ses interlocuteurs que seule l'ouverture à l'autre permet de résoudre les vrais problèmes de l'être, le dalaï-lama affiche une conscience aiguë de la menace qu'une indifférence généralisée à la violence fait planer sur le devenir de l'humanité. Nul doute qu'aujourd'hui une partie du monde baigne dans un climat de violence si répandue qu'elle finit, presque à l'insu de la perception, par sembler banale, tellement courante qu'elle en paraît fatale. Faute de fondement éthique, sous couvert d'idées généreuses ou de volonté révolutionnaire pour le bien de tous, l'être humain redevient, trop souvent, loup pour l'homme. Les Tibétains l'ont appris à leurs dépens et mettent en garde contre ce fléau qui se métamorphose en miroir où se reflète la barbarie à visage humain. « Se résigner – se contente de dire Tenzin Gyatso – c'est donner une prime à la violence, c'est tolérer l'intolérable, se croiser les bras au lieu de réagir.

« La génération actuelle vit dans un monde sous pression, où les systèmes se compliquent sans cesse, et où règne la confusion. Tout le monde et n'importe qui parle et discourt de paix, de justice et d'égalité, alors qu'en pratique, c'est une autre affaire. Non pas parce que la personne ou l'individu sont mauvais, mais en raison de l'environnement général : les contraintes sont trop fortes et influencent en sens négatif. Peut-être les jeunes générations parviendront-elles à mieux faire face à ces responsabilités. »

Constat d'échec? Même pas : lucidité ou réalisme bouddhiste, comme aime à le dire en riant le dalaï-lama. Parce qu'il subsiste un but vers lequel on tend d'instinct – la libération ou le salut, la délivrance de la pensée négative, ce que les bouddhistes appellent *moksha*. Pour le Seigneur du Lotus, le sens précis du terme est « mise en liberté, libération. D'ordinaire, tant qu'on reste sous l'emprise de la pensée négative, on dit qu'on est prisonnier, qu'on se trouve en prison. Une fois que cesse la pensée négative ou que l'on surmonte son influence, on est libéré de la prison – en tout cas, de cette prison-là. Donc, c'est le salut, ou la libération... Mais attention, pas libération à la chinoise, il s'agit d'une libération intérieure! ».

En tout cas, cette façon de concevoir la vie et la paix intérieure, cette manière de s'interroger sur le sens de l'existence, de rester à l'écoute des autres, ont forgé une image, ou un personnage, hors du commun. A suivre sa trajectoire individuelle, il est frappant de percevoir à quel point ce moine tout en nuances et en subtilité draine vers lui des courants de sympathie, d'intérêt, de curiosité et de ferveur. A discerner, dans le même temps, sa puissance intérieure, on saisit tout aussitôt les raisons profondes de l'attitude chinoise à son égard : ni promesse ni demi-vérité ne peuvent entamer sa certitude de défendre une revendication de justice élémentaire pour son peuple. En quelque sorte, il y a en lui une dimension d'éternité qui rend caducs les raisonnements oiseux, débusque les faux-semblants et relativise instantanément les belles paroles : avec lui, il n'est guère possible de se payer de mots.

Les autorités de Pékin en ont fait l'expérience. Dans la foulée de ce qu'il est convenu d'appeler l'ouverture du Tibet, après un interdit presque total, sauf à quelques inconditionnels à toute épreuve de la politique chinoise officielle, des avances ont été faites au souverain exilé. Convaincus, de mauvaise grâce, mais convaincus tout de même parce que les faits sont têtus, de la loyauté foncière de tout un peuple à son chef incontesté, quand bien même il résidait à l'étranger, les responsables han ont arrêté leur position à propos d'une éventuelle visite du dalaï-lama dès 1980. Au demeurant, ils ont attendu novembre 1984 pour la faire connaître publiquement, ce qui n'a pas manqué d'être immédiatement interprété comme une fin laconique de non-recevoir à toute proposition de véritable négociation.

Pour Pékin, aucun « marchandage » ne saurait être envisagé, le gouvernement chinois n'entendant nullement revenir sur sa politique du fait accompli. De plus, le chef spirituel tibétain est fermement invité à s'engager à « travailler à l'unification de la Chine et en faveur de l'unité nationale », et, par la même occasion, à renoncer à toute idée d'indépendance du Tibet. De surcroît, il devrait faire cesser les manifestations de réfugiés qui rappellent, chaque année, le 10 mars, les sanglants événements de la répression du soulèvement antichinois de 1959. Enfin, s'il désire regagner la « mère patrie » version chinoise, le dalaï-lama « jouira du même statut politique et des mêmes conditions de vie qu'avant 1959 », à ceci près que sa résidence sera fixée à Pékin et, en tout cas, pas en territoire tibétain. Pour l'en dédommager, il pourrait à la rigueur se voir attribuer les fonctions de vice-président du Comité permanent de l'Assemblée nationale populaire, le parlement chinois. Comme le panchen-lama... Ces conditions ont, au moins, le mérite de la clarté, mais l'on imagine difficilement le Seigneur du Lotus s'y plier, même si, parfois, la nostalgie du haut pays embue un instant son regard.

Pourtant, de loin en loin, des bruits se lèvent çà et là concernant un éventuel voyage au Tibet. Rares sont les rencontres ou les entretiens où il n'en est pas fait mention au passage, ne serait-ce qu'à titre d'hypothèse et parce que certaines prédictions, des Ecritures ou des oracles, ne peuvent s'interpréter qu'en fonction de la présence du souverain spirituel dans son palais rouge et blanc du Potala, à Lhassa. Avec un sourire désarmant, Tenzin Gyatso élude la réponse directe, louvoie diplomatiquement, ou retourne la question, selon l'humeur du moment. Il lui arrive aussi de rappeler que les Juifs ont attendu deux mille ans pour rentrer chez eux, alors, il suffit d'avoir assez de patience, et qu'un bouddhiste comme lui est prêt à faire face à toute éventualité. Et de préciser :

« Après les visites de mes premières délégations au Tibet, j'avais en effet exprimé, au début de 1983, le vœu de me rendre en personne sur place, peut-être en 1985, pour voir de mes propres yeux ce qui se passait au Tibet et prendre ainsi directement connaissance de la situation. Je pensais que, dans la mesure où certains changements étaient perceptibles depuis 1979, 1985 pouvait être un moment approprié pour y aller.

« Malheureusement, fin 1983, de nombreux Tibétains ont à nouveau été arrêtés, des exécutions publiques ont eu lieu sous prétexte de lutte contre le banditisme, et des gens ont disparu sans laisser de trace, nul ne sait ce qui leur est arrivé. Comme le disent les Chinois, deux pas en avant, un pas en arrière, ou encore, parfois, un pas en avant et deux en arrière... Bien des choses se sont passées depuis 1979-1980, surtout quand M. Hu Yaobang est venu à Lhassa, quand il s'est publiquement excusé et a admis les erreurs du passé. Il avait aussi promis à ce moment-là de suivre une voie plus modérée, plus réaliste. Mais par la suite, des faits identiques se sont reproduits, ce qui veut dire que rien n'est vraiment sûr, que rien n'est définitivement acquis. Après, les Chinois ont publiquement réitéré un certain nombre de conditions concernant mon éventuelle visite au Tibet. Si bien que je n'ai pas l'intention de m'y rendre.

« Ce n'est pas ma propre personne qui me

préoccupe, mon souci constant demeure ce qui peut être bénéfique pour le peuple tibétain. Moi, je ne suis qu'un simple moine bouddhiste, je peux me débrouiller n'importe où. Le plus important, c'est ma propre liberté intérieure, mais c'est là une autre question. Je suis directement concerné par le sort de six millions de Tibétains. Les Chinois veulent l'ignorer et font mine de se préoccuper du dalaï-lama. Ce n'est ni juste ni correct.

« Ils semblaient croire, aussi, lors de ces premiers contacts, qu'au Tibet même, en raison de l'endoctrinement politique et par d'autres moyens, les gens cesseraient d'être fidèles au dalaï-lama. Dans ces conditions, ils ont trouvé bon de le convier, pensant que personne ne viendrait lui rendre hommage, qu'il ne serait plus respecté, et que, par conséquent, il serait beaucoup plus facile de le manipuler. Or, durant le séjour de nos délégations, les gens sont venus de partout pour exprimer leur loyauté, leur confiance en moi. C'était totalement inattendu pour les Chinois eux-mêmes.

« En fait, j'ai l'impression qu'au fond d'eux-mêmes les responsables chinois n'ont pas très envie de me voir rentrer au Tibet. En tout cas, moi, je ne veux pas y aller sans être sûr et certain que cela puisse apporter quelque chose aux Tibétains. Par ailleurs, j'ai aussi reçu de très nombreux messages depuis lors, disant que leurs auteurs aimeraient bien me voir revenir au plus vite, tout en me mettant en garde et en m'engageant à ne pas rentrer dans les circonstances actuelles. Même des Chinois rencontrés lors de mes voyages m'ont dit la même chose, m'affirmant qu'eux-mêmes ne faisaient pas extrêmement confiance à leur propre gouvernement et qu'il me fallait être extrêmement prudent.

« Les Chinois ont parfois des attitudes un peu

curieuses : dès que j'ai manifesté le désir de répondre à leur invitation, ils ont lancé une campagne de propagande contre moi et remis sur le tapis leurs conditions. D'une part, ils proclament qu'ils veulent un dialogue ouvert, et d'autre part, dès que la réponse vient, ils changent de tactique et recourent à ce genre de subterfuges. C'est à faire douter de leur sincérité, et c'est ce qui explique pourquoi nous avons suspendu tout projet de visite.

« A l'évidence, leur invitation n'était que propagande, ils n'ont aucun intérêt à un véritable dialogue. De plus, certains signes laissaient clairement présager qu'ils entendaient utiliser mon éventuelle visite comme moyen de légitimer leurs prétentions sur le Tibet. Ainsi donc un terme a été mis aux plans envisagés, d'autant que des missives en provenance de l'intérieur, émanant, notamment, de groupes de résistance, me priaient instamment de ne pas aller jusqu'à me remettre moi-même entre les mains des Chinois. Question de sécurité et de confiance... Tant et si bien que, sans un réel changement d'attitude de la part des dirigeants chinois, je doute fort que les discussions puissent reprendre à ce sujet et pour de bon dans un proche avenir. Pourtant, à long terme, seule une solution acceptable pour tous du problème tibétain pourra assurer une paix véritable et viable en Asie.

« Vous savez, les Tibétains m'aiment bien, peut-être justement parce que je suis loin d'eux. Somme toute, par leur attitude intransigeante et rigide, les Chinois ont fait de moi le plus populaire des dalaï-lama... »

Même les manifestations antichinoises d'octobre 1987 et de mars 1988 à Lhassa n'ont pas réussi à modifier l'attitude du dalaï-lama : avant comme après, il demeure fidèle à ses principes de non-violence. Sans mâcher ses mots, il déplore la répression qui s'en est suivie, tout en réitérant son admiration pour ceux qui n'ont pas reculé devant le sacrifice de leur vie pour tenter de réveiller la conscience du monde. Comme jamais auparavant, en dépit de troubles sporadiques soigneusement occultés par les autorités de Pékin, les protestations d'octobre 1987 ont provoqué un écho réel dans la presse mondiale. La politique d'ouverture prônée par Deng Xiao-ping et ses hommes s'est révélée à double tranchant pour eux, et ce que les autorités chinoises ont le plus de peine à admettre, c'est que les Tibétains, en clamant haut et fort leur volonté de liberté, leur ont infligé un cinglant démenti. Pour les Han, il ne saurait y avoir pire offense.

Par un hasard que d'aucuns prétendent ne pas être fortuit, au moment où les signes avant-coureurs de la manifestation du premier octobre se précisaient à Lhassa, le dalaï-lama était en visite aux Etats-Unis. Sur invitation privée, il était parti consacrer un stūpa à l'Université d'Indiana et avait été l'hôte de la sous-commission du Sénat américain pour les droits de l'homme. L'explosion de colère sur le Toit du monde ne l'a guère surpris, pas plus qu'elle ne l'a incité à changer son programme d'activités, arrêté déjà depuis de longues semaines. Aussi l'avons-nous retrouvé comme convenu à Manali, une petite localité blottie dans les contreforts himalayens de la vallée de Kulu, où il était attendu par quelque trois mille fidèles bouddhistes de la région venus écouter ses commentaires de l'un des textes les plus célèbres du grand sage Shantideva.

Sous un ciel capricieux, dans un bungalow rustique où aimait autrefois se reposer Jawarhalal Nehru, au milieu d'une clairière où le drapeau tibétain claque crânement au vent, le dalaï-lama est toujours aussi affable. Mais ses propos sont plus clairement politiques, marqués cependant au sceau d'une sereine lucidité. Même la brutalité de la réaction chinoise face à des moines et des civils sans armes ne l'étonne pas.

« C'est la manière chinoise. J'ai l'impression parfois qu'ils ont mauvaise conscience. Ils se sont forgé une idée du Tibet, et à force de répéter qu'ils sont venus en libérateurs, ils se sont laissés prendre à leur propre propagande. Si bien qu'à l'instant où des incidents éclatent, ils sont décontenancés et refusent d'en reconnaître les causes réelles.

« Parce que, en dépit de certains changements officiels ces dernières années, positifs en surface, le mal demeure sérieux et le ressentiment profond dans l'esprit des gens. Ces manifestations ne sont qu'un syndrome de la maladie qui dure, elle, depuis plus de trente ans, depuis 1950, quand eut lieu la tragédie de l'invasion. Il est donc compréhensible qu'à un certain moment, la colère populaire éclate. La réaction a été brutale, mais au vu et au su du monde.

« Cela est important, car, si j'admire le courage des Tibétains qui sont descendus dans la rue exprimer leurs sentiments réels, il faut aussi que le monde le sache. Que l'opinion prenne conscience que le Tibet vit sous un régime d'occupation coloniale et que les Tibétains en ont assez d'être victimes du colonialisme. Si la situation est telle que la décrivent les Chinois, c'est-à-dire que la majorité des Tibétains sont tellement heureux, alors, pourquoi continuent-ils de me faire confiance quand je dis le contraire ? La plupart des Chinois pensent que le Tibet était pauvre, arriéré, sombre et cruel, barbare. S'ils ont tellement fait pour le Tibet, comme ils le prétendent, comment expliquer ces réactions des Tibétains à leur égard, et pourquoi continuent-ils de réclamer si ardemment leur indépendance ?

« Si le mouvement de sinisation n'est pas

stoppé, si le transfert de populations vers les hautes terres tibétaines n'est pas arrêté, les Tibétains se retrouveront bientôt minoritaires chez eux. C'est un grave danger, et nous en sommes conscients. En quelque sorte, c'est la solution finale de la question tibétaine à la manière chinoise. Si l'opinion n'y prend pas garde, ce sera la fin, l'anéantissement du peuple tibétain et de sa civilisation. »

Dans son souci constant de chercher la paille positive qui ferait bouger la poutre négative, le dalaï-lama a proposé un plan en cinq points, pour tenter de relancer une possibilité de dialogue. « Ces cinq points ne sont pas nouveaux, précise-t-il néanmoins. Je les ai abordés à différentes reprises, mais ainsi regroupés, ils peuvent servir éventuellement d'amorce à une discussion. Il s'agit de transformer l'ensemble du Tibet en une zone de paix; d'abandonner la politique chinoise de transfert de populations, car elle constitue une menace pour l'existence même du peuple tibétain; de respecter les droits fondamentaux et les libertés démocratiques pour les Tibétains; de restaurer et de protéger l'environnement du Tibet, en renonçant à l'utilisation du territoire tibétain par la Chine pour fabriquer des armes nucléaires et stocker des déchets radioactifs; et d'entamer des négociations sur le futur statut du Tibet et les relations entre les peuples tibétain et chinois. »

A la réflexion, les émeutes d'octobre qui ont un instant attiré les projecteurs de l'actualité sur Lhassa ont visiblement pris les autorités chinoises de court. Elles ont éclaté à un moment d'autant plus mal venu qu'elles précédaient de peu le treizième Congrès du parti communiste, avec ses querelles intestines entre réformistes et conservateurs. Elles embarrassaient d'autant que des centaines de touristes étrangers se trouvaient sur place, interdisant de passer sous silence pareils événements. En quelque sorte, un camouflet, et chacun sait combien il en coûte en Orient de perdre la face.

Les autorités de Pékin affirment avoir apporté progrès et bien-être aux Tibétains, en construisant des routes, des hôpitaux et des écoles, en introduisant l'électricité et les bienfaits d'une société moderne. Argumentation classique de tous les colonialismes. Encore faudrait-il savoir à qui profitent ces changements, et si le Tibet n'avait pas été capable lui-même, à sa façon et à son rythme, d'entreprendre tout seul son adaptation au monde issu de la Seconde guerre mondiale. A en juger par leur attachement viscéral à leur altérité, les Tibétains semblent être d'un avis différent, et s'ils persistent à réclamer la liberté, c'est que Pékin n'a pas su les convaincre. Sait-on qu'il a fallu attendre juillet 1987 pour que Pékin reconnaisse enfin le tibétain comme langue officielle de la soi-disant Région autonome du Tibet ? Autrement dit, jusque-là, les responsables et cadres, han naturellement, qui détiennent les rênes du pouvoir sur place n'étaient même pas tenus de parler la langue de leurs administrés : ce détail en dit long sur les rapports entre les deux sociétés, qui se côtoyaient sans pratiquement pouvoir s'entendre...

« Les Chinois aussi ont droit au bonheur et au bien-être – affirme le dalaï-lama. Mais pas aux dépens des Tibétains. » En dépit des récents événements, le chef spirituel et temporel du haut Pays des Neiges ne cesse de réaffirmer que pour lui, l'avenir demeure ouvert et toutes les options possibles. Pourtant, il a parfaitement conscience des périls et en appelle à l'opinion mondiale pour que la chape d'oubli ne retombe pas une nouvelle fois sur le Tibet.

« Laissons passer un peu de temps, mes propositions visent le long terme. Je pense que pour le moment, les Chinois en ont par-dessus la tête des Tibétains. Mieux vaut les laisser reprendre tranquillement leurs esprits. Il faut songer à l'avenir et voir à plus longue échéance. Pour créer un climat de compréhension, il faut que chacun y mette du sien, ce qui permettrait d'instaurer la confiance. Tant qu'il y aura des armes et des soldats chinois au-dessus de la tête des Tibétains, rien ne sera possible.

« Le problème, c'est que dès que nous approchons les Chinois pour exprimer nos vues et nos griefs, ils le prennent comme une attaque antichinoise et se placent aussitôt sur la défensive. Si bien que le point de vue tibétain n'entre pas dans l'esprit chinois. C'est pourquoi je le dis devant tout le monde, pour que le reste du monde s'en fasse l'écho et sache ce qu'il en est. »

Les nouveaux affrontements de mars 1988 devant le Jokhang, au dernier jour des cérémonies rituelles de la Grande Prière pour le bonheur de tous les êtres, autorisées pour la troisième année consécutive après une interdiction totale durant plus de vingt ans, s'inscrivent dans la logique même des événements. Au moins, constate le dalaï-lama, « cela devrait faire réfléchir les dirigeants chinois à la gravité de la situation et les mener à envisager une solution qui serait bénéfique autant pour le peuple tibétain que pour le peuple chinois ».

Son message à l'occasion du 29e anniversaire du soulèvement populaire noyé dans le sang, qui avait motivé son départ et l'exil de milliers de Tibétains, est sans équivoque. « Au cours des derniers mois, notre pays a souffert de la répression la plus sévère depuis l'époque de la révolution culturelle. La lutte de notre peuple se distingue de nombreux autres mouvements par son caractère non violent. C'est peut-être pourquoi il nous a été plus difficile de convaincre le monde de la profondeur de notre détresse et de la fermeté de notre détermination. C'est peut-être aussi pourquoi les gouvernements ont ignoré la justesse de notre cause.

« Devoir s'en remettre à la violence pour attirer l'attention de la communauté internationale, quelle triste indication de l'état du monde actuel! Alors que le terrorisme et d'autres manifestations de violence préoccupent le monde entier, ne serait-il pas de l'intérêt de tous de soutenir la défense non violente des causes légitimes? »

C'est encore sur la non-violence que le dalaï-lama a insisté au cours de notre rencontre, à la mi-avril 1988, à Londres. Le Foreign Office avait cru bon vouloir lui imposer une discrétion draconienne sur les thèmes politiques et limiter ses propos à des commentaires strictement religieux ou spirituels. Mal lui en a pris, car la presse, outrée par ces restrictions, a vertement critiqué cette attitude timorée et n'a pas hésité à consacrer une large place à cette visite en Grande-Bretagne.

Coïncidence sans doute nullement fortuite, le jour même de l'arrivée du dalaï-lama dans la capitale britannique, à Pékin, le panchen-lama annonçait à grand renfort de publicité que si le chef spirituel et temporel exilé renonçait à toute idée d'indépendance, il était le bienvenu en Chine et pouvait même s'établir à Lhassa s'il le souhaitait. A condition bien entendu d'accepter d'être un « citoyen » chinois à peu près comme les autres. Joli coup de propagande, mais qui ne saurait faire illusion : le panchen-lama lui-même, bien que l'un des dix-neuf vice-présidents de l'Assemblée populaire, était toujours en résidence surveillée à Pékin et n'était autorisé que rarement à se rendre au Tibet. Quelques jours plus tard, le Premier ministre chinois en personne revenait sur cette offre officieuse et s'empressait de la tempérer sérieusement...

Rien de tout cela n'entame l'égalité d'humeur du souverain du haut Pays des Neiges. Préoccupé par les tensions latentes qui percent comme feu sous braise, il réitère sa conviction profonde que la seule voie possible est la non-violence, comme l'avait utilisée le Mahatma Gandhi lors de la lutte contre le pouvoir colonial britannique en Inde.

« Tant qu'a duré le mouvement d'indépendance, Gandhi en a été la figure de proue. Une fois le but atteint, il a refusé de participer au gouvernement. Je crois que c'est la bonne manière, en tout cas elle me convient. Personnellement, c'est ce que j'aimerais faire. Depuis de nombreuses années que je suis en Inde, j'ai maintes fois répété aux Tibétains que j'assumais la responsabilité du mouvement de libération. Mais après, ce sera autre chose. Après, avec la liberté viendront les querelles et dissensions inhérentes à toute société humaine, c'est normal et naturel. Dans ce cas, mieux vaut pour le dalaï-lama rester en marge, ne pas se mêler de la gestion courante des affaires. Sur le plan individuel, il sera plus facile pour moi d'apaiser les différends en étant neutre...

« Récemment, il y a eu une flambée de violence au Tibet. C'est autre chose. En raison de la situation désespérée des Tibétains de l'intérieur, c'est malheureusement nécessaire, parce qu'ils doivent eux-mêmes exprimer ce qu'ils ressentent, leur insatisfaction et leur mécontentement – sinon le monde extérieur ne comprend pas et n'en prend pas conscience. Ils en ont assez de la domination chinoise, et ils l'ont clairement fait savoir. La violence cependant n'était pas de leur côté – ils ont saisi des armes, mais au lieu de s'en servir, ils les ont brisées. C'est une attitude juste.

« Pour exprimer leur solidarité avec les manifestants de Lhassa, pour lesquels j'ai beaucoup d'admiration car ils sont descendus dans la rue au péril de leur vie, des Tibétains à New Delhi avaient entamé une grève de la faim qu'ils entendaient mener jusqu'à ses conséquences ultimes, c'est-à-dire jusqu'au sacrifice de leur vie s'il le fallait, dans l'espoir d'être enfin entendus. Une fois encore, j'admire leur courage, leur détermination et leur volonté. Mais en même temps, je suis un moine, et en dépit de tout, je demeure attaché à la protection de leur vie. Même si dans le fond je suis d'accord avec eux, cela ne vaut pas la peine d'aller trop loin quand le sacrifice est inutile. Je ne pouvais garder le silence et les laisser mourir, aussi les ai-je instamment priés de mettre un terme à leur jeûne...

« L'essentiel, encore. Certains sont d'un autre avis et pensent que la violence est le seul moyen de se faire entendre. J'admets qu'il y a là une certaine logique, mais ce n'est pas la mienne. Si le militantisme actif devait s'étendre, si la situation devait se durcir et m'échapper, si je ne parvenais plus à la contrôler et si la violence prenait le dessus, il ne me resterait plus qu'à renoncer à mon engagement d'assumer la responsabilité du mouvement de libération. Pour moi, la violence ne saurait être la voie, il serait alors trop facile aux Chinois de réprimer brutalement et d'anéantir impitoyablement, dans tous les sens du terme, le Tibet et les Tibétains. »

« Les avances des Chinois? Il semble parfois qu'ils se montrent plus modérés, plus ouverts et plus tolérants, alors que, dans le même temps, ils sont plus rudes et intraitables. Il est encore trop tôt pour se prononcer définitivement, et vous savez que la situation sur place demeure tendue... »

Comment dès lors sortir de l'impasse, trancher le nœud gordien sans pour autant céder sur les principes? « Par la voie du milieu, justement –

répond dans un éclat de rire le dalaï-lama. Vous savez que je suis un adepte de Madhyamika, donc naturellement, à chaque fois, dans tous les domaines, j'essaie de trouver la voie médiane, celle qui convient le mieux. Mon idée et mon sentiment se rejoignent, il faut que j'affine encore certains détails.

« J'y travaille actuellement, en précisant et en peaufinant les propositions de mon plan en cinq points, qui reste une base valable pour l'amorce d'éventuelles négociations. Le Tibet a le droit de réclamer son indépendance. En même temps, les Chinois ne veulent pas renoncer à leurs prétentions, et ils font tout ce qui est en leur pouvoir pour réprimer et juguler la revendication indépendantiste. Dans ces conditions, je me retrouve en tant que porte-parole libre des Tibétains. C'est pourquoi je pense profondément qu'il vaut la peine d'explorer cette voie, la voie du milieu, entre ces deux positions. »

Quant à savoir si les Chinois sont capables de comprendre cette approche, le dalaï-lama sourit : « Je le crois. Mais ça prend du temps. Que les Chinois l'acceptent ou non, c'est la carte qu'il convient de jouer maintenant. Cela vaut la peine de tenter le coup, et ça ne fait de mal à personne. Les ponts ne sont pas coupés, et par l'intermédiaire de mon frère qui était à Pékin avant la fin de l'année dernière, les responsables chinois m'ont fait savoir qu'ils souhaitaient maintenir ces contacts directs avec moi. Il est vrai qu'ils sont assez embarrassés par ces événements, et qu'il y a probablement des points de vue différents entre eux. Mais que voulez-vous, c'est comme ça... »

Persévérant sur cette lancée, le hiérarque tibétain n'en tient pas moins compte de ses adversaires et, conscient des implications que ce geste pouvait supposer, à la mi-juin 1988, il renvoie la balle dans leur camp en prenant l'opinion à témoin. Dans l'enceinte du parlement européen à Strasbourg, il avance des propositions concrètes et précises, allant jusqu'à offrir à Pékin la possibilité de garder momentanément la haute main sur les affaires étrangères et la défense, en échange d'une autonomie réelle pour le haut Pays des Neiges dans les affaires civiles et administratives, notamment la religion, l'éducation, le commerce, la culture, le tourisme, les sciences et les sports. En quelque sorte, un contrat d'association à la manière de Hong Kong ou de Taiwan, en précisant toutefois que c'était aux Tibétains eux-mêmes d'en décider en dernier ressort.

En cette année du Dragon-de-Terre, qui a débuté le 18 février 1988 d'après le calendrier grégorien et qui, selon la tradition tibétaine, s'annonce mouvementée, le dalaï-lama donne l'impression d'avoir tiré les conséquences des événements des derniers mois : « A mon avis, la majorité des Tibétains souhaite se séparer de la Chine, mais du côté chinois, il n'en est pas question. Et personne ne viendra au secours du Tibet – me précisait-il encore à la mi-juin au cours d'une rencontre à Genève. Si les conditions actuelles se perpétuent, cela signifiera encore davantage de souffrances et de destructions pour le peuple tibétain et sa culture. Donc, la solution logique, c'est d'essayer de trouver une issue, un moyen de sortir de l'impasse. Telle est mon idée de base. Quant aux modalités d'application, elles restent encore à définir. »

Le Seigneur du Lotus admet que d'aucuns peuvent voir dans cette démarche une concession, et que certains Tibétains lui reprocheront sa modération. Dans son esprit, il s'agit plutôt « d'un accommodement, la recherche d'un compromis, une manière de tendre la perche à un interlocuteur qui n'aime pas perdre la face. Malheureusement, les dirigeants chinois se soucient trop souvent de cet aspect-là, si bien qu'ils en oublient l'essentiel et en viennent à réagir négativement parce qu'ils sont embarrassés. L'un des facteurs clés de notre drame – insiste-t-il – c'est l'ignorance. Les Chinois ne savent rien du Tibet, de son histoire, de ses traditions et de ses particularismes. Jamais depuis la fondation de notre nation, en l'an 127 avant l'ère chrétienne, les Tibétains n'ont concédé leur souveraineté à une puissance étrangère. Ce qui s'est passé après ce que les Chinois appellent « la libération » de 1949 est l'époque la plus sombre de notre histoire. Il serait temps pourtant que les dirigeants de Pékin réalisent que la manière coloniale de gouverner des territoires occupés est aujourd'hui anachronique ».

D'une certaine manière, le dalaï-lama paraît reculer pour mieux sauter, en choisissant « la voie du milieu » conforme à sa conception de moine bouddhiste tout en tenant compte des réalités politiques contraignantes. Et d'ajouter : « Dans sa totalité, le Tibet – que nous appelons Cholka-Sum, c'est-à-dire le U-Tsang, le Kham et l'Admo, doit devenir une entité démocratique gouvernée par elle-même, en association avec la Chine. Le gouvernement devrait être constitué d'un chef exécutif élu au suffrage universel, d'une assemblée législative bi-camérale et d'un système judiciaire indépendant. Son siège doit être à Lhassa. » Ce qui est une façon de rappeler que l'actuelle Région autonome définie selon les intérêts de Pékin n'est qu'une partie du territoire historique du Tibet, dont plusieurs régions ont été englobées d'autorité dans les provinces chinoises voisines.

Sur les principes fondamentaux, le dignitaire tibétain ne transige pas. S'il a fait un geste spectaculaire envers Pékin, il persévère dans sa demande de démilitarisation et de dénucléarisation du haut pays, afin d'y créer une zone de paix, une espèce d'Etat-tampon capable d'amortir le choc des intérêts des grandes puissances au cœur de l'Asie. Dans le même temps, il voit dans cet éventuel sanctuaire authentique la plus grande réserve naturelle de la planète, car pour lui, le souci de l'environnement est indissociable du sort des hommes. Et de préciser : « La fabrication, les essais et le stockage d'armes nucléaires et autres armements doivent être interdits, ainsi que l'utilisation de l'énergie nucléaire et autres technologies qui produisent des déchets générateurs de risques. Il est nécessaire qu'une conférence régionale pour la paix soit convoquée, afin d'assurer que le Tibet devienne un véritable sanctuaire de paix par la démilitarisation. Jusqu'à la convocation d'une telle réunion et en attendant que la démilitarisation et la neutralisation deviennent réalité, la Chine pourrait avoir le droit de maintenir un nombre restreint d'installations militaires au Tibet, mais uniquement à but défensif. »

Le dalaï-lama sait bien que ces nouvelles suggestions exigeront un temps de réflexion et qu'avant d'entamer d'éventuels pourparlers, la réaction de Pékin pourrait d'abord être négative. « C'est dans l'ordre des choses – constate-t-il avec philosophie. J'espère néanmoins que les responsables chinois en viendront finalement à examiner soigneusement ces propositions et à les prendre en considération. Pour ma part, j'estime qu'il vaut la peine d'essayer, quelle que soit la réponse. » En l'occurrence, une fois encore il n'a pas eu tort, dans la mesure où après une première réaction aussi brutale que sèche, au bout d'une semaine, les propos ont commencé à se nuancer à Pékin, laissant la porte ouverte à d'autres développements.

Pourtant, en parlant d'association, le dalaï-lama

a-t-il vraiment renoncé à la pleine indépendance du Tibet? « Renoncer n'est pas le mot – précise-t-il. Pour nous, pour moi, le Tibet a toujours été quelque chose d'autre et n'a jamais été la Chine. Voilà notre sentiment profond, et je doute qu'il puisse se modifier. Pour l'avenir, comme dans toute société ou entreprise humaine, il peut y avoir des changements, au gré des circonstances, sans altérer l'altérité tibétaine. Sous certaines conditions, deux communautés différentes et séparées peuvent provisoirement se joindre l'une à l'autre, tandis que d'autres peuvent se séparer pour des raisons diverses. Car telle est la nature humaine, ou l'histoire des hommes. »

La fin de l'année du Dragon-de-Terre aura été rude pour le Tibet. Le 10 décembre 1988, quand à Paris on célébrait le quarantième anniversaire de la Déclaration Universelle des droits de l'homme, la police chinoise tirait à Lhassa sur des manifestants désarmés réclamant le respect de ces mêmes droits sur le Toit du Monde. A l'approche du 30ᵉ anniversaire de la révolte antichinoise de Lhassa, les tensions montaient, et dès janvier, les autorités de Pékin multipliaient avertissements et mises en garde contre toute velléité de protestation.

Il n'empêche. A la mi-janvier, alors qu'il venait de consacrer le tombeau de ses prédécesseurs, reconstruit après sa destruction et son pillage durant la révolution culturelle, dans son fief de Chigatsé, le panchen-lama lançait une critique sans précédent et sans fard contre la politique de Pékin au Tibet. Sans reculer devant les mots, il disait que son pays avait payé trop cher sa soi-disant libération, et qu'il fallait désormais éviter à tout prix de répéter les errements du passé.

En principe, le dignitaire bouddhiste devait conduire quelques jours plus tard à Lhassa les cérémonies du Nouvel An lunaire et de la Grande

Prière traditionnelle. Mais le 28 janvier, le panchen-lama disparaissait, soudainement emporté par une crise cardiaque, à cinquante ans. Du coup, les fêtes du Mönlam étaient interdites et l'année du Serpent-de-Terre commençait le 6 février sous des auspices plutôt sombres. En perdant un intermédiaire précieux, même s'il était parfois déroutant, le gouvernement de Pékin se retrouvait au pied du mur, en quelque sorte acculé à se retourner vers un interlocuteur devenu incontournable, le dalaï-lama.

Le désarroi chinois devait s'accroître encore avec les manifestations de mars 1989. Bien que prévenues, les autorités locales ont été visiblement prises de court par la flambée de mécontentement qui explosa quelques jours avant le 10 mars. Et comme trop souvent, la riposte s'est avérée disproportionnée : une vingtaine de morts officiellement – beaucoup plus selon des sources tibétaines, quand la police débordée a tiré sans sommation sur la foule en colère. Pour ramener le calme, Pékin impose la loi martiale, fait sans précédent depuis l'avènement de la République populaire, et 60 000 soldats en armes patrouillent dans les rues de la capitale tibétaine qui – faut-il le rappeler ? – compte quelque cent mille habitants, dont une bonne moitié de colons chinois... Dans la foulée, la centaine de touristes étrangers se trouvant sur place est expulsée dans les 48 heures, si bien que nul ne peut plus savoir ce qui se passe réellement au cœur du haut pays.

Tandis que les Tibétains manifestent où ils le peuvent dans l'exil – à New Delhi, à Paris, à Berne, à Londres et ailleurs, le dalaï-lama en appelle à Deng Xiaoping et à l'opinion mondiale pour faire cesser les violences au Tibet et lever la loi martiale. S'efforçant de contenir la fougue de ses jeunes compatriotes qui prônent une résistance armée, il remarque que ce choix serait suicidaire, car il servirait de prétexte aux autorités chinoises pour durcir encore la répression. Et d'ajouter : « Malgré les tragiques événements actuels, nous sommes toujours prêts à discuter pour trouver une solution pacifique. Avant cette crise, nous pensions que les discussions avec la Chine à Genève pourraient démarrer dans un délai de quelques mois. Maintenant, je ne sais pas... » Cette année ne fait que commencer. Elle peut se révéler riche en événements, car, vous savez, les autocrates ne sont pas éternels, et tous les êtres ont soif de liberté. »

Avec le recul, ces propos du chef spirituel tibétain prennent une curieuse résonance. C'était avant la visite qualifiée d'historique de Mikhaïl Gorbatchev à Pékin, avant la contestation étudiante massive de la place Tien An Men et le drame qui s'est ensuivi, avant l'attribution du prix Nobel de la paix.

Pour le Seigneur du Lotus, l'année du Serpent-de-Terre aura été particulièrement chargée – et de signification, et de mouvement. De nombreux voyages – au Costa Rica et au Mexique notamment, où il s'est longuement et officiellement entretenu avec les présidents Oscar Arias et Carlos Salinas de Gortari; en Allemagne, en France, aux Etats-Unis où il a appris la décision des jurés du Nobel. A Dharamsala où le nouveau lauréat était brièvement de retour en novembre 1989 avant de se rendre à Paris pour recevoir le prix de la Mémoire, puis à Oslo, il me précisa :

« Pour moi, comme moine bouddhiste, cette distinction n'a pas grande importance. Ce serait contraire à ma manière de voir d'en être fier, et franchement mauvais pour un moine d'en tirer vanité. En même temps, en tant qu'être humain, j'apprécie ce geste à sa juste valeur, et elle est grande, car c'est en quelque sorte reconnaître la justesse de ce que je m'efforce de dire et de faire, une reconnaissance de mon combat non violent. En fait, le Nobel est plus important pour le Tibet et pour les Tibétains que pour moi-même. Quand j'ai appris la nouvelle, ma première pensée a été pour le Bouddha et pour mes maîtres à qui je dois d'être qui je suis, pour tous ceux qui, depuis des années, soutiennent la cause tibétaine, et je m'en suis réjoui pour eux...

« Le prix de la Mémoire, c'est un peu pareil, c'est aussi une reconnaissance de la lutte non violente menée par les Tibétains pour préserver leur culture, leur civilisation et leur histoire plus que bimillénaires, non seulement dans leurs expressions matérielles, mais également dans leurs valeurs spirituelles. A cet égard, il m'est agréable de partager ce prix avec des représentants de la mémoire juive et arménienne. Entre ces trois peuples menacés de génocide, il y a une communauté de destins et de souffrances qui nous rapproche les uns des autres. »

Prix Nobel ou pas, le dignitaire tibétain reste pareil à lui-même dans son comportement et son ouverture aux autres. Mais ses relations avec Pékin s'en trouvent-elles modifiées ?

« Jusqu'aux événements de Tien An Men, nous avions des contacts formels, plus ou moins épisodiques. Mais depuis lors, rien. Après le Nobel, la réaction des autorités chinoises a été plutôt négative, mais en fait, je ne sais pas ce que pensent exactement les dirigeants chinois, et ils ne pouvaient guère réagir autrement. Leur attitude s'inscrit dans le durcissement enregistré à Pékin, qui se reflète d'ailleurs dans la nouvelle vague de répression au Tibet même. C'est dire que pour le Tibet, le problème demeure entier, même s'il ne faut pas exclure une éventuelle évolution. Si le jury d'Oslo avait remis le prix conjointement au dalaï-lama et à

Deng Xiaoping, c'eût peut-être été mieux pour le Tibet, non?! Cela nous aurait permis de nous rencontrer au moins, pourquoi donc ne pas essayer d'amorcer un dialogue, cela coûte moins cher et c'est finalement plus efficace... »

Doucement, un crépuscule doré nimbe Dharamsala d'une lumière apaisante. Le village se donne l'air d'une indifférence étudiée : c'était dans l'ordre des choses, n'est-ce pas, que son hôte le plus illustre finisse enfin par être reconnu publiquement par l'opinion mondiale. Le « petit Lhassa » de l'Inde vibre cependant de contentement, d'une manière de fierté aussi. Un Tibétain m'a dit : « Le prix Nobel de la paix, c'est une *pûja* de longue vie de l'Occident au dalaï-lama. »

Clin d'œil de l'histoire, et qui vaut son pesant d'ironie, à part le roi de Norvège présent à la cérémonie d'Oslo en dépit de véhémentes protestations chinoises, Vaclav Havel aura été le premier président européen en exercice à recevoir, début février 1990, le dalaï-lama. Leur rencontre aura d'abord été celle de deux dissidents de longue date, ayant tous deux choisi, pour des raisons différentes mais tout aussi valables, la résistance non violente à la répression et à l'oppression. Avec la certitude chevillée au corps qu'une cause juste ne peut, en dernier ressort, que l'emporter. Malgré le silence imposé au Tibet, où, contrairement à Pékin, la loi martiale n'a toujours pas été levée et où policiers et soldats participant à la répression de la contestation tibétaine sont décorés par dizaines, le hiérarque exilé se dit encouragé par les changements dans le monde.

« Les barrières et les murs entre les nations et les peuples tombent vite de nos jours. Nous vivons un moment unique dans l'histoire du monde, un moment rempli d'espoir et d'attente. Même s'il reste des gouvernements qui refusent l'idée que les frontières ne sont pas des murailles et que le sort des gens dans n'importe quel pays concerne légitimement toute la famille humaine. La force à elle seule ne peut détruire ni l'esprit humain, ni le désir de liberté. Ce n'est pas seulement notre droit de nous insurger quand nos frères et sœurs, quelle que soit leur race, leur religion, leur sexe ou leur conviction politique, sont traités avec brutalité – c'est également notre devoir de les aider au mieux de nos possibilités. Certains d'entre nous ont la chance de vivre libres. Nous ne devrions jamais oublier ceux qui n'ont pas la même chance. »

Que réserve l'avenir, quelle sera l'année tibétaine 2117 – celle du Cheval-de-Fer, qui commence le 26 février 1990 selon le calendrier occidental?

« Je pense que c'est aussi une question de générations. Il me semble que les jeunes Chinois, ceux avec qui j'ai eu l'occasion de m'entretenir récemment au cours de mes derniers voyages, sont en train de découvrir qu'il y a quelque chose qui ne va pas sur le Toit du Monde. Après leurs propres expériences, ils sont mieux à même de comprendre ce que nous avons souffert, et ils ont pris conscience de ce que signifie la propagande gouvernementale. Ce début de compréhension pourrait être utile à l'avenir.

« Nous ne pouvons rien faire tant que le gouvernement chinois ne veut pas entendre. Rien. Attendre. C'est une question de temps. Les dirigeants chinois aujourd'hui sont trop vieux pour changer d'avis. D'autres viendront ensuite, peut-être plus ouverts au dialogue et au changement. Seul le temps apportera la réponse. Les derniers événements ont probablement sensiblement raccourci la durée de vie du communisme chinois. En même temps, c'est un fameux coup de pouce pour dessiller le regard que le monde porte sur la Chine, pour aider à comprendre ce qui s'y passe réellement.

Depuis plusieurs années, Pékin s'efforçait d'améliorer son image sur la scène internationale, et il a suffi d'une nuit pour que tout s'écroule, pour réduire ces efforts à néant.

« Quelles qu'elles soient, les relations entre le Tibet et la Chine devront se baser sur l'égalité, le respect, la confiance et le bénéfice réciproques. Elles devront se fonder sur le principe que, dans leur grande sagesse, les responsables du Tibet et de la Chine avaient énoncé dans le traité de l'an 823. Gravé sur un pilier que l'on peut toujours voir dans le Jokhang de Lhassa, ce principe stipule que " les Tibétains vivront heureux sur la grande terre du Tibet, et les Chinois vivront heureux sur la grande terre de Chine ".

« Nous restons disposés au dialogue, mais nous ne sommes pas pressés, car nous voulons également manifester notre solidarité au mouvement démocratique en Chine, aux étudiants et au peuple. Nous avons certaines choses en commun, car comme eux aujourd'hui, les Tibétains réclament depuis longtemps la liberté, la démocratie et le respect de leurs droits. Notamment celui à l'autodétermination : ce n'est pas seulement un droit humain fondamental, c'est le point de départ de la jouissance de tous les autres droits.

« Notre position fondamentale n'a pas changé. Nous avons déjà dit et répété jusqu'où nous pouvons aller. Cela fait maintenant plus de deux ans que nous attendons une réponse claire de Pékin à nos propositions. Si rien n'évolue, si les exactions et les tortures se poursuivent, de même que les arrestations et les exécutions au Tibet, alors, je crois que c'est mon droit, notre droit, de changer de langage.

« En tant que moine bouddhiste, mes préoccupations portent sur tous les opprimés, sur tous les êtres conscients qui souffrent. Certes, ma religion m'a beaucoup aidé à faire naître l'amour et la compassion, même envers ceux que nous considérons comme nos ennemis. Mais je suis convaincu que chacun peut manifester à sa manière son bon cœur et son sentiment de responsabilité universelle, que ce soit avec ou sans l'aide de la religion... »

Dans ce dosage finement équilibré entre la spiritualité et la politique, entre la transcendance et le quotidien, entre la réflexion personnelle et l'action altruiste, quelle place revient au moine, quel jeu joue le chef de file d'une cause si mal connue ? Le plus souvent, les deux personnages se confondent, ou du moins se superposent. Selon la lumière, l'un cède alternativement le pas à l'autre, même si, en dernier ressort, ils sont indissociables. Mais pour lui-même, comment le dalaï-lama concilie-t-il tant d'activités diverses ? Une simple vie d'homme ne semblerait pas devoir y suffire... « Il y a tant de choses qui m'intéressent, tant de sujets qui sollicitent l'attention ! C'est ma manière à moi de passer le temps, et d'ailleurs, tous ces aspects se complètent, s'éclairent l'un l'autre.

« L'aspect spirituel dépend de votre propre motivation, au lieu que l'activité séculière signifie travailler dans le monde. Comme la motivation détermine toute action, il est important qu'elle soit correcte. Qu'importe l'activité, si la motivation est négative, l'activité le sera aussi. A l'inverse, quand la motivation est positive, l'activité le devient pareillement.

« Il convient également d'établir une distinction entre sa propre pratique spirituelle et l'institution religieuse à laquelle on peut éventuellement être lié. Le problème, quand on est chef d'une quelconque institution religieuse, c'est qu'il faut se plier à ses règles et à son comportement institutionnel. Il n'est pas possible de suivre en toute liberté ses propres idées, ni d'exprimer des opinions personnelles en contradiction avec la tradition de l'institution. Heureusement pour moi, je ne suis pas un chef religieux en ce sens-là, je suis plutôt un guide spirituel global, qui n'a pas à se mêler des affaires administratives ou des tendances de chaque école : il y a des responsables pour cela. Pour moi, la responsabilité essentielle qui m'incombe, c'est de veiller à la pureté des institutions et à ce qu'aucun des grands lignages de transmission ne se perde. Pour le reste, j'ai surtout à me préoccuper de ma propre pratique. »

C'est dire dans le même souffle que l'Océan de Sagesse n'est pas tout à fait un maître comme les autres. Incarnation du Seigneur de la Compassion infinie, il est censé être revenu sans relâche parmi les humains pour leur servir de flambeau. Maintenant que le Pays des Neiges n'est plus ce qu'il était, que le royaume caché a été amené à dévoiler ses splendeurs et ses mystères au regard étranger, qu'il a connu la misère du monde brutalement imposée par un envahisseur sans pitié, qui l'a en quelque sorte désacralisé en le tirant de son rêve surplombant des abîmes de lumière, qu'adviendra-t-il de la succession, de la transmission de la lignée du Précieux Victorieux ?

« Le Tibet – répond-il sans la moindre hésitation – peut parfaitement se concevoir sans dalaï-lama : il a fort bien vécu longtemps avant que l'institution n'existe en tant que telle, et en théorie, c'est tout à fait possible. Les institutions humaines passent, qu'elles continuent ou non, cela dépend des circonstances. Dans l'absolu, le Tibet, sa nation, sa culture et même le bouddhisme sont tout à fait pensables sans le dalaï-lama.

« Pour l'instant, bien entendu, le dalaï-lama est

un symbole, un symbole du Tibet. C'est pourquoi il est si important pour la nation et la culture tibétaines, pour le bouddhisme tibétain aussi. Aujourd'hui, si le dalaï-lama venait à disparaître, un autre dalaï-lama serait cherché, trouvé et choisi conformément à la tradition. Plus tard, dans trente ou quarante ans, je ne sais pas : tout change, n'est-ce pas? En envisageant la continuité de l'institution, la question qui se pose est celle de la succession.

« Dès lors, plusieurs possibilités sont à examiner, en dehors bien entendu de la coutume traditionnelle. Avant de partir, par exemple, je pourrais désigner quelqu'un et lui conférer moi-même le titre de dalaï-lama. Cela existe déjà dans la tradition de certains grands lamas, comme le patriarche de Gaden, le Tri Rimpoché, nommé pour un certain nombre d'années sur la base de l'ancienneté et selon les qualités précises. Pourquoi ne pourrait-on pas songer aussi à une espèce de conclave, à la manière du choix d'un pape, dans un aréopage de grands lamas?

« La question est revenue maintes fois sur le tapis, à partir de 1979 surtout. C'est que, à l'époque, d'aucuns semblaient penser qu'elle était d'actualité, au moment où les Chinois s'évertuaient à faire croire qu'il n'y avait pas de problème tibétain, que la seule affaire, c'était le dalaï-lama. Ils affirmaient à qui voulait les entendre que les Tibétains étaient très heureux au Tibet depuis la libération à la chinoise, et que l'unique obstacle à cette félicité, c'était le dalaï-lama qui ne pensait qu'à restaurer sa propre autorité et à récupérer ses anciens privilèges. Selon eux, cela signifiait en clair que si le dalaï-lama rentrait, l'ancien système serait remis en place sur-le-champ, et cela, ils ne pouvaient l'accepter.

« C'est pour mettre les points sur les " i " que j'ai tenu alors à expliquer que là n'était nullement le problème et que l'arbre ne devait pas cacher la forêt. La question n'a rien à voir avec l'institution en tant que telle, et, à la limite, je dirais que ce n'est même pas tellement mon affaire : personnellement, cela ne me touche pas. La situation change, et si les circonstances rendent caduque la nécessité de l'institution historique, si elle n'a plus sa raison d'être, qu'elle a achevé son rôle dans l'histoire et qu'elle a fait son temps, qu'à cela ne tienne, il n'y a aucun mal à y mettre un terme. C'est du moins ce que je pense. »

Telle est, claire et nette, la position personnelle de Tenzin Gyatso. Il admet cependant que les Tibétains ne partagent peut-être pas forcément cette manière de voir. « C'est en effet autre chose – poursuit-il en souriant. Officiellement, publiquement, je ne me suis pas prononcé à ce propos, et je ne sais si les Tibétains sont prêts à accepter la discussion sur ce thème. Récemment, il m'est arrivé de lancer l'idée qu'un temps viendrait, à coup sûr, où il n'y aurait plus de dalaï-lama. Cela aussi demande une préparation mentale. En fait, pour l'instant, il n'y a aucun plan pour l'avenir. Le projet de Constitution adopté il y a quelques années prévoit expressément le cas où le dalaï-lama se trouve dans l'impossibilité de gouverner, ce qui est déjà quelque chose. J'essaie de faire réfléchir à ce sujet, de chercher l'idée à faire mûrir pour le moment opportun. De toute manière, quand les temps seront là, j'en discuterai avec les premiers intéressés pour prévoir et préparer au mieux la succession. Mais vous savez, ce n'est vraiment pas une affaire personnelle. »

Il n'est guère aisé d'aborder ce sujet, délicat entre tous, avec les Tibétains. Du plus humble au moins directement concerné, de l'intérieur comme dans l'exil, du plus proche au plus éloigné dans l'espace du point axial où se trouve, géographiquement parlant, l'actuelle résidence du souverain du Pays des Neiges, la convergence de vues est sans appel : le dalaï-lama, c'est le Tibet. Le Seigneur du Lotus a beau s'en défendre et s'efforcer de faire comprendre à ses compatriotes que cela peut se discuter, sur ce point précis, ils se semblent pas prêts à le suivre.

A partir de là, quelques variantes sont certes possibles, mais nul ne se hasarde à les aborder. Quelques-uns peut-être s'aventurent à y songer, à s'interroger sur ce qui se passerait s'il lui arrivait quelque chose : ils disent alors que la cause du Tibet continuerait, qu'il faudrait se réorganiser et poursuivre le combat. On sent néanmoins que cette perspective, personne ne l'accepte, ni n'accepte même de la prendre en compte, et tous admettent que sans cette présence de tous les jours, sans le réconfort de ce sourire ni cette flamme de malice dans le regard, tout serait bien plus difficile – l'exil, la lutte de chaque jour, la survie, l'espoir même, et peut-être encore le retour. A croire que c'est justement le privilège du haut pays d'avoir façonné celui qui, aux yeux des Tibétains, demeure « le Joyau qui exauce tous les désirs ». A sa manière, il n'avait pas tort, ce journaliste indien, petit-fils du Mahatma Gandhi, qui disait du XIVe dalaï-lama, qu'il était le « don de la providence au Tibet et le don du Tibet au monde ».

Transmis de murmure en rumeur, répercuté d'écho en écho, un bruit diffus, mais tenace, tend à accréditer l'idée que c'en est désormais fini des dalaï-lamas, que la chaîne se brise au XIVe, et que, d'ailleurs, d'anciennes prophéties étayent sans équivoque cette prédiction. Tenzin Gyatso, lui, est moins catégorique et déclare ne pas avoir connaissance de ces textes. « Que je sache, il n'existe pas de prophéties en tant que telles, spécifiquement liées à la succession des dalaï-lamas. Il n'y a rien de clair ni de définitif à ce propos. Il n'empêche que, sur un plan privé, on puisse éventuellement élaborer certaines hypothèses ou examiner diverses déductions. Ainsi, quand je suis arrivé pour la première fois à Lhassa, un sage érudit, un très grand lama, a confié à ses disciples, après m'avoir vu, que le XIVe serait un bon dalaï-lama, peut-être le dernier. C'est ce qui a été dit par une certaine personne, à un certain moment, dans des circonstances déterminées. Plus, je ne saurais vous dire – que je sache, je le répète, il n'y a rien de plus précis.

« Au demeurant, des êtres possédant toutes les qualifications requises pour être dalaï-lama, il y en a toujours. L'incarnation d'un Bouddha ou d'un boudhisattva continue de se manifester quoi qu'il arrive, et pas seulement sous forme humaine. Que le titre soit où non octroyé à un être particulier, tout dépend si c'est bénéfique ou non dans des conditions données. Bien avant le premier dalaï-lama en titre, il y a eu d'autres incarnations d'Avalokiteshvara, le Seigneur de la Compassion infinie, sans qu'ils aient forcément porté le titre d'Océan de Sagesse. Quoi qu'il en soit, je ne suis pas le meilleur dalaï-lama, mais pas non plus le pire... Si bien qu'il serait peut-être bon que je sois le dernier... Si, pour le plus grand bénéfice des êtres, il fallait que je me réincarne comme, mettons, un pont ou un insecte, en tant que moine adepte du Mahayana, il est de mon devoir de le faire. Tant qu'il y aura des êtres qui souffrent, je reviendrai. »

Prédiction ou non, bons ou mauvais augures, prophétie ou pas, l'assurance est là, donnée par la personne la plus qualifiée pour prendre pareil engagement. Pour les Tibétains, elle est capitale. Pour le reste du monde, peut-être aussi. Autant que quiconque, mieux parfois que d'autres, le pays de Bod et ses habitants ont su jouer avec le temps, se jouer du temps. Aujourd'hui, pour eux, c'est encore une question de temps, qui se pose certes en termes impérieux et nouveaux – puisqu'il s'agit de survie. Dans tous les sens du terme. Mais la parole du Bouddha en fait foi, le déclin sera passager et la renaissance d'autant plus éclatante.

Dans cette perspective, nul doute que l'actuel représentant de Chenrezig parmi les siens est un dalaï-lama charnière, voire de rupture. A la charnière de mondes en conflit, en rupture de sociétés éclatées, la sentinelle est solitaire qui veille à l'orée des horizons lointains. Il ne cesse de surprendre, sinon d'interpeller ou de bousculer les habitudes, de décaler les certitudes acquises. Sa marche à l'étoile scrute l'avenir, qui ressemble à une quête, ou à une question. Mais quelle réponse? Dans ce monde des apparences, où la mode est aux messages, le sien, d'une parfaite simplicité, n'en revêt pas moins une fulgurante profondeur. Sa propre paix intérieure devient partage de sérénité, puissance épurée intensément attentive et ouverture à l'autre.

Alors, changer le monde pour changer de destin, ou modifier le regard qui se porte sur la foire aux chimères? L'un n'est guère possible sans l'autre. « Bien entendu que la société humaine peut devenir meilleure, s'améliorer pour tous – insiste le Seigneur du Lotus. Par la paix intérieure justement. Meilleure, cela signifie pour moi davantage d'attention et de courtoisie envers l'autre, une approche plus altruiste pour mieux comprendre. Il faut d'abord reconnaître que les autres, tous les autres humains, ont les mêmes droits et les mêmes aspirations que nous autres au bien-être et au bonheur, ne pas les considérer comme des objets au service de notre égoïsme, à manœuvrer à notre guise. Ils sont nos pareils, et il convient de les apprécier en tant que tels. Une fois dénoués les premiers nœuds, faits les premiers pas, la vision s'élargit, et il est possible d'aller plus loin, au-delà de ses limites, de sa société ou de soi-même. » D'aucuns y parviennent plus rapidement que d'autres et deviennent des jalons, ou des points de repères, pour ceux qui tentent de les suivre.

« La beauté du Tibet est forte, élémentaire, sublime – relevait un jour Fosco Maraini. Elle n'accorde rien, j'allais dire qu'elle ne pardonne pas... » Pardonner quoi ? Pourquoi ? En fait, elle donne. Elle donne une autre dimension, singulière et rare, à l'être. C'est sur cette clef-là que s'accordent nombre de ses habitants, qu'ils soient des sages accomplis ou feignent d'être de simples mortels, nomades qui traversent la vie comme d'autres arpentent les vastes étendues de la transhumance. Quelque part, d'instinct presque, ils savent, d'autres avec eux savent aussi, que le monde peut être vu comme un mandala, et dans le mandala du monde, pour les Tibétains, il y a au centre un homme qu'ils nomment « la Présence ». A leurs yeux, il incarne un principe d'amour et de lumière, et nombreux, très nombreux, sont ceux qui trouvent en lui l'inépuisable source d'une raison de vivre. Mais lui, le moine bouddhiste Tenzin Gyatso, que pense-t-il du XIVe dalaï-lama ? Et le XIVe dalaï-lama, comment voit-il le moine bouddhiste Tenzin Gyatso ?

« Bonne question, et drôle de surcroît... (Une gerbe de rires fuse en cascade. Trente secondes de réflexion.) En tant que moine bouddhiste, Tenzin Gyatso ressent une profonde compassion pour le XIVe dalaï-lama, parce qu'il trouve parfois qu'il n'a pas la vie facile, qu'il doit affronter des situations complexes, et que ce n'est pas commode tous les jours. Quant au XIVe dalaï-lama, quand il songe à

Tenzin Gyatso et le regarde, il a le sentiment qu'il fait de son mieux, qu'il s'applique de tout son cœur et fait son possible pour bien faire... Ça va comme ça? » Et le rire de repartir de plus belle...

Au cœur du mandala, il y a toujours une lumière. Souvent, il y a une divinité, quelquefois ce peut être le vide, d'autres fois un maître, veilleur ou passeur. Mais entre le symbole et l'homme, il y a, souverainement présent, le pèlerin, celui qui chemine en toute sérénité vers son but qu'il dit lointain, mais qu'il sait à portée de main, ou de cœur, de chacun. Celui qui dit : « La confiance en soi, le courage, la détermination et l'optimisme sont, à mon avis, essentiels pour gagner. Si, dès le départ, vous vous dites que ça ne va pas, si vous vous laissez aller au découragement, si vous adoptez une attitude pessimiste, quand bien même ce que vous désirez est facile à obtenir, vous ne l'aurez pas, ça ne marchera pas. Telle est ma manière de voir. Pour la communauté humaine comme pour l'individu, l'espoir est capital...

« L'important, c'est de faire de son mieux. Que l'on arrive ou non, c'est une question différente. Même si l'on n'atteint pas forcément ce que l'on cherche dans cette vie, ça ne fait rien – du moins, on aura tenté de façonner une société meilleure, fondée sur davantage de compassion et moins d'égoïsme. J'en suis fermement persuadé. »

Bouclée, la boucle repose fugitivement sur elle-même, déjà parée pour un nouveau déploiement : une vie humaine, qu'est-ce aux frontières de l'éternité, reflet du jeu de miroir entre l'infini de l'espace et l'immémorialité du temps? D'autres viendront ensuite, aux confins de l'imaginaire, interroger l'immortalité à l'aune de l'éphémère. Demain, l'horizon du temps ressemblera à l'arc-en-ciel de toutes les lumières, précieux comme l'espoir de toutes les vies.

Dans cette attente, d'éclairs en lueurs, une offrande de joie radieuse accompagne les pas d'un homme qui chemine sur terre, et symbolise parfois la fascination de l'occulte. De la réalisation spirituelle, il a fait une dimension fondamentale de l'être, dans une somptueuse harmonie de la connaissance et de l'entendement, de l'esprit et du cœur. C'est peut-être un rare privilège de croiser un « jivan mukhta », un « libéré vivant », comme les hindous qualifient ceux qui, dans leur forme humaine, ont atteint au stade suprême de l'illumination, brisant à jamais les chaînes des apparences. Les Tibétains disent qu'ils sont des bodhisattvas, parvenus au seuil de l'éveil et qui choisissent de revenir parmi les hommes, pour alléger les souffrances de ceux que l'ignorance aveugle. D'autres les considèrent simplement comme des sages : ayant déverrouillé les portes de la perception, leur vision embrasse des univers où l'énigme du bonheur se délie sans mandragore ni pavot. Au-delà de l'inexprimable, leur expérience devient don.

De retour sur la terre vénérée du Bouddha, dans la certitude de regagner le haut pays des dieux, un moine tibétain prie dans le silence de l'aube pour la paix du monde. Ici ou ailleurs, sans ostentation, au rythme mat du damarū et de la clochette, sa prière ne monte vers aucun dieu : elle est méditation et escalade vers la lumière, changement de niveau de conscience et ouverture de l'œil intérieur. De loin, de si loin, de la source translucide du temps, il éclaire un chemin qui s'imprime à la crête frémissante de l'espace. Jusqu'au prochain mûrissement des temps.

NOTES

1. Giuseppe Tucci, *To Lhassa and Beyond,* New Delhi, 1985, East-West Publ. (réimpression).

2. R.P. Huc, *Souvenirs d'un voyage dans la Tartarie, le Thibet et la Chine,* Plon, Paris, 1926.

3. « Les poèmes du VIe dalaï-lama », traduction d'Yves Codet, revue *Tribu,* n° 7, Université Toulouse-Le Mirail, 1985.

4. Charles Bell, *Portrait of the Dalaï-Lama,* Londres, 1942.

5. Daniel Bärlocher, *Testimonies of Tibetan Tulkus,* Rikon/Zurich, 1982.

6. John Avedon, *Entretiens avec le Dalaï-Lama,* éd. Dharma, 1982.

7. Inder Malik, *Dalaï-Lama of Tibet,* Uppal Publishing House, New Delhi, 1984.

8. John Avedon, *Loin du Pays des Neiges,* Calmann-Lévy, Paris, 1985.

9. Thoubten Jigme Norbou & Colin N. Tumbull, *Le Tibet,* Stock, Paris, 1968.

10. Fosco Maraini, *Tibet secret,* Arthaud, Paris, 1952.

11. *Ibid.*

12. Gompo Tashi Andrugtsant, *Four Rivers, Six Ranges,* Dharamsala, 1973.

13. *Ibid.*

14. *Opuscula tibetana,* « Testimonies of Tibetan Tulkus », Rikon/Zurich, 1982.

15. *Ibid.*
16. Message pour la journée internationale de l'environnement, 5 juin 1986.
17. Message aux bouddhistes de Sri Lanka à l'occasion de la fête du Bouddha, 1986, *Tibetan Bulletin*, juin-juillet 1986.
18. *Tibetan Review*, octobre, 1986.

GLOSSAIRE

ahimsa : principe de non-violence.
amban : résident chinois à Lhassa, sous les Mongols.
bodhisattva : sage parvenu au seuil de l'Illumination et qui renonce à la délivrance pour aider les êtres souffrants à se libérer.
chörten : monument reliquaire, en forme de cloche retournée, version himalayenne du stūpa indien.
dakini : divinité tutélaire féminine protectrice.
damarū : petit tambour rituel.
darshan : cérémonie de bénédiction usuelle des sages de l'Inde.
desi : régent durant la minorité du dalaï-lama.
dharma : doctrine du Bouddha.
geshé : moine érudit.
gompa : demeure de la solitude, appellation tibétaine des lamaseries et ermitages.
gourou : maître spirituel.
kalon : fonctionnaire, avec rang de ministre.
karma : loi de la cause et de ses effets.
kashag : cabinet des ministres.
khata : écharpe cérémonielle, généralement blanche.
mandala : représentation graphique de l'univers, support de méditation.
mani : pierre gravée d'une formule sacrée.
mantra : parole de pouvoir, au rythme incantatoire.
mantrique : lié au mantra.

Mönlam : Grande Prière annuelle pour le bonheur de tous les êtres.
pūja : cérémonie d'offrande liturgique.
rimpoché : titre honorifique, généralement utilisé pour s'adresser à un lama de haut rang.
sadhana : ascèse ou discipline à suivre avec persévérance pour progresser sur la voie spirituelle.
sangha : communauté des moines bouddhistes.
stūpa : reliquaire indien.
sūtra : précepte ou aphorisme, dans l'hindouisme et le bouddhisme.
tantra : méthode de discipline spirituelle, comprenant les plus hauts enseignements bouddhistes.
tantrique : lié aux tantras.
thanka : peinture religieuse sur tissu.
tsampa : farine d'orge grillée, base de la nourriture tibétaine.
tūlkou : réincarnation d'un sage, d'un ascète, d'un abbé ou d'un lama.

Sauf précision, la plupart des citations du Dalaï-Lama proviennent d'entretiens personnels avec l'auteur, notamment à Genève et à Rikon (Suisse); à Bodh Gaya (Inde) en 1985; à Digne et Saint-Maclou (France); Dharamsala (Inde), Rome et Assise (Italie) en 1986; Manali (Inde) en 1987 et Londres en 1988, Dharamsala et Paris en 1989. De larges extraits de ces interviews ont été publiés dans *Le Monde, La Stampa* et *The Guardian.* Les autres commentaires du Dalaï-Lama sont tirés, avec sa gracieuse autorisation, de ses propres ouvrages [*Kindness, Clarity and Insight* (Snow Lion Publications, Ithaca, NY-USA); *Opening the Eye of a New Awareness* (Wisdom Publications, London) et *Universal Responsibility and the Good Heart* (LTW – Dharamsala)].

Annexe

LA MÉDECINE TIBÉTAINE

DEPUIS quelques années, avec l'intérêt provoqué par la « découverte » du Tibet, la médecine tibétaine commence à faire l'objet d'études et de recherches tant aux Etats-Unis qu'en Europe. Ainsi, en juillet 1986, un congrès, suivi d'une exposition très complète, a été organisé à Londres par le Wellcome Institut for the History of Medecine. En 1983 déjà, une conférence internationale sur le même sujet avait eu lieu à Venise. Plus encore, certaines universités américaines récemment lancées dans la course à la guérison du SIDA s'intéressent de près aux possibilités qu'offrirait la médecine traditionnelle du Toit du Monde pour alléger les souffrances des patients condamnés, voire pour trouver une parade et freiner l'avance de la maladie. A en croire diverses informations publiées en Inde, quelques malades, notamment deux aux Etats-Unis et deux au Danemark, soumis à un traitement tibétain, y répondraient favorablement.

Sans attendre ce début de reconnaissance de l'Occident, les Tibétains ont su depuis toujours la valeur de leurs méthodes de guérison. Au fil des siècles, depuis au moins deux millénaires et demi, la tradition n'a cessé de s'enrichir et de témoigner de son efficacité, à tel point que, dans toute la Haute Asie, le Toit du Monde s'était bâti une réputation de « pays de la médecine » ou encore de « pays des plantes médicinales ». Nulle exagération d'ailleurs dans ces appellations, si l'on songe au nombre impressionnant d'herbes et de plantes, souvent inconnues ailleurs, récoltées sur les hauts plateaux dans les vallées perdues par les moines des collèges de médecine, à quoi venaient s'ajouter – pour l'élaboration des pilules – des pierres, des métaux, des produits d'origine animale et le savoir-faire des détenteurs de secrets soumis à un régime spirituel et pratique particulièrement contraignant durant la période de préparation des remèdes.

Et ce n'est pas par hasard que, dès les premiers temps de l'exil, le Dalaï-Lama s'est immédiatement préoccupé de préserver cette précieuse tradition. Le Centre médical de Dharamsala a connu des débuts difficiles, et aujourd'hui encore, il est loin de rouler sur l'or. Mais l'essentiel a été sauvé, maintenu et revivifié grâce à l'obstination de quelques médecins, lamas ou laïcs, qui n'ont pas ménagé leurs efforts pour regrouper leurs expériences passées et, surtout, transmettre en des mains sûres et bien préparées une tradition menacée d'anéantissement.

Si la formation des moines-médecins est plus aléatoire aujourd'hui que dans le Tibet d'hier, c'est aussi que la sécularisation des structures de la société s'est accélérée sous la pression des contraintes de l'exil. La relation fondamentale cependant demeure entre thérapie et spiritualité, entre assise métaphysique et action pratique. D'ailleurs, le Bouddha n'est-il pas lui-même le suprême médecin, le seul à pouvoir apporter la guérison des « trois poisons » que sont l'ignorance, l'attachement et la haine, qui sont justement les causes essentielles de la maladie ?

Aussi ne s'étonnera-t-on point de trouver ces divers aspects inextricablement mêlés dès le départ. La plupart des médecins tibétains, sinon tous, ont une formation spirituelle très poussée, exigeant une ascèse personnelle persévérante, parallèle à l'étude des symptômes, des maladies, des moyens de diagnostic et des méthodes de guérison. Vieux de plusieurs siècles, les traités de médecine, avec planches anatomiques et descriptions explicatives, ont servi à former des générations de médecins, à fabriquer des remèdes efficaces et, disent certains, à décrire des maladies à venir... auxquelles les scientifiques d'aujourd'hui sont confrontés. En tout cas, selon la tradition, 404 maladies ont été ainsi répertoriées.

Dans l'ensemble, la médecine tibétaine doit beaucoup à la médecine ayurvédique indienne, vieille de quelques millénaires. Le texte le plus ancien, traduit très probablement du sanskrit, remonte au IVe siècle de notre ère. Il a été modifié, complété et développé ensuite, pour aboutir, à la fin du XIIe siècle, à la forme sous laquelle il est connu actuellement, rédigé par Yuthog Yontan Gonpo le Jeune. Intitulé *Les quatre Tantras oraux secrets des huit branches de l'Essence du Nectar,* il se présente comme un dialogue entre les *rishis* (voyants) Yid-las-skya et Rig-pa'i Yeshé, tous deux étant des émanations du Bouddha de médecine. L'ouvrage comprend 156 chapitres et 5 900 vers, divisés en quatre tomes, et s'occupe successivement du corps (physiologie, anatomie et embryologie notamment), de pédiatrie, gynécologie, désordres engendrés par des influences malignes, déséquilibres provoqués par des objets, toxicologie, gériatrie, fécondation et reproduction.

Le trait saillant de cette médecine est sans aucun

doute son caractère holistique : le bouddhisme enseigne que l'homme est à la fois esprit et corps. D'où l'importance primordiale de son environnement, des énergies autant physiques que psychiques qui l'affectent, de son comportement personnel face à la vie et à la maladie. D'autant que, pour un bouddhiste, il ne saurait y avoir qu'une relation dynamique dans le maintien de cet équilibre vital entre l'homme et l'univers. C'est dire aussi qu'il existe une relation étroite entre le mental et le physique. A signaler, pour mémoire, une singularité propre à la médecine tibétaine, celle de la notion de maladie karmique, c'est-à-dire liée à des conditions spécifiques de vies antérieures. Ces affections sont justiciables de traitements tout à fait particuliers, plus proches du rituel religieux que de méthodes pratiques communément utilisées.

A en croire la tradition tibétaine, tout corps est formé à la base par les cinq énergies cosmiques que sont la Terre, l'Eau, le Feu, l'Air et l'Espace. Inutile d'insister sur les développements philosophiques que cette conception implique. Mais comme ces énergies sont au premier chef des forces dynamiques, leur synergie est essentielle à un fonctionnement équilibré, chacune étant d'ailleurs spécifiquement liée à un sens physique, à une partie déterminée du corps et à un centre intérieur. Le moindre déséquilibre entre elles débouche sur le malaise ou la maladie. Les saisons et les astres ont aussi leur rôle à jouer dans ce tableau plutôt complexe. A l'heure de la mort naturelle – quand l'arc de vie imparti à chacun, les forces karmiques et les mérites accumulés arrivent à épuisement – ces énergies perdent leurs pouvoirs propres et s'estompent peu à peu. D'abord, la Terre est absorbée par l'Eau, tandis que la vision se trouble. Ensuite, l'Eau se dilue dans le Feu, et les cavités intérieures du corps se dessèchent. Après, le Feu est absorbé par l'Air, alors que la chaleur du corps disparaît. Puis, l'Espace absorbe l'Air, et c'est la respiration qui cesse...

Pour le diagnostic, le médecin tibétain procède d'abord à un examen d'urine. Il passe ensuite à l'écoute des pouls, qu'il prend simultanément à l'aide de trois doigts (l'index, le médium et l'annulaire) – ce qui lui permet de déterminer le caractère « chaud » ou « froid » de l'affection. Cet art est exclusivement tibétain, et il faut un minimum de six années d'entraînement pratique pour que le candidat médecin soit autorisé à poser seul un diagnostic, sous le regard attentif de son maître, grâce à ce moyen d'une extrême subtilité et d'une étonnante précision.

Cependant, prendre le pouls n'est pas une méthode suffisante en soi : pour que cette « écoute » du corps soit complète, le médecin doit tenir compte de facteurs saisonniers et astrologiques, car les pulsations diffèrent selon qu'elles se produisent à tel ou tel moment de l'année. Il convient également de ne pas négliger les influences solaire et lunaire, si bien que l'instant idéal pour examiner au plus juste un malade se situe à la pointe de l'aube, quand les énergies du soleil et de la lune se trouvent brièvement en équilibre dynamique, à l'instant aussi où les lignes de la main sont les plus nettes...

Pour les soins, le praticien insiste d'abord sur les méthodes douces utilisées dans un environnement détendu et chaleureux. Outre les décoctions, les cataplasmes, les onguents, les bains, les massages, le régime alimentaire, les pilules végétales ou autres, le médecin recourt parfois à la moxabustion (d'origine mongole) et à l'aiguille d'or. L'acupuncture tibétaine est très différente de la chinoise et elle est employée dans d'autres conditions; elle lui serait également antérieure. D'autres techniques, plus modernes, sont utilisées en dernier recours, si les moyens traditionnels sont sans effet, mais le praticien tibétain tend toujours à prendre aussi en compte le temps comme facteur de guérison ou de rééquilibrage des énergies déstabilisées, car, pour lui, le malade est un tout indissociable du monde dans lequel il vit. C'est probablement la seule médecine au monde qui sache combiner en une telle harmonie les aspects spirituel, physique et cosmique de l'homme : au point que, ironie de l'histoire, la médecine tibétaine est toujours tenue en très haute estime en Chine...

EXPLICATION DES PRINCIPAUX SYMBOLES UTILISÉS EN TÊTE DES CHAPITRES

Offrande des cinq sens : miroir = vision; luth = son; encens dans la conque = odeur; fruit = saveur; soie = toucher.

Yéshé Norbou : Joyau qui exauce tous les désirs – emblème de puissance, un des noms du Dalaï-Lama.

Le nœud-sans-fin : symbole de l'interaction infinie entre sagesse et compassion.

Lung-ta : cheval de vent censé accomplir tous les désirs matériels et symbole de protection.

Mandala : cercle mystique, support de méditation, indique la voie menant au sanctuaire intérieur.

Double-vajra/double-foudre : symbole de l'indestructibilité et de la qualité adamantine de l'esprit-de-Bouddha.

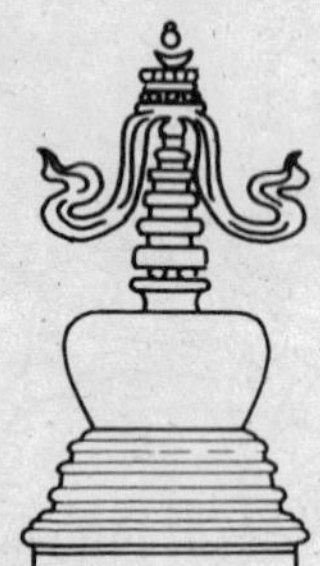

Stupa : reliquaire, symbole de la victoire sur la mort.

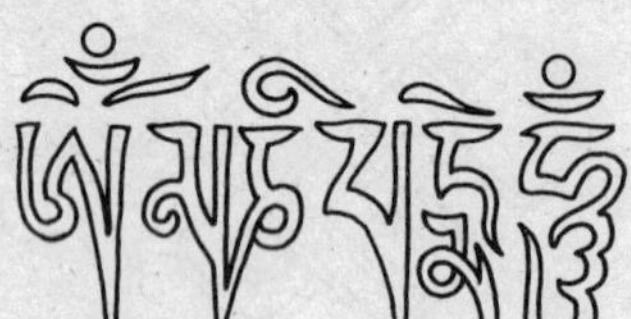

Om Mani Padmé Hum : mantra sacré par excellence du bouddhisme tibétain.

Monogramme mystique : Om Ham Ksha Ma La Va Ra Ya Hum Phat – 10 syllabes, symbole du Kālachakra.

Lotus : symbole de divinité et de bouddhéité.

Roue du Dharma : symbole de la doctrine de Bouddha; symbole de souveraineté associé au Dalaï-Lama.

BIBLIOGRAPHIE

Le XIVe Dalaï-Lama, *La lumière du Dharma*, Seghers, Paris, 1973.

L'enseignement du Dalaï-Lama, Albin-Michel, Paris, 1976; réédition/poche, Paris, 1987.

Le XIVe Dalaï-Lama, *Mon pays et mon peuple* (réimpression), Olizane, Genève, 1984.

The XIVth Dalaï-Lama, *Kindness, Clarity and Insight*, Snow Lion Publications, New York, 1984.

The XIVth Dalaï-Lama, *Opening the Eye of a new Awareness*, Wisdom Publications, London, 1985.

The XIVth Dalaï-Lama, *Universal Responsibility and the Good Heart*, LTW Dharamsala, 1980.

The XIVth Dalaï-Lama, *Collected Statements. Interviews and Articles*, Information Office, Dharamsala, 1986.

J. Avedon, *Entretiens avec le Dalaï-Lama*, Ed. Dharma, 1982.

David Bärlocher, *Testimonies of Tibetan tulkus, Opuscula Tibetana*, Tibet-Institut, Rikon/Zurich, 1982.

R. Hicks & N. Chogyam, *Great Ocean*, Element Books, Shaftesbury, GB, 1984.

M.H. Goodman, *The Last Dalai Lama*, Shambhala Press, Boulder & London, 1986.

A. Borromée, Cl. Laforêt & Dagpo Rimpoché, *Le Dalaï-Lama*, Olivier Orban, Paris, 1984.

Inder Malik, *Dalai Lamas of Tibet*, Uppal Publishing House, New Delhi, 1984.

Ch. Bell, *Portrait of the Dalai Lama,* Collins, London, 1942.
« Présence du bouddhisme », *France-Asie,* février-juin 1952, Saïgon.
Thoubren Jigme Norbou & H. Harrer, *Tibet, patrie perdue,* Albin Michel, Paris, 1963.
Thoubren Jigme Norbou & C. Turnbull, *Le Tibet,* Stock, Paris, 1968.
Fosco Maraini, *Tibet secret,* Arthaud, Paris, 1952.
A. de Riencourt, *Le Toit du Monde,* France-Empire, Paris, 1955.
Marco Pallis, *Cimes et lamas,* Albin Michel, Paris, 1955.
I. van Geem, *Crier avant de mourir,* Robert Laffont, Paris, 1972.
Tsewang Pemba, *Tibet, l'an du dragon,* Maisonneuve & Larose, Paris, 1975.
Aten, *Un cavalier dans la neige,* Librairie d'Amérique et d'Orient, Paris, 1981.
John Avedon, *Loin du Pays des Neiges,* Calmann-Lévy, Paris, 1985.
R. A. Stein, *La civilisation tibétaine,* Dunod, Paris, 1962 (réédition l'Asiathèque).
Jacques Bacot, *Trois mystères tibétains,* Bossard, Paris, 1921.
Milarepa, Fayard, Paris, 1971.
R.P. Huc, *Souvenirs d'un voyage dans la Tartarie, le Thibet et la Chine,* Plon, Paris, 1926.
W. M. McGovern, *Mon voyage secret à Lhassa,* Plon, Paris, 1926.
Elisée Reclus, *Nouvelle géographie universelle,* vol. VII, Hachette, Paris, 1882.
Alexandra David-Neel, *Voyage d'une Parisienne à Lhassa,* Plon, 1972.
Mystiques et magiciens du Tibet, Plon, Paris, 1926.
Le vieux Tibet face à la Chine nouvelle, Plon, 1981.
Au pays des brigands-gentilshommes, Plon, 1928.
La vie surhumaine de Guésar de Ling, Ed. du Rocher, 1978.
Le Tibet d'Alexandra David-Neel, Plon, Paris, 1979.
Vie et enseignement de Geshé Rabten, lama tibétain, Dharma, 1980.

Arnaud Desjardins, *Les chemins de la sagesse,* La Palatine, Paris, 1969.
« Le Tibet et la République populaire de Chine », Commission Internationale de juristes, Genève, 1959.
« La quetsion du Tibet et la primauté du droit », Commission Internationale de juristes, Genève, 1960.
J. Auboyer & J.L. Nou, *Buddha,* Le Seuil.
G. Tucci, *Théorie et pratique du mandala,* Fayard, Paris, 1974.
Palden Yeshé, *La voie vers Shambhala,* Arché, Milan, 1983.
John Blofeld, *Le bouddhisme tantrique tibétain,* Le Seuil/Points, 1979.
Les Mantras, Dervy-livres, Paris, 1985.
Les poèmes du VIe Dalaï-Lama, *Le Sūtra de diamant,* trad. Yves Codet, *Tribu,* nº 7, Université Toulouse-Le Mirail, 1985.
VIe Dalaï-Lama, *La raison de l'Oiseau,* Fata Morgana, 1986.
Milarepa, Les cent mille chants, Fayard, Paris, 1986.
Corneille Jest, *La Turquoise de vie,* A. Métailié, Paris, 1985.
Question de... nº 61, *Le Tibet,* Albin Michel, Paris, 1985.
Terry Clifford, *La médecine tibétaine bouddhique,* Dervy-livres, Paris, 1986.
Dr Ch. Massin, *La médecine tibétaine,* Ed. de la Maisnie, 1982.
Dr Fernand Meyer, *La médecine tibétaine,* Strasbourg, 1979.
Dr Yeshi Donden, *Health through Balance,* Snow Lion, New York, 1986.
Fundamentals of Tibetan Medecine, Tibetan Medical Center, Dharamsala, 1981.
Dr Lobsang Dolma Khangkar, *Lectures on Tibetan Medecin,* LTW, Dharamsala, 1986.
W. D. Shakabpa, *Tibet : A Political History,* Potala, New York, 1984.
H. Richardson, *Tibet and its History,* Shambala, Boulder & London, 984.
Gompo Tashi Andrugtsang, *Four Rivers, Six Ranges,* Dharamsala, 1973.

Rato Khyongla Nawang Losang, *My Life and Lives,* E.P. Dutton, New York, 1977.
G. Tucci, *To Lhasa and Beyond,* East-West Publications, GB, 1985.
E. Schlaginweit, *Buddhism in Tibet,* Susil Gupta, 1863 (réimpression 1968, Santiago de Compostela, Espagne).
P. Landen, *Lhasa the Mysterious City,* New Delhi, 1905/1978.
S. C. Das, *Journey to Lhasa and Central Tibet,* Skylard Printers, New Delhi, 1970 (réimpression de l'ouvrage de 1902).
R.J. Tung, *Lost Tibet,* Thames and Hudson, London, 1980.
B.R. Burman, *Religion and Politics in Tibet,* Vikas Publishing House, New Delhi, 1979.
U.N. Tewari, *Resurgent Tibet, A Cause for Non Aligned Movement,* Selectbook Service, New Delhi, 1983.
Snellgrove & Richardson, *A Cultural History of Tibet,* Shambala, Boulder & London, 1986.
Rinchen Dolma Tsering, *Daughter of Tibet,* Allied Publishers Private Ltd, New Delhi, 1970.
Rinchen Lhamo, *We Tibetans,* Potala Publications, New York, 1985.
Kunsang Paljor, *Tibet the Undying Flame,* Dharamsala, 1977.
Tsering Dotie Gashi, *New Tibet,* Dharamsala, 1980.
« Tibetans in exile », Information Office, Dharamsala, 1981.
« From liberation to liberalisation », Information Office, Dharamsala, 1982.
K. Dhondup, *The Waterbird ant Other Years,* Rangwang Publishers, New Delhi, 1986.
P. P. Karan, *The Changing Face of Tibet,* University Press of Kentucky, 1976.
P. F. Mele, *Tibet,* Oxford & IBH Publishing, New Delhi, 1975.
Tibet the Sacred Realm, An Aperture book, New York, 1983.
Ed. Bernbaum, *The Way to Shambhala,* Anchor Press, New York, 1980.

The XIVth Dalai Lama & J. Hopkins, *The Kālachakra Tantra,* Wisdom Publications, London, 1985.

Et pour les enfants de 7 à 77 ans, en B.D. : de Cosey, Éd. du Lombard, Bruxelles/Paris dès 1977 :
Souviens-toi Jonathan;
Et la montagne chantera pour toi;
Pieds nus sous les rhododendrons;
Le berceau du Bodhisattva;
L'espace bleu entre les nuages.

Hergé, *Tintin au Tibet,* Casterman.

Table

TROISIÈME PARTIE

DES TROIS TEMPS ET DES DIX DIRECTIONS

Le Livre de Poche Biblio

Extrait du catalogue

Sherwood ANDERSON
Pauvre Blanc

Guillaume APOLLINAIRE
L'Hérésiarque et Cie

Miguel Angel ASTURIAS
Le Pape vert

James BALDWIN
Harlem Quartet

Djuna BARNES
La Passion

Adolfo BIOY CASARES
Journal de la guerre au cochon

Karen BLIXEN
Sept contes gothiques

Mikhail BOULGAKOV
La Garde blanche
Le Maître et Marguerite
J'ai tué
Les Œufs fatidiques

Ivan BOUNINE
Les Allées sombres

André BRETON
Anthologie de l'humour noir
Arcane 17

Erskine CALDWELL
Les Braves Gens du Tennessee

Italo CALVINO
Le Vicomte pourfendu

Elias CANETTI
Histoire d'une jeunesse -
La langue sauvée
Histoire d'une vie -
Le flambeau dans l'oreille
Les Voix de Marrakech
Le Témoin auriculaire

Raymond CARVER
Les Vitamines du bonheur

Blaise CENDRARS
Rhum

Varlam CHALAMOV
La Nuit

Jacques CHARDONNE
Les Destinées sentimentales
L'Amour c'est beaucoup plus que l'amour

Hugo CLAUS
Honte

Joseph CONRAD
et Ford MADOX FORD
L'Aventure

René CREVEL
La Mort difficile

Alfred DÖBLIN
Le Tigre bleu

Iouri DOMBROVSKI
La Faculté de l'inutile

Lawrence DURRELL
Cefalù

Friedrich DURRENMATT
La Panne
La Visite de la vieille dame
La Mission

Jean GIONO
Mort d'un personnage
Le Serpent d'étoiles

Lars GUSTAFSSON
La Mort d'un apiculteur

Knut HAMSUN
La Faim

Henry JAMES
Roderick Hudson
Le Coupe d'or
Le Tour d'écrou

Ernst JÜNGER
Jardins et routes
(Journal I, 1939-1940)
Premier journal parisien
(Journal II, 1941-1943)
Second journal parisien
(Journal III, 1943-1945)
La Cabane dans la vigne
(Journal IV, 1945-1948)
Héliopolis
Abeilles de verre
Orages d'acier

Ismaïl KADARÉ
Avril brisé
Qui a ramené Doruntine ?
Le Général de l'armée morte

Franz KAFKA
Journal

Yasunari KAWABATA
Les Belles Endormies
Pays de neige
La Danseuse d'Izu
Le Lac
Kyôto

Le Grondement de la montagne
Le Maître ou le tournoi de go

Andrzeij KUSNIEWICZ
L'État d'apesanteur

Pär LAGERKVIST
Barabbas

D.H. LAWRENCE
Le Serpent à plumes

Primo LEVI
Lilith

Sinclair LEWIS
Babbitt

LUXUN
Histoire d'AQ : Véridique biographie

Carson McCULLERS
Le Cœur est un chasseur solitaire
Reflets dans un œil d'or
La Ballade du café triste
L'Horloge sans aiguilles

Naguib MAHFOUZ
Impasse des deux palais

Thomas MANN
Le Docteur Faustus

Katherine MANSFIELD
La Journée de Mr. Reginald Peacock

Henry MILLER
Un diable au paradis
Le Colosse de Maroussi
Max et les phagocytes

Vladimir NABOKOV
Ada ou l'ardeur

Anaïs NIN
Journal 1 - *1931-1934*
Journal 2 - *1934-1939*
Journal 3 - *1939-1944*
Journal 4 - *1944-1947*

Joyce Carol OATES
Le Pays des merveilles

Edna O'BRIEN
Un cœur fanatique
Une rose dans le cœur

PA KIN
Famille

Mervyn PEAKE
Titus d'Enfer

Robert PENN WARREN
Les Fous du roi

Leo PERUTZ
La Neige de saint Pierre
La Troisième Balle

Luigi PIRANDELLO
La Dernière Séquence

Ezra POUND
Les Cantos

Augusto ROA BASTOS
Moi, le Suprême

Raymond ROUSSEL
Impressions d'Afrique

Salman RUSHDIE
Les Enfants de minuit

Arthur SCHNITZLER
Vienne au crépuscule
Une jeunesse viennoise

Isaac Bashevis SINGER
Shosha
Le Blasphémateur
Le Manoir
Le Domaine

Alexandre VIALATTE
La Dame du Job
La Maison du joueur de flûte

Thornton WILDER
Le Pont du roi Saint-Louis
Mr. North

Virginia WOOLF
Orlando
Les Vagues
Mrs. Dalloway
La Promenade au phare
La Chambre de Jacob
Années
Entre les actes
Flush
Instants de vie

IMPRIMÉ EN FRANCE PAR BRODARD ET TAUPIN
Usine de La Flèche (Sarthe).
LIBRAIRIE GÉNÉRALE FRANÇAISE - 6, rue Pierre-Sarrazin - 75006 Paris.
ISBN : 2 - 253 - 05330 - 9

30/6778/2